感受自由

Feel Free

Zadie Smith

[英]
扎迪·史密斯
著
张芸
译

上海译文出版社

献给姬特和哈尔

还有

已故的罗伯特·B. 西尔弗斯，以示纪念。

“人们有时是穿着鞋的奴隶船。”

——佐拉·尼尔·赫斯顿[1]

“眼睛不是窗户。眼睛里有神经冲动，但无人读取、计算、转译并反复思考这些冲动。你想要搜寻多久就搜寻多久，家里没有人。这个世界包含在你内心，而你不置身于这个世界。”

——丹尼尔·凯尔曼[2]

1. 佐拉·尼尔·赫斯顿（Zora Neale Hurston, 1891—1960），小说家、黑人民间传说收集研究家、人类学家。她毕生为保持黑人文化传统而奋斗，是20世纪美国文学的重要人物之一。

2. 丹尼尔·凯尔曼（Daniel Kehlmann, 1975—　），德国当代作家，著有《丈量世界》《我与卡明斯基》等。

目录

第三部　在画廊

第四部　在书架上

第五部　感受自由

前言

我在罗马与老朋友一起吃饭，席间，他们中有一人转身对我说：“当然，你迄今的写作生涯是一出历时十五年的心理剧。”大家都笑起来——我也跟着笑了——但这句话有点刺痛我，我连续几个星期为话里的含义所烦扰。现在，我就把这句话写在这篇前言里。确实，多年来，我一直想到什么就写什么——也经常疑惑我究竟有没有让自己在某些事情上显得荒唐可笑。我想这种焦虑源自我知道自己不具备真正的资格写我所写的东西。我既不是哲学家，也不是社会学家，不是名副其实的文学或电影方面的教授，不是政治学家、专业的乐评人或训练有素的记者。我在创意写作系教书，本身却没有创意写作的艺术硕士学位，也没有博士学位。我的根据——不过尔尔——几乎总是从个人角度出发。我感到这一点——你呢？我突然有此想法——你呢？论述一个人情感体验的文章，从本质上讲，是站不住脚的。这些文章唯一的特点是自由。同理，读者也异常自由，因为我没有一丝比她高明的地方，谈不上权威。她可以随时随地反驳我的感受，她可以说：“不，我从未那样觉得”或“天哪，我根本没有过那样的念头！”

写作（对我而言）是三个不稳定的、变幻无常的要素的交集：语言、世界、自我。第一个要素从不完全属于我；第二个我只能略知一二；第三个则是对前两个要素可变、即兴的回应。若说我的写作是一出心理剧，我想不是因为我，像网上讲的，有如此多的感受，而是因为对我来说，准确地平衡这三种要素、赋予每种其该有的分量，这从不是不言自明的。我试图从“自我”——自我的界限不定、自我的语言不纯、自我的世界决非“不言自明”——这个要素出发、同时又面向“自我”而写作。我希望读者，和作者一样，时常寻思她到底有多自由，并理所当然地认为，阅读具有和写作同等的自由度和紧迫感。

一点说明：我发现我对人类自我的有点模棱两可的看法，完全不合潮流。读者拿在手里读到的这些文章，是我在奥巴马任职总统的八年间，在英国和美国所写的，因此是一个过去的世界的产物。当然，面对我们眼下的局势，在大西洋两岸，几乎不可能再保有任何模棱两可的感受。今天，数百万或多或少散漫无组织的自我，必定将不知不觉团结起来，加入抗议、社会活动、游行、投票、控诉、捍卫的行列，变成狂热分子、政治说客、士兵、辩护人、历史学家、专家、评论家。人不能拿空气与火搏斗。但同样地，若忘了怎么辨识自由，则谈不上为争取自由而斗争。我将这些文章送给仍好奇什么是自由的读者——请他们按照需求利用、改写、拆解、推翻或无视！

扎迪·史密斯

纽约

2017年1月18日

第一部

在世间

In the World

/

伦敦西北之蓝调

我上一次去伦敦的威尔斯登格林区，是带女儿去看望我的母亲。太阳从云后露出了脸。我们漫步经过邦斯贝利庄园一带，往主街走去。“法国市集”开着，一边是威尔斯登图书馆（1894年）残余的漂亮的角楼，一边是威尔斯登格林图书馆中心（1989年），外观十分彪悍，好似一艘红砖搭建的搁浅的大型游轮，市集位于两者之间的水泥空地上，让人略觉不可思议的是，这里售卖的都是法国的东西，是当地一个重要的陆标，一年累计访客达五十万人次。我们在阳光下沿着市区的街道朝那片水泥地走去——去市集。这情景不像是在一座古雅的集镇，走过荫凉的乡间小路，最后来到一个保存完好的十八世纪广场。它甚至不像去现在伦敦各处纷纷涌现的农夫市场，地处中心位置，个人财富与对手工奶酪的浓厚兴趣交汇于此。

不过去那儿依旧是件挺令人愉快的事。威尔斯登法国市集卖便宜的手袋，卖旧时爵士乐和摇滚乐的激光唱片，卖雨伞和假花，卖饰品、小摆设和小玩意儿，它们在主题或本质上并不总是具有明显的法国特征。那儿卖水枪，卖法式面包和糕点，价格比基尔本大道上的格雷格斯连锁饼店卖的烘焙食物贵不了多少。那儿卖奶酪，但都是一眼就能认出的平价品种——布里干酪、羊乳奶酪、蓝纹奶酪——那座市集仿佛是从巴黎某一破败的市郊原封不动穿过英吉利海峡来到这里的。就我所知可能就是如此。威尔斯登法国市集最重要的意义是它让威尔斯登格林图书馆中心前的这片水泥空地变得显著而知名，成为一处固定的聚会场所，尤其是在集市日。大家无所事事地闲站着，聊着天，买点奶酪或不买，依心情而定。那种感觉着实惬意。你可能几乎忘了十米之外就是威尔斯登大道。这一点很重要。站在市集里的你，不是要去上班，不是要去上学，不是在等公共汽车，不是要去坐地铁或购买生活必需品。你不是身在进行上述这些活动的主街上。你稍稍偏离主街，在都市的一处露天场所消磨时光，这恰是演变至今的都市商业街特意阻挠人们做的事。

众所周知，如果有人在一处都市场所漫无目的地闲荡，不论时间长短，均可能变成“反社会分子”。确实有四个流浪汉酒鬼坐在图书馆一处奇怪的突出的墙体上，喝着嘉士伯特酿啤酒。若在村子里，他们大概会坐在树下，或已被拿着草耙的农夫从那儿赶走了。我不是说我了解农村的情况。但在威尔斯登这儿，他们坐在他们的台子上，我们其余人则无实际目的地聚集在那片谈不上美观的水泥空地上，仅闲站着晒太阳，颇有几分集体感。从此处有利的视角，我们可以前瞻图书馆的角楼，左望维多利亚时代建筑风格的警察局（1865 年），右眺斑点狗酒吧（1893 年）散发几分鬼气的门面。

我们兴许可以感到一种最低限度的历史的延续性。诚然，它必定不如汉普斯特德一带居民的感受那么强烈，也比不上生活在全国各地漂亮集镇的人们，但在威尔斯登，处处留存着过去的痕迹。我们为此而高兴。不是说我们过分怀恋建筑（瞧瞧那间图书馆！）只是我们觉得，即便我们中的许多人来自五洲四海，最近才在这儿落脚，但一想到我们和每个人一样，有资格活在一段地方史中，这总是令人欣慰。

在集市日当天，我们破例感受到，尽管我们这片街坊兼容并蓄地混杂了不同的族群和不同风格的建筑，却依然有它美丽的一面，应当得到最低限度的保存和维护。我想说的是，这是一个外出的好日子。不过时长仅限于幼童愿意站着看她的祖母与众多威尔斯登的熟人一一打招呼。我和我的女儿转了个弯。在主干道上其实是不能转弯的，所以我们往回走，进入图书馆中心。思绪不免回到过去，但我没有——无法——把我的回忆加诸我女儿身上：她尚年幼，不懂怀旧之情。反之，我将喋喋不休地说给你听。在那里面学习，坐在那张桌旁。在那儿，原来装有电话亭的地方，遇见一个男孩。和同窗友人，去那里面看《钢琴课》和《辛德勒的名单》（放映室现已不复存在），之后去那里面喝咖啡（咖啡厅现已不复存在），进行一场关于艺术的实实在在的辩论，粗浅地认识到一部用意良好的电影和一部好电影之间也许是有差别的。

与此同时，我女儿和另一个想法一致的幼童，发疯似的跑过图书馆中心的广场，然后折返，径直奔向威尔斯登书店，一家向市议会租用场地的独立商店，为本地人提供——不管布伦特市议会如何声言——基本必要的服务。经营书店的人叫海伦，海伦是本地居民中不可缺少的一员。我会用如下这句话说明她的必不可少性："给予人们他们不知道自己想要的东西。"重要的一类人。有别于默多克先生推广的概念："给予人们他们想要的"。迄今，无人不熟悉这位扒粪家口中的社会公益——我们已体验了三十年。海伦版的社会公益与之不同，实行的范围必然小得多。

海伦给予威尔斯登居民他们不知道自己想要的东西。高明的书，奇特的书，有关他们故国或现居的这个国家的书。童书，书里的儿童形象与阅读该书的儿童看起来至少有一点相像。激进的书，经典的书，怪诞的书，流行的书。她博览群书，给人建议。但愿你的附近有一位在书店工作的海伦，这样你就能理解我在讲什么。一九九九年，在海伦指引我注意到《幽灵代笔》以前，我都不知道自己想读大卫·米切尔的书。我牢牢记得在店里买过一本萨特的书，因为它在书架上，被我看到了。若不是看见它在书架上——换言之，若不是海伦把它摆在那儿——我不知道自己怎么会知道我想读萨特的书。时隔多年，我在这家书店举办了我的第一次新书发布会，当到场的人——主要是我母亲在当地的朋友——把书店挤得太满后，我们一起沿马路走向她的公寓，在那儿将发布会继续进行下去。

就在我对与海伦有关的这种种往事涌起深厚的怀恋之情，琢磨着是否可能在相同的地点再办一场发布会之际，我首度听闻市议会打算拆除图书馆中心，连同那家书店和十九世纪留下的角楼，以及那片水泥空地和四个酒鬼所坐的台子。代之的将是私人豪华公寓、一间规模大幅缩减的图书馆和“商场”，没有书店。（店主史蒂夫支付不起变成商用楼后上涨的租金。他的基尔本书店遭遇了相同的情况，在开业三十年后于最近关张。）我的妈妈拿着一些奶酪，踱步进来，我们三人感叹这一变化和我们认为它所体现的对文化的肆意破坏。或者，从相反的角度看，我们无谓地束手坐视，类似反对技术革新的勒德分子[1]，我们这些对财政一无所知的自由主义者，抱怨着不可避免的事。

几天后，我乘飞机返回纽约，每年有部分时间我在那儿教书。照理说，人在远离家乡时，应当能更坦然地接受来自家乡的坏消息，无

1. 19世纪英国工业革命时期，因为机器代替了人力而失业的技术工人。现在引申为持有反机械化以及反自动化观点的人。

所怨言，但每个在侨民群体中生活过的人都知道，事实恰恰相反：对于罗马发生的事，最激愤的人是在百老汇大道上端卡布奇诺给你的意大利小伙子。少了日常生活的环境做平衡，你掌握的只有新闻，而新闻，究其本质，通常是坏消息。很快，你变得歇斯底里。因此，我分辨不出从我家乡传来的消息是否真如看似的那么糟，抑或隔着三千公里所见到的事物，其大小和色彩多会被夸张。工党领导的市议会果真在一次凌晨的突袭中，派彪形大汉闯入肯瑟尔赖斯图书馆，搬走藏书，卸去墙上马克·吐温的牌匾吗？威尔斯登格林的居民是不是当真将失去他们的书店，获得一间比现在小的图书馆（供更多人使用，因为布伦特市议会关闭了其他图书馆）、一栋丑陋的豪华公寓楼——并被告知，这是“文化”？

没错，那一切确有其事。未经任何充分的征求意见，采取流氓手段，暗中行动，并夹带几分公开的欺骗。固然，地方议会成员身处为难的境地：根据中央政府的指令，布伦特自治市预算削减的比例是全国最高的之一。但财政上管理不善的沉疴实可追溯至上一届工党政府，照此一轮轮问责下去，没完没了。依目前的情况看，威尔斯登格林发展计划如此昭然把土地交给开发商，使他们从中极大获利——却不要求他们建造公共住房——让人感觉指出这一点有些孩子气。在这样的经济状况下，除了小孩子，谁还会有别的冀望呢？

把这些与地方事务紧密相关的报道和全国性的新闻报道放在一起阅读，会产生另一种效果，而这种效果或许只是另一种视错觉：镜像。在有关“英国媒体伦理”的列文森调查[1]中，人们发现上述性状

1. 2011 年至 2012 年，因英国媒体非法窃听丑闻而展开的对英国现存媒体监督机制问题所作的听证调查，由列文森大法官主持。

尽显无遗，只是益发昭彰。无任何充分的征求意见，流氓手段，暗中行动，公开的欺骗。英国政治活动的某些重大无比的决定，真的是由一小簇精英在私人晚宴上所做出的吗？“文化、奥运、传媒和体育”大臣杰里米·亨特为何给默多克发短信？在奇平诺顿那座漂亮的小集镇，利百加[1]向首相许诺了什么，首相向利百加许诺了什么？在另一次旅居海外期间，我在意大利，坐在罗马一家位于文艺复兴风格广场上的咖啡馆桌旁，对意大利肥皂剧般的政治活动不以为意：遭窃听的政客、足球运动员、电视明星，幕后的媒体交易，触目的利益冲突，小报文化肆无忌惮，政客受制于报纸。我曾对《意大利共和报》发出轻笑，嘲弄地对我的意大利友人说，这类问题，在我们总体健全的英国议会民主制度中是不存在的。

由此我认识到自己是个相当天真的人。大多数小说家，尽管时常自诩有深刻的社会政治洞见，其实都这样。我对英国政府保留着一份独有的天真之见，这一点在许多人看来想必滑稽，尤其是比我年轻的人。我只能再度简短地回忆一下往事，做出实际的说明。简而言之，那是出于感激——因为我欠政府的，十分多。有些人得到的一切蒙惠于父母的财力。我欠的是政府的情。简单来讲，政府让我受教育，治好了我摔断的腿，资助我上大学。政府治好了我的牙齿（一小部分），在我退伍的父亲老迈后为他提供了住房。我最小的弟弟被卡车撞倒，政府救了他的命，特别是他粉碎性骨折的右手，治疗过程长达半年，若按公开的市场价——当时一位医生这么告诉我的——要耗费一百万英镑。那些是大的事情，还有不少小的方面：我去的体育中心

1. 利百加·布鲁克斯（Rebekah Brooks），英国记者和前报纸总编辑，英国《世界新闻报》窃听丑闻的主角。

和医生诊所有政府补贴，我在学校上的音乐课费用无几，我的大学学费也是。九岁时国民保健体系帮我配了眼镜，三十三岁时又让我生了孩子。还有我去的地方图书馆。盗用另一位作家的书名：英国造就了我[1]。我交起税来从不心疼，因为我明白，那样做是在偿还一大笔事实上几乎无法计算的债。

时过境迁。现在的我不像以前那样需要政府；政府也和从前不一样了。它在眼下新的、普遍的全球现状中充当共犯，放松管制，使收益私有化，又重新调控，把损失国有化。一个由工党政府积极开启的进程，如今在大卫·卡梅伦领导的托利-自由民主党联盟手中渐趋完善。上面所述的政府良性干预的动听故事现已归入童话王国：不但天真，而且根本是幻想。一个人亲历的过去，转眼间、蓦然变得与现实不符，这是整整一代英国人的感受，他们现在想必左右徘徊，像诸多古代的水手一般，念叨着他们上大学时不用缴学费、曾经能在本镇的商业街上找到隶属于国民保健体系的牙医，让外国人不胜其烦。

我对讲述这些往事感到厌烦。为图书馆辩护必定是社会自由主义的论调，这样的非难是捍卫图书馆时最烦人的地方。直至最近我才知晓，一个人对图书馆的看法——不是学校或医院，是图书馆——竟可以成为一道意识形态的分水岭。我以为图书馆是少有的几处场所之一，可以轻易自然地把我们政治理念的两极统一起来，既竭力主张维护，又迫切希望改善。此外，什么样的自由主义者在投票时已无可选的党派，对政府怀有的不是感激，却是厌恶和时而的惧怕？

资深的社会民主派人士托尼·朱特说："我们需要学习重新思考

---

1. 英国作家格雷厄姆·格林（Henry Graham Greene, 1904—1991）发表于 1935 年的小说。

政府。”这句话表达了时下我最能感同身受的想要效忠的理念，或称之为一种政治上的当务之急。首要地，我得减少几分天真。钱没了，朱特那代人继承的条件和他们传袭给我这一代人的条件，即便复现，也不可能是在我的有生之年。那是来自故乡的坏消息。在政治方面，社会自由主义者遗留下的仅是能够提醒自己，宿命论不过是另一重陷阱，当一个天真的人，方式不止一种。朱特又言：

> 我们摆脱了二十世纪中叶的定见——虽从未遍及全球，但确已广泛流传——认为政府可能是解决任何已知问题的最佳手段。现在我们需要从相反的观念中解放出来，即，政府——按照定义，自始至终——是现成最坏的可选方案。

图书馆属于哪一类问题？显然，对很多人来说，它根本不算问题，仅是一种被淘汰的事物。支持这种观点最极端的论据是技术至上者的绝对信仰：既然能在线阅读世上的每一本书，何必需要实体图书馆？这类理由把图书馆视作一项功用，而非多元个人空间的集合。但每间图书馆的问题各不相同，“因特网”既不能为所有图书馆提供解决之道，也不会预示着图书馆整体的完结。

每天早晨，我在拥挤的大学图书馆内好不容易找到一个座位，坐下来写这篇文章，可事实上，这儿的学生无一不能在家里，对着苹果手提电脑，浏览谷歌图书网页。基尔本图书馆——同样隶属于布伦特市议会，尽管名叫基尔本，却位于富人区女王公园一带——不仅办得蒸蒸日上，还闭馆翻新整修。肯瑟尔赖斯图书馆关闭的原因不是少人问津，而是不赢利，可其实支持肯瑟尔赖斯图书馆的人愿意自行管理他们的图书馆（倘若这间图书馆的所有人牛津万灵学院准许的话）。

与此同时，人们很难不推论断定，威尔斯登格林图书馆受创，相当重要的原因是市议会成员看到有机会达成一笔利润可观的地产交易。

每间图书馆各有特色，环境不同。有些主要针对儿童，或主要面向学生或普通大众，有些主要集中藏书，或有数量丰富的微缩胶卷或数字化资料，或在地下室有个咖啡馆，或是门前开设了集市。图书馆的败落并非“因为它们是图书馆”。不受重视的图书馆得不到重视，这样的循环，让人迟早有理由关闭它们。管理完善的图书馆内到处是人，因为一间优秀的图书馆提供的服务是别处不易获得的：一个室内公共空间，无论是谁，都不必为了能待在里面而购买东西。

在现代国家，能够做到这样的场所少之又少。我一时能想到的其他类似的场所，皆要求人们信仰一位全能的造物主，作为入会的条件。不言而喻，开设集市之所以不能有效地解决图书馆的问题，原因在于集市不需要图书馆，这个道理似乎再显见不过。但看来我们需要在此刻不断重申这个显而易见的道理。像图书馆那样严格符合凯恩斯定义的除了政府别无他人愿意负责管理的机构，已经所剩不多。图书馆给人的体验和感受，亦无法在网上复制。这不只是个免费图书的问题。图书馆代表了一种不同的（三维的）社会现实，它的存在，本身就在倡导着一套超越财政考量的价值体系。

我认为支持图书馆的理由与意识形态或伦理道德没有特别的关系。我甚至同意有一类人的说法，那么做不是特别合乎逻辑。我想，对大多数人来说，这是一种感性的支持。不是商业诉求、道德诉求，而是情感诉求。这样说并无贬损之意：情感在公共政策中亦占有一席之地。我们是人，不是机器。抗议关闭肯瑟尔赖斯图书馆的人热爱那间图书馆。若能让图书馆继续开下去，他们不在乎解决方案属于左派还是右派。他们做好准备，要从那个地方搞出卡梅伦的“大社会”[1]来。图书馆是一项关系民众的社会公益，他们的政治态度可以五花八门。肯瑟尔赖斯图书馆、威尔斯登格林图书馆以及全国各地类似公共部门的支持者所要表达的仅是：这些地方对我们而言很重要。我们明白经费紧张，我们了解，需求有轻重缓急，法国市集或马克·吐温的牌匾不同于医院的病床或学校班级的人数。但它们仍是我们社会现实中意义重大的一部分，是商业大街上仅剩的不觊觎我们的灵魂或钱包的东西。

假如私人公司的亏损可被社会所有化，分摊到业已举步维艰的社区内，那么我们最起码能做的是听一听民众的心声，他们试图告诉我们，在公共空间、接触文化的权利、环境保护等需求方面，他们的轻重缓急是怎样的。“可我从未用过那些鬼东西！”读者来信栏目的“别动我的税”先生说。阁下，我相信您的话。可是，英国的图书馆去年总计访问人次超过三亿，而且是在多处负责管辖图书馆的地方议会普遍不予重视的情况下。在伦敦西北区，民众甚至不惜在图书馆前排起人墙。人们已着手在报上撰写长文，“捍卫”图书馆。再三陈说的，无非是相同的内容。保卫我们的图书馆。我们喜爱图书馆。我们可否留住我们的图书馆？我们需要商讨图书馆的事。像小孩子似的，恳求。我们真的落到这步田地了吗？

在这篇文章发表于《纽约书评》后不久，威尔斯登格林图书馆和

1.“大社会”是英国首相卡梅伦提出的一项社会改革理念。其意图是从政治家手中拿走权力，并将之交给民众。

书店被拆毁。但由积极分子组织的集体抗争取得了一定效果：在原址上所建的图书馆功能齐全，诚然，图书数量不及从前，但众多学生、家庭和读者填充了书架稀疏的空间，二楼是一间规模虽小但布置优美的地方博物馆，从开发商手中夺得几千平方英尺的黄金地段面积。

/

一个国家的四季挽歌

人们用科学和意识形态的语言描述当今气候的状况，却几乎看不到一点从个人内心出发的言辞。这种现象令人意外吗？表示痛心的人往往使用婉语；感到内疚或惭愧的人也一样。各种委婉的说法里最教人唏嘘的是："新常态"。在我看来，这种新常态好比一棵心爱的梨树，半截没入水中，因无法扎根于土壤而倒下。通往康沃尔郡的铁路线被冲毁——新常态。我们竟然无法对彼此大声道出"反常"这个词：它使我们想起以前是怎样的。不如忘记曾经正常的情形，季节交替，其中不瘟不火的魅力只有诗人能领会。

"过去"如何，这是令人痛苦的回忆。把一根未点燃的烟火棒的尖头戳进寒冷、干燥的土地里。上学途中，欣赏结在冬青树浆果上的白霜。圣诞节次日，在冬季刺眼的阳光下，走长长的路，散步，恢复元气。整个足球场被踩得嘎吱嘎吱响。煎饼日[1]出一点太阳；全国赛马障碍大赛日阳光再多一点。四月冷飕飕的阵雨，温布尔登[2]开始转暖。七月的婚礼保证有好天气。参加格拉斯顿伯里当代表演艺术节准会被晒伤。我们对彼此说，至少，至少八月仍定是骄阳似火——在康沃尔郡，甚至可能在诺丁山狂欢节期间。苏格兰人在收拾行装离开时，可以有幸多携带些热量。

我们也许会习惯现在这个不同于以前的英国，并且——和那些年纪很小、刚移民来的人一样——理所当然地认为，四月该穿短裤凉鞋，历来预示新年的是滔天的洪水。有人说，将有蝴蝶出现在新的地区，候鸟会来得早，走得晚——那样也许将是有趣、新颖的现象，不一定是变坏。或许我们对过去的记忆存在偏差！已经有好几代人没看过泰晤士河结冰，白色圣诞节的梦仅是大家共有的、狄更斯笔下的妄想，再者，这个国家不是一直多雨吗？

我们顾左右而言他的本事教人惊异。英国根本不像著名的英国小说让人所以为的，或我们的美国兄弟所料想的那般多雨。天气变了，并不断处于变化中，因这变化，众多看似不起眼的东西——且不说铁轨、房屋、生计和实际的生活——正在消失。例如，我们容易想当然地认为，无论何时，我们总能够在伦敦一处公园的某个角落轻易发现一只刺猬，用双手捧起它，展示给我们的孩子看——或是去野餐，看着胖胖的大黄蜂爬过打开的果酱瓶的瓶口。这类地方性的伤逝在每个国家有其各自的表现形式。（同样，在谈及原因时，每个国家有自己的一套理由，内容与我们的大同小异。是气候变化或汽车造成的？是气候变化或手机基站造成的？）谁也不应当提起次要的损失，这些损失似乎不值一提——与气候学家和电影导演所构想的世界末日的画面比起来，不值得一提。此外，还有那么多人相信正在发生的一切丝毫没什么大不了。

虽然许多人严厉批评公众对迫在眉睫的情势做出的幼稚的反应，

1. 也叫“忏悔星期二”，基督教的传统节日之一，在基督受难日前 40 天的“封斋日”开始前的最后一天，因每年复活节的日期不同而变化，一般在 2 月或 3 月。
2. 温布尔登网球锦标赛，是网球四大满贯之一。通常在 6 月或 7 月举行。

但这种反应在我看来，似乎也不十分意外。要时刻记着世界末日的来临，这是很难办到的事，尤其假如想要在早晨起床的话。在上述描述中，我们遗漏了一点，即，我们的反应包含多少感性成分。假如没有，这场辩论将完全呈现不同的风貌。例如，我们多半可以想象一个世界，里面持否认态度的人根本不是在否认什么，而只是义无反顾的实用主义者，这类人说："我很清楚前景是什么样的，但我不关心我的孙辈；我关心的是我自己、我的股东和与我竞争的中国人。"的确有一些持此等说法的人，但不如照常理预想的那么多。

另一种看似自然的反应将深厚的宗教情感和环境问题挂起钩，那些把土地视为上帝美好馈赠的人，定然、理当在最热心保护土地的行列中。这样的人实际也有一些，但同样不及我原本揣想的一半。相反，人们或"相信"或"否认"存在的证据，仿佛那些科学论文是众多钉在门上的路德派教义。在美国，人们甚至在上帝的创世中发现一个异样的漏洞，与等级有关。有人主张，由于上帝将人置于"物"——动物、植物和海洋——之上，所以我们能问心无愧地让那些物统统毁灭。（在英国，传统上基督徒对土地的热爱总是更易转化为环保意识，这一点在拥有大量土地的乡村贵族中尤为显著。）

可我认为，我们把科学问题变成相信与否并非纯粹出于愚昧。信仰通常包含感性的一面；它是披着伪装的欲望。固然，就我们的领导人而言，把这个问题政治化，很大程度上是冷漠自私的欺诈，并带有经济动机，但在实际生活中，驱使我们的是渴求清白的欲望。因为双"方"都充满内疚，对自己满怀厌恶——马丁·艾米斯曾称之为"类耻辱"——我们将这种情绪向外投射。此举给我们的辩论添加了促狭的怒火，即便身处危机之中亦然。

桑迪飓风来时，我怀着几个月的身孕，摸黑走下十五层楼，为的仅是获取无线网信号，发邮件给一位否认气候变化的熟人，用我现下的经历证明他的愚蠢。只要发生一次极地涡旋[1]，思想右倾的亲戚便发来欣喜的反对声，充斥我的邮箱——仿佛这整件事完全是场游戏，唯一待定的是你或你执意住在佛罗里达的叔叔是“危言耸听派”还是“务实派”。与此同时，在桑迪飓风首度登陆的牙买加，出现越来越频繁的热带低气压、暴风雨、飓风、干旱和山崩，对牙买加人而言，这些都不在本体论论证的范畴内。

唱一首挽歌，哀悼被冲走的一切吧！哀悼生命的循环更迭，哀悼盐碱滩、房屋、人类——整座整座岛上的居民。远去，远去，不复存在！但尚未全部消失。末日灾变总会化作一股有用的助力，投入未来——除非你不巧生活在毛里求斯、牙买加或其他许多岌岌可危的地方。根据最近的报告，“假如全球温室气体的排放保持不变，”到二〇二五年前后，情势可能真正走向危急，正好来得及迎接我孙女的七岁生日。（这类挽歌经常把我们下一代的下一代挂在嘴边。）有时，这曲挽歌的全球性和反复性令人悲痛欲绝——加上完全游离于付诸有意义的行动的努力之外——让人无法不在这些挽歌作者的身上发现一种宿命论者的自由主义意识，细想之下，这种意识和福音派教徒期盼末日来临的乖张愿望无异，而后者是我们原应鄙弃的。

近来，人们有望见到双方多拿出些积极的态度，听取技术专家的乐观意见。其中已出现的一招手法是，我们开始不谈对抗和扭转，变

1. 在南极当冬季到来时，由于下沉的空气在南极洲的山地受阻，停止环流而就地旋转，吸入冷空气形成一股很强的围绕极地旋转的西向环流，称为“极地涡旋”，简称极涡，它是极地高空冷性大型涡旋系统，是极区大气环流的组成部分。南极极地涡旋现象已经导致严重的臭氧消耗，并引发寒潮。初步判断这一现象与全球变暖有关。

成讨论碳捕集与封存[1]、加高防波堤、在屋顶安装发电机，做好应对危机的准备。双方都接受失败的结果。他们对彼此说：“诚然，我们以前也许应该换种方式进行辩论，但现在为时已晚，事到如今，我们必须照目前的情况制订对策。”

这种做法无疑将让我七岁的孙女觉得很不是滋味。我不指望她会原谅我，但让她略知一二这当中的心态，若目的只是为求得理解，或许不无益处。我该告诉她什么？她的老师将已经讲解过，二〇一四年的天气状况在经济和政治层面是不便揭露的真相——可那一点，即便现在亦昭然若揭。不论代价，一场全球性的民众运动本来有可能将气候问题强行推上政治议程。她想知道的将是为什么这场运动花了如此久的时间才实现。所以我可能会对她说：瞧，你必须了解，我们刚经历了一个世纪的相对主义和解构论，两者告诉我们，我们最热切秉持的原则，绝大多数要么靠不住，要么是单纯的一厢情愿的想法，在我们生活的许多领域，我们已然被要求承认，没有什么是必不可少的，一切变化无常——这种心态使我们丧失了几分斗志。

另外还有重要的一点是，别忘了我们生存的客观条件——那些让我们觉得不可避免的既定现实——不但是物理学家和哲学家讨论的议题，而且以非理性的形式，存在于我们其余人的头脑中，从知性的角度看，可能不值一顾，但我们仍然把这些条件当作永久不变的事实去体验。气候是那类客观事实中的一项。我们不相信气候会改变。换言之，我们始终以为，我们可以大肆破坏这个星球，但即便是我们中最目空一切的人也不曾想到我们竟能够从根本上改变它的变化节奏和

1. 指将大型发电厂所产生的二氧化碳收集起来，并用各种方法储存以避免其排放到大气中的一种技术。这种技术被认为是未来大规模减少温室气体排放、减缓全球变暖最经济、可行的方法。

特性，正如一个冲父亲尖叫了一整天的小孩，即便如此，她仍料想不到会看见父亲躺倒在厨房地上哭泣。好，你认为那样解释可以帮我脱身、说服我未来（稍许有些烦人和武断）的孙女吗？恐怕不行。

噢，我们干了什么啊！这是一个宏大的问题，我们似乎无法走出愧疚、否认、自我鞭笞这个熟悉——本质上属于宗教范畴——的循环。正因为如此（我要告诉我的孙女），末日灾变的前景无济于事——事实上可怕的是，有史以来，末日灾变对我们具有深刻的吸引力。最终，唯一可能在我们心头形成必要牵制的是切身失去那些我们所爱的东西。像是在我们钟爱的小岛上四季出现变化，或当十五楼的灯光熄灭，或是七月初的那天，我在主人（一位年逾八旬的老妇）的陪伴下，走入一座意大利花园，迎面看见的是焦黄的土地和枯萎的玫瑰，耳中听到只有真正上了年纪的人才会吐露的话——我这辈子从未见过这样的景象——我发现我的观念终于开始从哀挽式的“我们干了什么？”向讲求实际的“我们能做什么？”转变。

/

藩篱：英国脱欧日记

久别之后，回到以前住的位于伦敦西北区的居民点，路过当地的小学，我注意到一个变化。我的许多从小认识的朋友曾在这儿就读，最近——由于家人生病，我们必须回英国待一年——我刚给我的女儿注册入学。这所学校在一栋非常漂亮的维多利亚时代风格的红砖建筑内，很长一段时间接受“特殊扶持措施”——由名为“教育标准办公室”的学校检查机关做出的评判——在公立学校中得分最低。许多家长获知这样的评判后，自然会惊慌，安排他们的孩子转学；其他家长，凭自己的眼睛看到教育标准办公室——他们主要依靠数据——无法从人的角度看到的东西，对他们的意见存疑，让孩子继续留在这所学校。还有别的家长，也许英语阅读能力欠佳，或家里不上网，或从未听说过教育标准办公室，更不曾老想着查看他们的网站。

我的情况是，我比别人更熟悉这一带的过往：多年来，我的弟弟在这儿教一个为移民儿童开办的课外活动班，我十分清楚这所学校有多优良，素来如此，它多么欢迎来自不同背景的学生，其中许多人才到这个国家不久。好了，一年以后，教育标准办公室正式评定它为“优良”，照我对街坊四邻的了解，这个结果将意味着更多中产阶级——一般是白人——家长会愿意承担他们眼中的风险，迁入这片学区，送他们的孩子来这儿上学。

如果这个进程像在纽约那样发展下去，白人中产阶级的人口将增加，与居民点整体的士绅化同步，“学区”划分的界限将缩减，最后，经过若干年，这所学校的学生将基本属于同一类人，仅有少量来自不同的背景，到那时，监管机构终于会给予它最高的评分。但在我以前住的这片居民点，尚未出现此类情形，而且可能永远不会出现——因为这儿有着漫长、辉煌的多元化的历史，汇集了任何能想到的不同种类的人——不过这一点并非我路过时注意到的变化。

当时，我自成一格的自由派的多疑态度聚焦在别的事上：我注意到围起来的栅栏。这所维多利亚时代建筑风格的学校，百年来用铸铁栏杆标示学校的外围，认为那样已经足够，如今铁栅的竖条之间添加了长长的竹片似的东西，上面还爬满近两米高的植物，挡住视线，让人们从街上看不见操场，因而也看不见玩耍的孩子。我回到家，给学校治理委员会里的几位家长委员发了一封义愤填膺的邮件：

> 自（昨日）返家后，我第一次路过该校，注意到学校周围竖起了一道木制屏障——想不到更好的措辞。为此我深感痛心。我在这片地区住了四十年。十年前，我眼见犹太学校外筑起围墙，过了几年轮到伊斯兰教徒的学校。可我怎么也没想到在——外面会竖起一道墙。我很好奇这是怎么回事，谁要求的，怎么做出的决定，家长们是否感到满意，它——对外宣称——的用途是什么？“安全”？“隐私”？或别的原因？

一封义愤填膺的邮件，充满自由派的多疑态度。相反，我收到的回复通达客气。给出的理由是“隐私和污染”，尤其“污染”是“目前一个相当重大的问题”，地方议会要求学校采取对策。再说，操场许多部分是水泥地，植被给这片场地的外观增添了几分柔和色彩，事实上，这些家长委员并未想到，这项新举措在路过的人看来竟可能觉得奇怪或体现出防范之心。我重读了一遍我的邮件，对将它发送出去感到羞愧。什么样的心态导致我如此负面地看待一个简单的门面上的变化？

我习惯了变化：在这一带，变化屡见不鲜。山岗上的那所老文法学校成了欧洲最大的一所伊斯兰教徒学校；以前的犹太会堂变成清真寺；以前的教堂，现在是私人公寓楼。一波波移民和中产阶级化的趋势，如公共汽车般在这儿的街道上川流不止。但在我的心目中，我把这所当地的学校认定为一种象征。若说近来我们发现在英国有一件事是千真万确的，这便是我们英国人在容许把物质现实变成象征符号时会不自觉地做出奇怪的反应。

我格外珍视这所不起眼的学校，把它视为一种象征，作为一个社会公共机构，它集合了各种不同背景的孩子，有家境相对富裕和贫穷的，有伊斯兰教徒的小孩、犹太小孩、印度教徒的小孩、锡克教徒的小孩、新教徒的小孩、天主教徒的小孩、无神论者的小孩、马克思主义者的小孩，以及那类虔诚笃信普拉提的人的小孩，他们全都在同一间教室里上课，在同一片操场上一起玩耍，互相交流他们的信仰——或没有信仰，我走过时，经常向里张望，从而获得一种至关重要的象征性的安慰，确信自己童年成长的环境尚未完全消失。如今，那所犹太学校看上去犹如诺克斯堡。那所伊斯兰教徒的学校与之相去不远。我们这所不起眼的本地学校是否也将藏身于藩篱之后，脱离外界，把自己孤立起来，猜忌多疑，一味顾虑安全而回避更广大的社区？

两日后，英国人投票赞成脱离欧盟。当时我在北爱尔兰，与我的公公婆婆在一起，他们两位是宽厚、温和地支持保守党的北爱尔兰新教徒，我们认识以来第一次，我发现自己与他们在一项政治议题上立场相同。我在那所学校门口所感到的震惊，此刻在他们硕大的电视机前又袭上我的心头，我们一同目睹了英国筑起藩篱，将自己与欧洲其余地方分隔开，却几乎未考虑到这个决定对北部和西部的苏格兰及爱尔兰同胞意味着什么。

此后很多人撰文，批评大卫·卡梅伦和鲍里斯·约翰逊两人的做法极其不负责任，但如果我在伦敦，在自己的床上醒来，我想我不会把矛头全指向鲍里斯和大卫。不，那样的话，我第一想到的会是大体上如何解读这个结果。这次投票意味着什么？它真正涉及的问题是什么？移民？不平等？有史以来的排外心理？主权？欧盟的官僚主义？反对新自由主义的革命？阶级战争？

但在北爱尔兰，人们清楚地看到，有一样是这次投票绝对、丝毫不涉及的东西，即，北爱尔兰，如此一来，我们的注意力集中到这一异常举动背后的自我中心主义，它让这个长期饱受蹂躏的小国变成保守党内部分歧的附带受害者。还有苏格兰！简直不可思议。两个原本受过良好教育的人，他们不会没有读过英国史，竟能如此鲁莽、完全不计后果地将来之不易、维持了三百年的联合王国推入分裂的险境——旨在满足他们个人职业上的野心——这是那天早上在我看来更严重的一项罪行，更甚于退出长达几十年的欧洲盟约，确切来说，欧洲盟约是这整件事的催化剂。

“保守派”这个称呼不再适合他们俩：所谓“保守”，至少包含处事小心和保护祖先遗产的意思。称他们为“纵火犯”感觉更准确。相比之下，迈克尔·戈夫和奈杰尔·法拉奇是真正的右翼思想倡导者，有清晰的行动计划，许多年来一直致力于此。前一位瞄准好似特洛伊木马的“主权”，从这一空洞的象征内必当跳出一个不受约束和管制的金融行业。于二〇一六年七月四日辞职的后一位似乎由衷地执迷于种族观念而不能自拔，同时坚决要让英国不但在人口可否自由流动的问题上，而且在从气候变化到控制枪支、遣返移民等一系列议题上，与欧洲主流划清界限。[1]

一次公投放大了一套本就有缺陷的体制——民主——最坏的方面，把多到令人眼花缭乱的各种议题引入一条非常狭窄的解决途径。表面上是强化——终极民主！非此即彼！——实际操作时却造成一种具有危险误导性的简化。连许多投票支持脱离欧盟的人结果也感到他们投的票没有准确表达他们的心情。他们投票的动机五花八门，同样，留欧阵营里大体也是派系林立。

选票上这个只能两择其一的问题，让人近乎滑稽地变得有些不可理喻。一位母亲仍住在原来街坊的友人，描述她的母亲和一位同辈的伦敦北部的左派人士隔着花园围栏所进行的对话，这位左派人士向我朋友的母亲解释，她本人投票赞成脱欧，为的是“把那个讨厌的卫生大臣赶下台！”哎呀，和这个堂堂大国上下的诸多民众一样，我也渴望除去那位简直人如其名的杰里米·亨特，但结果表明，一场公投远不能一锤敲定上千枚歪斜的钉子。

许多赞成留在欧盟的左派选民的第一反应是这件事的全部症结都

---

1. 法拉奇相信北冰洋冰盖在恢复原状，有关它消融的报道是故意夸大，由环保人士密谋编造出来，与他们串通一气的自然还有“欧盟拥护联邦制的人”。他认为，在邓伯兰校园枪击案发生后施行的严格的枪支管理法应当废除，他觉得，英国保守党国会议员以诺·鲍威尔（Enoch Powell）在“血河”（Rivers of Blood）演说中讲到的“基本原则”是正确的。其中他提到，移民政策和反歧视立法的提案会引起暴动。——作者注

在移民。当数字统计出来，按照阶级和年龄所做的分析结果公布于众后，一场工人阶级的民粹主义革命更清晰地呈现在人们眼前，不过那样一种革命无论怎样总让中产阶级自由派百思不解，他们往往既在政治上天真幼稚，又对工人阶级怀有深情。那一整天，我打电话回家，发邮件，和许多伦敦人——或至少我认识的那部分伦敦人——一起，试图消化我们所感到的巨大冲击。“他们干了什么啊？”我们互相倾诉，有时指那些领导人，在我们看来，他们肯定知道自己在做什么，有时指民众，言下之意是，他们不知道自己在做什么。

现在我禁不住认为，实际情况是反过来的。有所作为，不管什么作为，恰是某种初步的目的所在：新自由主义的显著特征在于，它让人觉得不管做什么都改变不了它，可这次投票献出了一份难得的意外收获，让一套在更多情况下如蒸汽压路机般长驱直进的制度出现混乱的破裂。但就连最乐观的左派解读——将此次事件理解为针对紧缩政策和此前新自由主义经济崩溃而做出的一种多少经过考虑的暴力反抗——也无法否认由这场运动和投票本身所致且伴随而来，似已被释放的日常种族主义。

在许多基于个人叙述的回顾中，我想加入两则轶事，消息来源是我出生于牙买加的母亲。投票一周前，一名光头仔在威尔斯登跑到她面前，用德语冲她高喊“德意志高于一切”，仿佛将人拉回七十年代末。投票结束后的次日，一位在基尔本大道购买床单和毛巾的女士，站在我母亲和其他半打原籍别处的人的近旁，自说自话地扬言：“喔，现在你们全得回家去啦！”

你干了什么，鲍里斯？你干了什么，大卫？然而说到我们唯我独尊的领导人轻率地点燃了导火索，这里面包含着一层不怎么令人愉快的背景，即我们自身以伦敦为中心的唯我独尊论，在我看来，那是同样实际存在的情况，已变成另一种障翳，也许正和鲍里斯这类人盲目的个人野心一样，教人难以识破。我对公投结果深感震惊——许许多多伦敦人似乎也有同感——这种心情表明，不管怎样，我们必定一直被蒙在鼓里，认识不到我们自己的国家已变成什么样。

动身前往北爱尔兰的前一晚，我和几位老朋友一起吃饭，他们都是伦敦北部的知识分子，事实上，工党下院议员安迪·伯纳姆在声称工党失势给英国独立党的原因为工党“过于汉普斯特德[1]化、而不够贴近赫尔[2]”时举例提到的代表正是他们，不过当然，实际上，我们早已被银行家和俄罗斯寡头的漫天抬价赶出了汉普斯特德。用餐时，我们斟酌着英国脱欧的事。伦敦北部每张餐桌前的人大概都在讨论这个话题。但结果，我们无法深入透彻地权衡这件事，因为我们每个人都绝不相信脱欧有可能变成现实。很明显，这是错误的选择，我们显而易见是对的——不然呢？

放下这个问题后，我们一起转而哀叹年轻一代的左派审查或压制他们认为在某些方面错误的言论或观点的奇怪趋势：封杀平台、安全空间及其他等等。对此，我们的看法又都正确无误。但接着，从角落一张沙发传来声音，我们中最聪慧的那位，当时正在给出生不久的宝宝喂奶，等到我们个个停止高谈阔论后，补充道：“那种作风，还不是从我们身上学去的。我们总希望自己在别人眼里是对的。在一项议题上站在正确的一方。追求这一点甚至胜过干任何实事。正确始终是

---

1. Hampstead，英国伦敦的一个区域，长期以来以聚居着知识分子、艺术家和文学家而著称，该区拥有伦敦一些最昂贵的住宅，居民里百万富翁的数目超过英国其他任何地方。
2. Hull，英国东约克郡的一座港口城市，因自动化和捕鱼业受创而沦为英国最贫困的城市。

最重要的。”

在投票结果出来后的几天里，我多次想到这番洞见。我不停阅读自豪的伦敦人写的文章，自豪地谈及他们的城市文化多元、外向开放，与北部这些狭隘排外的地方截然不同。那样讲听上去没错，我亦希望事实的确如此，但我亲眼所见的证据提供了反例。真正在这座城市过着多元文化生活的人是那些子女在各种族混杂的环境下受教育的人，或是生活在名副其实的混居环境里的人，住在公共住房或少数一向为各种族混居的街坊，那种地方不再像我们主观意愿以为的那么多。

对时下许多住在伦敦的人而言，按说属于他们生活中多元文化和跨阶级的方面，实际体现为他们雇佣的人——保姆，清洁工——为他们倒咖啡和开出租车的人，要不然，则体现为少数在私立学校遇见的尼日利亚亲王。残酷的事实是，伦敦处处正在筑起藩篱。围绕学区，围绕居民区，围绕生活。英国脱欧带来的一个有利后果是终于公开展露了一道在英国社会酝酿了三十年的深刻裂痕。北部与南部之间、社会阶级之间、伦敦人和伦敦以外的人之间、富裕的伦敦人和贫穷的伦敦人之间、白人、棕色人种和黑人之间的距离是实际存在的，需要我们每个人来正视，而不仅是那些赞成脱欧的选民。

公投结束后，在立刻歇斯底里地给那些支持脱欧者画像——我自己尤其热衷于此——其间，我踟蹰了一下，想起我的女儿在那所接受特殊扶持措施的学校就读那年，我在操场上注意到的一位年轻女士。和我们其他人一样，她是个妈妈，但至少年轻十五岁。经过几次走在她后面上山、回到我住的房子后，我推断出她的家就在我自己从小长大的那片小区。我会注意到她是因为我的女儿碰巧特别喜欢她的儿子。下一步自然是相约一起玩耍。

可我并未迈出那一步，她也没有。我不知该如何捅破那层隔膜，我感觉她似乎对我怀有畏惧和厌恶，不是因为我是黑人——我看见她和别的黑人母亲愉快地交谈——而因为我是中产阶级。我的家在她所住小区的对面，她见过我打开这扇锃亮的黑色屋门，正如我每天看见她走进那幢统建房的楼梯井。这种令人忐忑的经历，存在于我童年的回忆中，但当时的情况是相反的。我可以邀请住在那栋宽敞华丽、带庭院的房子里的女孩来我们狭小拥挤的公租房吗？后来，我们搬到一间位于威尔斯登富人区的十分舒适像样的公寓，如此一来，我可以去住在基尔本贫民区一间简陋公寓里的朋友家做客吗？

一般来说，答案是可以。难免有点紧张，并偶有令人窘迫的时刻，往来中闹出洋相或瞥见近似悲剧的家庭境遇——尽管如此，但答案还是可以。假如“风险”这个说法适于描述不仅只在象征意义上、还在实际中走入他人的生活，那么过去，我们依旧人人愿意冒此“风险”。但在今天这个不同于以前的英国，走进他人的生活，至少给我的感觉，是不可能的。我相信，她也有同感。我们之间的距离已经变得太大。

这栋又高又窄的维多利亚时代建筑风格的房子是我十五年前买下的，从小到大，我的中产阶级友人拥有的正是这类房子，但现在，它贵得离谱，我担心她会认为我实际付了那样的天价而成为屋主。她的公寓和我的房子，实际相隔不到两百米，但象征的差距远不止于此。我们要跨过这道鸿沟，才可能把我们的孩子约在一起玩耍，但实现不了，因为我根本不敢开口相邀。

严重的不平等分化了社区，一段时日后，这些裂缝大到使整个体系开始崩塌。在这个过程中，每个人都曾一度是受损的一方，但可能没有谁失去的能像白人工人阶级那么多，他们真的一无所有，甚至无法因受到公认的打击或被认定是受害者而在人们眼中享有道德制高点。左派完全以他们为耻。右派仅视他们为实现自己个人野心的有用工具。有人指责我们现今目睹的这场麻烦的工人阶级革命愚蠢——事发当日我自己也这么叱骂——但多花点时间审视这场革命，我们认识到，在另一种意义上，它体现出天赋的才能。他们凭直觉发现敌人的弱点，并有效地利用这些弱点。中产阶级左派如此乐于站在正确的一方！而那么多失去地位的工人阶级选择了明目张胆、不知羞耻地站在错误的一方。

在英国，我们历来有笑话穷人的传统，说他们“苛待自己”“投违背自己利益的票”。但新自由主义派的中产和上层中产阶级也没少自欺，生活在自己镀金的伦敦监狱里。假如你认为那样讲言过其实，去诺丁山看看那些私家保安车，由住户出钱，慢悠悠地在街上来回巡逻，停在一栋栋价值两千万英镑的宅邸前，害怕的可能是波托贝洛路另一边统建住房里的居民仍留着不走。或是上萨伏伊酒店，瞅一眼经典鸡尾酒单，上面提供的最便宜的饮料售价一百英镑（最昂贵的叫作赛泽瑞克——据称是全世界最贵的鸡尾酒——标价五千英镑）。离奇的时代。

诚然，那张鸡尾酒单只是又一个愚蠢的象征，但它是这个时代和地方的产物。有一段时间，伦敦兴起一股拜金热，对我们其余旁观者而言，难以在这样的象征中找到任何安乐、和睦，甚或幸福生活的迹象（什么样幸福的人需要在别人的注视下点一杯五千英镑的鸡尾酒？），不过至少，当人富到这等程度时，可以利用过去曾被伦敦北部资深马克思主义者称作的“虚假意识”，自如地骗自己相信自己是幸福的。“虚假意识”那套陈年靠不住的替代品将不再适合描述这个国家里失去经济和社会地位的人：他们生活艰难，无幸福可言，并且他们知道自己的处境。

我深深相信，除去真正意识形态上信奉右派的人和反对欧盟充当全球资本主义爪牙的高尚的左派人士，大多数投票赞成脱欧的人之所以那么做，是出于愤怒、伤痛和失望，推波助澜的还有多年来政府和媒体蓄意操控的某些低落的情绪和本能冲动。写下下面这句话令我感到痛心：谷歌记录显示，大量英国人在投票后的几小时内搜索“什么是欧盟？”，可见很难否认，我们中有相当一部分人在二〇一六年六月二十三日履行其民主职责时令人遗憾地疏忽轻率。

无论人民怎么投票，我们必须谛听他们的心声，但在投票时表现的无知，不应被称道或狡辩抵赖。除了无知以外，在做出一个重大举动时不认真考虑这个举动对其他人的影响，本身就不对，在这次事件上，影响的是位于你们北面和西面的全体有主权的国民，更别提欧洲其他地区。但我看不出投票赞成脱欧的人有任何特别卑劣的动机。

我们在大声有理地谴责那些思想错误的种族观的同时——它们导致几百万人要求“他们”离开“我们”，把工作机会、公共住房、医院、学校和国家还给我们，或许也该审视一下过去三十年并自问，是什么样的立场态度一直容许另一个阶级的人在幕后暗中施展手腕，确保“他们”和“我们”只是象征性地相遇，而在实际生活中毫无交集。富有的伦敦人，不管支持工党还是保守党，总能够从多元文化和跨阶级关系中拣选出符合他们的类型，训责全国其他地方的民众心胸狭隘，同时却又把他们自身朴素的优点排除在外。我们会常常在街上与“他们”擦肩而过，坐进他们开的出租车，在他们异国风味的餐厅吃他们的食物，但事实上，他们多半不在我们的学校就读，也不出现在我们的社交圈内，他们非常难得走进我们的住所——除非是来干活，改造我们永远改造个没完的厨房。

在英国别的地方，人们确确实实和新来的移民过着密不可分的生活，因他们而被削减工资。他们确确实实得在一届紧缩开支的政府下争夺资源，于是，最容易的做法是将医院没有床位归咎于隔壁那户移民来的人，或是英吉利海峡对面的一套间接的官僚体制，电视上那些煽动人的蠢货不停向人灌输，是因为这套官僚体制，所以国民保健体系经费不足。在这种虚伪和欺骗的氛围下，当身边尽是腐败和贪污，贫穷的工人阶级难道还应当做个“好人”吗？当人人都在筑起藩篱时，生活在露天里的岂不是真正的傻子？

时下，新闻更迭的速度之快让人感觉一切将要失控，很多人开始讨论再举行一次公投，若那样的话，必然将加深许多失去地位的人原本的怀疑，让他们相信，只有我们，富有的、持正确观点赞成留在欧盟的人，做出的决定才真正有效。不行：这是我们的船，显然我们必须坐在同一条船上。但承认我们各自都有该负的责任，不等于为那些在这个可耻的昨夜担任逍遥音乐会指挥、发挥了核心作用的人开脱。卡梅伦和约翰逊已经主动或被迫自食其果，戈夫步他们的后尘，可无能至极的杰里米·科尔宾——尽管众叛亲离——拒不退让。倘若事实上，他果真不仅在支持留在欧盟的运动中无所作为，还有份“故意破坏”——如下院议员、在“为了英国，留在欧盟”运动中担任工党党团主席的菲尔·威尔逊声称的那样——那么科尔宾彻底辜负了才刚把他大举推上台的年轻选民[1]。他必须辞职。

在英国，当我们把一所学校划归为需要特殊扶持措施时，一部分比较乐观的中产阶级妈妈——我自己亦在此列——一边喝着早晨的咖

1. 乔纳森·弗雷德兰，“年轻人把杰里米·科尔宾选上台，但他在英国脱欧问题上辜负了他们”，《卫报》，2016 年 6 月 27 日。——作者注

啡，一边咕哝："喔，特殊扶持措施其实是好事，因为这样一来，他们将必须采取一些对策。"如今需要特殊扶持措施的是英国——这场一直存在的危机已然暴露——与其再去掩盖这个烂摊子，我们倒不如开始努力建设，改变现状。第一件要做的事是更换"首脑"——像对付每一所评分不及格的学校一样——然后帮助剩下的左派人士做好战斗准备。欧洲给予英国人民的权利和贸易保护制度，无论多不完善，眼下必不可被法拉奇派提出的英国主权这套无稽之谈所取代，若那样的话，如同一个断了两条臂膀、残废的圣乔治[1]，拾起他的剑，一瘸一拐地去和欧盟这条龙较量，从明显处于劣势的位置，重新协商所有我们过去花了几十年达成的条款。

在我动手写这篇文章之际，有人看到法拉奇得意洋洋，穿着一双英国国旗图案的鞋子，参加一个私人露天聚会，同到场的有鲁伯特·默多克和亚历山大·列别杰夫，后者的儿子拥有《伦敦晚旗报》和《独立报》，还有当时正在竞选保守党领袖的利亚姆·福克斯，他们关起门来讨论公共事务。到我完成这篇文章时，法拉奇已辞职，他说，"我要重新过正常人的生活。"在英国，奈杰尔之流是过客，但鲁伯特之流永久不衰。我和我英国同胞的生活至少在一定程度上，时刻被一个固定的、非民选的百万富豪阶层所主宰，他们拥有报纸和大部分电视台，法拉奇之类的荒唐人物通过这些媒介轻松崛起，从而左右选举和影响政策。另一条十分有用的教训：战后英国人民与政府之间的协定不是一成不变的，它可能会被人民集体推翻，或被几个不怀好意的演员所践踏。因此，在战争的废墟上建立起全民保健体系、提供公立教育和公共住房这些开明的自由派的主张，如今需要有一个政党

1. Saint George，传说中英国的守护神。

愿意在全球资本主义的新时代下重新把它们提出来，但那个政党是否依旧还能够担得起“劳工”[1]一名，我们得拭目以待。

新近的移民来到这个国家，恰是因为这套沿袭的制度——住房、教育和医疗——固然，有些是来纯粹享受好处的。但绝大多数是来成为其中的一员：他们送他们的孩子上我们的公立学校，他们交他们在英国该交的税，他们努力进取。到海外寻求更好的生活，或逃离因战争——其中许多我们本身有份插手——而四分五裂的国家，这么做显然不是犯罪或罪过。在英国，我们是否依旧知道，什么是更好的生活、哪些是必需条件和怎样实现，现在成了一个存疑的问题。

投票过后几天，我去了法国，给我在纽约大学的学生教授他们夏季在巴黎的课程，我以为在这么短时间内去教课绝非易事。一下火车，我前往一家餐厅吃饭，坐在我对面的是我的一位同事，出生于波斯尼亚的作家亚历山大·黑蒙。我点了一杯饮料，激动地宣称英国脱欧是“一场天大的灾难”。小说家易夸大其词。黑蒙叹了口气，苦笑着说：“不，仅是‘一场灾难’而已。战争是天大的灾难。”经历过南斯拉夫血腥的主权崩溃，让人有了一个参照系。那样规模的一场欧洲大战，是英国迄今半个多世纪以来一直私下里避免遭遇的，成立欧盟的部分原因也是为了预防那样的战争。我们会不会在这条标明“灾难”的路上继续走得更远，也取决于我们。

1. 工党创立时，初称劳工代表委员会。

/

论乐观主义和灰心失望

首先我要承认，我站在这里是件荒谬的事。领取一个文学奖也许总归有点荒谬，但在像这样的时刻，不但获奖者，连颁奖人也对这项活动[1]感到些许困窘。但这就是我们今天的现状。西方出了一个特朗普总统，大西洋另一边，一个统一的欧洲日暮途穷——但我们依旧在这儿，颁发一个文学奖，有人领取。十一月八日大选的结果使许许多多更为重要的事变得荒谬无意义，以致我不愿把我自己的写作列在这份清单里，之所以在此提到我的写作，完全是因为近来，在谈到我的作品时，人们最常问我的问题让我觉得和即将到来的局面不无关系。

人们问的是："在你早期的小说里，你看上去非常乐观，但现在你的书略带灰心和失望色彩。可以这么讲吗？"提出这个问题时通常用的是一种会意的期盼的语气——无论是谁，若曾听过小孩为了某件她其实已经干了的事而征求许可的话，都会辨识得出这种语气。有时人们问得更直接明了得多，像是："你以前大力提倡'多元文化主义'。现在，你会承认这种主张失败了吗？"听到这类问题，提醒了我，七十、八十或九十年代期间，在比如说英国、法国或波兰一处偏远的农村，成长在同一个种族的文化下，等于让人以为自己单纯地活在这个世上，不受历史的干扰，而同时期在伦敦长大的人，比方说，隔壁住的是信仰伊斯兰教的巴基斯坦人，楼下是信仰印度教的印度人，马路对面住着来自拉脱维亚的犹太人，这样的经历，过去在他人眼里表现为一种特殊的历史性的社会实验，现在则受到质疑。

诚然，小时候，我没意识到自己所过的生活在他人看来有丝毫暂且性或实验性的特色：我以为生活就是那样。我以我儿时生活的伦敦为背景写了一部小说，那时我亦未意识到，描写一个由来自不同地方的人组成的、大家相对和平共处的环境，是在“提倡”一种实际处于试验中的情境，其存在所需的条件可以被突然勾销。这一切说明二十一岁时的我非常天真。我以为把我家族中黑人血统的祖先从非洲西海岸经由奴隶贸易带到加勒比地区、又通过殖民主义和后殖民主义带到英国的历史动力确凿真实，和诸如清洗了一个意大利小村子里的犹太人、并由于那儿和米兰的地理距离而使村里的居民始终以白人天主教徒为主的历史动力无异——同一时期，我所在的英国的那一隅，汇集了不同种族和不同信仰的人。我以为我的生活和在意大利一处偏远乡村度过的生活一样，取决于一定条件，在这两种情况下，历史的车轮都只向着一个可能的方向转动：前进。我不认为仅仅描绘这样的生活，或不把这样的生活写成悲剧的发端，是在“提倡”多元文化主义。

然而，我想即便在二十一岁时，我也不至于幼稚到相信单一种族的社会，仅因为大家同属一个种族而必然比我们的更快乐或更太平。毕竟，年龄只及我一半的小孩也知晓古希腊人对彼此干了什么，还有

1. 这篇文章是 2016 年 11 月 10 日我在领取德国《世界报》颁发的文学奖时所作的演讲的文字版。

罗马人、十七世纪的英国人和十九世纪的美国人。年轻时我最好的朋友——现在我的丈夫——他本人来自北爱尔兰，那儿的人在外貌上没有本质区别，饮食习惯一样，向同一个上帝祷告，阅读相同的圣书，穿相同风格的衣服，庆祝相同的节日，却经历了四百年的战火，至今未熄，起因是一个相当细微的教义上的差别，但后来被听任演变成有关土地、政权和民族认同的一场无所不包的争端。同种族不能保证和平，一如多种族不是注定不能共处。

近来，我发现无论在右派还是左派中，怀念过去已变成一个反复出现的政治主题。十一月十日，据《纽约时报》报道，近百分之七十的共和党人更希望美国回到五十年代时的光景，当然，像我这样的人完全体会不了这种怀旧之情，因为若在那个年代，我不能投票，不能和我的丈夫结婚，不能有自己的孩子，不能在我现任教的大学里工作，也不能住在我现在生活的社区。时间旅行是一种自由决定的把戏：对有些人来说是消遣游览，对其他人来说是可怖的经历。与此同时，一些左派人士也有他们自己憧憬的时间旅行，想象同一套曾经用在工人权利、福利和贸易上的刻板的意识形态原则，可以原封不动地应用于一个全球化、资本流动的世界。

但话说回来，一项失败了的计划——诚如适用于我小说里那个微小、不真实的天地——这个问题问得并非完全没有道理。确实，我以前的小说比较阳光，现在的蒙上了层层阴云。我把这一变化的部分原因，简单地归于人到中年的经历：我在少不更事时写了《白牙》，然后和这部作品一起成长。随着人生本身忧愁的增多，人在中年时的艺术创作肯定总比年轻时的更阴郁。但若佯称那是唯一的原因，未免显得不诚实。我既是一个独立的个体，又是一名公民。长久以来，公民身份教我们明白一个道理，在和人有关的事务上不可能实现完美。

二十一岁时的我，对这个事实依旧懵懂无知，到四十一岁，有了一点更清晰的认识。

诚如即将离任的美国总统深知的，这个世上绝无一蹴而就的进步。只有一厢情愿的盲目之徒才会拒绝承认人类存在的历史同时亦是一部苦难史：充斥着暴行、谋杀、大规模的灭绝行径、各种形式的唯利是图和周期性的惨象。没有一方土地免于受难；没有一个民族不沾染鲜血；没有一个部落完全清白。尽管如此，犹可安慰的是，人类依旧在逐渐走向进步。虽然在那些抱着世界末日观的人看来，前进的脚步也许小了点，但对不太久以前还不能投票、不能和她的祖国同胞在同一个公共饮水器旁饮水、也不能和她自己选择的人结婚、不能住在某个社区的我来说，这种渐进式的变化让人感觉显著。

另一方面，穿越时光隧道的梦想——对新上任的总统、文学记者和作家来说都一样——不过如此：是一个梦。而且只有在当前给予你的权利和特殊待遇与过去给予你的一致的情况下，做这样的梦才无可非议。要说时下有些白人男性比别人更为历史而感伤，这种情况不足为奇：他们享有的权利和特殊待遇由来已久。相比之下，对一名黑人女性而言，过上像样生活的历史可短得多。若生在一三六〇年，一七六〇年，一八六〇年，一九六〇年，我会是怎样的境遇，我会做什么——或更要紧的，人们会对我做什么？我这样讲，不是为了把自己放在十足的受害者或历史清白的位置上。我非常清楚我的西非祖先贩卖他们同部落的兄弟和邻居，使他们成为奴隶。我不相信有人在政治上或私下里是纯粹清白和绝对正直的。

可我也不相信我们可以穿越时光隧道。我相信人是有局限的，并非出于任何宿命论的观念，而是因为从近期和久远的往事中一点一滴学会了谨慎持重。我们永远不可能做到完美：那是我们的局限性。但我们可以拥有，并已经拥有过能让我们真心感到骄傲的时刻。早在一九九九年，我为我所在的社区、为我童年时的生活而感到骄傲。虽然实际情况称不上完美，但让人觉得一切皆有可能。要说我的小说蒙上了阴云，原因不是曾经完美的东西结果被证明为一场空，而是因为曾经有可能的东西——对成千上万人来说依旧是可能的东西——如今遭到否决，仿佛从来没有过这回事，从来不存在这样的可能性。

写到这儿，我发现自己多少偏离了出席领取一个文学奖时理当有的喜悦。请大家别误会，我非常高兴接受这份殊荣。我不只高兴，而且感到讶异。刚开始写作时，我根本没想过，我生活圈子外的人会阅读这些书，更别提英国以外的读者，别提——用我父亲喜欢的称呼——“欧洲大陆的”读者。我记得，当我人生第一次到欧洲巡回宣传新书时，我简直惊呆了，我带了我的父亲去德国，他上一次去那儿是一九四五年，以年轻士兵的身份参加战后的重建工作。对他来说，这是一趟充满怀旧之情的旅行：当年，他曾爱上一个德国姑娘，旅途中他向我坦白，他人生的一大遗憾是没有同那个姑娘结婚，而是返乡，回到英国，先和一个女人结了婚，后来又结了一次，和我的母亲。

我敢肯定，在那次行程中，我们组成一对滑稽的旅伴：一个年轻的黑人姑娘和她年事已高的白人父亲，手里攥着旅行指南，在柏林寻找近五十年前我父亲走访过的那些地点。我的乐观主义和灰心失望都是从他身上继承来的，他曾参加了解放伯根·贝尔森集中营的行动，因此见过这个世界呈现给人们的最坏的一面，但在那个基础上，他还是向前看，充分敞开胸怀，毫无偏见，大步迈入婚姻的殿堂，一次失败后又迈入一次，两次婚姻均跨越阶级、肤色和性情等多重界线，却仍然在生活中找到振作向上的理由，甚至快乐的理由。

现在我认识到，他是我遇见的人里意识形态观念最淡薄的一位。他把发生在他身上的每件事当成特殊的个案，不能够或不愿意从中做出归纳总结。他失了业，却未丧失对他祖国的信念。教育体制辜负了他，他却依然推崇它，把他对子女的所有希望寄托在这个体制上。他与女性的关系多半糟得一塌糊涂，但他不恨女人。在他心中，他娶的不是一个黑人姑娘，他娶的是“伊冯娜”，他的混血子女不是一组实验结果，他有的是我、我的弟弟本和我的弟弟卢克。

这样的人多么罕见啊！尽管如此，我并未天真到相信历史上一度有足够数量的这样的人，建立起一个善良包容的社会。但我也绝不想否认有这样的人，或可以活得像他那样。他是白人工人阶级中的一员，一个时常蒙受失望之苦但骨子里依旧保持乐观的人。也许换一个时代，在不同文化的影响下，生活在一个不同的社会里，他可能会变成一名偏激、愤怒的白人老头，是今天左派避之唯恐不及的对象。实际上，生于一九二五年、逝于二〇〇六年的他，目睹他的子女在战后开明政策的保护下，从免费的教育和免费的保健中获益，感到自己有许多值得庆幸的理由。

我接触认识的世界就是这样。世事变迁，但历史不因变化而被抹杀，过去的范例依旧为我们大家提供新的可能，提供机会，为新一代人，重新创造曾经让我们自己获益的条件。我和我的读者身处的环境都不再是《白牙》里所描画的那种相对阳光灿烂的高地。但我从中得出的教训并非那部小说表现的生活虚假、不切实际，而是进步绝非永恒不变，它时刻受到威胁，若要保持下去，必须不断强化、重申、重新构想。我承认这不是容易的事。我提不出解决的办法。我天生不懂政治，依我的见识，时下是政治上最黑暗的时期。我的工作，不管有用与否，关心的是人们私下的生活。那些问我有关“多元文化主义失败”的人想要表达的，不但是一种政治意识形态落了空，还包含人类自身变了，现在的人基本不能撇开他们的许多差异而和平共处。

就后一种观点而论，该保留一颗纯真童心的人是作家，但我可以断言，相信人性会发生根本、不可逆转的改变的人，本身即脱离历史、天真幼稚。小说家认识到的第一件事就是每个公民的内心是多元的：他们骨子里什么行为都做得出。他们好比错综复杂的乐谱，从中可以抽取某些旋律，忽略或遏制别的旋律，取决的因素，至少部分，在于指挥的人是谁。眼下，世界各地——尤其是刚结束大选的美国——站在这支人类管弦乐队前的指挥，心中有的只是最卑劣最平庸的旋律。在德国，人们不会忘记这样的军歌；这些歌曲并非遥远的回忆。它们曾在这样或那样的时刻，在世界的某个角落上演。现在，我们中亦记得有过更美好的乐曲的人，必须努力将这样的乐曲演奏出来，并尽我们的能力，鼓励其他人一起跟着歌咏。

第二部

在台下

In the Audience

/

“为什么？”世代

今天，一代人的时间跨度是多久？我和马克·扎克伯格应属同一代人——我们只相差九岁——但不知为何，感觉上我们不是。虽然事实上我可以说（每个二〇〇三年秋季生活在哈佛校园的人都可以说）“我亲眼见证了”脸书的创立，并记得“比脸”网站和它引起的纷争；还有那位娇小玲珑的电影明星[1]，无论走到哪儿，总有迷恋她的男生踏雪跟在她身后，那可怕的雪啊，冻得人脚趾发白，让人提不起精神，以不见血的方式终结了我街区内一只松鼠的性命：僵硬，不省人事，外观完整无缺——像是布拉施卡父子[2]制作的玻璃花。无疑，从今往后我记忆中自己与扎克伯格的接近程度会出现偏差，和六十年代生活在利物浦的每个人都认识约翰·列侬一个道理。

不过即便当时，我也觉得自己和扎克伯格及所有在哈佛就读的学生之间有距离。这种距离感今天依旧存在，甚至更加严重，因为我益发（主动或被动地）脱离他们所信奉的事物。我们对事情的看法不同。尤其在人是什么或应是怎样的问题上，我们的观点不同。我经常担心我对做人的看法过于老派、有失理性、与事实不符。也许脸书世代建立起他们的虚拟大厦是出于好意，旨在给和他们一样的真正的2.0世代的人提供栖身之所，假如我觉得跟他们格格不入，原因是我仍止步于1.0世代的阶段。可另一方面，我和脸书世代最末一批人（主要是我的学生）相处的时间越久，就越发深信，时下塑造了他们这一代人的部分软件配不上他们。他们比软件更有意思，他们值得更好的东西。

通过《社交网络》，脸书世代有了一部几乎可与他们相称的电影，这个事实如此出乎意料，使这部影片给人的感觉比实际上可能更富趣味。从开场戏可以明显看出，这是一部由1.0世代的人（艾伦·索金和大卫·芬奇，分别是四十九岁和四十八岁）拍摄的讲2.0世代人的电影。天哪，这部有声电影，每分钟的台词数都和《女友礼拜五》[3]一样多。一个叫马克的男生，和他的女友埃丽卡坐在哈佛一间酒吧的一张小桌旁，互相指摘，那没完没了的架势是典型的因《白宫风云》而知名的索金风格（但在《社交网络》里双方都从未讲过“跟我来”[4]——对此我们该谢天谢地）。

可这个小伙子有点不对劲：他与人的目光交流时断时续；他似乎不懂普通的措辞特点或语言的多义性；他古板到出言不逊，迂腐学究得咄咄逼人。（“终极俱乐部，”他们在讨论哈佛那些排外的精英社团时，马克纠正埃丽卡的说法，“不是终结俱乐部。”）当埃丽卡向他提出分手时，他不明白发生了什么。（“等等，这是真的吗？”）他也不

1. 应指娜塔莉·波特曼。
2. 19世纪的德国艺术家，曾为哈佛大学自然历史博物馆制作了超过4 300多件植物玻璃雕塑。
3. 美国哥伦比亚电影公司1940年出品的爱情喜剧电影，由霍华德·霍克斯执导，加里·格兰特，罗莎琳德·拉塞尔主演，片中人物说台词的语速极快，且台词密度很大。
4. 表示“我有话要跟你说”，在《白宫风云》里，索金大量采用了这种边走边说的叙事手法。

明白为什么。他不了解，一句在他看来可能是陈述事实的话，在另一方听来，或许还包含了几分针对个人的色彩，会引人不快：

> 埃丽卡：我得去上自习。
>
> 马克：你不用上自习。
>
> 埃丽卡：你怎么知道我不用上自习？！
>
> 马克：因为你念的是波士顿大学！

简单来讲，他是个电脑怪人，有社交“自闭症”：芬奇电影爱好者熟悉的一类人物，如同《女友礼拜五》里那位犬儒的新闻记者之于爱好霍华德·霍克斯电影的观众一样。对索金而言，创造扎克伯格这个人物几乎不需挥毫泼墨。我们走进影院，期待看到这个家伙，心中已自信地勾勒出他的轮廓，望着索金在此基础上渲染着色，不啻一件乐事。因为有时我们从群体文化推断一个人的总体个性。或认为可以这样做。书呆子为何有书呆子那样的行径，岂不众所周知？为了赚钱，有钱可以变得受人欢迎，可以追到女孩子。索金坚信一切有因的迷思，编造了一个振奋人心的故事，两度受挫后——被埃丽卡甩了，遭终极俱乐部里最精英的坡斯廉俱乐部拒之门外，扎克伯格开启了卧薪尝胆、飞黄腾达的历程。中间穿插了许多背叛的情节，许多场发生在律师办公室、阴沉压抑、鲜明体现人物性格的口头取证戏。（“你最好的朋友要告你！”）索金把《好人寥寥》里典型的军人形象换成另一个清一色是男性的群体，穿着另一种不同的制服：“盖璞”牌连帽运动衫，“北面”牌运动套装。

我去的那家电影院，离纽约大学几个街区，观众欣喜于这种亲密的认同感。但假如文艺青年和书呆子希望看到芬奇一贯的炫技，他们会失望：在一间律师办公室里，可供芬奇施展的空间不多。他只好在哈佛和后来的法庭诉讼间进行高超、快速的剪切，其次，在幕后尽情发挥芬奇另一较少为人关注的专长——出色的选角。短期内，银幕上不会出现一个奇人，能把扎克伯格的扮演者杰西·艾森伯格比下去，成为我们心目中的头号书呆子类型。被动攻击式的平直语气。在自己以外的他者讲话时表现出的贼溜溜的厌烦。难以抑制的假笑。艾森伯格甚至在走路姿势上也合乎书呆子的身份：不是侧身、畏缩地曳步（一副“别打我！”的模样），而是鼓起胸膛、雄赳赳的行进（表明“我的身高不是五英尺八英寸，而是五英尺九英寸！”）自然，少不了帆布背包。一个长达四分钟的镜头，拍摄他完全以这样的步态一路走过哈佛校园，最终抵达他的归属，唯一让他如鱼得水的地方，他的手提电脑前，写他的博客：

> 埃丽卡·奥尔布赖特是个婊子。你认为原因是她的家人改了原来的姓氏阿尔布雷希特，还是在你看来，波士顿大学的女生都是婊子？

哦，是呀，我们认识这家伙。过度程式化、怒气冲冲、独来独往。在他周围，芬奇安排了一群真实可信的 1.0 世代的人，相继遭到他的背叛和羞辱，随着剧情的发展，他们联合起来起诉他。要说这是一部三幕剧的电影，原因在于扎克伯格坑害的人太多，无法被从容地涵盖在两幕剧内：温克莱沃斯双胞胎兄弟和迪维亚·纳兰德拉（据说扎克伯格从他们那儿窃取了创建脸书的点子），接着是他最好的朋友爱德华多·萨维林（他将这位首席财务官排挤出公司），最后还有肖恩·帕克，音乐共享程序纳普斯特的孩儿王，不过公平地讲，他也大大坑了自己。所有这些背叛似乎集中体现在爱德华多身上——体现在演员安德鲁·加菲尔德那张灵动、俊俏的脸上——变成令人痛苦的私人恩怨。几场仲裁的戏，如此死气沉沉，本该索然乏味，但其中的感染力来自艾森伯格无动于衷的面容（他的眉毛几乎一动不动；现实中扎克伯格的眉毛压根儿不动）和加菲尔德带着哀求的难以置信的表情之间形成的怪诞反差，简直像是另一部法庭大戏《风的传人》里斯宾塞·屈塞的慷慨激昂对上弗雷德里克·马奇的古板不化。

不过，芬奇还是任性地拍了一组（实实在在）卖弄的镜头。在影片进行到一半时，他插入了一场引人入胜却并非十分必要的戏，展现英俊的温克莱沃斯双胞胎兄弟（就一个讲书呆子的故事而言，里面的所有男性都出奇英俊）参加皇家亨利赛舟会。这两位金发巨人划桨的样子俨然冠军一般。（扮演者是一个人，阿米·哈默，经过数码复制，变成俩。完全处于 1.0 世代的我看电影时花了一个钟头，试图找出这对双胞胎的区别。）他们手臂的运动快得教人起疑，不似真人的手臂，他们的肌肉像是用尖头钢笔勾勒出来的，溅起的水花滴滴分明，如卡拉瓦乔[1]所绘，还有配乐！九寸钉乐队[2]的特伦特·雷泽诺给爱德华·格里格本已相当粗犷的《魔王的宫殿》增添了一层极致的野性[3]。各种音响合成器和白噪音。这是音乐录影带的风格——这种艺术

---

1. 米开朗基罗·梅里西·达·卡拉瓦乔（Michelangelo Merisi da Caravaggio, 1571—1610），意大利画家，通常被认为属于巴洛克画派，对巴洛克画派的形成有重要影响。
2. 美国工业摇滚代表性乐队，成立于 1988 年。
3. 爱德华·格里格（Edvard Grieg, 1843—1907），挪威作曲家，19 世纪下半叶挪威民族乐派代表人物。《魔王的宫殿》是格里格应邀为易卜生的诗剧《培尔·金特》所写的配乐组曲中的一个曲子，完成于 1874 年至 1875 年间。

形式是我这一代夹在X世代[1]和Y世代[2]之间的人真正擅长的——它显示了超真实再现的技巧，这种技巧使得芬奇的《搏击俱乐部》具有不可抗拒的魅力，同时又让他的众多影迷对现实世界总感到几分失望。总之，同样，这对双胞胎以些微之差输了比赛，让芬奇可以用重申主题的理由证明这场戏的必要性：有时非常接近根本不等于够近。或像马克坐在会议桌对面笑言的："倘若脸书是你们想出来的点子，你们早该创建起脸书了。"

留给扎克伯格唯一的出路是在关键时刻遇到他生命中的魔鬼：自然，他是一位网络音乐的创业者。脸书世代的人天生期盼（希望？）看到流行乐歌星在大银幕上栽跟头，但扮演肖恩·帕克的贾斯汀·汀布莱克漂亮地没有使他们如愿：无论在人们看来他是不是个可鄙之徒，他确实演出了一个十足的可鄙之徒。精心修剪过的眉毛，汗津津的额头，还有那因吸食了可卡因而神魂颠倒、薄如蝉翼的自信，随时可能情绪失控，变得偏执多疑。汀布莱克踩着优雅的舞步，在第三幕中登场，呈现给观众及扎克伯格的，与他过去十年里在他的音乐录影带中呈现给我们的在本质上毫无差别：都是美好生活的幻象。

这层幻象亦薄如蝉翼，对此芬奇加以无情的讽刺，而且，又是我们熟悉的大纲：天鹅绒绳索拉起的围栏，把你当作国王般招待的酒吧女服务员，可随时享用的最好的一切，一个专属于你的特别包间，过分讲究、分量极少的昂贵食物（"能给我们上点吃的吗？酱烤猪肉配蜜姜？你看着办，金枪鱼刺身，几根龙虾钳，鹅肝虾仁饺，我

1. Generation X，又称"无名一代"，指1961—1971年之间出生的美国人，以不满现实和无生活目标为特征。
2. Generation Y，又称"千禧世代"，指20世纪70年代末、80年代初出生的美国人。

们先要这些”)，苹果马丁尼，和“维多利亚的秘密”的模特约会，在家中举行放浪形骸的派对，豪华轿车、西装革履、可卡因和一个“心比天高”的目标：“一百万美元没什么了不起。你知道了不起的是什么吗？……十亿美元。”在一家华丽的夜总会，帕克一边喝着鸡尾酒，一边向扎克伯格描绘有了十亿身家后他的人生会是怎样的前景，讲得他一愣一愣。芬奇让嘭嘭作响的欧式浩室音乐[1]保持和实际生活中一模一样的音量大小：演员几乎必须吼着才能盖过音乐，让别人听见他们的讲话。和许多前人书呆子一样，扎克伯格被糊弄地相信自己身处天堂，而察觉不到他实际是在地狱。

脸书世代对这类“名人生活方式”的痴迷是我们再熟悉不过的。这种痴迷教人同情，令我们感到心痛，我们能识别出来。可扎克伯格，现实中的扎克伯格，会识别出来吗？上述种种真的是他的动机，他的执念吗？不——影片本身也认识到这一点。剧本好几次试图将现实中扎克伯格明显不在乎钱的一面和《社交网络》的剧情发展调和在一起—— 但始终不太成功。有一场马克与律师争执的戏，索金试图偷梁换柱，把爱好钱变成爱好权力：

> 女士，我知道你做了功课，所以你明白，钱不是我人生中重要的一环，但此刻，我可以买下哈佛大学，取得凤凰社，把它变成我的乒乓球室。

但那样做解释不了为什么青少年时的扎克伯格拿他写的免费

1. House music，一种电子舞曲类型，从迪斯科音乐发展出来，最早起源于美国20世纪80年代初期到中期，浩室（House）一词出自芝加哥的知名舞厅“仓库”（Warehouse）。

应用程序换取一台 MP3 播放器［类似非常流行的网络电台潘多拉（Pandora），可以识别每个人喜欢的音乐类型］，而不是把程序卖给微软。十七岁、念高中的他希望让自己获取什么样的权力？女朋友，是吗？可追女孩子这个动机显然站不住脚——经历了短暂的单身后，自二〇〇三年起，扎克伯格一直有个固定的美籍华裔女友，如今就读于医学院[1]，电影将这个事实完全排除在外。影片结尾，所有诉讼告一段落（“给他们钱吧。从大局来看，这好比一张停车罚单”），我们看到一个垂头丧气的扎克伯格，坐在他的手提电脑前，仍念念不忘分手已久的埃丽卡，在脸书上向她发送了一个“添加好友”的请求，然后一遍又一遍地刷新网页，期待她的回复……芬奇先锋派的粉饰手法如此具有说服力，以致演到这最后一个镜头，我才发现这部极具观赏性、与事实差以千里的传记片的显目鼻祖。好莱坞依旧相信每个大亨内心存着一样放不下的东西：玫瑰花蕾[2]——来会一会埃丽卡吧。

假如不是为了钱，也不是为了女人——那是为了什么？在扎克伯格身上，我们看到一个真正的美国之谜。这个谜也许并不神秘，他只是有更长远的目标，坚持不妥协：不是十亿美元，而是一千亿。或有可能他就是热爱编程？无疑，电影拍摄者考虑过这个方案，但谁都看得出他们的两难处境：若的确存在编程的乐趣，如何用一种既影像化、又可让人理解的方式表现这种乐趣呢？众所周知，电影不擅长将艺术创作过程中的苦与乐视觉化，即便观众都熟悉那个创作媒介。

编程是一道全新的难题。芬奇大胆尝试用动作戏表现编程的激情张力（“他的脑子接着电脑呢”，人们对其他人说，阻止他们打扰另一

1. 2012 年，扎克伯格和女友普莉希拉·陈结为夫妇。
2. Rosebud，电影《公民凯恩》中主人公凯恩临终前留下的最后一句话，影片由此开始，以寻找“玫瑰花蕾”为线索，追溯了报业大亨凯恩的一生。

个独坐在手提电脑前、戴着降噪耳机的人），片中有一场在扎克伯格宿舍房间举行的“写程序喝伏特加”的派对，给我们提供了某些领略这份乐趣的线索。可即便我们花半部电影的时间盯着那些忙碌的屏幕（我们的确粗略了解了几分），我们中的大部分人仍不会懂。观看这部电影时，虽然明知索金想要我们站在反对的立场，但我们还是忍不住为这个2.0世代涌起些许骄傲。他们承受了十载的斥责声，批评他们在绘画、小说、音乐或政治上没有正经的建树。原来这些聪明绝顶的2.0世代的年轻人一直在从事别的非凡的创作。他们在创造一个世界。

创造世界的人，创造社交网络的人，首先面临一个问题：怎么做才能办到？扎克伯格在大约三周内解决了那个问题。另一个问题，伦理问题，是他后来遇到的：为什么？为什么创建脸书？为什么采用这种形式？为什么那样做？为什么不换一种方式？反观现实中的扎克伯格，透过录像和有关他的文字报道，引人注目的一点是，在“为什么”要脸书这个问题上，他的观点相当平庸无奇。他用“联系”这个说法，犹如信徒提到“耶稣”，仿佛这个词本身神圣不可侵犯：“所以创建脸书，呃，其实是为了促进人与人之间的联系，帮助大家跟他们想要保持联系的人分享信息……”联系是目的所在。那种联系的品质、从中传递的信息的品质，因联系而可能建立的人际关系的品质——没有一样是重要的。他似乎从来没想过，很多社交网络软件明摆着鼓励人们相互建立薄弱、肤浅的联系（如马尔科姆·格拉德威尔最近论述的）[1]，这样做恐怕不是一件完全正面的事。

至少可以说，他对涉及隐私——及社交本身——的哲学问题漠

1. 见“微变：为什么发推特带不来革命（Small Change: Why the Revolution Will Not Be Tweeted）”，《纽约客》，2010年10月4日。——作者注

不关心，而这些问题是由他编写的高明程序所引发的。看他接受问讯时，我发现自己盼着反唇相讥的场面，那个著名的小子扎克伯格讲出克制而伶俐的挖苦之语——然后记起那只是索金写的剧本。现实中的扎克伯格远更像他的网站，曾有一段时间（2004 年），他给网站的每个页面附上说明：马克·扎克伯格出品。克制却无趣，聪明、品行纯洁，但一成不变地平淡、缺乏意识形态、无动于衷。

据《纽约客》所作的扎克伯格小传披露，在他本人的脸书页面上，兴趣一栏里列出的有极简主义、革命和“消除欲望”。[1] 从中我们还获知他喜爱古希腊的文化和著作。这大概是现实中的扎克伯格与虚构的扎克伯格之间脱节的地方：影片将他置于充斥着背叛和无度的罗马帝国，可实际的扎克伯格也许归属希腊，是斯多葛派[2]（“消除欲望”？）中的一员。我们可以从比较两个扎克伯格的相貌特征中找到线索：现实中的扎克伯格（尤其从侧面看）是希腊雕塑，高贵、面无表情、有一点像“持矛者”（注意：仅是面部——论躯干，他绝对不是七头身）。银幕上的马克看起来像罗马人，脸部细节特征清晰丰满。扎克伯格有关系稳定的女友，住着租来的房子，上电视时，即便人们用非常粗鲁的态度对待他，他也拒绝动怒（而是冒汗），这样的他是有几分少年斯多葛派学者的特征。诚然，假如消除了欲望，人就没什么需要隐瞒的东西了，不是吗？

我们在讨论的是那样一类年轻人，这类人决不会在酒吧的厕所里

1. 见何塞·安东尼奥·巴尔加斯（Jose Antonio Vargas）所撰的“脸书的脸：马克·扎克伯格畅所欲言（The Face of Facebook: Mark Zuckerberg Opens Up）”，《纽约客》，2010 年 9 月 20 日。
2. 古希腊哲学学派，强调在社会生活中顺从天命，安于自己所处的地位，恬淡寡欲，只有这样才能得到幸福。

与倾慕者交媾——如电影里所发生的——或为了一个“维多利亚的秘密”的模特而抛弃医生女友。正是这种年轻人，他们会觉得让人们少一点隐私不是坏事。扎克伯格构想的开放的因特网有个显著特点，它需要人们拿出满不在乎的态度才可实现，对此脸书成员尝到过滋味，当时网站的隐私设置发生改变，允许更多信息变得更公开化，包括有可能（无意中）让你的多拉姨妈突然发现你在上周二加入了同性恋组织“酷儿国”。是同性恋的年轻人变成了不是同性恋，参加派对的人撤下了他们在派对上的照片，政治狂热分子掐灭了他们的热情。在现实生活中，我们可以照自己的意愿、按自己的方式，做自己，选择自己的伙伴。在真相毕露的一刻，脸书忘记了那一条。或是等不及我们朝着它所预测的方向改变。在隐私这个问题上，扎克伯格告诉全世界：“那条社会规范不过是随着时间演变而来的东西。”这下，全世界人发出抗议，声势浩大，因此脸书作出回应，改版了网站，让人可以对他们的朋友进行“分组”，有的朋友看到的个人信息多一些，有的看到的少一些。

这项革新将如何与“脸书挂钩”[1]的功能协调运作，尚待分晓。脸书挂钩是“脸书平台的下一个版本”，由此用户被迫“可以”将他们在脸书上的身份、朋友及隐私与任何网站“联系”在一起。在这个新的开放的因特网中，我们将携带我们真实的身份，穿行于网络之中。这一方案似乎能带来某些直接的克己的好处：不再有匿名的怨愤，不再有煽动性的发帖挑衅：假如在脸书以外的虚拟世界，无论你到哪里，你的姓名和社交网络总是如影随形，那么你将不得不收

1. Facebook Connect，指一些网站为了使自己更加社交化，在首页加入“用脸书账号登录”的按钮，这样用户可以不用注册而直接通过已有的脸书账户来加入该网站。

敛行为，其他人也一样。另一方面，你也把你的喜恶、趣味、爱好贴在身上，统统与你的名字联系在一起，借此人们将试图向你推销产品。

这种做法也许像是强化了现有因特网的功能，在我已身处其中的网络里，牙医广告无处不在地追着我，我不断被敦促着购买自己写的书。或说不定整个因特网会索性变得像脸书一样：表面欢乐，虚情假意，自我推销，巧言令色。由于上述种种原因，我在加入脸书大概两个月后停用了账号。和各种会使人严重上瘾的东西一样，事实证明，戒除比入手困难太多。我一直摇摆不定：脸书始终是我生活中最令我无法集中精神工作的事，而那恰是我爱它的原因。我想那也是很多人爱它的原因。有些逃避工作的方法本身很麻烦，不会让时间过得特别快：抽烟，吃东西，给人打电话。有了脸书，几小时，几个下午，一整天一整天，就这样不知不觉地过去了。

当我最终决定永远彻底地不再使用脸书时，萦绕在我心头的是那个困扰大家的问题：你到底有没有真正把自己永远彻底地删除？在“今日秀”的采访中，马特·劳尔问了扎克伯格同样的问题，可因为马特·劳尔并不谛听采访对象的讲话，所以他接受了以下的回答，转入下一个问题：“没错，账号停用后，那些个人信息将不会被仍在继续使用的人看到。”

谁都希望用乐观的态度看待自己所属的世代。谁都希望与自己同世代的人步调一致，不愿与他们有代沟。换言之，假如有人对他们在创造的世界心存疑虑，那么这个人要有充足的理由那么做。精通编程、“虚拟现实”领域的先驱杰伦·拉尼尔（生于一九六〇年）和我不是同一代人，但他对我们有清楚的认识和了解，并写了一本短小且令人惊恐的书——《你不是个玩意儿》，内容与我个人的疑虑不谋而合，但作者是一位在实践和理念方面皆富有真知灼见的内行。拉尼尔关注人们如何通过“简化自己”，从而使电脑对他们的描述显得更为准确。“信息系统，”他写道，“需要有信息才能运行，但信息不足以反映现实”（字体变化是我自己添加的）。在拉尼尔看来，计算机不可能完美模拟出我们称为“人”的东西。在生活中，我们人人自诩明白这个道理，但一连上网就容易忘记。拉尼尔提出，脸书，和其他在线社交网络一样，把生活变成一个数据库，这么做是一种退化，“基于［一个］错误的哲学观念……相信计算机很快能够表达人的思维或反映人际关系。这些是目前计算机不能办到的事”。我们凭直觉知道这样做的后果；我们感受到这些后果。我们知道，有两千个脸书好友不等于有两千个朋友。我们知道，我们是在使用软件，以一种特定、肤浅的方式与他人打交道。我们知道我们在软件里做了什么。但我们是否知道，是否警觉到，软件对我们做了什么？人们在网上交流的东西，会不会“到头来变成他们的实相”？软件专家拉尼尔向软件白痴的我揭示了一件想必（对软件专家来说）显而易见的事：软件不是中立的。不同的软件里植入了不同的哲学理念，由此，这些哲学理念变得无处不在，又隐匿无踪。

拉尼尔请我们想一想，比如，那不起眼的文件，或说得确切点，试想一个没有“文件”的世界。（第一版未曾实际推出的麦金塔电脑[1]没有文件。）坦白说，这个思维实验好比要求我试想自己存留在一个没有“时间”的世界里，这把我难倒了。它还要我进一步试想，这些常常是在最后关头、一拍脑袋提出的设计方案，被“锁定在程序里”，

1. 苹果电脑自 1984 年起开始开发的个人消费性计算机，首次将图形用户界面应用于个人电脑。

变成软件，有数百万用户，太多情况下没有调整或改变的可能。音乐设备数字接口是一套固定不变、八十年代初达成的音乐数据传递协议，用于连接不同的音乐组件，像是键盘和计算机，却没有将，比方说，花腔女高音流动的声线考虑在内；但它仍是今天我们日常——手机里，排行榜上，电梯内——听到的绝大多数低音质音乐的基础，只因为这套协议，用软件术语来讲，牵涉的范围太广，无法推翻，无法更换。

拉尼尔希望我们留心把我们“锁在其中”的软件。这个软件是否真的满足我们的需求？还是我们在简化身心的需求，从而说服自己相信，这个软件是没有局限的？拉尼尔提出：“不同的媒体设计刺激人性的不同潜能。我们不应寻求尽可能有效的方法满足人的从众心理。相反，我们应当设法鼓励个体才智的表现。”但从众心理恰是二〇〇八年脸书做出的一项革新，即“开放内容协议”，所意在助长的。“开放内容协议”让人能够看到你的朋友在读什么，看什么，吃什么，如此一来，你可以和他们读的一样、看的一样、吃的一样。在《纽约客》的人物小传中，扎克伯格清楚地表达了他本人的“人生哲学”：“我们在意的大部分信息存在于我们的头脑里，对吧？那些信息并不暴露在外，可供索引，对吧？……我们骨子里仿佛存着一个更根深蒂固的欲念：我们很想知道我们周围人的境况和动态。”

我们在网上能有的作为真的至多如此吗？影片中，肖恩·帕克在一次服用可卡因后起兴所发表的“肖拉松式长篇演说”里给出了旨在划分世代的界线：“我们曾生活在农场上，后来我们生活在城市中，现在我们将生活在因特网里。”拉尼尔是最早预见到因特网的人之一，他不会从根本上反对上述观点。但他对万维网2.0版里的“书呆子简化论”提出质疑，促使我们心中产生一个问号：什么样的生活？[1]肯定不是像以下所描述的，五亿联系在一起的人，因为他们的朋友在看，所以一致决定看电视真人秀《结婚大作战》吧？“人必须先有自我，”拉尼尔写道，“才能和别人分享自我。”但对扎克伯格来说，和大家分享自己的选择（并做大家所做的事），即等于有自我。

我个人认为事情的关键绝不在于终极俱乐部；我认为事情的关键也不在于专有垄断权；更加不是钱。合众为一[2]——那才是关键所在。我的猜测如下：他想成为和大家一样的人。他想受人喜爱。扎克伯格在该片上映当日，向纽瓦克市的学校系统捐出一亿美元，1.0 世代的人无法理解这个明显拙笨的公关举动——他们怎么也体会不出其中的缘由。对于我们这一代讲究自我意识的人来说（在这方面，我和扎克伯格以及每个看八九十年代电视长大的人一样，志同道合），不受人喜爱是坏得不能再坏的情况。无法容忍别人对自己有一分一秒的坏印象。他不但需要出名，成为故事的“主角”，还必须凌驾于故事之上，设法把故事扼杀。两周后，他去看了这部电影。为什么？因为人人喜欢这部电影。

一个人变成脸书这类网站上的一组数据，实际是将他 / 她简化了。样样缩减。个性，友谊，语言，感受。从某种意义上讲，那样做是一种超验的经历：我们丧失肉身，丧失百味杂陈的情绪，丧失欲望与恐惧。由此我想到，我们中那些对在我们看来属于自由派中产阶级

1. 拉尼尔的话：“个人网页在 90 年代初首度出现时具有人的特色。‘我的空间（MySpace）’保留了几分那样的特色，但正规格式化的过程已露出苗头。脸书更进一步，将人按多选身份进行分组，而维基百科则试图完全抹杀人们看问题的角度。”——作者注

2. E pluribus unum，过去曾是美国国训。

过度膨胀的自我意识表示厌恶反感的人，应当小心我们所期许的：我们袒露、联网的自我，看起来并非更加自由，这样的自我只是看上去更由自己做主。

凭借脸书，扎克伯格似乎在试图创造某种心智层[1]，一个只有单一头脑的因特网，一个统一的环境，在此环境下，只要你做出“选择”（最终的结果是购物），你是谁真心不重要。假如目的是为了赢得越来越多人的喜爱，那么一个人身上的棱角皆会被磨平。一种模式下的单一民族。我们自觉与众不同，有精彩的照片记录为证，有时买东西也能证明。对我们而言，后一种情况是附带事项。然而，假如扎克伯格成功推动五亿人在整个因特网上使用他们的脸书身份，到那时候，脸书将收到如雨般投下的广告费，这笔钱看到的我们正相反。在广告商眼中，我们等于我们的购买力，依附于几张不相关的个人照片。

我们会不会已经开始那样看待自己？在去影院途中，发生了一件令我觉得意味深长的事，我做了一点简单的心算（在哈佛时我几岁；现在我几岁），陡然感到一阵属于1.0世代人的惶恐。不久我即将四十岁，然后五十，再过不久将离世；我像扎克伯格一样浑身冒汗，内心慌乱失措，我不得不停下脚步，倚靠着一个垃圾箱。在脸书上，人们会有那样的感觉吗？我注意到——而且是遗憾地注意到——当有一名青少年遇害时，至少在英国，她的脸书留言板上经常会充斥着似乎并不十分了解事情严重性的留言。可怜的宝宝！想念你！！！愿天使陪伴你。我记得我们曾经开过的玩笑，哈哈！安息，XXXXX：

1. 心智层（noosphere）指人类思想的领域范围，或理解为人类智力活动的总和，在概念上与“大气层”（atmosphere）、“生命层”（biosphere）相类比。

这类大家熟悉的话。

读到那样的留言时，我在心中略微反驳自己："全怪缺乏教育。他们的感受和每个人一样，他们只是不懂如何用语言表达。"但另一半的我有个更悲观、可怕的想法。他们是不是由衷地相信，因为这个女孩的留言板还在，所以在一定意义上，她相当于仍然活着？毕竟，假如你与他人的一切联系皆是虚拟的，那么她活着或死了有何区别？[1]

软件可能把人简化，却是有限度的。小说也把人简化，但粗制滥造的小说比高质量的小说简化得更厉害，我们可以选择阅读高质量的小说。杰伦·拉尼尔的观点是，万维网 2.0 版的"禁闭"效果即将出现；正在出现；在一定程度上已显端倪。"禁闭的"是什么？在这一刻，我们有必要提醒自己，脸书——我们新近钟爱的与现实联系互动的界面——是由一位哈佛大学二年级生设计开发的，他专注的是一个哈佛二年级生专注的事。每个人的感情状况是怎样的？（选一项。只能有一种答案。人们需要知道。）你是否有"生活"？（证实一下。贴出照片。）你是否喜欢应当喜欢的东西？（列一张清单。喜欢的东西可以包括：电影、音乐、书籍和电视，但建筑、思想或植物不算在内。）

说到这里，我担心自己会怀念起过去。我梦想的万维网投合的是一类现已不存的人。深居简出，对世人来说是个谜，更重要的，连她

1. 为什么年纪较长的人对社交网络没有更强烈的抵触，原因或许是 1.0 世代的人如何使用万维网 2.0 版的软件与 2.0 世代的人有异。类似的情况可见于两代人使用手机的不同方式。对我而言，短信仅是一种实现老的交流形式的新手段：我给朋友写短信，用的是标点重重、表述完整、规范的英语句子——他们回复我的也一样。我们彼此不熟悉短信体用语（Text-speak）。我们同英语语言的关系早于我们同电话的关系。——作者注

自己也觉得搞不懂自己。谜一般的人：对人的这种认识无疑在发生变化，或已经改变。因为我发现我同意扎克伯格的说法：自我不是一成不变的。

当然，扎克伯格坚称，自我的演变全凭自身，他与其他人创造的技术对这个过程不起作用。究竟如何，那是留给技术专家和哲学家讨论的问题（最适合的是像杰伦·拉尼尔这样的技术哲人。）不过，无论这个改变来自哪一方面，我十分清楚地认识到，我现在教的学生与我以前教的不一样，甚至不同于短短七年前我在哈佛教的那些学生。眼下我在教我的学生读一本比利时实验小说家让-菲利普·图森写的书——《浴室》，至少我过去认为他是实验派小说家。这本书写一个人决定在浴室消磨他的大部分时光，可我的学生觉得这部小说写实极了，精准地刻画了他们本人袒露的自我，或更客观地讲，贴切地比拟了二十一世纪都市生活不可否认的乏味无聊。

书中最有名的一幕，未具名的主人公难得做出一个“举动”，将一根飞镖投射中女友的前额。后来在医院，两人亲吻，不作解释地重归于好。“这纯粹是他们之间的事。”一名学生说，并露出满意的表情。对与我同世代的读者来说，图森笔下的人物，乍看之下，似乎无内在可言——事实上，他们不是缺乏内在本质，他们的内在本质是拒绝，一种从伦理上讲的拒绝。我心里想的与你无干。在我的学生看来，《浴室》讲的是一个真实的爱情故事。

图森于一九八五年在法国写了这部小说。在法国，哲学似乎走在技术前面；而在英美世界，我们争着以技术领先，期望思想会自行跟上。最后得到的是脸书这个令人失望的概念。倘若它真是一个有意思的界面，为这些果真不一样的 2.0 世代的年轻人创建一个活动空间，那将是件了不起的事。可实际不然。它是经过驯化后的西大荒式的因特网，符合郊区居民平淡乏味的幻想。拉尼尔的话：

> 这些设计最近才刚整合在一起，它们带有随意和偶然的性质。别受它们引导、落入轻易的套路中。喜爱由软件构成的媒介，可能会被困在他人新近冒出的草率的想法中，这是存在的危险。要与此抗争！

我们难道不该与脸书抗争吗？脸书上的一切被缩减成与其创始人一样的格局。选用蓝色，因为原来扎克伯格是红绿色盲。“对我来说，蓝色是最丰富的颜色——我能看出各种不同的蓝。”“戳一下”，因为腼腆的男生在不敢同女生讲话时对女生做的正是那个动作。专注于个人琐事，因为马克·扎克伯格相信，交流个人琐事是“友谊”的表现。名副其实的马克·扎克伯格出品！我们将过着线上生活。这种生活将非比寻常。然而是什么样的生活呢？暂时退出你的脸书留言板：是不是突然间觉得有点荒谬？这种模式下的你的生活？

每个沉迷于脸书的人提出的最后一条申辩理由是：可它有助于我与远方的人保持联络呀！哎，电子邮件和Skype也能做到，而且它们有附加的好处，不会强迫你配合马克·扎克伯格的头脑——不过，哎，这个道理，你懂，我们全都懂。假如我们真正想要写信给这些远方的人，或拜访他们，我们有的是办法。事实上，我们想做的是付出最低限度的最小努力，正如每个十九岁的大学男生一样，他宁可干点别的，或什么也不干。

我在影院看这部电影时，片中有个人提到了早期博客平台“即时日志”（在俄罗斯仍有很多人使用），观众爆发出笑声。我无法想象没有文件的生活，但我至少能想象有一天脸书会和“即时日志”一样，成为人们眼中滑稽的过时之物。从这个意义上讲,《社交网络》不是无情地刻画了一个具体名叫“马克·扎克伯格”的现实世界的人。它无情地刻画了我们:五亿个有知觉力的人,被困在一名哈佛大学二年级生新近冒出的草率的想法中。

饶舌之神建立的王朝

采访说唱歌手，难处在于不知道该问什么，其困难程度（我想）与当一名说唱歌手无异。采访者讲的每句话，必须至少从三个角度来考量，它们组成一个棘手的三角关系。一方面，采访者心中有自己认为的属于嘻哈乐中坚分子的人选；对这类人而言，真正的杰斯永远是那个二十五岁的天才，于一九九五年，以连珠炮似的流畅气势，与富有远见的少年“大写L”你一句我一句——“我如此超前于时代，我的父母尚未相遇！”——做了一次“难得的”（不难在视频网站上找到）长达七分钟的即兴饶舌。同时，另一边站着流行说唱乐的乐迷。她喜爱的是对帝国大厦怀有深情、大胆宣称要“主宰这座城市”的“吉兆巨人”[1]。最后，在拥挤的第三条边上，站着许多认为说唱根本不算是音乐而表现为一种社会问题的人。他们要问说唱歌手的问题只有一个，关于他们的遣词。（多年过去，这个问题始终未变。）如何同时满足这三类对象？总之：我坐在一张小桌旁，在位于桑葚街的一家朴实温馨的意大利餐馆里，等待肖恩·卡特先生，他将这种三角关系的艺术掌握得炉火纯青。他喜欢吃这家餐馆的奶酪焗烤鸡排。

他没迟到。他穿戴得像个小青年，帽子加牛仔裤，假如他说自己三十岁，人们恐怕不会有疑。（他四十二岁。）大家对他耳熟能详，靠的自然是他的名气——超级说唱巨星，碧昂丝的丈夫、布鲁克林篮网队的少数股权持有者，该队的新主场球馆巴克莱中心将于本月投入使用——但也是因为长久以来，他的声音一直在我们耳边低徊。无人睁大眼睛注视。人们把这位自称“在世最杰出的说唱歌手”当作一件家具来对待。啊，但总有例外：一位衣着笔挺的白人偷偷开启苹果手机背面的镜头。这种把戏已不新鲜；杰注意到后轻声一笑：“他们以为自己是头一个想出那主意的人。”

他喜欢替人点菜。显然我看上去像是会喜欢鱼排三明治的人。问他是否认为现在是嘻哈音乐的大好时光，他大谈嘻哈乐兼容并蓄的特点：“它打开一扇门，让平时无法进行的对话成为可能。”既然说唱乐作为一种文化，在今天获得前所未有的认可，我们也许终于可以自由地称颂这种形式，而无需不断地为它辩护。“说我是个傻瓜，满口珠光宝气 / 你难道不傻，听听音乐或只是浅尝辄止？”他不那么确信：“说来奇怪，你可以用浅白的英语那样讲，但人们依然故我。”在他二〇一〇年的回忆录《解码》出版后，人们依旧提出那些相同的老掉牙的问题，对此他略感失望。令他生气的是这种轻率的态度，是有些人依旧瞧不起说唱乐，不假思索地把它视为“一种仅是脏话连篇、或男人侮辱女人的东西，他们没有发现其中的诗意和艺术”。这或许是拥有“世纪最佳语

---

1. Jiggaman，杰斯的一个外号。据说，16 岁时，杰斯在《回到未来》（*Back to the Future*）的电影拍摄现场，导演发现剧本上有一处排印错误后，问现场观众，谁知道“十亿瓦特”这个词怎么说，杰斯把“gigawatt”误答成“jiggawatt”，这件事后，他的母亲开始叫他 Jiggawatt，或简称为 Jigga。

流”[1]的一个不好的方面。

在图派克[2]身上，人们可以听出他的努力，他的艺术技巧。还有“大个子”[3]的歌词，初始必须从歌手本身肥大的身躯内艰难地挣脱而出。在杰表演说唱时，他的饶舌像水龙头里流出的水，源源不断地灌入人的耳朵。

鱼排三明治上来了。话题转至遭枪杀身亡的高中男生特雷沃恩·马丁——“真正教人痛心疾首的是，今时今日，那样的事还会发生”——稍后，转至奥巴马：“我说过，奥巴马的当选减轻了我这个混混的重要性。”他初次表达这个看法时，“人们解读为我简直忘了自己是谁。我的反应是：不，这是件好事！”他的成长背景与奥巴马不同，他只是个想在街坊四邻中混出名堂的人。“没有人到我们住的地区来，提供体面的工作机会，让我们看到有一条别的出路。倘若我曾见过不同的可效仿的榜样，我也许会对他们产生兴趣。”要同时兼顾这两个美国不是易事。更何况活在其中——只用一世的时间！

在《解码》一书中，杰斯写道，“说唱乐的兴起是为了处理矛盾”，外号“饶舌之神”的他是最佳的矛盾综合体。部分因为他是个多面手。“大个子”更擅长自吹自擂，图派克更卖弄学问，痞子

1. flow，嘻哈乐里的一个概念，简单来说，指节奏和词的结合，指说唱时咬文嚼字的方式以及每个音节发音的方式或特点。
2. Tupac，本名 Lesane Parish Crooks，1971 年出生在纽约，后定居于加州。1996 年遭枪击，不治身亡。他是美国一位非裔嘻哈音乐人、诗人、演员，曾经是吉尼斯世界纪录中拥有最高销量的饶舌歌手（在 1997 年被痞子阿姆取代），在全球共卖出超过一千万张专辑，包括美国本土的逾五百万张的销量。
3. Biggie，本名 Christopher George Latore Wallace，美国饶舌歌手，1975 年出生于布鲁克林，1997 年在洛杉矶被人开枪射杀。在 2015 年《公告牌》（Billboard）杂志评选的“十个史上最伟大的饶舌歌手”中，他位列第一名。

阿姆[1]——如《叛徒》那首歌所体现的——在形式上更巧夺天工。但“饶舌之神”样样都行。他的专辑是说唱乐的陈列室，展示了这一音乐类型的多种可能。他表面给人印象冷静、镇定，体现出一种简直教人无计可施的自制力：“没错，‘五十美分’[2]有一次跟我讲过类似的话。他说：‘你把我衬得像是巴克斯戴尔’”——HBO 电视剧《火线》里血气方刚的大毒枭——“‘而你则变成斯丁格·贝尔！’”——巴克斯戴尔稳健沉着的搭档。从十四岁开始认识杰斯的说唱歌手孟菲斯·布列克证实了这一印象：“他有一种远比音乐更突出的镇定感。杰从出道第一天起就这样计划：取而代之。我猜那是他面带微笑、如此泰然的原因，因为他确实做了他在九十年代所计划的事。”如今，凭借活到四十二岁而未丢掉性命，他可以享有属于他个人的独特卖点：他是一位艺术家，与他从事的艺术类型同龄。这两者是一起成长起来的。

和说唱乐本身一样，杰斯起步时重在炫示技巧。速度极快、层层叠加、复杂费解。可随着时间的流逝，他的语流慢下来，变得自由、无拘束。为什么？“以前我缺乏足够的生活经验，所以我更多在技巧上下功夫。我试图用技巧来引人注目。做别人做不到的事。譬如，你没办法这样”——说到这儿，插入节奏口技，并同时伴以即兴饶舌——“你绝对没办法做到。”不行。甚至想不出该如何用乐谱记录他刚才的表演。在技巧方面，杰斯用人声表现出纯正的切分音。例如，在一九九四年的一首《我跟不上潮流》里，歌曲要呈现的其实并

1. Eminem，本名 Marshall Bruce Mathers III，1972 年出生于美国密苏里州圣约瑟夫，美国说唱歌手、词曲作者、唱片制作人、演员。
2. 50 Cent，本名 Curtis James Jackson III，1975 年出生于美国纽约皇后区，美国说唱歌手、演员、投资商。

不是歌词本身，而是歌词营造出来的节奏。假如你对拍子不感兴趣，他说，“你就全然不得要领。”

这样的人多了，听到的仅是一个年轻黑人在吹嘘。“我得到了几个月未见的手表 / 特朗普大楼的公寓，我只睡过一次。”

但问说唱歌手为什么老是谈论他们的物质生活，好比问弥尔顿为什么没完没了地罗列天使军的品质。吹嘘是这种史诗般的音乐类型在形式上的一个先决条件。从小被训导自己什么都不配拥有的他们，在取得世俗定义的成功后，理当享受这份成功。然后情况发生了变化：“我开始积累起生活经验，我发现我的本事在于表达人们内心的情感。”他把自己比作一位用笑话触发这类反应的喜剧演员：“唷，千真万确。”他开始讲故事——人们为之着迷。一九九六年的《是敌是友》讲两个混混之间的较量，是一曲精湛、成熟、叙事体的说唱作品。不是单纯的独白，而是一个完整的故事，有对话、场景设置和人物塑造。在这首歌滑稽的语流和轻快的调子里——脱去图派克始终不懈的真挚实诚——人们可以听出“五十美分”、韦恩小子、阿姆及很多其他歌手的萌芽。“那是第一首具有如此明显特点的歌。”杰指出。他说那首歌代表了一个重要的转折点，那时的他“明白自己在做什么”。

有时，他在形式上给自己设限，好比六十年代的法国实验文学团体“乌力波”[1]。在一九九六年的《二十二个二》那首歌里，我们领略了二十二轮拿发音相同的两个词“too（也）”和“two（二）”进行的

1. Oulipo，全称“潜在文学工场（Ouvroir de litterature potentielle）”，一个由作家和数学家等组成的打破文本界限的松散的国际写作团体。知名的成员有卡尔维诺、乔治·佩雷克、雷蒙·格诺、雅克·鲁博等，直接和间接受其影响的作家有纳博科夫、博尔赫斯、米洛拉德·帕维奇、胡利奥·科塔萨尔、巴尔加斯·略萨、品钦、埃科等。

妙趣横生的文字游戏。

十年后的续作《四十四个四》展现了同样的巧思，更上一层楼。“好比，你知道，把限定的范围再缩小一点。”能否解释一下这样做的动机？“我想，挑战是我之所以仍在做音乐的原因。”他认为单凭一个人的天赋不行。讲到天资，“你根本不清楚——没有衡量的标准。你意识不到才华穷尽的那一天。”

自他的经典专辑《合理怀疑》问世后，多年来，经常有人批评这位说唱歌手江郎才尽，与以前那个曾经真实的他相去甚远。在《解码》中，他做出存在主义的回答：“一个人自身的生活经历到底可以走多远？”在歌词里，他从实际出发：“通过说唱讲述生活经历 / 黑佬当作像是我在兜售可卡因 / 像是我教人贩毒，啊呀，饶舌之神那么干 / 所以但愿你不必经历这样的遭遇。”可说唱歌手难道不能像其他艺术家一样，强调虚构的现实吗？在这种现实下，他尽管住着顶层豪华套房，却仍以某种方式泡在街角。“出门鬼混，一套衣服穿几天 / 我始终是我，我的作风根深蒂固永难变。”他还能代表他成长的街区吗？对杰斯而言，以成长的街区为傲，一直必不可少，他赞赏说唱在消除“人们心中那份难堪之情”上所起的作用，“大家第一次说：我是从这儿出来的——那一点没关系”。他引用嘻哈二人组“结伙”的歌词：“无论我收获多少战利品，我都留在这贫民村里！”但他同时也看到变化：“之前，假如你不具有那种地道真实的特质，你的事业可能会终结。‘香草冰’[1]说他被人捅了或什么，人们发现他是撒谎，他便完了。”我委婉地向他指出，这份报纸[2]的许多读

1. Vanilla Ice，本名 Robert Matthew Van Winkle，美国早期一位白人说唱歌手。
2. 这篇文章刊登在 2012 年 9 月 6 日那期的《纽约时报杂志》上。——作者注

者会觉得匪夷所思，说唱歌手里克·罗斯的名声因几年前爆出他曾当过狱卒而一落千丈。“但另一方面，”杰斯说，“我认为嘻哈乐已经走出了那种事事必须地道真实的境界。现在年轻人的成长经历大不相同。”

确实不同。“奇异未来”，“哇卡火爆仔”，“基父老大”。回到看似构成说唱乐基石的元素：出奇制胜的策略、下流话、胡乱简化的语言。在走过了拉基姆、“棉签”、纳兹、“败兵卢佩”、坎耶·维斯特和杰斯本人的雅致路线后，我们是否又回到街头？“没错，但与这些艺人比起来，图派克是个天使！”他摇头，显然露出自嘲的意味。果真如此：今天听图派克的唱片，感觉像是听到辛纳屈悦耳的一面。但杰斯不苦恋过去。他喜爱“奇异未来”乐团和他们的朋克—摇滚风。他把他们的愤怒看作一种普遍的“对企业化的美国的厌恶”，尤其是这种做法洗劫了地球的资源。“大家着实厌恶掌权的人对这个国家的所作所为。因此他们高声痛斥，如‘这是你们种下的果。瞧你们埋下的种子。瞧你们干的事。’”

不过当然，从哈罗德·布鲁姆提出的“影响的焦虑”的意义上讲，他们反抗的另一个对象是这位耀眼的、身家四亿六千万美元的丰碑式人物，饶舌之神本人。

几年前，马丁·艾米斯写过一则滑稽的短篇，《职业变动》，故事里的编剧过着诗人般的生活，饥肠辘辘地住在阁楼里，而诗人则悠闲轻松地在泳池边，把他们的诗传真给洛杉矶的经纪人，写一首十四行诗可以挣几百万。去年杰斯与坎耶合作的专辑《目视王位》，涉及那种另类现实的应验。“累累的钞票 / 怎么赚到手？”杰斯在《必须得到》这首歌里问坎耶。给出的回答像天方夜谭，却又是事实：“把饶舌录成唱片！”靠押韵的歌词发财。这是专辑《目视王位》耐人寻味的地方：它淋漓尽致地表达了美国黑人目前的矛盾处境。“它歌颂黑人的优异 / 黑领带，黑色的迈巴赫车 / 黑人的优异、奢华、堕落。”但它也愤懑地历数了在一场漫长而未了的战争中的伤亡。坎耶用说唱的方式念道：“无论走到哪里，我感到我家乡城市的痛 / 三百十四名士兵死于伊拉克 / 五百零九人死于芝加哥。”两个百万富豪商人信口创作的歌词（“像是《新的一天》，里面实际的饶舌段落，是去年参加纽约大都会艺术博物馆的慈善舞会时，坎耶在宴会桌上小声告诉我的”），竟如此出色，教人意外。但不管怎样，他们兄弟般的过招让这张虽是庞大团队制作的专辑散发真正的活力。至关重要的一点在于，这张专辑是在异常亲密的环境下创作出来的：“时下，大多数人——由于技术的发展——通过传输交流音乐。”但做这张专辑时，两个男人就“坐在一间屋子里，面对面讨论里面的内容”。在最精华的部分——那首带给人不可思议的乐趣的《黑佬在巴黎》——人们感受到这两个男人强烈想要追求彻底的放纵、单纯的庆祝。这种生活难道不是我们靠努力得来的吗？我们难道不能放松下来，好好享受？这是一首不愿承担责任的歌，或说不愿被那些令人头痛的老问题所缠扰。谁在乎他们是不是在做真实的自己？或甚至他们的歌是否言之成理？注意那个节拍！尤其注意“那个”一词。“许多痛，许多伤，许多事情，发生在那个以外、之下。”他做了一个类比：“假如你的孩子调皮捣蛋，你的反应是，‘你怎么了？’假如他们肚子痛——‘哦，你把棉花糖全吃了。’人们会进行这些比较，发现一种联系。人们会用精神分析法解读出现的情况。”

说唱歌手把语言当作一种弱者向强者发动的非对称战争。不然该如何解释为什么乔治·W. 布什格外声言，说唱歌手的一句歌词——

"乔治·布什不把黑人放在心上"——是"我任职总统期间最令人愤慨的时刻之一"？但总有这样一些人，对他们而言，说唱所用的语言比说唱中所描绘的城市贫困现象更不堪入耳。在《谁来阻止我》这首歌里，杰斯要求我们"请谅解各种骂人的脏话"，因为"当一个人从小到大被视为一文不值时"，哎，就会出现那种情况。黑人的伤，黑人的自尊。说唱术语"cipher"的矛盾魅力即在于此，它指大家围圈唱歌，到中间表演的是那类做即兴饶舌的小子，曾经的杰斯。这个词太妙了！"Cipher"作为名词的含义：1. 用机密或变相的话撰写；密码。2. 破译这种密码的要诀。3. 无足轻重的人或事。《目视王位》歌颂两个男人跳出那个负面的圈子。这张专辑将世界描绘成黑色：黑人的十三岁成人礼，黑色的汽车，纽约现代艺术博物馆里的黑人少女画像，一切尽是黑色，仿佛他们可以单凭一张专辑剥除几千年来积下的负面含义。黑色不再是阴影或背面，不再是对立的一方，如今黑色就是黑色。但活在这种幻想中，到头来证明是成问题的："我爬得越高，看到的黑人只有零星几个 / 和威尔打声招呼，公开向 O 致意 / 那样做还不够，我们得再来个百万雄师 / 把门踢开，'大个子'念道 / 我穿戴齐整，无处可去。你是万里挑一。"所以现在怎么办？"赋予人们以力量，每个人在看见我的同时也看见自己！"但那样根本行不通。毕竟，身在巴黎的是杰斯，不是那些住在马西之家的孩子，这栋位于布鲁克林的低收入家庭住宅楼是他从小生活的地方。杰斯明白这一点。当主题转至祖科蒂公园[1]时，他变得有点激动："墙上的东西是什么，你在为什么而斗争？"他说他对说唱泰斗罗素·西蒙斯讲过同样

1. Zuccotti Park，坐落于纽约市曼哈顿下城地区的一个公园，是占领华尔街运动的大本营。

的话："我不去公园野餐，我不知道该干什么，我不知道斗争的目的何在。我们要的是什么，你知道吗？"

杰斯讲究清晰："我认为所有的话必须表达得更清楚些才行。因为如果只说'百分之一的人是那样'，那么讲并不准确。没错，这百分之一的人抢走人们的钱，欺骗人们，使用固定利率的按揭房贷及种种手段，然后把人们赶出他们的家，那样做令人不齿，是不对的。称不上企业家。这是自由企业制度[1]，美国是在这个基础上发展强大起来的。"

看着说唱歌手变成年长的政治人物，实在不可思议。"我一心希望有可以代表我的总统。"嗯，现在有了——而且不只是在美元钞票上。沉重的责任落在这些不被公认的立法者的肩头，毕竟，他们创造的诗歌艺术才走过短短四十载。杰斯准备就绪。他成立了令人钦佩的肖恩·卡特奖学金基金会，让家境贫寒的孩子能上完大学。他公开支持同性恋权利。他组织策划音乐节，投资环保技术。今年十月，他钟爱的布鲁克林篮网队将在新的主场球馆——巴克莱中心——打比赛。他具有某些精明谨慎、前瞻性的政治直觉："我和来自伦敦的朋友詹姆斯在聊天，我们谈着别的话题，中间我忽然愣住了，表示，'伦敦会出什么事？'当时大概是骚乱发生的前一个月[2]。他的反应是，'什么？'我说：'那儿的黑人文化，黑人没有参与改变那个国家发展方向的行动。这样会出现什么情况？'骚乱爆发后，他果

1. 所谓自由企业制度，就是确保企业能够拥有在产权受法律保护的基础上所享有的一系列自主权，美国是实行自由企业制度的典型国家。
2. 可能是指 2011 年 8 月 6 日在英国首都伦敦开始的一系列社会骚乱事件，其起因是 2011 年 8 月 4 日在伦敦北部的托特纳姆（Tottenham），一名 29 岁的黑人男性平民马克·达根（Mark Duggan）被伦敦警察厅的警务人员枪杀。

然打电话给我，表示，‘瞧，现在我才真正明白你的问题，或发问的时机。’”

不过我仍然相信，“自觉的”说唱乐迷对他有更多期望；也许期望看到他最终斩断嘻哈音乐中这条将物质财富与真正的自由联系起来的纽带。（可我们为什么要期待说唱歌手先于其他美国人而做到这一点，原因不明。）实现这个目标着实需要远见。谈到他本人未来的抱负，他说：“我不想做任何虚假的事。”他下一个涉足的领域或许将扩展到慈善和收集迈巴赫车之外。

与此同时，回到普罗大众中，我们仍听到有人发出老一套的哀号：嘻哈乐已死！这句话其实指的是我们心目中的嘻哈乐（我们年轻时熟悉的那一类型）已成为过去。但九十年代的嘻哈乐再单调乏味不过。韦恩小子？我宁愿要个又老又脏的家伙。妮琪·米娜？算了吧。“狐媚的布朗”。“奇异未来”？“永远的”武当派。听听杰斯——依旧如此灵活变通、热情四溢、留心接受各种信息——人们会发现，这般哀号的人好比认为爵士乐跟着迪齐[1]而亡。账单来了。听到“吉兆巨人”付账人们不会感到意外。在最后关头，我想起探问他的家庭，“哦，我的家庭棒极了。”宝宝怎么样？“她现在四个月大。”“马西之家养育了我，无论是与非 / 街头给了我写歌的一切素材。”可翠贝卡区会给他的女儿布卢什么呢？“关于那个问题，在她出生前我其实思考得更多。她一来到这个世界，给我的震动，可能直到上周才消退？”她的童年肯定与杰斯的不一样，对此他泰然处之。“我们会互相争斗。我的哥哥会打我，”他说，但这一切都是为迎接外面的世界

1. Dizzy Gillespie，1917 年出生于美国南卡罗来纳州，是咆勃（Bebop）爵士乐的宗师，拉丁爵士的创始者，兼具小号手、编曲、乐队经理及歌手等多重身份的爵士乐巨匠。

而做的准备，“我长大后必须奋斗抗争，必须经历一些事，他们帮我做好了准备。”他莞尔一笑：“我的女儿不需要能吃苦耐劳。她必须爱自己，必须知道自己是谁，她必须谦恭有礼，做一个品行端正的人。”新的一页翻开了。

/

异母兄弟

“爆笑黑人兄弟基和皮尔”所戴的假发是演艺界最卖力的头饰。单独制作，使用大量分门别类的毛发——“短，黑色 / 棕色，人发”，“长，黑色，人发”——这些假发将落在一系列令人眼花缭乱的角色头上：年老的白人体育节目播音员和年轻的在健身中心装腔作势的阿拉伯肌肉男；互相竞争的阿尔巴尼亚 / 马其顿餐馆老板；一对又骂粗口、又定期上教堂的非裔美国女士；美国总统，等等。基根-迈克尔·基和乔丹·皮尔合作，扮演上述及其他形形色色的人和角色，他们在“喜剧中心”频道的热门短剧节目，现今已播出至第四季。（他们也是这档节目的主要创作者和执行制片人。）他们不走有什么戏服穿什么的杂烩路线——这一路线被英国喜剧团体蒙提·派森奉为经典，如今仍影响着《周六夜现场》（简称 SNL）——而选择明快的电影风格。他们的短剧里没有粗制滥造的台词、晃晃悠悠的布景，他们注重格调，不故意出错闹笑话。贴上去的小胡子不是无力地耷拉着：所用的一种牦牛毛让胡子显得丰满有型。剪辑过程长达三个月，甚至可能更久。通过精确的模仿来讽刺表演对象——因看似逼真而更教人忍俊不禁。有一次，一位黑人女演员，节目的特邀明星，跟随基进入他的活动房车，深信他戴的假发是他实际的头发。（基——借用纳博科夫的话——是个“不折不扣的秃子”。）“不看到我摘下头发，她不肯走，因为她认为，我和其他所有嘉宾明星在糊弄她，”他回忆当时的情景，“她表示，‘老兄，那就是你的头发。那是你的头发。你把它扎在后面，像你妈妈一样。’我说：‘我向你保证，它是用胶水粘在我头上的。’她乐得尖叫起来。她嚷着：‘啊！怎么可能呢！怎么可能！’她完全无法置信。”这种做法叫作体验派喜剧。

这两位男士在体型上并不般配。基个子很高，皮肤是浅褐色，颧骨高耸迷人，身材健硕；皮尔比他矮，肤色比他黑，身形更圆润，可爱得像头泰迪熊。三十五岁的皮尔一身九十年代的休闲装扮，运动鞋、兜帽上衣和时髦另类的眼镜。基中意剪裁利落的外套和富有光泽的衬衫——好似一位星期五便装日的广告主管——四十三岁的他看起来一如四十三岁的威尔·史密斯，这一点并没什么大不了。即使不戴假发、不化妆，他也基本能够扮演黑人、拉美人、南亚人、美洲原住民、阿拉伯人，甚至意大利人。他是混血儿，母亲是白人，父亲是黑人，皮尔也一样。但皮尔在外形上显然不如他那么有可塑性——人们可能压根儿猜不到他是混血——然而他的腔调和动作惟妙惟肖，让人看到实际没有的东西。他所扮的奥巴马非比寻常，靠的是说话的语气和手势，而非通过化妆淡化他的肤色，让人得以忘记他长得一点不像这位总统。他塑造得最成功的一个人物——一名可怕缠人、极度自以为是的年轻女子米根——突出体现了这种惊人的变身：虽然以他自己茶褐色的皮肤本色出演，但所扮的她仍能活像一个从泽西海岸走出来的白人姑娘。

在千变万化中，这两位男士表现如常，轻松地介绍他们的短剧，或心照不宣地对此略加改动，仿佛在推荐视频网站上的一段录像，他们的短片在视频网站上极受欢迎。喜剧小品也许让人觉得似是一种多少有些过时的形式，但结果表明，它所带来的传统乐趣——三分钟的戏，类似模因般的名言警句——恰正贴合线上的爱好。平均拥有两百万电视观众的基和皮尔，开启了新一页广阔的在线篇章，他们具有精良视觉效果、短小精悍、自成一体的滑稽短剧——可轻易从每集二十二分钟的节目中摘选出来——累积获得千百万的观看人次。鉴于这样的数量，惊人之处在于，尽管他们志在嘲弄每一个人，用重复的戏码把任何一方都得罪一遍——男人和女人，各种性取向，每一种亚文化，不分种族或国家——但他们在网上激起的敌意微乎其微。他们没有招致任何近似于像是《都市女孩》这类情景喜剧仅因存在就会引来的那种评议。皮尔承认，他们得到的是“很多爱”，仿佛这是一件有点儿教人尴尬的事。这种情况一部分归结于我们倾向准予（男）丑角在表演上的不拘一格，但恐怕也是因为小品这种形式本身出奇自由，不像情景喜剧，它可以同时呈现许多不同的世间万象。

在十一月中洛杉矶一个和煦的上午，这种创作上的自由体现于形体方面，《爆笑黑人兄弟基和皮尔》节目组征用了郊区的半条街道，在相邻的几栋平房住宅内拍摄两段小品：一场是米根和她的呆子男友安德烈（由基扮演）之间的家庭戏，一场是套用老悉尼·普瓦捷的经典作《猜猜谁来吃晚餐》的体裁而进行的恶搞戏。“我们的一段小品有让你发笑吗？我们赢得你的笑声，那么你会支持我们，”在拍摄间隙皮尔表示，“继而，假如有内容冒犯到你，你会谅解。”“米根家”杂草蔓生的花园里摆着一张搁板桌，他坐在桌旁，穿着男扮女装的戏服，与剧组的演员和工作人员一起狼吞虎咽地吃午餐，虽然堂堂一个男人，整张脸化了妆，还戴着假的眼睫毛，但与众人在一起，他几乎毫不显眼，轻声细语地讲话，全无手舞足蹈的动作。在片场，皮尔出了名的内向，本身个性温和明理的他，将走极端的倾向表现在他所扮的人物上。他一边低头看着他的乳沟，一边嘀咕："身为一名黑人男性，经常听到这样的议论，说穿裙子会削弱男子气概。严格来讲可能没错，但我觉得穿裙子有趣极了，完全没有一点自降身份的意味。"

基在皮尔旁边坐下，他也不像是个热衷挑衅煽动的人，但原因相反。外向、极尽随和的他，不遗余力地和每个人打成一片：与摄影师讨论电脑游戏"梦幻足球"，与他的公关人员大谈话剧《八分之一黑人血统》，热烈地赞同他的喜剧搭档对历时短暂的电视剧《怪胎与呆子》离奇夭折的看法（"超前于时代"）、对当前书呆子文化所取得的社会历史性胜利的见解，以及一条构成他们许多幽默短剧的基础的核心喜剧原则。（"我们把这条原则叫作'一荚之豆'：两个人物，对同一件事怀有相同的热情。"）

皮尔喜爱"让人流泪的喜剧场景"——像是英国版《办公室》的最后一集——将瑞奇·热维斯塑造的地区经理大卫·布伦特列为他个人的一个检验标准。基也喜欢热维斯，但他"生平最心仪的演员"是另一位英国人，彼得·塞勒斯。"原因只有一个，感染力，感染力，感染力。"聊到这些话题时，这两位男士谈笑风生，互相接住对方的话头，把句子讲完，明显摆脱了双人喜剧心理剧的套路，这一剧种因马丁和路易斯、克罗斯比和霍普、阿博特和科斯特洛等这类冤家组合而扬名。和他们在"喜剧中心"频道的同仁、演出情景喜剧《大城小妞》的阿比·雅各布森与伊拉娜·格莱泽一样，他们独辟蹊径，从亲善和睦中挤出笑料。电视公司最初给这个节目设计的名字之一是"基对上皮尔"，但很快弃用了这个名字，因为两位主角找不到足够可争吵的话题，即便插科打诨也不行。

他们俩都有即兴创作的背景，即兴创作中相互支援的精神浸淫他们的素材。（面对空无一人的舞台，基解释："假如我撞到一张'桌子'，那么五分钟后，他走进这个房间，绕过那张'桌子'。所做的不是表演，而是应变。"）从激动的洛杉矶代客停车工，狂热地仰慕被他们称为"利亚姆·内松斯"的演员（他们的口头禅："利亚姆·内松斯是他妈的我的人！"），到两名同性相吸的阿拉伯绅士，一边互相手淫，一边装作在欣赏经过的、全身裹着布尔卡长袍的火辣女郎（"你注意到踝骨了吗？"），一种天然的默契——源于真诚的合作关系——升华到极致。"我们是兄弟，"皮尔说，"连最好的朋友也做不到这样。这种默契完全是兄弟间的惺惺相惜。"

二十分钟后，基和皮尔——扮成安德烈和米根——大吵了一架，激烈程度高达九级火警。安德烈想和米根分手，米根不同意。她坐在一张豪华的白沙发上，周围的家具陈设照搬电视真人秀的风格，她一边锉指甲，一边虽然嘴里讲着自我开解的话，但仍掩饰不了越来越大的火气。（"我能问一下原因吗？你瞧，我一直在很努力地自我成长。"）皮尔的表演活灵活现，但摄影机的角度不对，他手腕的汗毛不停地从米根穿的粉红丝绒运动服的袖口露出来。重拍时，皮尔暗中巧妙地即兴发挥。在米根追问缘由的那一刻，台词从"成年人讲道理！"变形为"大人举例说明！"升高一个音区，结果莫名地比先前更滑稽好笑。倒霉的安德烈，只能用怒吼和一筹莫展的扭动身体来回应。

"米根与安德烈"是基和皮尔最受欢迎、反复演出的一个系列，让他们能够施展他们的长处：皮尔善于精确分辨和掌握口头语的声调及所要表达的情绪，基修长的四肢，制造出身体上的喜剧效果。通过巧舌如簧、喋喋不休的米根这个角色，皮尔入木三分地表现了当代人的自以为是——关心个人的权益，而对自己的职责不闻不问——成功地将米根塑造成一个具有理想喜剧色彩的人物，她的身上结合了女性的自主自立和不折不扣的老派自恋。与此同时，基使出他天生的全部活力，扮演一个和善可亲的体育迷，任人摆布，永远搞不清为什么。“我差点就走出那扇门。”安德烈对自己说了两遍，分手的危险解除，满意的米根逐渐感到无聊，信步走开，转入厨房。基用双手捧着头，身体摆出一个绝望者的模样。这个即兴动作给一场似乎将烟消云散的充满火药味的戏画上圆满的句点，基真诚的处理手法，让这段小品稍从喜剧转为悲剧。

稍后不久，在屋后架高的木头露天平台上，基和乔尔·扎达克——他既是基也是皮尔的经理人——坐着高脚凳看母带。很明显，基把安德烈这个角色从前几季里糊涂的傻瓜扩充为一个有点像在感情上受虐的人。要说基给搞笑的段落注入深度是出人意外，那么更大的意外是，他竟然在演喜剧：他本想当一名正统的演员。从底特律梅西大学毕业后，他获得宾夕法尼亚州立大学戏剧系的艺术硕士学位，一九九七年，当他受邀加入第二城喜剧团底特律分社时，据他自己讲，他略感懊恼：“我有艺术硕士学位啊！我是全优生！我简直愤愤不平！”（至今他仍梦想着扮演那位丹麦王子，可鉴于他的年纪和档期，他恐怕只能等待演李尔王。“‘记得吗，那晚你说你想演哈姆莱特？’”他引述一位芝加哥演员朋友的问话，惆怅地说，“我的回答是，‘到二〇一七年时来找我。’”）不过他的身上兼具古典和现代的风范——讲出“愤愤不平”和骂人的口气听起来一样自然——他的喜剧魅力很大程度上来源于此。

许是因为有这样的戏剧表演背景，基擅长夸张的演出，是个多面手，相比之下，皮尔的演技重在细部，讲究一定的精密性，需要恰到好处的背景事件将它烘托出来。除了《爆笑黑人兄弟基和皮尔》以外，很难想象皮尔出现在一部不是围绕他自己设计的喜剧人物来编写的戏里，诚如《粉红豹》系列本质上是为展现彼得·塞勒斯扮演的探长克卢索这个奇人而精心创作的影片。相反，人们可以想见基出现在各种不同的演出项目中：在外百老汇戏剧里扮演哈姆莱特，主持奥斯卡，与桑德拉·布洛克并排漂浮在太空中，或是将手搭在汤姆·汉克斯的肩头，传达某个坏消息。无论设置什么场景，基都会使出浑身解数来演。然而，正是这些让基在片场表现得如此从容、和悦的品质——亲切友好、灵活变通、不教条——也使他难以确立显明的个性。他太擅长应对，太照顾他人的感受，因此想要揣度他的心情，并不总是很容易。“我常常不知道点燃我热情的是什么，”他坦承，说话的同时，有人正在忙着修整安德烈可笑的鸭尾巴式发型，“我只是实实在在地运用我的全副技能。”

那天下午，在拍摄只有基主演的普瓦捷短剧期间，皮尔卸去米根的服饰和妆容，重新穿回自己的衣服，坐到一棵橙子树下斑驳的阳光里，回顾他的职业生涯：“十五、二十年前，我决心要当一名小品演员。”对于一个在上西城长大的活宝小孩来说，这个梦想很平常，那儿距离《周六夜现场》演播室不到二点五公里，但很少有人像皮尔那样一心一意、坚持不懈地追求这个梦想。就读于曼哈顿第八十七小学期间，五年级时，大都会歌剧院在他班里办了一个表演工作坊；害羞的皮尔被分配担任舞台监督助理，他的职责包括给其中一位主演当替补。那位演员告病时，皮尔代替完成了几场演出，扮演一个“酷男”角色（黑色皮茄克、墨镜、项链），在此过程中，他发现自己非常享受拥有观众的感觉。后来，在莎拉劳伦斯学院就读时——他原来打算学木偶戏——他加入了一个即兴剧团，很快即兴创作成为他的主要兴趣所在；入团两年后，他彻底放弃学业，和大学室友、同为剧团成员的丽贝卡·德赖斯代尔搭档创作喜剧，现在，丽贝卡·德赖斯代尔是《爆笑黑人兄弟基和皮尔》的编剧之一。（他一贯的说法是，他发现自己不需要木偶。他可以利用他本人："木偶中最复杂精细的那个"。）德赖斯代尔和皮尔给他们的组合取名"两个白哥们儿"，可实际——诚如宣传资料上明确写着的——他们"一个是黑人，一个是白人犹太女同性恋"，当皮尔在莎拉劳伦斯学院的同学尚未毕业时，他们已进一步在芝加哥的奥林匹克即兴剧场演出两档颇受好评的小品节目。不久之后，皮尔加入"嘭嘭芝加哥"剧团，一个设立在阿姆斯特丹的即兴巡回演出剧团，该团的一项使命是创作"针对荷兰、美国和全世界社会政治问题"的喜剧，但让皮尔垂名的是他扮演的乌特，一个空有皮囊的丹麦超级名模，偶尔主持欧洲电视网举办的歌唱大赛。（她一副欧洲名媛的腔调，讲起话来，"是啊，因为，这么说吧，假如英语是你的第二语言，你容易在说话时不经大脑思考！"）

摇身变作他人：这是皮尔的天赋。从网上他尝试单口相声的演出小片段里，我们看到一个不太清楚该以什么身份登台亮相的人——没有一个角色让他满意地将自己定型其中——认识到这一点的皮尔，很早放弃了演单口相声。"做即兴演出，或表演小品，你唯一搞不清的是'你是个什么样的人？'"他说。他的才华，究其本质在于多元的表达口吻，过去，他一直将这一点归因于童年时担心自己讲话的语气不对，就他的情况而言，指言谈间像他的母亲——即，表现出"白人"的谈吐。（"这个结果可能不是巧合，我决心从事这一行，完全是为了改变我讲话的方式，体验这些不同的角色，我可能想证明，在我心中，一个人讲话的方式与这个人是谁无关。"他在美国著名广播节目"清谈"中对特里·格罗斯说。）做即兴表演时，真实可信的问题变得无关紧要：重点在于装样子。

为了观看当日下午的拍摄，我走去隔壁，进到一间布置成五十年代末室内风格的现代客厅，陈设完备，有餐具柜、酒柜、装了半杯假威士忌酒的雕花玻璃杯。基正勉强地和他的白人女友及其父母一起用餐，气氛尴尬，他认为女友的父母因他是黑人而不喜欢他。直至他愤而起身，准备走出去时——“试图和不懂尊重他人身上的差别的人理论，毫无意义”——我们才看见他长了一条又长又粗的尾巴（后期制作时加上去的）。女友的母亲说：“我不敢相信你竟把一个黑人带进我们家！”过了片刻，镜头向后拉，揭示出全剧的关键：每个人都有一条尾巴。在一次拍摄间歇——工作人员商量露出尾巴的时机——扮演母亲的演员、八十多岁的邦尼·巴利特转向基，轻声说道：“当你的母亲，想必很有意思，因为你如此……”她摸摸自己——绯红——的脸。稍后，可能是担心自己讲了得罪人的话，巴利特愁眉不展，但基露出和善的笑容。“我觉得这么讲没错，事实如此，”他说，“对了，你是哪里人，邦尼？”“伊利诺伊州人。”“你在诓我吧！”那位演员受到鼓舞，开始讲起她的经历：“我的家乡是由被送去那儿工作的人开拓建立的……他们是瑞典人……”她的话音逐渐减弱。“真的呀，”基继续保持高昂的热情，“太有意思了。”工作人员重新调整好摄像机的位置。这回，轮到巴利特讲那句台词时，她说：“我不敢相信你会带一个黑皮肤的男人进我们家。”停！巴利特又一次愁眉不展：“真不敢相信，我竟然说‘黑皮肤’！可我们那时不用‘黑人’这个词……”基流露出人类学者般不带情感色彩的好奇：“那你们怎么说？叫‘黑鬼’吗？”巴利特松了一口气，思忖那个问题：“‘有色人’，我记得……”基感谢她提出中肯的更正：他们采纳了“有色人”这个叫法。

基在最近的节目中告诉吉米·基梅尔，他和皮尔相识于二〇〇三年，当时他们前后两晚在芝加哥的第二城剧院演出，他们“因喜剧而结缘”。皮尔是跟随“嘭嘭芝加哥”剧团来巡演，他扮乌特一角；基扮演的是一个具有反社会人格的高中体育老师，名叫海因斯教练，他“激励”青少年学生的手段是经常列举他们若一旦犯错他会狠狠宰了他们的种种杀人方式。在即兴表演圈内，非白人不是很多，但没过多久，当他俩各自去为福克斯电视台闹腾、讽刺的短剧节目《疯狂电视》试镜时，他们谁也没感到有地盘意识。最终，他俩都成功入选，很快投入工作，主要扮演黑人名人——卢达克里斯、比尔·科斯比、“史努比狗狗”——但也做一些类似具体的编剧工作，日后在《爆笑黑人兄弟基和皮尔》中他们将进一步发挥这方面的才能。海因斯教练成为一再出现的角色，皮尔所扮的说唱歌手“五十美分”，重在表现人物性格，当基扮演“五十”的经理人，打电话给这位说唱歌手，告诉他，他的对手坎耶·维斯特雄踞排行榜时，心碎的“五十美分”唱起一首哀怨的名叫“伤心五十美分”的歌。（抽样拼合的歌词：“我走在我的妓女乐园，走过我的旋转木马。今天似乎没有一样东西让我展露笑容。”这首歌获得二〇〇八年艾美奖提名。）《疯狂电视》的幽默粗俗下流——而且过度依赖于拿名人做文章——但这个节目可以很好地锤炼编写小品的技能，让他们两人，特别是皮尔，渴望有一天，一个笑话可以不必经过层层制作人的把关而播出，推动他们在事业上的进步。

在他们的五季合约快满时，一位大耳朵、黑白混血的参议员开始登上头条，没过多久，成了总统。《周六夜现场》要找一位扮演者。对皮尔来说，这是“梦想成真的一刻。我努力的目标即在于此”。可当节目组找到他时，他和《疯狂电视》仍有合约在身。法律问题让他束手无策，为此他深受打击，尤其是，他觉得一直以来，他“把一切计划得周全缜密”。看着别人在《周六夜现场》的节目里扮演奥巴马，是他人生中一段“五味杂陈、心情难以形容的短暂时光”，但也激发了他的斗志：“我想我心中战略家的一面起了作用，‘好吧，事到如今，这个结果意味着什么？这个结果表示，我的这些专长总能有一个用武之地；归根结底，扮不了奥巴马，其中必有原因。’”二〇〇九年，皮尔与《疯狂电视》的合同到期——在给福克斯电视台拍了一集试播节目而没有下文后——他与基开始商议一档幽默短剧节目，他们当即想到一位名叫彼得·阿腾西奥的年轻导演。

基和阿腾西奥相识于一起用绿幕拍摄制作一组网络剧之时，地点在“好莱坞一间破陋的一居室公寓”，据阿腾西奥称，那儿既是他当时的住处，也是他的工作室（“那套片子是给社交网站‘我的空间’做的，可想而知是多久以前”），他希望做电影，在十九岁时从科罗拉多州的波德市搬到好莱坞。他们互相欣赏，时有联系；基介绍皮尔跟阿腾西奥认识。在基和皮尔设法说服“喜剧中心”频道录用他，顶替制作公司首选但退出的导演时，他年仅二十七岁，现在也不过三十一而已。凭借八位编剧和四位制作人组成的小团队，他们在十三个星期里完成了第一季的剧本创作，写了两百六十出短剧，后来缩减至五十四出。除了正在拍摄的这一季以外，之前《爆笑黑人兄弟基和皮尔》的每一集均由阿腾西奥执导。当电视公司要求将节目集数加倍后，前半部分的后期制作开始与后半部分的拍摄同时进行；不愿把执掌色彩和混音的工作假手他人，阿腾西奥将这一季三分之一的节目让与一个三人导演组来执导。可是，即便自己不当导演，无论《爆笑黑人兄弟基和皮尔》在哪儿拍摄，他还是经常亲临片场，我们谈话的当日，拍摄恰好在环球影城内一个标配的、形似黑箱子的摄影棚内进行。

临时演员正鱼贯穿过烈日曝晒下的停车场，准备扮演一场篮球赛的观众，阿腾西奥站在摄影棚的门口，像个和善的门神，一边看他们经过，一边朝制作人点头致意，然后走到房间另一头，与基和皮尔打招呼，他们坐在“球场边缘区”，有人在略微调整他们的假发。个头高大、行动缓慢的他，有一张线条柔和、皮肤白皙松垂的脸，一副镜片很厚、书呆子风格的眼镜遮去他的部分面孔，他戴了一顶棒球帽，穿着宽松的街头潮服，所有这些打扮与他魁梧的体型有一点不相称，他看上去更像是上门贩卖大麻的，而非惯常负责拍摄这档节目的人。重新走到摄影棚外，他眨了眨被太阳照得睁不开的眼。谈到这档喜剧节目时，他说：“我把全部身心投入其中。它是我的生命。显然，除此以外，我不知道还能怎么去做这个节目。大概唯有如此才能把它做出来吧。”

从一开始，阿腾西奥就希望《爆笑黑人兄弟基和皮尔》给人一种耳目一新的感觉。他回忆他打出的口号是“把每个短剧做得像电影里最逗人发笑的精彩片断”。他不诉诸众多喜剧小品所依靠的言语表述，而提议利用“视觉信息、剪辑上的穿插等那类手段来奠定基调和氛围，这样就不必通过剧本创作来实现”。有一场滑稽可笑的戏，表现拿着“第一组登机”的登机牌却眼睁睁看着排在其他组的人鱼贯从面前走过并登上飞机的沮丧心情——“穿制服的部队人员……坐轮椅的人。各位牧师、修女、拉比、阿訇。各位带小孩、坐轮椅的老人。各位带着军人小孩的年老的宗教人士。贾森·施瓦茨曼。各位带着蓝色行李箱的人”——最后的高潮是基，依旧攥着他的机票，坐在具有电影般逼真效果的一架大型客机的残骸中。场面之宏大，看似制作成本之高，让人在发笑的同时倒吸一口气，但其实这场戏是阿腾西奥以相对较低的费用在环球影城《世界大战》的片场拍摄的。

“喜剧中心”频道以“不看此剧，说明你是种族主义者”的广告词推出第一季，但《爆笑黑人兄弟基和皮尔》很少诉诸深得霍默·辛普森之心的那种只能两择其一的基于种族的幽默——黑人这么做，白人那么做——种族间的界线远非这个节目唯一关注的话题。（它也不是全部感染力、感染力、感染力的所在。有一出短剧思考的是“假如用放屁代替名字将会怎样？”的永恒问题。）在演到有关种族的戏时，人们熟悉、单一的“种族牌”被换成像是将整副牌全部摊开的做法，侧重表现皮尔所称的“种族的谬论”。“我老是回头去看标准化测验，”他一边说，一边坐在梳化间，任人把他的假发从“体育节目解说员”变为“体育节目播报员”，区别不大，但不可小视，“这些测验让你说明你的种族，你在哪些方面符合要求，我认为那归根结底是一个不良传统”。他天生略显细小的眼睛，突然间睁得斗大。“‘你的身份是什么？’我们从小接受这样的教育，岂不荒唐？我们被迫做出选择！”坐在活动房车另一端的基，从有头发变成光头，再变成有头发，对种族分类的不合理性也有同感。“大脑边缘系统依旧运作如常，”他说，“人们想的是，‘我需要把自己归类。我需要把自己归类。假如不把自己归于某一类人，我缺乏安全感。’”

他提到的似乎是一套神经学理论，根据这套理论，大脑边缘系统主管我们的原始反应——比如识别同部落的成员——它寻找的是事物间在视觉上的相同之处，而我们后来形成的前额叶皮层，能够做出复杂的认知决定。“所以问题是：大脑边缘系统仍在发挥作用，活跃得很，”他继续讲道，“人们意图克服这种反应，但骨子里还是想将自己分门别类。当我们的头脑里只剩大脑边缘系统时，人会变成，‘兄弟，我们在这一边，那边是该死的剑齿虎，因此我们必须团结一致。’”这番话引得大家讨论起来，生物体表现型上微小的区别——皮尔相较

“扁平”的鼻子对比基的高鼻梁——会使每个人的人生判然不同，差别既在于别人怎么看待我们，也在于我们，尤其是童年时，怎么看待自己。

> 基：“乔丹和我……我们是混血儿。”
>
> 皮尔：“对。一半黑人血统，一半白人血统。”
>
> 基：“正因为如此，我们在不知不觉中格外善于撒谎，呃，因为我们必须天天调整我们身为黑人的一面。”

这一情况发生在舞台上，在《爆笑黑人兄弟基和皮尔》的第一集里，他们破例，在摄影棚内面对观众做现场演出，那次节目给人几分单口相声的自白式的印象。他们解释，有时，这种调整必须恰好仅是为了“吓唬白人”。（不做这样的调整，“我们听上去比大学无伴奏合唱团里的黑哥们儿更像白人。我们听上去比暴风雪中的米特·罗姆尼更像白人”。）不过这么做可能也是争取获得对方认可的一种方式。“当我们身边是其他兄弟姐妹时，”皮尔一边说，一边露出诡秘的微笑，“你得将事情升级。”讲到这儿，他示范了一遍升级版的黑人（“你知道我在讲什么，兄弟——你知道我知道你在讲什么；你知道我知道你知道；肯定、肯定、肯定……”），最后以肢体动作收场，这几个动作不是电视喜剧里人们熟悉的、意料中的“黑人”手势（没有帮派成员间的暗号或夸张的左右甩头），不过当然，仍然符合成见。脑袋动来动去，但转动的幅度小得多、精确得多，不是胡来，然后再逐渐夸大：皮尔所跳的小幅度的欢乐曳步舞，基闭着眼睛表示赞同的模样。我会形容这一场景是满怀柔情的模仿。

这段滑稽表演让我们认识到一种共性，在没有被演出来以前，我们可能不曾注意到。但这种共性不是杰里·塞恩菲尔德式的不痛不痒的大家应该怎么喝咖啡或坐飞机。它关注的是种族的集体行为和表现，通常我们不准把这类共性当作笑话。说这两位男士在刚才那一刻变得“更像黑人”，等于从某种意义上承认一项种族成见——但假如不存在“黑人性”一说，怎么样才算“是一个黑人”呢？（妄想甄别一个族群，势必将所属的成员集合起来考量；要仇恨他们，需要采用同样的思维方式。拉比和反犹分子唯一相同的地方可能是他们都相信有“犹太性”这种集体特征。）“在任何场合，千万别当那个腔调最像白人的黑人。”皮尔总结道。（基做出若有所思的回应，“让五个讲话像白人的黑人待在同一间屋子里……过一个小时后再回来？那场面将像是南非的雷村黑斧土著合唱团走进了屋子！”）

在这档小品节目开播几个月后，奥巴马——在大多数他参与的场合里，他绝对是那个腔调最像白人的黑人——上了吉米·法伦主持的今夜秀，意外地称许《爆笑黑人兄弟基和皮尔》。他针对的是“奥巴马发飙”这一集，剧中，皮尔扮演奥巴马，坐在一张翼状靠背扶手椅上，发布他的每周总统讲话，冷静地概述二〇一二年初关注的问题——伊拉克、朝鲜、茶党的抵制活动、他本人的合法性——基则扮演他的愤怒翻译，卢瑟，在房间里来回踱步，把不可说的话讲出口（“我有出生证明！我有很踿、很屌、妈的、妈的、他妈的出生证明，你们这帮南方白土包子！”）这则小品似乎鲜明表达了许多奥巴马支持者心中一个暗藏的愿望，可能也是黑人内部作为一个整体所默默期许的。在看到卢瑟这个角色以前，我绝未曾意识到自己多么希望有这样一个人出现。那一年的晚些时候，奥巴马要求会见基和皮尔，并自嘲地承认，他也有同样的渴望。“我需要有个卢瑟，”他对他们说，“我们只能等到下一届任期再考虑。”

这档小品节目采用一种喜剧式的反转手法（基的话："我认为到头来反转是这个节目的真正看家特色"），但令人捧腹大笑的原因是情感上的认同。《周六夜现场》一九八六年的一出短剧提供了一个有名的先例，剧中，扮演罗纳德·里根的菲尔·哈特曼在白宫的总统办公室里手忙脚乱——与女童子军一起合影，向记者讲些空洞无用的话——但新闻记者一走，他立刻变得毫不含糊：用阿拉伯语交谈，清楚了解尼加拉瓜反政府武装人员的活动，引用孟德斯鸠的话。"我们有少数几场戏参照了那出短剧，"皮尔解释，"变换出不同的版本。"在创作剧本时，他们寻找的是笑话的情感根基。"什么样的奇谈怪论，正因为人们知道不是真的，所以才觉得好笑？"他继续说明。要能够揣测出许多人对某一件事的真实感想，即便他们绝不敢将这类想法说出口也一样。每个喜剧演员，最终靠的是这项技能来吃饭。如何培养这项技能？对这个问题思考过许多遍的基认为，他的共情能力和模仿技巧本质上是一种过度敏感的表现。"道理是：世上没有人——可能有人在这方面与我水平相当，但无人比我更擅长适应情景。"假如喜剧才华是一种适应力的表现，那么基和皮尔在穿着开裆裤时就已经出师了。

皮尔从小住在一栋无电梯大楼内的一间一居室公寓，由一位白人"书呆子"母亲（仅从他的中间名"霍沃思"[1]，大概便能猜到这一点）抚养长大，对他的黑人父亲（他大部分时候不见踪影，死于一九九九年。）知之甚微。在第二季的一集短剧里——编剧是皮尔昔日的室友丽贝卡·德赖斯代尔，皮尔演他自己，到一个活动房车停车场找寻他失散已久的父亲（由基扮演），父亲瞧不起皮尔，直至皮尔无意中讲

1. Haworth，英国的一处地名，因《呼啸山庄》和勃朗特姐妹而闻名。

出他有自己的电视节目。那场戏笑中带泪，一旦知道故事背后的个人经历，让人不忍看下去。“当时，我参加美国广播公司电视台的特别节目，《孩子们向克林顿总统提问》，”皮尔回忆，“轮到那天的最后一问。我问他，‘你会怎么做：你有没有办法帮助收不到抚育费的孩子？’”然而皮尔和基一样，倾向把过去的痛苦看作是一种财富：“我小时候有机会去白宫，和总统讲话。我简直高兴坏了！”除了上电视以外，皮尔也看海量的电视——“我现在从事的一切，部分源于电视是我的再生父母。连续数小时数小时地看”——对他而言，六岁以后，家中最固定出现的黑人父亲形象是电视里演的，经过美国流行文化哈哈镜般的折射。《爆笑黑人兄弟基和皮尔》里的许多小品似乎都在嘲弄那个时期的黑人电视剧或重播的剧目（《根》《美好时光》《家庭问题》），情节里透出既爱又恨的色彩。在其中一则小品里，傻头傻脑的史蒂夫·乌尔科变身为杀人狂魔。

确切来讲，皮尔并不孤单——“自己带着家门钥匙、放学后独自在家、无人照看的混血小孩不是没有先例”——而且照他所言，他从来不觉得缺乏关爱，但别人的反应使事情变得复杂。“我去上学，第一个小孩上来就问，‘你的妈妈是白人？’”他说。他必须快速适应“其他人习以为常的事、其他人被教导接受的事，人们要求我们明辨自己的身份，或确定自己站在哪一边：是白还是黑？”基和皮尔颇不寻常地坚持自己的混血身份，一部分是出于拒绝抹杀与他们关系非常亲密的白人母亲的存在。皮尔的母亲露辛达·威廉斯依旧住在上西城那栋无电梯的公寓楼内，对她而言，因为生活在曼哈顿，所以处境相对好一点。“在这儿，父母不是同一种族，并非一件格外稀奇的事，在单亲家庭长大亦然。”她告诉我。威廉斯说，皮尔“显然是我的开心果”，但她和皮尔一样，必须应付别人怀疑的目光，尤其是像她这样皮肤白皙、金发碧眼的女人。她表示，陌生人往往“认定他是被收养的，或我是在照看别人的小孩。在他还坐着婴儿车时，我会遇到人们表情僵住、继而转过脸去、俯身称赞宝宝的情景。你几乎可以看见他们的眼中亮起‘计算失败’[1]的信号”。

随着皮尔长大，他对表演日渐浓厚的兴趣令他母亲感到吃惊。以前的他似乎一直很腼腆，“是个喜欢画画的文静小孩”，他爱看讲外星人、怪兽和机器人的电影，这些角色往往根本没有种族之分。书架上有许多文学书，但吸引皮尔的是奇幻作品。(“《迷宫》。那是属于我的天地，”皮尔证实，“《永无结局的故事》《垂柳》。”）二十年后，《爆笑黑人兄弟基和皮尔》演了许多以僵尸和吸血鬼为主角的剧，每年乐此不疲地制作万圣节特辑。但诚如基所指出的，皮尔是“书呆子”[2]世代中的一员，他们已征服这个世界——至少，在制作备受欢迎的大众娱乐这一方面。皮尔在节目中扮演的温德尔——一个体重三百磅的宅男，喜爱奶酪披萨和以超级英雄为形象的玩偶，拼命想叫人们相信，他“与某人保持着性关系”——完全是从皮尔奇幻迷的一面而外推出的一个猥亵、滑稽的人物。“在我看来，‘书呆子’这个说法有点不好捉摸，”皮尔说，“我猜，从严格意义上讲，它指沉迷于流行文化的人，这类人在待人接物上可能不懂社交礼仪。但我所理解的‘书呆子’，更多是前一种含义，仅表示不加掩饰地狂热地爱好某样东西。”“迷”这个主题始终是最容易引得皮尔打开话匣子的。他对涉及个人隐私的问题小心谨慎，更乐于讨论在他同龄人之间的那些经典的

1. Does Not Computer，科幻小说及科幻影视作品里常见的一句习语，反映了计算机或机器人在认知上的某种不协调性。
2. Nerd，这个词最早出现在 20 世纪 50 年代美国少儿读物《苏斯博士》系列中，指沉迷于学术或技术、智力超群却不善社交的人。

书呆子话题：库布里克的电影、九十年代的嘻哈音乐、不经意展露喜剧天资的坎耶·维斯特。

自认为与皮尔不完全同属一个时代的基，对嘻哈音乐没有兴趣（“我是出生于六十年代、听节奏蓝调的人”），更愿意畅谈他的个人生活和经历，口若悬河，不过这么做可能只是为了节省时间，因为他的故事分成少见的好几个独立的部分。他出生在底特律，是一名白人女子和她的已婚黑人同事发生婚外情而产下的孩子，一出生即由另一对跨种族通婚的夫妇收养，夫妻俩都是社工，帕特里夏·沃尔什是白人，迈克尔·基，“和其他十二名黑人一起”，来自盐湖城。这对夫妇抚养基长大，但在基青少年时离了婚。基的父亲后来娶了他的继母玛格丽特·麦奎兰-基，一名来自北爱尔兰的白人女子。基的家庭状况变动不断：先是自己被收养，然后收养他的父母又诞下一个孩子；后来他的父母离婚，父亲再婚。

儿时，他的志向有当兽医、成为电影明星或橄榄球运动员，但当儿童失神癫痫症将橄榄球的梦排除以后，他对表演的兴趣激增，超过其他任何事，鼓励他发展这项爱好的人是他的母亲。后来，他的继母建议他去国外念戏剧，在他十八岁时，她和他的父亲送他踏上考察之旅：“那次旅行是给我的高中毕业礼物：出钱让我去英国。我的继母说，‘如果你打算以戏剧为生，那么你得有真才实学’”——讲到这儿，基试着模仿贝尔法斯特的土腔——“这里的人是操蛋胡来。”基和皮尔一样，能模仿多种口音。（他的妻子辛西娅·布莱斯是一位职业口音教练，不过据基所讲，她的工作更多是辅助性质，而非指导教学：“她一般不帮我。她很会讲甜言蜜语，像是，‘没错，我觉得你学得像极了，亲爱的。’”）待在伦敦期间，他学会了几种口音，他还必须适应那儿的另一种文化和另一种“什么是黑人”的概念。在探望住在北爱尔兰的家人时，他看到一些有关伦敦南部非裔人集中的布里克斯顿区的电视报道，对种族问题有了一点小小的顿悟：“我的妈呀，那些人是黑人！”他喜爱奥运会短跑选手林福德·克里斯蒂，从那么熟悉的一张脸上听到一个陌生的口音，令他大为惊奇。“十八岁的我，几乎立刻开始调整我的思维。我的头脑表示，‘哦，我明白了。一切都是文化造成的。和黑色素无关。’”七年后，他与生母卡丽·赫尔重逢，这次重逢对他影响至深，不仅让他有了更多兄弟姐妹。(“毫不夸张地讲，前一晚上床时我只有一个兄弟姐妹，第二天早晨醒来，变成七个”，)而且使他骤然接受了耶稣基督是他个人的救世主这一信念，他形容这件事来得“相当意外”。但适应情感上的风云变幻是基最擅长的。“我不是世上最聪明的人，”他坦言，“但我的情商，我的‘情绪商数’——超常。”

在片场，这种适应力对他大有裨益。基承认，他频繁的角色变化，在我们这些只有一个固定自我的人看来，有时像是一门令人毛骨悚然的技能：“常常，人们抓着第一样他们能把握的东西，一路走下去，‘这么做行得通。我就打算这么做’。”他告诉我。“乔丹和我一直坚持的原则是：‘各种做法都行得通。’”对基而言，“变数是常态。”这个说法教人想起艾丽斯·米勒，《天才儿童的戏剧人生》的作者，她提出一个观点，人们经常在天才儿童身上发现的共情能力，既是一种天赋，也是一种病症，体现了儿童对他身处的变化无常、意外连连的环境所做出的应对反应。基读过米勒的书——他说那本书“非常了不起”——但认为现在的他已经走出了可能曾经对他的演技起到重要作用的创伤：“小时候这样做，是一种用来求生的手段，现在你可以将它用在别的方面。”他如此侃侃而谈自己曲折复杂的过去，仿佛那些事全是发生在另一人身上，似乎与这种变化有关；能够置身事外地看待自己，他讲话的语气好像一个作者在描述他笔下的人物。他也表示，他很少“对事情有坚决明确”的态度，在观察他人时，他的反应一如人类学家：如此不渝地坚持一种观点会是什么感觉？

虽然在基和皮尔眼里，尤其若是从他们自己不同寻常的出身背景来看，种族有时显得抽象，但对他们的许多观众来说，种族不是一个特别不定型或可变的类别；种族是决定他们命运的因素。例如，按照媒体形象的刻板分类，基和皮尔是两个黑人，主演一档难得吸引了不同种族观众的电视节目，因此对其他节目而言也许是无关痛痒的事宜——像是“恋爱情节”的选角——必须经过更为慎重的考虑。娶了白人妻子的基（皮尔的伴侣、从事单口相声和喜剧表演的切尔茜·佩雷蒂也是白人），称自己“高度提防”这类问题：“这是你可以控制的一个方面。”譬如，在新近的一则小品里，基发现一名女子昏倒在地，他拨打急救电话，在通话的同时爱上了这名女子，剧本要求这名女子“艳惊四座”。基说，在选角上，“我非常重视一条，不能用一个肤色偏白的女演员。”在讲述这段来龙去脉时，他临时装出一位观众不满的声气：“这两个黑佬就知道在节目上亲近白种女人！”

一次，在《爆笑黑人兄弟基和皮尔》大学巡演的后台，正与学生志愿者合影、和他们拥抱聊天的基，向皮尔提到，他有时觉得自己进行这类互动的方式不对劲。“乔丹听了后问：‘为什么？’”他回忆道，“我说：‘因为当我周围是黑人女孩时，我和她们拥抱，对她们表现出更多的关注。’因为没有人比黑人女性更易受欺凌。由于那些混账操蛋的事，她们实在应当得到关爱。遭鞭打是一回事，既遭鞭打又被强暴是另一回事。你明白我的意思吗？那种遭遇实在太惨了。不是说白人女性没有难处。”基强调，美国黑人女性痛苦的历史“令我无法忘怀。我想起我的祖母和我的几位姨妈。往事发出回响。所以，这么讲吧，在每个人眼里，一个皮肤黝黑的女人应该和一个皮肤雪白的女人一样，都代表了美”。不过，他补充说明，“肤色其实应该无关紧要。”可肤色当然要紧。有一场戏，基和皮尔扮演两个怕老婆怕得要死的丈夫，它可以理解为对中产阶级婚姻习俗的一种嘲讽，与种族无关，但基在上柯南主持的脱口秀时声称，就那集小品而言，“地球上没有一样东西比黑人妻子更危险”，他老调重弹，搬出一条动不动针对黑人女性的攻击言论，部分黑人女性在网上指出，基没有这方面的亲身经历让他得出这个结论。从单一的身份、以单一的经验来讲，正因为她们是黑人女性，所以感到受伤。

在谈到这档节目如何处理种族题材时，皮尔说：“事实上，并无实际的策略，没有一个可以简单……阐明的观点。正如这个国家的种族情况一样。非常复杂微妙。千头万绪。既如此根深蒂固，同时又不断演变，而且给人的感觉是在倒退。种族问题说不清道不明。”我想起威廉·吉布森说过的话：“未来已经来到——只是尚未平均分布。”在如此混杂的现实下——一方面，黑人当了总统，另一方面，黑人少年死于街头——创作种族题材的喜剧不可能是易事。这是一道难题，有舍才有得。但彻底搞清种族问题，意味着深入一段长期、痛苦的全民性对话的核心。

在一集小品里，皮尔扮演一个黑人青年，走路穿过一片白人居住的郊区。一位母亲把她的孩子赶入屋内；一名在给草坪割草的男子用警惕的眼神瞪了皮尔一眼；一位开着警车的警察，徐徐跟踪他，目露凶光，一副准备先发制人的模样。接着，皮尔翻起他的兜帽：侧面出现一个白人青年的脸部轮廓，遮去皮尔的脸。警察微笑着挥挥手。长达一分钟的无声场面，出色表现了纯粹喜剧式的挑衅。在提到美国的种族问题时，皮尔说，“在一定程度上，我们只是随时将自己置于事件的中心。”归根结底，他希望他们的节目能成为“一面镜子，我想甚至含有一点罗夏测验的味道，用来测知患者的人格结构[1]”。他指的是向观众举起一面镜子，可当然，这面镜子也照出基和皮尔本人的态度，和每个人一样，他们的态度并不总是完全由他们自己掌控。

在片场的最后一日，我坐在摄影机后面，旁边是乔尔·扎达克。我们正好有些窝工时间；基和皮尔的替身演员，绍马里（高个子，皮肤浅棕色）与布赖恩（个头矮一点，皮肤深棕色）一边在发手机短信，一边让工作人员测试灯光打在他们面容上的效果。四十三岁的扎达克，青春洋溢，留着一簇尖尖的额发，脸部线条圆润，在当喜剧经理人以前，他是个喜剧迷：经常出没于芝加哥第二城喜剧团，搬去洛杉矶学习编剧，本想自己从事即兴表演。现在，作为这档节目的执行制片人之一，他安于身居幕后，虽然有着典型洛杉矶电视人的日程安排，但他散发出悠闲懒散的气质。（“你知道，我早晨五点醒来，读一个小时的书，去健身中心锻炼一个小时。我送其中一个孩子去上学，然后上班……”）他借用披头士乐队来比拟形容基和皮尔这对组合，“基根如同保罗，乔丹如同约翰。基根能够一整天创作并表演一首热门歌曲，人们会喜爱他，乔丹也能，但我相信人们从乔丹的作为中看到一些更深刻的东西。他比较多一点像个深刻的思想家。”（前一日，阿腾西奥也做了同样的类比。）不过在他代理的这两位艺人身上，最教扎达克钦佩的是他们的虚怀若谷。他们决不“随意摒弃任何事。他们事事倾听”。

1. 全称罗夏墨迹测验，是非常著名的人格测验，也是少有的投射型人格测试。在临床心理学中使用得非常广泛。通过向被试者呈现标准化的由墨渍偶然形成的模样刺激图版，让被试者自由地看并说出由此所联想到的东西，然后将这些反应用符号进行分类记录，加以分析，进而对被试者人格的各种特征进行诊断。

除了内向型—外向型这一范式以外，让人把他们与披头士乐队联系起来的也许正是这种虚怀若谷的态度，和披头士乐队一样，要不断进取，必须时时谛听，预测人们的反应，在投其所好上占得先机，调整适应。要说在音乐上能做到这样已够不容易，那么在喜剧上则更困难。世上多的是僵化的喜剧演员，不再滑稽可笑——有时在转眼之间——可能是过分依赖一个笑话熟悉的思路，或过于教条，不肯做出改变。如何保持滑稽可笑的状态？这个问题“缠扰”皮尔：“我最大的恐惧是有一天变得和许多我看到的艺术家和喜剧演员一样，停滞不前。他们曾经一度成绩斐然，功成名就。他们享受胜利的果实，却忘了继续成长进步。”

替身演员走了；基和皮尔来到现场，已经化好妆，变身为像是吃了吐真药的篮球解说员（“欢迎回来，再花几个小时和好几百万美元观看成年男子进行一项简单的儿童游戏，同时获得的薪酬却高于总统！”）。入戏的他们，和我以往所见的一样滑稽好笑，他们脸上只扑了很薄一层粉，化出几道泛白的皱纹，但他们给人的印象，和米特·罗姆尼一样，是清楚无误的白人。时不时地，这档节目的一位执行制作人杰伊·马特尔——他也偶尔为《纽约客》撰稿——走过来，到他们的直播工作台旁，商量几处语言上的改动。他又高又瘦，头顶光秃，看似像个性情温和的贵格会教徒，果不其然，他是牧师和传教士的后人。（“我在斟酌，驴鸡巴是不是比狗鸡巴更好笑。我的祖先估计会惊骇。”）有一次，马特尔走过来，讨论一句基不喜欢的台词：“强奸嫌疑犯将橘色的大球传给汗淋淋的法学界巨擘；汗淋淋的法学界巨擘把球传给垂体病患者。”基认为，“垂体病患者”这个说法，“里面包含太多步数学运算”，马特尔解释，这话的意思是，脑子里需要转太多个弯才能领悟到笑点。在片场和编剧室，他们有一套自己的术语，用来简略而有效地表达他们的看法。“蛤蜊”：老套的笑话。“横向的”：没有逐步升级。“覆盖”：从一个类型作品里挑出要点，用一个笑话“涵盖”这些要点，譬如恶搞普瓦捷的短剧。“卮卮”：一个尚未完全编好的笑话。马特尔提议用“巨婴男”代替“垂体病患者”。卮卮齐全。基和皮尔进入下一步，用即兴创作的口头禅互相逗趣：

“熟普劳尔福斯！”

“大猪肘子！”

“饼干时间！”

“古迪克！”

“伊波拉！”

最后一句是皮尔讲的，基丧气地看着他：“要完全弄清伊波拉的病理，恐怕要等到二〇一五年。”（这场戏播出的时间）“镜头切换至：都市荒原。”皮尔说。基把这个笑话接下去：“生化危机：整个西方世界。”连对他们自己的类型幽默短剧所做的即兴评论，也被设计成类型幽默短剧。

迄今，基和皮尔一直在他们的喜剧良缘中一同成长进步，但和一般的婚姻一样，他们的合作还是受到各方面的压力（努力的方向不同，追求的目标不同），许多与他们关系亲近的人，包括扎达克，已经表示，这档节目快要寿终正寝。他们在筹备别的计划，有些是两人一起（包括一部由贾德·阿帕托制作、片名待定的电影），而有几个计划是分开来，但“保罗和约翰”的类比在这一点上不适用。假如真到了基和皮尔拆伙的那一天，那么这样做，肯定是一种自觉的解散，而非无情的离婚。尽管如此，在片场，有时候仍让人感觉，他们似乎期待有新的东西抛给他们。在一天漫长的拍摄的末尾，他们坐在直播工作台后面，尝试用以下这个覆盖式的前提，完善一小段讽刺剧情：假如公立学校的老师像橄榄球球员一样可以转会，并有身价的话，将会怎样？（“显然，431 公立学校给露比开出的条件令她无法拒绝：六年，保证底薪八千万美元，根据考生成绩，外加四千万美元的奖金。这个收入使她与罗克瑞奇小学的凯蒂·霍普齐平。”）这段剧情里没有很多数学运算，也基本不需要身体动作，他们显得有点意兴阑珊，犯了几个平时不会犯的错。在等待摄影机重新摆好位置时，基转向皮尔，感慨体育解说员的工作之轻松：“有些人靠从事这项狗屁活为生，他们的工作仅此而已。这项狗屁活真容易做。我们为何不干这项狗屁活呢？”皮尔同意，但转而大笑起来，用他扮体育解说员的口气回道：“但目前为止尚未做对——不过确实如此！”摄影机准备就绪，他们又试了一遍，还是演砸了。我感觉问题出在难度不够。

有些人就是需要有挑战才能发挥出最佳状态，几天后，杰伊·马特尔通过电子邮件告诉我一则发生在节目中的大家特别爱讲的轶事，证明了这一点：“我们有一出短剧，剧情是演员竞相争取马尔科姆·艾克斯和马丁·路德·金的角色，我们只顾着一级级增强身体动作的效果，却没有真正去考虑他们的身体条件是否适合——包括要求基根（扮演马尔科姆·艾克斯）用蠕虫舞步[1]从舞台的一端行进到另一端。拍摄时，基根完成了一套无可挑剔的蠕虫舞步。拍完，他站起来说：‘看吧，我能跳蠕虫舞。’他以前连试都没试过。”

1. The Worm，整个动作在俯卧撑姿势下完成，开始整个力量要集中在臀部，然后把腿高高地甩起来，借助腿下降的力量把力量似乎转移到上半身，柔韧度要高，整个身体看起来要像波浪一样优美。

/

调谐简纪

第一次听她时，我什么也没听出来。我的父母未给我这方面的熏陶。（遇到这类情况，责怪父母是自然的反应。）在他们一米多高、有木制镶板饰面的高保真音响设备里找不到她。从那个大家伙里可以听到风格多样的声音，鉴于此，她的缺席不免有些奇怪。牙买加乐手“燃烧的长矛”和披头士乐队；自然少不了的雷鬼乐之父鲍勃·马利，还有夏卡康；毕克斯·拜德贝克、路易斯·阿姆斯特朗、艾灵顿公爵和詹姆斯·泰勒；路德·范德鲁斯、安妮塔·贝克、亚历山大·欧尼尔。还有迪伦，永远的迪伦。但就是没有这位采用开放和弦弹奏吉他的加拿大歌手。我想不通他们怎么可能对她一无所知——做不到真正的默默无闻，是她特有的苦恼。不过他们也许听过她，只是没有会意。

我的父母喜爱音乐，我也喜爱音乐，但我们谁也称不上是音乐发烧友。史密斯夫妇的收藏里没有罕见的曲目，没有令人着迷的B面唱片（史密斯夫妇自己也未录过唱片）。我们想听的是让我们起舞、大笑或流泪的歌。要说他们拥有的唱片有何特别之处，唯一与众不同的地方在于，同一个筐里，集合了一名年轻的黑人女子和一位上了年纪的白人男性的审美趣味。这里面至少包含着相当程度的折中。然而，我们不常听白人女歌手的歌。不知为何，唯独那一类声线显得多余，在家庭成员中缺少天生的群众基础。我们接触的歌手里最接近白人女性的是像埃尔基·布克鲁斯（原名埃莱娜·布克班德—— 一个来自索尔福德的犹太姑娘），但埃尔基的嗓音里有着那种明显的沙哑特质，在史密斯家人的心目中，这种特质将她与蒂娜·特纳或德拉·里斯联系到一块儿。我们没有凯特·布什的唱片，甚至没有史蒂维·尼克斯，尽管她的嗓音也可算沙哑，但一首她的歌也没有。我第一次听说有黛比·哈里这位歌手是在上大学时。我们有琼·阿马特雷丁、艾瑞莎·富兰克林、比莉·哈乐黛、艾拉·菲茨杰拉德。我们为什么需要听白人女歌手的歌？

正是在那类大学聚会上，我经常悄悄将黑街合唱团和艾莉亚的专辑塞进激光唱片播放机，朋友们则经常把它们换成别的。然后有一天，她突然出现：一个刺耳的声音，类似悲号—— 一名白人女子，一边悲号，一边弹奏出无序的乐音。不成曲调——或说不成任何当时我所认识理解的“曲调”。我捡起唱片封套，皱眉以对：一个瘦削的金发女郎，留着厚厚的刘海，被一片蓝光笼罩。我的好朋友塔玛拉——一位名副其实的歌手，对音乐抱着严肃认真的态度——朝我看过来，面带疑惑。你不喜欢琼尼吗？我不屑地翻过那张唱片，乜斜着浏览上面的曲目列表。哦，这是琼尼？差点继续讲出某些针对白人少女音乐的戏谑之语，诚如反过来，当我发现自己有责任为对着麦克风骂脏话的黑人男性辩护时所听到的那类评语一般。另一个朋友杰茜卡也来追问我：你不喜欢琼尼吗？她闭上眼睛，唱了几句歌词，现在我知道它们出自《加利福尼亚》这首歌。那么讲吧，她唱的歌词悦耳动听，并非无趣，但用的是一种奇特、哽塞的假音——“尖着嗓子”，透出几分卡夫卡式的荒诞——从杰茜卡的口中发出来，让我觉得怪怪的，我认识的她，平日里有一副漂亮的黑人嗓音。一个适合灵魂乐的声音。你不喜欢琼尼吗？我不喜欢绿鸡蛋和火腿。我不喜欢这两样东西，我是山姆。[1]

这也许仅是一则说明庸俗的事例。一种总是比较容易在他人身上注意到而不易发现自身具有的特性。二十岁的我听了琼尼·米歇尔——一位受数百万人欣赏的歌手，她的歌声压根儿没有特别与众不同或奥妙之处——觉得无法理解她的音乐。甚至不能真正把她的尖啸认作是“歌唱”。这种声音只能算噪声。我没有费尽心思去参悟她，我将她的尖啸与我们在世间听到的各种有趣的噪声归在一起，但出于习惯或原则，选择将这种尖啸与音乐区分开。那么做，除了叫庸俗，还能说成什么？你不喜欢琼尼吗？我的朋友露出同情的目光，同样的目光，常常出现于信徒在人们将他们的“宣传册”递还给他们、让他们吃闭门羹时的脸上。

坐在一辆汽车的副驾驶座，准备去参加一场婚礼。我不能再用年轻做借口：现在的我和基督死时的年纪相同。有人正载着我西行，前往威尔士。穿过树林和小树丛，经过一片翠绿的野地，向着陡峭高耸的悬崖驶去……去威尔士要开很长的路。司机是一位诗人，计划中途在廷腾寺[2]停留休息。他的乘客更在乎找一家高速公路旁的加油站，不时提到她想吃个香肠卷。车内的气氛不是特别其乐融融。在连续数

1. 这两句话出自著名的儿童读物《绿鸡蛋和火腿》（*Green Eggs and Ham*）。

2. Tintern Abbey，一座倾圮的中世纪寺院，位于英国怀河河畔，诗人华兹华斯著有一首诗歌，题为《赋诗于廷腾寺上游几英里处——记重游怀河河岸》（*Lines Composed a Few Miles above Tintern Abbey, On Revisiting the Banks of the Wye during a Tour*）。

公里的行车途中，令我烦心的还有别的东西，我不甚清楚源头何在，像是某种挥之不去的噪声……眼下，我把注意力集中在这一噪声上，发现又是那该死的尖啸，跨越八度音，无视音乐小节间正常的分隔，总体而言吵得我要死，好像一只蜜蜂陷在侧面后视镜里出不来。我请求司机换个别的，他朝我投来的目光，和许多年前我的朋友投给我的目光如出一辙，但包含更强烈的感情色彩，这位司机与我是法律上缔结的终身伴侣。

“这是琼尼·米歇尔的歌。你没问题吧？？听听看——很好听！你听不出来吗？”

我开始在仪表板上乱按一通，试图找到那个停止播放的键。

“不，我听不出来。难听死了。那段歌和《铃儿响叮当》一个样。”

我没料到这句话会有任何效果，因而不免惊讶地看见我的丈夫露出微笑，还停顿片刻，专心地听了听：“确实，那段歌是《铃儿响叮当》——我以前没有注意到。这是一首讲冬天的歌……合乎情理。”

“关掉吧——我求求你。”

“廷腾寺，下一个出口。”他说着，牙关紧闭，然后向左变道。

我们停了车；我打开车门，外面是一座山谷，阒静无声。我的耳朵可能不灵，但我有眼睛。我漫步走进寺院，分不出院外和院内。我站在朝东的窗旁，脚踩着青草，遥望绿油油的山丘，不被束缚在一栋非房屋建筑里，这栋建筑原本带有雕刻图案的防御工事已丧失殆尽。仅剩哥特式构架的修道院，上下敞开，让美进来，接受风吹雨打，这些风雨，曾经一度恰是窗外的景色，希望给信教的年轻人带去支撑，作为他们耐心沉思的对象。但那样一种虔诚的专注早成过去，迄今算来，消失的时间长于它在此存在的寿命。华兹华斯来的时候，这种专注就已是两百年前的一段古老回忆。石头间长出蓟。雨落进来。没有屋顶，没有地板，没有玻璃窗，“绿色延伸至门口”——今天的廷腾寺被迫接受存在于万物身上、无处不在的那种神性。

然后呢？照我所记得的，阳光洒满那片地方；我的丈夫引用了一句诗，出自《露西组诗》[1]中的一首；我轻声哼起一段奇怪的曲子。有什么东西降临到我身上。在我们每天制造又遗落的各种纷乱的回忆中，我知道这段回忆不会被遗忘。我的感受和华兹华斯的一模一样：“眼前这一刻包含了将来岁月的生命和食粮。”或我自认为是。现今翻出这首诗，我发觉在某些方面，我讲的是相反的故事。打动《赋诗于廷腾寺上游几英里处》（1798 年）的作者的是一段欣喜若狂的回忆：“这个时期过去了，/ 所有半带痛苦的欢乐消失了，/ 连同它所有令人昏眩的狂喜。”他五年前来时，怀河给他留下过深刻的印象。故地重游，他发现自己依旧喜爱这片地方，可这首诗证明了他的成长，如今他的爱里怀着一种老练的成熟，褪去了狂热的倾慕：“（因为自从我儿童时代的粗糙的乐趣和动物般的行径消逝了之后，）/ 大自然成了我的一切。——我无法描画 / 当年的自己。”回到威尔士，等于遇见从前的自己；他去那儿聆听“我过去心灵的语言”。诚然，他脑中回想起的那个青年在某种意义上是个陌生人，但声称他“无法描画”这个青年，实属谦虚的自夸，因为这首诗正是在描画他。令我诧异的是，华兹华斯竟一直爱着、欣赏着这个过去的自我。他明白，没有那个乳臭未干的小子，便没有日后那个更杰出的他。一种自然的演进：介于少年华兹华斯和成人华兹华斯之间，介于那时和现在之间。他的心智与其说改变，不如说是深化了。

---

1. *Lucy poems*，威廉·华兹华斯写的一组悼亡诗，一共五首，悼念虚构的女孩露西。

但当我站在朝东的窗旁，想起那个讨厌琼尼·米歇尔的朝圣者，无聊地想着，她能否说服她心爱的人在从这儿到教堂途中的某个地方停一下，买点那种像是在加油站用微波炉加热的小吃（英国人的婚礼出了名的午餐开饭时间晚）时，我委实无法理解自己过去心灵的语言。那个人是谁？任性的，几乎没察觉出她正哼着琼尼的歌，尚未意识到她业已经历的转变。对一样东西，怎么可能讨厌起来如此彻底，后来又突然那么莫名其妙地爱上？这种变化是怎么发生的？

今天，我在听琼尼·米歇尔时会有如下反应：止不住地落泪。情绪的汹涌，令人难堪，谈不上愉快，更像是欢喜——假如欢喜意味着认识到一种近乎让人受不了的美。这样的情绪不是一种很文雅的表现。我做不到在和别人共处一室时听琼尼·米歇尔，或走在街上，用 iPod 听。风险太高。我根本无法保证我有本事听完整首歌而不暴露自己，让各色人等，让整个世界，将我看透。一种觉得自己破绽百出的窘迫感。不过令人欣慰的是，我得知我在谛听这些歌曲时的感受与这位艺术家在创作它们时的感受一样："在我人生的那个阶段，我没有自我保护的屏障。我感觉自己像一张包在香烟盒外的玻璃纸。"那番话是米歇尔在谈及她创作丰硕的岁月时所讲的，时间从金斯堡游这座修道院到一九七一年，期间她的经典专辑《蓝》问世。

写到这儿，我应当承认，在想起琼尼·米歇尔时，我其实真正想到的是《蓝》。我甚至不能说我是在撰述那类胜人一筹的乐迷的顿悟，那样的话，至少要有充分的鉴赏力，从琼尼本人似乎更喜爱的"次要"专辑中选定一张：《伊斯兰教纪元》或《夏日草坪的嘶嘶声》。不，我想到的是几乎每个门外汉——不管生活将他与音乐的距离拉得多远——都有的一张专辑。事实上，令我感兴趣的甚至不是乐曲的内容，而是"听"这个行为的改观。我不想将这一现象与品味的进步变化混为一谈。进步变化给人的感觉在本质上有所不同：这种变化通常是有意识的努力的结果。和大多数人一样，我时不时经历这样的进步变化。例如，通过强迫自己重读《罪与罚》，现在的我崇拜和欣赏陀思妥耶夫斯基，一位我在年近三十岁时确信自己不喜欢的作家。有一个时期，我尝试发掘科幻小说，尽管阿道司·赫胥黎有着一套骇人听闻的种族理论，我还是从图书馆借了他的书。连与我天生的审美情趣格格不入的作者，像阿娜伊斯·宁[1]，也在去年夏天逐渐赢得我的共鸣，当时我费尽心思，读了一批将性作为首要关注话题的作者。

我大部分品味方面的进步变化每每发生在我唯一专长的领域——阅读小说，我认为这种情况不是巧合。仅在这个极其窄小的舞台上，我可以或多或少自称“行家”。即，我可以放低姿态，对这类艺术形式中大家认为最平庸通俗的作品也不轻忽，同时又抬头，仰慕那些晦涩之作、深奥之作——无论怎么做，都不觉得自己本身有何明显的改变。小说是我熟悉的东西，对于小说，我永远敞开胸怀。但我喜欢上琼尼·米歇尔，不是因为了解她的生平，或知道什么是开放和弦的吉他，更不是通过坐下来，强迫自己一遍又一遍地听她的歌。我讨厌琼尼·米歇尔——后来我爱上她。她的嗓音感染不到我——直至有一天，这副嗓音将我完全击溃。我不知道是否因为我对音乐一窍不通，所以在领略琼尼·米歇尔的歌声上，可能发生鉴赏力的范式转移。也许前提条件是一定程度的无知。在我未被学识占领的那块纯粹的空白中，某种超越（潜藏于）意识的升华（事件）有了出现的空间。

我仅称自己是小说行家，就“行家”的定义——指“品味方面的

1. 阿娜伊斯·宁（Anaïs Nin, 1903—1977），著名的女性日记小说家，西班牙舞蹈家，著名作家亨利·米勒的情人。她被誉为现代西方女性文学的开创者。

专业鉴定者”——来说，这么讲有一点牵强。我对自己的两英寸象牙[1]怀着深厚的兴趣，但很少有行家只追求在一类事物上当个专业的鉴定者。他们凭借良好的品味而为人所知，身为行家，他们往往想在一片广阔的领域内施展他们的鉴赏力。我认识许多真正的行家，出众的品味涵盖从人文学科到烹饪艺术的诸多领域——他们素来让我的自尊心受到致命的打击。参加宴会时，当我发现坐在我旁边的那个人，不仅和我一样精通小说，而且不知怎的，头脑里能腾出空间热爱歌剧，并对歌剧很在行，对文艺复兴时期的画家的比较排名有着坚定的主见，对英国内战、对法国葡萄酒都如数家珍时——我会心生焦虑，这种焦虑不只是出于嫉妒，而且推进至关系到生存的地步。她怎么有这些时间？

古罗马哲学家塞内加撰写的长文《论生命之短暂》对品味和时间的这种冲突提出睿见（但塞内加支持的对象是与我同桌进餐的那位，而不是我）。这篇论述采用书信形式，忠告他的朋友保利努斯，保利努斯想必是在错误地抱怨他的人生过于短暂时，正好被塞内加听见了。这位哲学家立刻做出冗长、尖锐的反驳，他告诉保利努斯，“学习怎么生活是一辈子的功课”，我们大多数人觉得自己的生命短得无情，这种感受貌似有理，其实不然：“事实上，不是我们活着的寿命短，而是我们浪费了许多时间。”轻率的享乐、交际、追求世俗方面的升迁、争斗、腐化堕落、饮酒等等。他建议，假如你想要感觉活得长，用哲学填满生活。那样的话，你不但“时刻密切关注”自己一生的光阴，而且“将人生的每一阶段掌握在”自己手中：“他人的辛勤

1. two inches of ivory，语出简·奥斯汀，指在纸张没有量产的年代，女性所用的象牙制的小记事本，可以写后涂去，反复使用。奥斯汀形容自己的创作是“在两英寸象牙上用一支细细的画笔轻描慢绘，事倍功半”。

努力，让我们得以认识以前未知的事。”所以不管那些“通识学科的权威”与我们多不相干，请和他们为友。芝诺、毕达哥拉斯、德谟克利特、亚里士多德、泰奥弗拉斯托斯：“这些人没有一个会忙得没空见你，没有一个不会让拜访他的人在离去时感到更称心、更专注于自我，没有一个会让谁空手而返。他们时刻准备好接待每位凡夫俗子的来访，不分昼夜。”

好吧，没错——但你也必须乐意接受他们为友。因为人生中根本无需一丝腐化堕落的念想，就能为自己忙得没空拜访亚里士多德找到正当的理由。忙着换尿布，忙着洗水池或去上班。而且在当代社会，我们不仅必须把一小批列入正典的哲学家，还要将两千年的文化，划归在“通识学科”内——外加一大堆在塞内加的哲学思想中未曾料及的新事物（波兰电影、嘻哈乐、概念艺术）——因此可以理解为什么许多人感到时间紧迫。人们不由自主地试也不试就对通识学科不抱希望，还是继续我们寻欢作乐的生活好，争斗、饮酒及其他种种。这样的话，我们至少获得一点短时的快乐的满足感，而不是一辈子觉得自己力有未逮。然而，我还是钦佩塞内加的理想主义，虽然我曾胡乱地将他的中心论点应用在我自己的人生上，但我相信他讲得有道理：“我们习惯说我们无权选择分派给我们的父母，他们是碰巧落在我们身上。但我们可以选择我们想要做谁的子女。”以前，不论好歹，我拿定主意要做谁的孩子：小说之女。几乎其他所有事都让位于以下这项主导性的爱好：阅读故事。结果是，我勉强会做两位数的竖式加法，我对飞机的飞行原理一无所知，我的绘画水平不及一个五岁的儿童。我自己写小说的动机之一，是那么做，让我能稍有机会学习一点课外知识。在创作我的第一部小说时，我了解了一些遗传学的知识，在创作第三部小说期间，对伦勃朗有了不少见地。但这些学问粗浅零散得很，不成体系。我认为塞内加说得对：活得越忙，感觉活得越长。（瞧诗人拉金，他的人生给人感觉如此短暂。瞧他一生的作为，屈指可数。）我应该喜爱雕塑的！但我没有深入钻研过雕塑。一直对雕塑无动于衷的我，把本可倾注在雕塑上的有用时光，全浪费在像是喝酒和发呆这类事上。

我最深切感受到的这种损失是在音乐方面。最近一次是在温哥华，我的加拿大出版商安排了一位年轻人，带我去一家地下唱片店转悠，他想让我见识一下这个充分体现了当地文化特色的经典场所（同时也是去购买他计划和妻子一起去听的一场重金属音乐会的门票）。和我一贯在唱片店的作为一样，我漫步穿过那家店，对我的无知感到沮丧，注意力被引向那些熟悉的音乐。无所事事地逛了十五分钟后，我拿起一本嘻哈乐杂志，打量一张比莉·哈乐黛的专辑，它不可能会包含任何我尚未拥有的曲目。在我准备离开之际，我的目光扫到一张标题很奇妙的唱片：《有关建筑物和食物的更多歌曲》。读者可能已经猜到出自哪位歌手——我蒙在鼓里。大头播音员乐队。我驻足欣赏起这张唱片，心中涌起无限惆怅，这种感觉类似于某一类男人和妻子坐在火车月台上时，有个美丽的姑娘——在各方面皆与他的妻子不同——从旁走过时而产生的心情。我的人生有另一种可能。现在对“大头播音员”乐队发生兴趣会不会太晚？我有这样的时间吗？假如以前我对这张专辑有所耳闻或非常熟悉的话，我会成为什么样的人？假如深刻影响过我的不是阿尔·格林和史提夫·汪达，而是大卫·波恩和发电站乐队呢？假如我曾经属于那类不知怎的能够有时间同时喜爱阿尔·格林、史提夫·汪达、大卫·波恩和发电站乐队，并对他们了如指掌的人，将会怎样？有这么多“父母”是何等乐事！这样的人生给人感觉会多么长久而丰足啊！

我需要承认，以前，我在遇到行家时，总是难免多少对他们抱有怀疑。庸俗的品质中经常伴着多疑。这个人怎么可能会像她表现的那样，有如此多的爱好？时而，我怀着酸葡萄的心理，忍不住相信，我的行家朋友是因为没有小孩，所以有时间研究这些风雅之事。但那么做是给自己找退路。真正的行家，在我们都是二十岁时，就已是行家；我一味缩小自己的眼界，抗拒心越来越强。有些人敞开胸怀，对几乎每一样东西——只要是好的——都尝试接受。我蒙惠于我的这一类友人，毕竟，他们成功地使我的品味发生了些许艰难费劲的转变。我感谢这个再教育的过程，但同时仍担忧自己的寿命会不够长，无法去认真品评每一款用不同品种的葡萄所酿制的葡萄酒。

在琼尼的例子上，转变来得如此轻巧。从某种意义上讲，未花时间。一转眼就发生了。算不上进步的变化，而却是一种信仰的飞跃。一次突发、意外的调谐。或说是从无到有的转换，从负极转至正极，骤然升华到另一个极端。我竟然将平凡地认识到琼尼·米歇尔的《蓝》是一张杰出的专辑，与“信仰的飞跃”这一罕见、珍贵的经验相提并论，这么做恐怕是对虔心信教人士的不敬，但对我这样一个向来不了解上帝的人（我只读过和写过许多文字，描述其他熟悉上帝的人）来说，撇开内容，这种感觉在骨子里似乎免不了有相通之处。我尤其想到克尔恺郭尔的著作《恐惧与战栗》，尤其是开启那本奇书的绪论（“调音篇”），许多人（包括我）一般会糊里糊涂地跳过这一章，直接阅读正文“疑难谱集”。这篇绪论像一则奇特、简短的小说。文中，克尔恺郭尔为读者勾画了一个人物：一名普通的信徒，“不是思想家……不是注释学家”，他着迷于《圣经》里亚伯拉罕和以撒的故事，但发现自己不解其意。于是他对自己讲了四遍这个故事，每次讲的版本不同，犹如口口相传的神话，每复述一次，皆有些微更动。

故事的基本情节保持不变。（在每次复述的版本中，被杀的均是那头羊，而不是以撒。）差异在于亚伯拉罕和以撒的反应。第一次，亚伯拉罕为了维护儿子对上帝的信仰，佯称是他，亚伯拉罕，憎恶以撒，想要杀了他。第二次，一切照计划而行，只是亚伯拉罕不能原谅或忘记上帝刚刚要求他所做的事，因而尽丧人生的喜悦。第三次，亚伯拉罕无法相信自己可能会得到宽恕，因为他要犯下的明显是一桩罪孽。在最后一个版本里，丧失信仰的是以撒：这等骇人的罪行，他的父亲怎么竟然还会需要考虑？在每一个复述的版本后面有一小段类比，比较的是母亲给孩子断奶这一截然不同的情况：

> 孩子要断奶时，母亲把自己的乳房涂黑。迷人的乳房会难以阻止孩子想喝奶的愿望。因此小孩相信那个乳房变了，但母亲——还是和以前一样，她的目光始终温柔慈爱。无需用更残忍的手段给孩子断奶，这样的人多么幸运！

这段类比跟在第一遍复述的故事后面，在那个故事里，亚伯拉罕试图替上帝受罚，这一情节与那类奇奇怪怪的哺乳轶事有何相似之处，怎么看都不是一目了然。专门从事哲学研究的人花大量时间，争论两者间确切的象征性的关联。上帝是母亲吗？以撒是婴儿吗？抑或，亚伯拉罕是母亲，以撒是婴儿，上帝是乳房？我实在解释不出来。但在每个版本中，作者都无疑提供了一定形式的辩护，某种解释，一个理解的途径。不是我的母亲拒绝给我喂奶；是我不想再喝奶，因为她的乳房是黑的。不是上帝提出莫名其妙的要求；是我的父亲要我死。这个普通人给自己讲述的所有版本皆具某些骇人之处，但至少每个故事都可叫人理解，不仅仅是人们所说的反合性真理[1]那么简单：上帝告诉我，我的儿子会让我子孙满堂，但上帝又命我杀了我的儿子。（或：我的母亲爱我，想要给我奶喝，但我的母亲又拒绝给我奶喝。）在罗列了这种种不同的合理化说明后，这个普通人发现自己依旧对原本这则《圣经》故事困惑不解："他疲惫地倒下，合拢双手说：'亚伯拉罕的伟大无人可及。谁能够理解他呢？'"

阅读这篇"绪论"时，我感觉克尔恺郭尔在试图让我做好准备，以思考《圣经》里实际有关亚伯拉罕和以撒的这则本质上不可解释的故事。这篇"绪论"是一次预演：它摆出一系列理性的解释，旨在更好地证明这些解释的贫乏，不足以说明原因。因为没有什么可以帮助我们认识亚伯拉罕，无人能够——至少从理性上——理解他。信仰包含一种不加理喻的认同。为使我们领悟到那一点，克尔恺郭尔希望"调谐"我们，逐一抛弃我们在面对荒唐之事时提出的各种常见的说辞。

诚然，喜爱琼尼·米歇尔无需不加理喻的认同。我在谈的是美学领域的次要分支，而非宗教上的不朽范例。但假如想要使人之个性这座古板的大厦出现一道缺口，我认为，培养克尔恺郭尔提出的这种无防备感是有用的。克尔恺郭尔笔下的那个普通人犯了一个简单的错误：他想要将《圣经》故事的谜团转化成他可以领会的说法。他的失败给了我们一些教训。有时，正是当我们不再试图去理解或质问明显"荒唐"的现象——比如艺术里的"新"类型——时，我们才能更无偏见地接受这些现象。

简单来说：需要降低防备。（我相信我对琼尼另辟蹊径式的顿悟

1. 吊诡性 / 反合性真理（paradoxical truth），指那些看似正确又自相矛盾的表述，如下文所举的例子。

不是巧合，当时我的批判性思维没有设防，专注在另一种全然不同的美上。）我儿时听的歌对我起着决定性的影响，让我感到难以接受音乐上的“新事物”，或即便是“对我而言的新事物”。要说在文学方面未出现同样的问题，是因为我没有试图给自己筑起抵御小说的防线。小说可以倒着写，可以通篇没有字母“e”，可以不分段落，连续写在长长的一卷纸上——小说不管怎样总受欢迎。到底是什么促成了这种轻松的过渡，不得而知；我以为我儿时听的歌和我儿时读的故事一样多，但在音乐方面，我似乎形成了僵化的看法，并设立防线，保卫这些看法，而涉及到文字时，我没有这么做。“灵性”那个玄奥的词，指的可能就是这种情况，“灵性”的存在，常常给人感觉是与生俱来的。我有信心，倘若我在一九〇七年顺道拜访住在阁楼里的乔伊斯，我会拾起他为创作《尤利西斯》而做的笔记，激动于他正在酝酿的作品。可假如同一年，我拜访了身在画室的毕加索，我大概会看着画布上的《亚维农的少女》不知所措，甚至可能有点惊骇。假如我在现实生活中的二〇一二年，站在纽约现代艺术博物馆的这幅画前，我显然觉得它是一幅佳作。所有调谐和认同上的艰难工作已由他人完成。高明的评论家，其他画家，具有欣赏力的业余爱好者。他们在近一个世纪前打通了那扇门——我要做的仅是穿门而入。

谁有办法理解亚伯拉罕？他与自己脱节。类似地，讨厌琼尼的那个女孩和喜爱她的那位妇女让我觉得互不相干，是两个人碰巧合用一具身躯。有时我们翻出自己青少年时写的日记，或在就餐时，坐听一位老朋友讲述某段我们不记得的往事，产生的正是这种感觉。对我们中的大多数人而言，这样的触动稀松平常，但对希望从事艺术创作的人来说，其结果是个颇为棘手的问题。我们虽然明白并认识到我们自己的生活不是连贯统一的，但谈到艺术时，我们坚守连贯统一的观点。我认为自己是个极度分裂的人——可如何在小说里再现这一本色？小说人物的个性若不是连贯、前后一致的，将会怎样？倘若把亚伯拉罕放在小说里，很多人会将那本小说扔过房间。他的动机是什么？他怎么可能既爱他的儿子，却又准备把他杀了？亚伯拉罕冲犯了我们。我们通过阅读书中的、观看舞台上和银幕上始终如一的人物，找到慰藉，相信自己的人生也是和谐统一的。

看客的这种天性有时会延及整个艺术生涯。我不愿相信自己会像那些丢脸的英国人一样，在迪伦背起电吉他时，试图喝倒彩，赶他下台，但根据过往的经验，我十分害怕自己会是其中一员。我们希望我们的艺术家保持与我们初次喜爱他们时一样的风格。但我们的艺术家不想留在原地。有时，这样的较量变得甚是激烈，以致艺术家本人会颠覆自己的身份：今天，琼尼·米歇尔视自己为画家，而不是歌手。她对听众的期望极其反感，因而宁可当一个像模像样的画家，而不做歌手，感受崇高的艺术境界。那样一种对听众的不安，经常被解读为轻视，但米歇尔的求变，完全是她艺术创作的天然副产物，像迪伦一样，像乔伊斯及毕加索一样。琼尼·米歇尔不想活在我的梦里，止步于永恒不变的一九七一年——她的人生有自己的节奏。对她而言，人生何其短暂，无法永远做我记忆中的那个琼尼。艺术家最不想做的可能就是在他人的顿悟中充当主角。

最后，那些歌，那些精湛的歌啊！我在谛听时，知道自己正在蒙受美的恩惠，当那种心情涌起时，我感到有义务报答那份恩惠。在琼尼的例子上，一条显而易见的途径赫然出现。原来，在她一直引导我走出自己固有的音乐品味的同时，她本人正在一步步深入那个孕育了我的源头：

二十五年来，舆论，尤其是白人媒体，惋惜地表示，随着我的作品日益革新，吸收更多黑人文化，我的音乐里少了一拍一鼓的节奏和大调/小调的和谐。这是不可避免的事，因为我喜爱黑人音乐：艾灵顿公爵、迈尔斯·戴维斯。不是说我有意做一名爵士乐手，或我是一名爵士乐手。我的大多数朋友来自爵士乐阵营。我在那个圈子里认识的人更多，我对四五十年代经典歌曲的歌词耳熟能详，却并不真正了解六七十年代的流行音乐。因此我所汲取养料的美国音乐，是深受黑人文化影响、带有一点爱尔兰和英国民谣风格的那一类，我一边学习这类音乐，一边学习怎么弹吉他。大致来讲，这类音乐好比我学骑自行车时安装在后轮两侧的稳定轮。可人们希望我一直骑着装有稳定轮的自行车，而我真正爱的是艾灵顿公爵，胜过同属爵士乐的乔治·格什温、各位创始人和查理·帕克。我喜欢帕琪·克莱因。每个流派初始的作品，总要经过一段时光才能为人接受。

我好奇我儿时听过的音乐，经过琼尼·米歇尔的审美加工，会变成什么感觉？在动笔撰写这篇文章、阅读网上一些采访她的报道——其中之一是一九九八年她与得克萨斯州一位音乐节目主持人的长篇讨论——以前，我对她的“黑人音乐时期”一无所知。现在，我打算搜找出她晚期的音乐作品，花时间听一听。下点功夫。今天，既然我意识到流经我们之间的这股暗流，我猜听她的音乐不会太吃力。我相信，这股暗流势必素来存在。琼尼和我所需的仅是一点调和。那些游离不定的音符、跨越小节分割线和变调的做法，在今天的她看来单调乏味，但我听到时仍觉得不可思议。她的音乐，她的人生，一直处于突破之中。身份、个性，前后不一。我本该有信心才对。我们终将找到彼此：

> 我签了一份出版自传的合同。但我的人生无法囊括进一本书里。所以我希望，实际上，大概从中间开始——《唐璜的鲁莽女儿》这张专辑时期，那是我人生中一个非常神秘、多彩的阶段。不是膜拜式的神秘。倘若我是小说家，我想把那个阶段写成我的第一部小说。开头第一句话，“我是参加聚会的唯一黑人”（大笑）。瞧，我已经想好开场白了。

意志的窗口：《失常》

冬日的一个下午，我独自带着孩子，游览纽约中央公园动物园。那儿地方不是很大，就是普通动物园的规模，看完动物后，我们跟着人流，排队等候进入小影院，准备观看一部名叫《极地特快：4D体验》的片子。这部以圣诞为主题、从二〇〇四年同名电影中派生出的作品，采用同样的“动态捕捉”动画技术，这种技术因电子游戏而为人熟悉，它将演员的动作转化为计算机生成的图像。英雄男孩——原来的主人公——依旧只有十岁左右。我们看到他在他的房间，忍受着自己的画外音，讲话的是汤姆·汉克斯扮演的成年后、慈爱的自己：

> 许多年前的一个平安夜，我静静地躺在床上。我没有让床单窸窣作响，我的呼吸缓慢、悄然。我竖起耳朵，等待一个我害怕自己永远听不到的声音：圣诞老人雪橇上的铃铛声。

英雄男孩看上去和真人一样，血肉饱满，身上的黄色睡衣飘动、起皱，他的头发有着类似真人头发的质地。唯独那双眼睛！那是一双属于木偶、蜡像、机器人的眼睛。事实证明，三维成像技术远无法做出活灵活现的眼睛。产生的效果——如第一次出现时许多人注意到的——令人毛骨悚然。恐怖谷理论[1]。但小朋友不在乎。我的孩子喜爱英雄男孩和他僵尸般毫无生气的眼睛，喜爱从剧院天花板落到他们头上的雪花，还有从座椅里喷出来、吹在他们幼小的脖子后面的微风。因为我是一个人带着他们，所以找不到倾吐对象，讨论我自己的4D体验，表达成年人在一种追求绝对逼真的企图面前往往会感到的那种隐约的恐惧。我找不到人，听我啰嗦地引述叔本华的话：

> 真正的艺术作品引导我们从仅存在一次、绝无第二次的事物，即，个体，走向有无数表现形式、永久且反复存在的事物，纯粹的形式或**概念**；而蜡像看起来表现的是个体本身，换言之，是仅存在一次、绝无第二次的事物，可蜡像不具备给予这样一种转瞬即逝的存在以价值的能力，它没有生命。正因为如此，蜡像让人觉得恐怖：它产生了僵尸的效果。

对小孩子来说，这部影片引人入胜的地方——除了身临其境的

1. Uncanny Valley，一个关于人类对机器人和非人类物体的感觉的假设，1970年由日本机器人专家森政弘提出，但“恐怖谷”一词最早出现在恩斯特·詹池（Ernst Jentsch）1906年的论文《恐怖谷心理学》里，他的观点被弗洛伊德在1919年的论文《恐怖谷》中阐述，因而成为著名理论。森政弘的假设指出，由于机器人与人类在外表、动作上相似，所以人类亦会对机器人产生正面的情感；直到一个特定程度，他们的反应便会突然变得极为负面。哪怕机器人与人类只有一点点的差别，都会显得非常醒目刺眼，机器人显得非常僵硬恐怖，使人有面对僵尸的感觉。可是，当机器人和人类的相似度继续上升，相当于普通人之间的相似度的时候，人类对他们的情感反应会再度回到正面，产生人类与人类之间的移情作用。“恐怖谷”一词用以形容人类对跟他们相似到特定程度之机器人的排斥反应。而“谷”就是指在研究里“好感度对相似度”的关系图中，在相似度临近100%前，好感度突然坠至反感水平、回升至好感前的那段范围。

效果以外——是它探究圣诞老人是否实际存在的方式。真有圣诞老人吗？因为英雄男孩正在经历一场信仰危机，他偷偷下床，抽出一卷百科全书，查找词条“北极”。“荒凉而贫瘠，”他读道，而且，“没有生物。”和我想的一模一样。

余下的情节不难概括：“极地特快”到了，英雄男孩和其他几个目光无神的僵尸小孩登上列车，坐在观众席的我们，身上落了雪，吹着风，摇摇晃晃——仿佛真坐着火车——直至遇到真的圣诞老人，他确有其人，从雪橇上投下一只银色的小铃铛，事后被男孩发现。这只铃铛的特别之处在于，只有“相信”的人才能听见它的铃声。其他小孩长大后，不再能够听见这只铃铛的铃声，但英雄男孩，在他的有生之年，即使变成快年过半百的汤姆·汉克斯，也始终听得见。他相信。

男孩的这种信仰，它没有教派之分：它是美国大众普遍持有的信仰，早已同任何特定的一神论分离，自成一体。因为对相信的事不疑有他，卢克成了绝地武士，灰姑娘当上了公主，匹诺曹变成了真人男孩，我的孩子自幼——从他们会说“Netflix”[1]开始——就相信这类故事。得出的经验是：一件事，只要相信——它就是真的！电影结束，更多雪花落下。我的孩子兴高采烈，我掸去他们身上的泡沫，我们重新回到日光下。

那天晚上——一种艺术上的巧合——我约了朋友塔姆辛去看查理·考夫曼的新片《失常》，塔姆辛是哲学专家，本行研究尼采，但若有个门外汉——或门外妇——试图硬要向她偶尔提及叔本华，她也

1. 中文译成“网飞”，美国的一个视频流媒体平台，在多个国家和地区提供视频点播服务，并制作原创剧集。

不会嫌恶。在那个又当爹又当妈的漫长星期里，我一直随身带着袖珍版的叔本华著作《论世间苦难》，无论好歹，我透过这本书看待一切，从永无满足的孩子的需求，到《纽约时报》上全球各地的坏消息，再到从天而降的雪。在走往电影院的路上，我们琢磨着，考夫曼的电影总带有几分叔本华的色彩，因为他的每部片子都从这样或那样的角度关注痛苦：痛苦的体验，痛苦的不可避免性，短暂、虚幻的解除痛苦的可能。对考夫曼而言，这种缓解痛苦的方式往往表现为一名女子的登场（但这些女性也几乎无一例外是引起莫大痛苦的源头）。我想起许多年前看的《成为约翰·马尔科维奇》，片中，凯瑟琳·基纳扮演的玛克辛穿着白衬衣和窄筒裙，风采迷人，让一个形象邋遢的抑郁症患者——考夫曼作品里的经典主人公——获得十五分钟解脱痛苦的时间：

> 埃罗尔：我可以想成为谁就成为谁吗？
>
> 玛克辛：你可以成为约翰·马尔科维奇。
>
> 埃罗尔：哦，那样太棒了。我的次选。啊，这种感觉真妙……马尔科维奇！纽约之王！花花公子！钻石王老五！锦衣玉食！二十世纪的叔本华！

诚然，影片里删去了最后那句台词，但我心领神会。“那个片子里有木偶，”在我们入座时，塔姆辛提到，“这一部里全是木偶吧？”

“全是木偶。”

就这样，同一天里第二回，我坐在黑暗中，等待某些不全是真人——又太像真人——的东西出现。一架模型飞机穿过仿真的云层，飞入视野。银幕上看到的一切均是用手工或三维打印机仿造出来的，由燃星公司的定格动画专业人员制作。为了显示各种生物蓬勃的活力——让植物向阳生长，女士倒地，男子尖叫、转身、奔跑——该公司操纵木偶的人以微小的幅度，用手移动每个仿造的模型，拍照记下那个姿势，然后再动一下。因此，模型飞机起飞穿过云层那段六十秒的镜头，包含了天知道多少人一周的功夫。时间是二〇〇五年，那架小飞机上坐着迈克尔，一位英国的客户销售专家，他住在洛杉矶，但正欲前往辛辛那提参加一个会议，眼下的他正在阅读生气的前女友贝拉过去写给他的一封信。他一边读，贝拉一边以幽灵般的木偶形象出现在他面前：

> 1995年11月12日。亲爱的迈克尔。混蛋。你这个混蛋。你就这样一走了之了吗？
>
> 你对我讲过什么？我们经历过什么？过去那些混账的海誓山盟呢？那些肏你的肏来肏去呢？

许多观众，一听到贝拉的画外音，想必立刻明白了这部电影关键的匠心，但我相信，初始受奇观误导的人不止我一个。我只顾忙着讶异地欣赏那些木偶，它们既体现出精巧的人工，又自然真实，硅酮材质的皮肤上有像桃子般细细的绒毛，头发和真人的一样，举手投足虽不十分流畅，但完全认得出是人的动作。虽然身材比例不对——这些木偶比我们略微矮胖一些——但它们似乎在同样的仓储式商场购买衣服，大肆服用同样的药片，使用同样的颈枕。他们乘坐同样单调乏味的飞机，着陆于同样千篇一律的机场。但横贯它们的双眼、环绕发际线一周，露着一道清楚可见的接缝，表明这些木偶的脸是用不同板块拼合起来的。通常，后期制作会掩去这些接缝；考夫曼与联合执导该片的杜克·约翰逊决定保留这些接缝，认为它们“与故事包含的主题相关”。

这样做的效果怪异可怖，但不是《极地特快》的那种怪异可怖。这些接缝体现出布莱希特的风格：提醒我们迈克尔不是真人，而是人像。但反其道而行的是他的眼睛，那双眼睛似乎真的可以看见我们所看到的东西。图像从眼前掠过，光穿透那双眼睛。“眼睛是一项大工程，”这部影片的总木偶师卡罗琳·卡斯特利奇在《好莱坞报道》的采访中说，“这些眼睛必须活灵活现，恰当地反射光线。”他们找到一种特殊的瓷釉——不会起泡——花了数星期，手绘出那些眼睛。英雄男孩的数字化眼睛无法与此比拟。但我并不认为迈克尔的眼睛看上去绝对逼真：那双眼睛形同木偶的眼睛。他属于一个奇特新颖的类别：一个能看得见、有痛苦知觉——受苦——的木偶！用布莱希特的观点来讲，他不是在比拟我们，照叔本华看来，他其实是我们的一个样板，因为叔本华认为我们在本质上就是木偶：

> 人类……好比舞台上的木偶，一举一动由体内的一个发条装置所操控……我说过，牵拉那些木偶的不是外力，是每个木偶本身自带的发条装置，让它活动起来。这种装置是生存意志的表现，宛如一台永动机，一股非理性的冲力，在外部世界站不住脚或无可理喻。

没错，与迈克尔对视，可以看出他内心苦痛。问题是：原因何在？人们不自觉地从他的症状来判断他。这种男人，追求女人、深深坠入爱河、到头来仅是为了离去——在爱情收到回报的那一刻——不加解释，连给自己一个理由也做不到。这类人，因日常生活的平淡乏味而极度苦闷，坐在从机场驶出的出租车上，当司机主动提供适合过夜游客的观光指南时，心烦地皱眉蹙额：

> 动物园很棒。世界一流，他们说……嗯，你应该去瞧一瞧。你还得尝一尝辛辛那提的辣味牛肉末汤。这种辣味牛肉末汤你绝对没吃过……动物园至多需要一天。地方不大，就是普通动物园的规模。

最教迈克尔痛苦的是剧烈的孤独感，假如碰巧一位名叫丹尼斯的过分殷勤的侍者，领你走进一间高档酒店的卧房（特大号的床，可吸烟）——米褐色的基调，一尘不染——把你留在那儿，这种情况下，你会格外强烈地感到自己孤单落寞。

然而直至丹尼斯走出房间、关上门的那一刻，我才意识到，这位侍者和出租车司机、和贝拉、和飞机上的每位乘客——和天底下的每个人——都是在用同一个声音说话。不但如此，更难察觉的是，这些人，虽然身高、体重、性别和发型各不相同，但都有着一样的外貌，千真万确。除了迈克尔（由英国演员大卫·休里斯配音）以外，其他角色全是同一个人（由汤姆·诺南配音）。当迈克尔打电话叫客房送餐服务时，接电话的是诺南。当他与妻儿通电话时，讲电话的两个人均是诺南。倒回去一点，人们发现迈克尔刚刚登记入住的这家酒店的名字是：弗雷格利，暗示着弗雷格利妄想综合征，一种罕见的精神疾病，患者相信许多不同的人实际是一个人。不过我认为，仅从神经病学的角度来解释《失常》（例如，迈克尔的问题是大脑受损），无法说明观众为何对迈克尔的经历产生深切的认同感，或是欲望在他总体的痛苦中所扮演的重要角色。

当迈克尔想得到前女友贝拉时，她的声音和其他人不同，后来当迈克尔不想要她时，她的声音就变得和其他人无异。如此一来，我们可以得出一个明显的结论，迈克尔有严重的厌女症。毕竟，只有厌恶女性的男人，才会仅出于打击女人的目的而先把她奉为神，才相信她只对他一个人讲话，声音在她的同类中独一无二，直至乍然——通常是在他察觉到她的身上起了某些细小的变化后——她的声音听起来和其余人无异。（“你变了吗？”他们在弗雷格利酒店的酒吧重逢时，迈克尔问贝拉，这场重逢注定不欢而散。“有东西变了吗？有什么变化吗？”）但假如只是厌女症，令人不解的是，为什么迈克尔的这番体验竟同样波及他遇见的每一个人，从酒店侍者，到包括他的儿子在内，都一视同仁。那么，是自恋吗？迈克尔固然有他得意的时刻（“他们全是同一个人，”他在一个生动的梦境里大喊道，“他们爱我！”）但我们远更频繁地看到他在竭力拿出同情心。

迈克尔想要了解和体谅他伤害过的人，未显出一丝自爱之情。若严格来说，迈克尔不是自恋癖，但他肯定以自我为中心，从明显、更广泛的意义上讲，我们每个人都如此，像他那样，受自身主观性的局限，只会从自身出发看待这个世界。我们的眼睛——俗称“心灵的窗口”——功能恰好相反，以再现现实的形式，将世界带到我们面前，巧的是，透过迈克尔自身手绘的瓷釉眼睛，每个人看起来都似一个人，或（相当于一回事）不似任何具体的人。（在最后一场戏里——那场唯一没有迈克尔的戏，因而脱离了他的主观性——我们看见人物恢复了他们各自独特的面容和声音，不再是呈现于迈克尔意识里的现象，而确切地是具体的人。）

是的，唯有当迈克尔对某人产生欲望时，他才会觉得她是个有血有肉的人。其余时候，他活在一种无所不包的悲观厌世中，厌女症、自恋、唯我论——还有脑瘤！——样样都可轻易纳入其中。他的一言一行无不透出消沉的情绪，再普通不过的人际互动也引发叹息和抱怨，而且，这种对世事的厌倦也包含厌倦他自己；或换一种说法，不管是什么驱使世间万象在迈克尔心中掀起波澜，并成为一种类似盲目的追求、一种非得到某物不可的欲望，体现于他身上，在如愿以偿的那一刻，这样东西已然失去了吸引力。有一首老歌唱的："在得到你想要的东西后，这东西变成你不想要的。当你得到你想要的东西时，你不想要你得到的东西。"本质上，贝拉指责迈克尔的正是这一点。叔本华将此视为一种通病：

> 渴望的心情持续很久，需要和索求无止境地存在下去；满足是短暂的，获得的成就感贫乏有限。即便终极的满足感，说到底也只是虚有其表；实现了的愿望立刻让位给新生的愿望。

丹尼斯一离开房间，迈克尔就拿起酒店的电话。他又饿又渴。他的需求不复杂。可在他想要点一份比布生菜沙拉和三文鱼时，发生了如下的情况：

> 客房服务：好的，先生。今晚你想喝点什么吗？
> 迈克尔：不。我会在房间的小冰箱里找点喝的。
> 客房服务：太好了。甜点呢？我们有美味的——
> 迈克尔：不不不，不用，谢谢。
> 客房服务：没问题，先生。所以就要一份比布生菜沙拉，佐以意大利蓝纹奶酪、意大利熏火腿薄片和胡桃……
> 迈克尔：是的。

客房服务：……配上蜂蜜覆盆子醋油沙司……

迈克尔：是的。

客房服务：……还要一份野生、捕自铜河的阿拉斯加三文鱼配杏仁片……

迈克尔：是的。

客房服务：……佐以小芦笋和黑松露高汤。

迈克尔：是的。

客房服务：没问题。送到1007号房间，对吗？

迈克尔：是的。

客房服务：没问题。现在是……九点十三分。餐点会在三十五分钟之内送到，所以就是……九点四十八分。

迈克尔：谢谢。

客房服务：谢——

对付我们自身需求的乏味无趣的一个办法也许是不必要地将这些需求复杂化，从而让人一直有可以向往的新东西。叔本华认为，人的需求，究其本质并不复杂。相反，这些需求的“出发点屈指可数：无非是健康、食物、不受冷热侵袭和性满足；或说这些东西的欠缺”。可在这狭窄的基础上，我们建起快乐与痛苦、希望与失望的摩天大楼！不但是三文鱼，而且是捕自铜河的野生阿拉斯加三文鱼配杏仁片！无论多复杂，最后要达到的结果完全一样；健康、食物、蔽护，等等：

[人]故意强化自己的需求——通常来说，满足这些需求并不比满足动物的需求难——为的是让自己更快乐：于是有了奢

侈的享受、甜品、烟草、鸦片、酒精饮料、华丽的服饰及种种相关之物。

当迈克尔结束与客房服务的通话后，他的木偶脸上闪过厌倦的表情，一种野生动物不懂的情绪，而对我们来说，厌倦“已成为名副其实的痛苦的根源。渴求和厌倦实际是人类生活的两极。”[1]

迈克尔住的酒店房间着实、具体而微地体现了这一问题。理论上，在这样一个房间里，人们想要的东西应有尽有，不但如此，还有许多人们甚至未意识到自己想要的东西。（迈克尔的小茶几上，那本看似洋气、实则地方色彩浓郁的杂志的封面强调，“尝尝这碗辣味牛肉末汤！”窗外的广告牌疾呼，“规模不虚的动物园！”）酒店房间是为满足需求而存在的。淋浴间的水起先可能太热，后来又太冷（“妈的！妈的！”赤裸着站在喷淋头下的迈克尔嚷道），但可以肯定，总能调到理想的温度，洗完澡，转至特大号的床上，枕头上放着一块巧克力。但若说酒店房间的布置在于预知人们内心的渴望，迎合并满足我们的需求，那么为何我们常常在酒店房间里感到百无聊赖？欲望本身的满足等于绝望吗？

迈克尔从他住的高档酒店房间打电话给贝拉；他们之间已十一年没有讲过话。交谈的气氛尴尬。贝拉称赞他下榻的住处。（“没意思，”他抱怨地回道，“没一样有意思的东西。”）不管怎样，他成功说服了贝拉与他在酒店酒吧碰面，喝一杯伏特加马丁尼鸡尾酒。碰面的结果并不愉快：他无法解释自己为什么陡然对她失去了兴趣，当他邀请她

1. 叔本华的观点是，在有些经过驯养的狗和猫身上可以看到轻微的厌倦表现。——作者注

上楼去他房间讨论这个问题时，贝拉愤然离去。他不知不觉走到外面的街上，醉醺醺的，幻想中幽灵般的贝拉依旧追着他不放（“转眼间，你几乎不说一声再见就离去！”），他找寻商店，要给他永不餍足的儿子亨利买一份礼物。在唯一那类夜间营业的“玩具”店里，迈克尔看到一个机械构造的老式日本性玩偶。她有一具机械化的躯干，一半用陶瓷掩盖起来，一张艺伎的脸，她的嘴永远张着。她用无神的僵尸般的眼睛盯着迈克尔。迈克尔与她对视，露出暂时得到满足的顾客呆滞而愉快的神情。

“因而意志的对象，”叔本华写道，“始终存在于伊克西翁旋转的车轮上，一直在用达那伊得斯姐妹的筛子取水，是那个永远干渴的坦塔罗斯[1]。”但退一步讲，与这种种无休止的索要、得到、再索要相对的是什么？回到自己的房间，迈克尔冲了之前提过的那个澡，唱起歌剧《拉克美》中德利伯谱曲的《花之二重唱》，两个声音完美融合，让人以为是一个人在唱。我们在机场那一幕中也听过这首歌，从迈克尔的随身听里播放出来，还有在出租车后座，迈克尔试图暗自轻哼。（司机：“那是英国航空的广告曲！”）

他走到镜子前，擦去上面的水蒸气，盯着自己看。他似乎处于一种领悟的边缘。我们发现他的脸不自觉地动起来，就像木偶的脸一样：他的眉毛上下颤抖，嘴巴做出古怪、不自然的口型，他的面容上闪过数十种不同的表情。从他嘴里发出奇特的、难以分辨的

1. 伊克西翁是希腊神话中特萨利的国王，因杀害情人的父亲，后又亵渎天后赫拉，被罚入地狱，绑在一个不停旋转的火轮上永受折磨。达那伊得斯姐妹是利比亚国王达那俄斯的 50 个女儿，其中 49 人在新婚之夜杀死了自己的丈夫，哈迪斯判处她们朝一个没有底部的水桶里倒水，直到水桶装满为止。坦塔罗斯是宙斯之子，因骄傲自大，侮辱众神，被打入地狱，永远受着痛苦的折磨，站在一池深水中却喝不上一口水，只要他弯下腰去，水就会立即流走。

嘈杂声效：许多人含混、喋喋不休的话音，接着是机械齿轮的碰撞声——或可能是敲击打字机的按键——最后是嗖的一声、一种急涌而至的虚空。（啊，假如没有人在场倾听这个世界，这个世界听起来应该是那样的，我发现自己陷入不合逻辑的思考。）迈克尔伸手触摸组合成他的脸的各个板块：他即将剥开这些板块。是否有办法从需求中解脱出来？也许假如他根本不是迈克尔呢？那个有着独特外貌、声音、欲望的他？假如现实中，他是另一个人或另一样东西呢？一样既不足以是迈克尔、又不只是迈克尔的东西，一样……

迈克尔：天哪！另一个人！

就在这时，迈克尔听见走廊里有一个声音，一个独特的、不同于其他任何人的声音！无论他即将领悟到的是什么，他当下就会忘记：他松开抓着脸部拼块的手，这些拼块咔哒一声重新组合在一起。他在房间里忙乱地找寻他的裤子。他害怕的是自己将再也听不到那个声音！另一个人的说话声！正如英雄男孩一样，当这个声音讲话时，迈克尔听到某些别人听不到的东西，某些让他产生信念的东西。他衣衫不整地狂奔过走廊，对叔本华的警告置若罔闻，仿佛他压根儿不知道眼前发生的是什么，仿佛他以为这整部该死的电影全是围绕他——迈克尔而存在的，可实际上，这部电影讲的一切全是关于叔本华：

对物质的追求只可能一直加以阻止，永不实现或满足。但永不实现或满足，恰是追求各种意志表象的结果。每个抵达的终点，同时又是一段新历程的开端，如此永无止境。

她叫莉萨，与迈克尔住在同一层，相隔几个房间。她是个亲切和善、其貌不扬的姑娘，十分平凡普通。她的脸上有一道疤，她尽量用头发将它盖住：通常，她的朋友艾米莉更讨人喜欢。她爱点大杯的摩卡星冰乐，爱听辛蒂·罗波和莎拉·布莱曼，她在阿克隆的一家客服呼叫中心工作，喝用苹果味的杜松子酒调的莫吉托鸡尾酒，假如我们毒舌一下，她正符合我们一般定义中的“装逼犯”。可对迈克尔而言，她是这个世上唯一的他者。她有“一副神奇的嗓音”（实际配音的是詹妮弗·贾森·利）。同样在莉萨心中，迈克尔也是奇人，一个格外与众不同、具有个性的人，因为他很出名，他写了《我可以怎么帮你为他们效劳？》这本书，一本客户服务指南，莉萨告诉他，这本书使她部门的工作效率提高了“百分之九十”。当迈克尔带她去他的房间，喝一杯睡前酒时，她紧张得摔了个嘴啃泥，臣服于表现为重力的这个世界的意志。“我老是跌跤。”她安慰迈克尔。[1]

接下来那场加长版的床戏，拍得如此细致动人，让观众只能发出局促的讪笑，仿佛对撞见两个木偶这样做爱而感到尴尬。不过在大家脱去衣服前，迈克尔痴迷于莉萨的嗓音，要她唱一首她心爱的辛蒂·罗波的歌，担心自己会成为笑柄的莉萨，闭上眼睛，小心翼翼地唱起来。自然，这首歌理当是契合主题的《本色》，因此当莉萨张着她神奇的嘴，唱着“女孩子只想玩得开心”时，产生几分意外的令人发噱的效果。

---

1. 我们得知，贝拉也与重力抗争——“我前面装了一颗假牙，因为我摔倒，嘴巴撞在一张水泥长凳上”——也许正是这一编排将喜剧和叔本华连接了起来，接点是一屁股着地这个既好笑又悲哀的不可避免的行为。——作者注

我们听完整首歌，歌词平庸至极，[1]它充当性的前奏，结果那场床戏同样虎头蛇尾，简单明了、符合人之常情，通常银幕上所呈现的各种幻想一概摒除。他们两人坐在床沿，脱衣解衫，露出各自粗笨的身体。在他给她口交时，她有一点害羞，我们有时也会，轮到莉萨给他口交时，和现实里常有的情况一样，他默不作声，像个熟练工。当他们挪向床头时，他们的动作与我们的动作一样——生硬吃力，一点不优雅——然后他们和我们人人有过的经历一样，躺着抱在一起，略微前后移动，约莫一分钟后完事。最打动我们的是这两具身体间互相温柔的怜惜。在这部影片的其他场景里，在许多一闪而过、令人心寒的画面中，我们看到人们在对待彼此时毫无同情心，或态度粗暴，推搡着从别人身旁走过，对着陌生人大吼，或站在酒店走廊的制冰机旁，不断叫对方滚开。不管往哪儿看，这个世界满是痛苦：

> 个人的一生不断处于斗争中，不但是比喻意义上的同需求或厌倦作斗争，还有实际的与他人斗争。他发现对手无处不在，时刻都在战斗，至死手里还握着剑。

不过，在叔本华的悲观主义中仍有这样一丝亮光：同情心。尽管认为我们各自有着不同的躯体是一种错觉（全因空间、时间和因果关系这些错觉的辅助而产生），但我们各自的躯体仍感觉得到痛，仍因遭到抑制、压迫、剥削或仅仅嘲笑而承受痛苦。对迈克尔（和考夫曼）来说，某些女人既是唤起这种同情心必不可少的因素，又是唯独

---

1. 要说明莉萨质朴的演唱为何具有感染力，我们不妨借用叔本华对民歌的力量的解释：“一切多余之物都是有害的。”——作者注

被同情的对象。[1]在迈克尔眼里，莉萨不同于常人。一个“失常”的莉萨。这种惺惺相惜，这种中意彼此的选择，客观体现在两人神奇的说话口音里：大卫·休里斯的英国北部口音，掺杂了沉默寡言、独断专行、颓废不振的性格特点；利的口音如万里晴空，透出典型美国人的单纯天真。

诺南、利和休里斯是《失常》的原班演员，这部电影的前身是一出广播剧，他们卓越的表现赋予影片一种罕见的听觉上的自足：人们可以闭上眼睛，照样欣赏这部片子。可是，在二〇一六年的奥斯卡评奖中，这个妙趣横生、寓意深邃的剧本没有入选，影片也未获得表演或导演方面的提名。[2]这个事实提醒人们，学院奖不仅出了名地在看待别样类型、种族和亚文化上目光短浅，而且也证明它确实无视一类更普遍的人：天才。（这类让我们如此费解的人，在叔本华看来不难定义：“天才的天赋无它，就是……能够……暂时完全抛弃我们自身的人格，以保持纯粹的认识主体的状态，当这个世界的明眼。”）

在这场惺惺相惜的一夜情的当晚，迈克尔——承认自己是个“睡觉不安分的人”——在床上乱扑腾。他做了一个噩梦，可当梦境出现时，我们以为那不是梦。梦里的情节重述了影片的核心问题——每个人是同一个人——但增加了一个多疑妄想的转折：他们的出现，是要破坏莉萨和迈克尔的关系！用叔本华的话来讲，迈克尔此时对莉萨抱有的同情，特征之一是，他能够“不像其余人那样明确区分”自己与

1. 叔本华——虽然他如此刻毒地描写女人，憎恨他自己的母亲，众所周知将他的房东太太推下楼梯——也主张，在表现出同情心上，女性比男性更一以贯之。——作者注
2. 它和《小羊肖恩》（*Shaun the Sheep*）、《头脑特工队》（*Inside Out*）一起被提名最佳动画长片奖。——作者注

另一人；在某种意义上，他认识到迈克尔和莉萨是一体的——现在是他们两人对抗这个世界。当他逃离那个世界，跑过酒店走廊时，他脸上的一块拼版整个脱落下来——我们看见底下灰色、裂开的缺口——当迈克尔醒来时，他发现自己用手肘打了新欢的脸。可假如这个噩梦（即，迈克尔也是一个无名小卒）根本不是梦，而是一闪而过的更深刻的真相呢？

> 人生可以看作是一场梦，死亡是从梦中醒来：但必须记住一点，个性、个人，属于梦境，而不在觉醒的意识里；正因为如此，死亡对个人而言像是湮灭。

我们相信自己与其他人互相分离，与我们渴望的貌似真实的东西分离，在叔本华看来，这种信念是痛苦的根源。我们可以提高觉悟，承认我们的本质是“意志”（在我们身上表现为生存意志，具体存在于我们的冲动、欲望和行为里，自觉程度不同），承认这种本质不是个体独有的，而是所有人（不止莉萨）、所有动物、所有植物、世间一切现象所共有的。在叔本华看来，我们通过自己的身体能够密切体会到的东西，等同于铁奔向磁体的热切心情，等同于水往低处走的决心，等同于重力本身的威力，虽然认识到的这种东西不是“力”或“能量”的代名词，但它包含了那两个术语的含义。意志存在于一切的背后，把一切包含在内，是“本体……是每一样具体之物最本质的东西，精髓，也是整体最本质的东西、精髓”，这套形而上学的理论有点绕来绕去，正经研究哲学的学者，比如我的朋友塔姆辛，必定对此半信半疑，但这套理论迷倒了好几代艺术家。会不会《失常》里的问题不是迈克尔认为每个人都一样，而是迈克尔认为自己是迈克尔？

> 人的个性不是人本质、终极的存在，仅是存在的表现形式……人的存在本身……不知时间，不知开端或结束……它存在于每个人身上，无处不在。

相信一个人完全是独立的个体这种错误的信念——叔本华称之为“个体化原理”——也许才是隐藏在迈克尔面部板块后面的更深刻的真相。（这样讲也可以用来解释他对《拉克美》的喜爱，这部歌剧的故事背景与超凡的婆罗门有关，对婆罗门来说，终极的现实好比“万物归一”，个体的生存仅是流溢，因虚幻的摩耶的面纱而成为可能。）[1]在梦里，我们是独立的存在。在现实中，我们是一体的。要是能有办法伸手摸到个体脸部板块的铰合处，把阻碍自己认识到那一点的板块统统揭去，那样该有多好！可迈克尔未能有这种觉醒的意识：和我们众多人一样，迈克尔卡在需求和厌倦的两极之间，走不出来。

对莉萨这种态度的转变比对贝拉来得快得多。就在做完那个梦的早晨，吃早餐时，迈克尔开始意识到莉萨独特的嗓音正在消失，汤姆·诺南的声音已在逐渐覆盖莉萨的。“谁会想得到呀？”莉萨发问，也是汤姆·诺南在问，“实在太美好了。人生可以如此。事情总有解决的办法。那个是经验教训。”可当她下一次开口时，莉萨不见了，只剩诺南。迈克尔抢先一步绝望地垂下头。“有时不存在经验教训，”他回道，“那么讲本身即是一种经验教训。”

当迈克尔最终站在会议厅的讲台前，就客户服务发表演讲时，起先讲得很顺利（“时刻记住，顾客是一个个体。和你一样……跟你讲

1.《花之二重唱》的歌词可以解读为许多个体超验地合为一体：“茂盛的茉莉花搭成穹顶 / 在浓密的树荫下，白色的茉莉 / 与玫瑰交融……/ 来吧，让我们一起顺流而下。”——作者注

话的每一个人都有一段童年。每个人都有一具躯壳。每具躯壳都有痛处”），但很快演讲内容离奇地转入哲学领域（“什么是所谓的人？什么是所谓的痛？什么是所谓的活着？我不知道。什么是所谓的痛？我不知道……我们此生的时间有限。我们忘记那一点。死亡来临，到此为止。未几，我们仿佛从未存在过一般。所以记得要微笑……”）最后演讲完全偏题，变成一番悲观的、叔本华式的咆哮（“这样做行不通。这个世界正在土崩瓦解。总统是一名战犯。美国将要完蛋，你却在高谈见鬼的智创论[1]！”）

意志导致的惨剧既发生在历史上，也发生在个人身上，似乎看不到终点。“历史向我们展示的是民族的生命，”叔本华写道，“历史可以讲的只有战争和暴乱；和平岁月仿佛仅是偶尔、短暂的停顿和插曲。”从下面这段话中，我们也许可以发现一个令人苦笑的事实，叔本华提出的部分达到这一境界——同情心——的方法，听起来与迈克尔在谈客户服务时的陈词滥调大同小异：

> 所以记得要微笑。记得外面的世界里有一个人，代表着每个人。一个爱的对象。记得跟你讲话的每一个人都需要爱。记得——

会议结束，迈克尔抛弃莉萨，回到家，发现他的妻子唐娜为他办了一个惊喜聚会。惊的是，他一个人也不认识，他们全是同一人。他的儿子夺过给他的礼物，那个日本性玩偶。玩偶开始唱起歌来。它的身上慢慢渗出一股液体。唐娜问迈克尔，渗出的是不是精液。但迈克

1. 一种类似宗教“创世论”、反对进化论的理论。

尔不觉得那是一句重要的问话。相反，他转向他的妻子：“你是谁，唐娜？你到底是谁？”（“要是，”信奉尼采的塔姆辛在我耳边低语，“有办法不再问那个问题该有多好！”）我们最后看到的迈克尔，陷在聚会中，参加聚会的人分不出彼此，全都长着同一张脸，他选择专注地盯着一个边唱歌、边渗出精液的玩偶，在叔本华看来，精液这种物质是明显的意志的表现形式，一味寻求自身的复制和延续，不考虑我们，作为个体，可能“想要”的东西。

依叔本华的观点来看，唐娜的“真正”本质其实与精液相同：意志。现实是意志，通过我们的一切行为、一切秉性、一切所见之物而表现出来，不受信念左右；我们既是意志的囚徒，又是意志的施行者，即使快年过半百，意志仍抓着我们不放，但时不时会出现一样客体或一种体验，具有充分打动人的魅力——比方说，一曲咏叹调，一个古董日本性玩偶，或一部真正出色的电影——它们奉献给我们的是一个美学沉思的对象，借助这种沉思，我们也许能够暂且放下意志而深入思考意志。哦，还有呢？多善待唐娜一点。同情心会起到帮助。可能没有谁睡得像英雄男孩那般深沉、安详，但在考夫曼创造的现实（也是叔本华笔下的现实）里，能睡着大概就将是再好不过了。

/

给写作者的舞蹈课

近来，我时常惦念着写作与舞蹈之间的联系：我非常希望保持两者的相通性。这一点似乎略受忽视——譬如说，与音乐和散文体语言之间的关系比起来——原因可能是直觉上这两件事联系不到一块儿。可对我而言，这两种形式的关系紧密：我以为舞蹈对我从事的工作具有某些启示作用。我习得的一条最切实的写作忠告实际是针对舞者的——这条忠告出现在编舞家玛莎·葛兰姆的回忆录里。但它使坐在手提电脑前的我放松下来，我猜，它估计会同样激发一位年轻的舞者深吸一口气，活动手指和脚趾。葛兰姆写道：

> 有一种活力，一种生命力，一种能量，一种蓬勃的生气，通过你而转化为动作，由于无论何时，你都是唯一的，所以表达出来的东西也独一无二。倘若你阻止这种表达，它将永远无法通过别的途径而实现，也就因此错失。世人将得不到领略的机会。裁定这种表达有多出色、或有多少价值，或与其他表达方式进行比较，不是你的工作。你的工作是清楚直接地坚持自己的表达方式，保持转化渠道的畅通。

一门用语言进行创作的艺术，可以从完全无需语言的艺术中吸取什么呢？话虽如此，我却时常认为我从观看舞者表演中学到的东西和我从阅读中学到的东西一样多。给写作者的舞蹈课：课程内容有姿势、态度、节奏和风格，有些显而易见，有些间接迂回。以下是对上述观点的几条简单阐释。

弗雷德·阿斯泰尔 / 吉恩·凯利

“跳舞时的弗雷德·阿斯泰尔代表贵族阶级，”吉恩·凯利在晚年时声称，“我则代表无产阶级。”这种区分一听正中下怀，但要讲出原因有点困难。一个又高又瘦、风度翩翩，一个相对体格强壮、健硕——是因为那样吗？两人明显的不同在于，一个是高顶礼帽配燕尾服，另一个是T恤衫加便裤。但弗雷德有时也穿T恤衫和便裤，而且他实际并没那么高，只是站着看上去个子高，动起来时，总显得很挺拔，飘逸地掠过任何表面：地板、天花板、溜冰场、演奏台。吉恩的重心低得多：他屈膝，蹲坐。吉恩是着地的，稳稳扎在地上，而阿斯泰尔不受重力束缚，自由漂浮。同样地，贵族和无产阶级与他们脚下的土地有着不同的关系，前者在世界的表面来去自如，后者被具体拴在某一点上：城市的一个街区，一座村庄，一间工厂，一片农田。西达·沙里塞声称，她的丈夫只要看她跳完一天舞后的身体，就知道与她合作的是两人中的哪一位：假如是吉恩，她浑身淤青，假如是阿斯泰尔，她毫发无损。阿斯泰尔的超然不仅表现在与地面的关系上，他与他人的身体也保持超然的距离。他和他的搭档金吉在十五年里拍了十部电影，但人们很难看到他们之间有一点真正两性的火花。他们配合默契，但鲜有激情。再想想凯利和西达·沙里塞在《雨中曲》里那段幻想的场景！自然朴实的一个优点也许正在于此——性。

我在写作时感到大抵要在着地与飘然之间做一选择。这儿的“着地”，我想指的是我们在“常理”情况下接触的语言。电视上、超市里、广告中、报纸上、政府、日常“公开”对话所用的语言。有些作者喜欢在此基础上踏步，对这类语言进行再创作，从中摘取一小部分，为己所用，而其他作者几乎对这类语言视而不见。纳博科夫——既是名副其实的贵族出身，又在美学上流露出贵族气派——几乎脚不着地。他的语言是“文学性的”，远离我们所认为的我们共有的语言源头。捍卫这种文学语言的一条论据大概是它并不否认自身的做作。相比之下，常理性的语言具有朴素自然、“会话式”的特征，但经常充当沥青般的铺路材料，经广告公司或政权核心凭空捏造出来——有时两者同时发生。常理性的语言既煽情又强加于人，（“人民的公主”“大社会”“让美国再次强大”），虽然声称从人们平常的谈话方式中汲取范例，但每个真正专心谛听人们讲话的作者会很快发现自己被归类为特别的文体家、讽刺作家或实验主义作家。贝克特就是如此，还有美国作家乔治·桑德斯，是当代的一个典型例子。（在舞蹈方面，我想到的这样的例子是比尔·“踢踢踏”·罗宾逊，他的特色是脚步轻快地上下楼梯。会有什么比脚步轻快地上下几级楼梯更平常、更质朴、更着地和司空见惯的行为？但在他的招牌舞台动作里，道具是一段上行的楼梯，紧连着一段向下的楼梯——一个封闭的阶梯系统——于是，他踩着轻快的步伐，上下，上下，上下，完全脱离现实，宛如活生生地再现了埃舍尔[1]的错觉艺术版画。）阿斯泰尔显然不是像崔

1. M.C. 埃舍尔（Maurits Cornelis Escher, 1898—1972），荷兰图形艺术家，以多样化的角度和精确的细节创造出了不可能现实存在的神奇的建筑景观。

拉·夏普、碧娜·鲍许那样的实验主义舞蹈家，但从超越现实的意义上讲，他也是超现实派。他异于常人。在他跳舞时，一个问题油然而生：假如一个人像这样穿行于世间，将会如何？但这样的设问仅是胡思乱想，无须回答，因为没有人像阿斯泰尔那样走路，不，我们只在梦里像他那样行走。反之，我见过法国少年跑上纽约空中公园的台阶，拍摄眼前的风景照，他们背部的运动，恰和吉恩·凯利在《锦城春色》里的一样，我也见过乘坐A线地铁的黑人小孩，摆荡地绕过立杆，走出滑门——又是凯利，吊在那根永恒的路灯柱上。凯利跳舞时借用的是寻常的动作，反过来，他令我们想起我们自身偶尔也有优雅的时刻。他体现了我们青春时的身体，最行动自如，最富力量，或每当我们的天赋与刻苦学来的技能完美结合时的情形。他以自身为例，证明我们只要下足功夫，是能够化腐朽为神奇的。可阿斯泰尔在跳舞时，看不出他有一点努力的痕迹（但从传记中我们知晓，他在舞台下练得非常辛苦）。他是“流动的诗。”他的动作与我们的动作相去甚远，从而限制了我们自身的雄心。无人希望或期许自己能跳得像阿斯泰尔那样，正如无人真的期望写得像纳博科夫一样。

哈罗德·尼古拉斯／法亚尔·尼古拉斯

写作和跳舞一样，是一门一无所有的人也可以学习和掌握的艺术。“花十先令六便士，”弗吉尼亚·伍尔夫告诉我们，“可以买到的纸，足够写下莎士比亚的全部剧作。”舞蹈唯一绝不可少的用具是自己的身体。有些杰出无比的舞蹈家出身于社会最底层。对许多黑人舞蹈家来说，这种情况因牵涉到“代表你的种族”而变得复杂棘手。站在舞台上，面对和你同属一个种族的人与其他种族的人。你要向他们展示什么样的面貌？你会是你自己吗？你“最好的自我”？一个代表？一种象征？尼古拉斯兄弟不是在街头长大的孩子——他们的父母是念过大学的音乐家——但他们从未受过正式的舞蹈训练。他们通过观看父母和父母的同事在“猪小肠”剧院（种族隔离时期，人们对黑人歌舞杂耍表演厅的称呼，因黑人喜食猪小肠而得名）的表演而学习。后来，当他们涉足电影业后，他们在片中的演出通常被安排为与情节无必要关系，这样，当这些片子在南方上映时，他们精彩绝伦的画面可以剪掉而不影响剧情的完整性。受到遏制的天才，被围栏圈起来的天才。但也是无可否认的天才。“我的禀赋是武器，”小萨米·戴维斯表示，“是力量，是我斗争的手段。我唯一可以期望通过我的禀赋来影响一个人的思想。”戴维斯最初也是在“猪小肠”剧院跳踢踏舞的演员，出身贫寒。他话中的道理很常见：在那类没什么其他财富的家庭内，有的只是一点坚定的信念。母亲嘱咐她的孩子要“加倍优秀”，嘱咐他们要“让人心悦诚服”。我的母亲曾常对我讲类似的话。我在看尼古拉斯兄弟的表演时，想起那句给人沉重压力的教诲：做到加倍优秀。尼古拉斯兄弟比其余人优秀许多、许多倍。他们优于每个有资格或必须做到更好的人。弗雷德·阿斯泰尔称他们在《暴风雪》中的那套舞步是他看过的电影舞蹈的最杰出典范。他们一边劈叉，一边一级级地从一段宏伟的楼梯上下来，仿佛劈叉是去到一个地方的常规手段。他们的穿着无可挑剔。他们不仅是在扮演角色——而且超常发挥。但我总认为我在哈罗德和法亚尔之间发现一丝区别，这丝区别引起我的兴趣，我从中学到某些东西。法亚尔在跳舞时给我感觉似乎更注重表演这项任务：他形似，神似，他的动作到位，无懈可击。他规范、克制、技术上让人心悦诚服：为种族争光。而哈罗德则沉浸在快乐中。他的头发说明一切：在他跳舞时，他的头发虽然每次涂了厚厚的发膏却还是散下来，压不住的黑人鬈发像弹簧般向外翘开，他甚至无意将头发捋回去。在到位与快乐之间，请选择快乐。

迈克尔·杰克逊 / “王子”普林斯

在视频网站上可以找到许多他们斗得难解难分的竞舞录像，因此摆在面前的是个残酷的选择。但选的不是能力的高低，不是谁跳得更出色，而是要在两种截然相反的标准间做一选择：一边是清晰可辨，另一边是昙花一现。选择丰碑（杰克逊），还是选择某种海市蜃楼（普林斯）。但两人的舞都跳得棒极了。撇开身高的区别，他们在体型上有很多相似之处。极其纤瘦，脖子修长，腿很细，靠躯干而不是臀部发力，两人的臀部都异常娇小。就所受的影响而言，他们自然同等蒙恩于詹姆斯·布朗。劈叉、劈叉后跃起、旋转、滑步、屈膝、甩头——每个动作都偷学自同一位祖师。但在跳舞时，普林斯和杰克逊没有一点相像之处，人们很难回想起普林斯跳舞的情景，而对杰克逊却几乎不可能忘怀。这听起来荒诞不经，但大家不妨自己试一试。普林斯的动作，无论观察过多少遍，也不会牢牢地刻在记忆中，这些动作似乎并不完全定型或可以保持。假如有人叫你像普林斯那样跳个舞，你会怎么做？也许旋转，如果会做的话，再加劈叉。但那样的舞蹈看上去不会有一点像普林斯的地方。这个问题是个谜。一个人，怎么可能在几百万人前跳啊跳啊，跳了多年的舞，却依旧保持神秘的面目，好像一个只有你知我知的秘密？（当普林斯的歌迷，不就正是相信只有自己能懂普林斯吗？）

我没去现场看过迈克尔·杰克逊，但去现场看过普林斯六次。我看见他在有成千上万人的体育场里，所以清醒地认识到他绝不是只有我懂的秘密，事实上他是巨星。但我依旧认为他的演出缺乏辨识度和公开性，像是家中举行聚会时一个人在房间中央表演。这种表演是你看过最精彩的，但它的精彩仅限于表演进行的那一刻。杰克逊正相反。他的每个动作让人看得一清二楚，公之于世，无休止地被人模仿并可被模仿，好像今天说的模因。他用图像来思考，跨越时间。他故意勾勒动作的轮廓，然后再度标示出每个动作的边界，犹如警察在尸体周围画上一圈粉笔白线。若要倒退，他的脖子固定在向前探出的位置。裤管剪短，让人们能看明白他脚踝的动作。抓着胯下，让人们能更好地领会胯部的回旋摇摆。一只手戴着手套，让人们可以专心留意手的韵律特征，手如何突出地表现一切，好似惊叹号的作用。越到后来，他稀奇古怪的舞台装束越发承担起勾勒和区分的这项功能。他的演出服看起来像一副盔甲，目的是显出他身体每一部分的清晰轮廓，这样他的每个动作都不会逃过人们的眼睛。他的手臂和腿上绑着一道道带子——切实地使他灵活的关节变得直观可见——一条富有金属光泽的饰带从左至右佩戴在他的胸铠上，让人能更清楚地看到他的肩膀沿着这条对角线而移动。一条厚重的腰带突显出苗条的腰围，将躯干和腿分隔开，让人注意到身体的上半部分和下半部分往相反的方向运动。最后，一条银色的丁字裤，使他传神的胯部醒目得仿佛全是大写字母。这么做不含蓄，没有一点潜台词，但明显清晰易懂。人们可以学迈克尔·杰克逊那样跳舞，一直学下去。可普林斯，心爱的、幻影般的普林斯，哦，有这样一个人，他的名字如镜花水月。写作者也许可以从普林斯身上学到一课，即，幻影有时比清楚明了的东西具有更深沉的美。在语言的世界里，能提醒我们认识到这一点的有济慈，他向人们证明，一位如梦如幻的作者可以在身后留下多么久远的影响，甚至与像拜伦勋爵那样形象鲜明的人物不相上下……普林斯代表了瞬间的灵感，像一首为捕捉一时感触而作的颂诗。心情变了，他也随之改变：又是有益的一课。当一座丰碑无自由可言。不如做凌晨两三点仍在私人聚会上即兴发挥的那个家伙，虽然大家都用手机拍下他的表演，但事实证明，无人能真正捕捉到他表演的精髓。现在他走了，再一次逃离我们而去。我不想声称普林斯的形象会像杰克逊的那样长久不衰。我只是说，在我们心中，他的形象将永远不那么清楚分明。

珍妮·杰克逊／麦当娜／碧昂丝

这三位不仅欢迎人们模仿——她们要求人们模仿。她们在清晰易懂的基础上更进一步，变成集体行军。她们带领大军，我们加入其中。我们和那些统一着装的伴舞一样，排成军事方阵，跟在她们后面，一支无名无姓的队伍，任务是精确地模仿他们将军的举动。这一点淋漓尽致地体现在最近碧昂丝的“柠檬水”巡回演唱会中。这位将军举起她好似猎枪般的右臂，用左手扣动扳机，清脆的枪声响起。这种舞蹈无私密性可言：和军队一样，它以自上而下的形式展开运作，主导的观点——“美利坚”“碧昂丝”——统辖遍布全世界的许多基层小组。也许正是由于这个原因，人们可以发现，我在温布利球场见到的多数观众，大段大段时间里，根本不面朝舞台，而是转向他们的朋友和伴侣。他们不再需要看着碧昂丝，正如士兵无需目不转睛地盯着司令旗而履行他们的职责。我们的女王在台上某个地方跳舞——但对她的认识早已内化。健身房的朋友们站着围成圈，挥动拳头，参加新娘婚前单身派对的女友们转入自我的世界，互扮“碧昂丝”，来自碧昂丝粉丝团的少年面对面高吼每一句歌词。他们本可以在家里也这么做，但这样做的目的是公开示忠。珍妮·杰克逊开启了这一奇观，麦当娜延续了这种现象，碧昂丝将它推至巅峰。她们意在把舞蹈当作一种女性意志的表露，具体显现女性意志的影响力和可能性。这样做传达的经验一目了然。我的身体听命于我。给我伴舞的人听命于我。那么你也将听命于我。于是每个观众幻想自己像粉丝般唯命是从——一种愉快的幻想。（在小得多的受众群里）唤起类似挚爱的女性作家有：缪丽尔·斯帕克、琼·迪迪安、简·奥斯汀。这类作家具备相同的本质特点（或假象）：（对于她们的表现形式握有）绝对的掌控权，（对读者而言）没有自由。形成对照和反差的，比方说，简·里斯或奥克塔维娅·巴特勒，深受喜爱但极少有人模仿的女性作家。她们的作品太自由不羁。相反，迪迪安写的每一句话都在宣告：听命于我！谁是这个世界的主宰？女孩！

大卫·波恩／大卫·鲍伊

不跳舞的艺术——至关重要的一课。有时动作笨拙、不雅、急促而断续、既无诗意又不寻常，舞姿难看却有正面效果，这样做意味深长。表现出身体的其他可能性、另类的价值观，不再讲求合理性。在我看来有意思的是，这两位艺术家跳得最“丑”的舞是为搭配他们灌录的最具黑人特色的歌曲。“带我去那河边。”波恩唱道，所穿的直筒长裤肥大无比，他低头俯看自己扭得生硬的腰部，仿佛那两块髋骨是别人的。他的裤子表示，这个音乐不属于我，他的动作更进一步：也许这具身体也不是我的。照此推理下去，最后得出一个令人身心解放的想法：也许没有人真正拥有任何东西。

人们有时会过于珍视他们“继承的遗产”，珍视他们的“传统”——写作的人尤其如此。保存和维护是应该的，但在这样做的同时，不该把遗产和传统限制起来，或阻止别人窃取。在爱的名义下，每个人有权使用任何可能的审美表达方式。鲍伊和波恩对“不属于他们”之物的明显爱好，激发人从新的角度认识熟悉的音乐风格。在看这两人跳舞以前，我没想过一个人可以选择，比如，偏偏不用对应的身体的弧线运动来配合鼓声的起落，换言之，用的是和声与激情。但原来也可以采用对着干的做法：像鲍伊那样，做出一个角度奇怪的动作，陡然抽搐一下，或像波恩那样，不知道那条手臂是否真属于自己。我想起年轻时的路德·范德鲁斯，当鲍伊演唱《年轻的美国人》时，他在鲍伊身后相隔几步远处担任伴唱，看着鲍伊胡乱地摆动身体，瞎扑腾。我不知道他对这一切有何看法。他有否想过：嗨，他到底在做什么？但几次演出下来，大家都明白了。他跳的舞有所不同。既是老一套，却又包含新意。

鲁道夫·纽瑞耶夫 / 米哈伊尔·巴雷什尼科夫

面对观众时，人们会往哪个方向转？转向自己的内心还是外面的世界？或多少有点两者兼具？纽瑞耶夫，如此狂烈、神经质，如此脆弱，如此优美——像一头突然被我们的车前灯照到的鹿——绝对是让自己转向内心。你“无法把眼睛从他身上挪开”，人们喜欢这样评价他，但与此同时，看他的表演简直是折磨人，因为他毫无防范地暴露在我们的注视下。我们觉得我们可能会把他打碎，他也许会崩裂——或炸毁。他并没有，但仍然，在他每次跳跃时，人们感受到那种彻底演砸的可能性，正如看到某些容易紧张的运动员，无论他们跑、跳或俯冲多少遍，仍不能叫人放心。相对纽瑞耶夫来说，谁都是旁观者，是非常荣幸能够在纽瑞耶夫跳舞时亲临现场的人。我这么说并无讽刺之意：观看纽瑞耶夫的确是一种荣幸，即便看的是视频网站上以前那些布满雪花点的录像亦然。他是一个奇迹，他在跳舞时充分认识到这一点：至于你，今天做了什么，让你名正言顺地有机会领略奇迹？（同理参见陀思妥耶夫斯基。）对于巴雷什尼科夫，我无须担心他会演砸。他是一位面向外部世界的艺术家，他在努力取悦我，他完全做到了。他的脸和他的手臂及腿一起舞动。（相比之下，纽瑞耶夫的脸永远沉浸在超越常人的感受中，看不出表情。）有时，巴雷什尼科夫想要取悦我的愿望如此强烈，他甚至会试图与丽莎·明内利跳起踢踏舞，不怕受到力求纯正者的鄙视。（我不力求纯正。我乐在其中！）他富有魅力，带给人愉悦的享受，他滑稽、夸张、理智，像个小丑——人们要他怎样就怎样。巴雷什尼科夫既深情款款，又受人喜爱。他的风格不分高雅低俗，舞姿刚柔并济，但他总是面向外面的世界，面向我们、他的观众。（同理参见托尔斯泰。）有一次，我在纽约的宴会桌上遇到巴雷什尼科夫：我被他的明星风采所震撼，几乎讲不出话。最后我问他："你见过弗雷德·阿斯泰尔吗？"他莞尔一笑。他说："见过，见过一次，在宴会上。他的明星风采深深震撼了我，我几乎没讲话。但我一直看着他的手，那双手本身就像给人上了一课——真优雅啊！"

第三部

在画廊

In the Gallery

在午夜时分杀死奥逊·威尔斯[1]

时间是下午两点。无人在唉声叹气；无人在床上翻来覆去或按掉闹钟的铃声——没有人那么晚还那么做。“爱使你像一块胖乎乎的金表般走起来”[2]……但到两点，晨歌留下的仅剩回忆。我们不再去揣想是什么启动了我们，我们只知道自己在运转。下午时，我们少了些多愁善感。我们看着分针一圈圈转动：两点零一变成两点零二，变成两点零三。若细想一下，时间的流逝冷酷无情。大多时候我们不想。我们很忙，忙着处理一切正在进行的事。外国的学童已经放学，一位身材魁梧的绅士正在用玻璃杯喝茶，有人问“说谎者比利”，“你看现在几点了？”（两点十七分），夏洛特·兰普林正独自一人，可能在法国，在公园的某个地方，一边吃巧克力奶油泡芙，一边抽烟。

时间的脚步不会放慢，也不会倒转：一天已经过去大半，不容人再否认它的存在。但有些人会试图那么做，有些人总是如此。在两点整时，一个人对着落地式大摆钟吼叫（“够了！”），然后将钟砸碎。但一天的时光继续。 时光永远不变。日本人——一个务实的民族，一个注重实际的民族——对付这一情况的办法是召集大家在长长的白色会议桌前开会。在同样的现实面前，我们西方人则往往选择喝一杯烈酒。不过人们会坚持朝我们投来侧目的眼神，说出如下的话，“现在是下午两点啊！”于是我们放下杯子，叹一口气。下午——摆脱了宿醉的头脑不清或睡眼惺忪的状态——我们在这个星球上共同所处的困境变得清晰起来。

巧的是，下午也正是许多人会首次去看克里斯蒂安·马克雷的“时钟”艺术装置展[3]的时间。不太早、在刚吃完午饭后去。毕竟，这个展览可能好看，可能不好看——谁也不想在这上面浪费一整个上午。但很快，比人们原本料想得更快——事实上，就在两点零六分，当亚当·桑德勒在一个西班牙女孩面前摆出高人一等的姿态时——人们意识到“时钟”展谈不上好看或不好看，但超群出众，也许是你看过的最了不起的电影，你得早上再来，晚上再来，深夜再来，抛开一切别的事，背个睡袋，逃至葆拉·库珀画廊，待到日出为止。除非：天哪，到时间了吗？唉，好吧。明天再来。

人们在第二次观展时注意到的事物虽然十分微小，但感觉具有必要的定向作用，好比企图在图表上用曲线表达一大堆信息前先画出X和Y轴。我试着在笔记本上将显而易见的东西写下来，让自己的头脑对此有清楚的认识。“时钟”展是一部讲述时间的长达二十四小时的电影，实现的手法是把电影中有时钟出现的片段剪辑组合起来。但“时钟”展的立意和设计如此恢弘不朽，连对它最简单的评价也需要有据可依。例如，不是每个场景里都有一台看得见的钟。有时人们

1. 奥逊·威尔斯（Orson Welles, 1915—1985），美国知名导演、演员、制片人，代表作《公民凯恩》。
2. 这句话出自西尔维亚·普拉斯（Sylvia Plath）的诗歌《晨歌》（*Morning Song*）。
3. 克里斯蒂安·马克雷（Christian Marclay, 1955—　），瑞士-美国艺术家。“时钟”是他在2010年完成的作品，曾获2011年威尼斯双年展“金狮奖”，共有6个版本。

会仅仅提及时间，或所讲的时间根本只是一个泛泛的概念。玛丽·波平斯给人的暗示更少；她瞟了一眼自己的手表——我们看不到那个表面——然后撑开雨伞飞起来，片刻后，画面变成一名男子，也撑着雨伞飞在空中，少顷，飘过一座钟楼，从而揭示出时间是几点。展出中有很多这样的瞬间，第一次看到时，前后两者的同步性和优美的特质有点令人不知所措。这种连接所展示的一个制约创作的条件，比人们臆想的更巨大、更苛刻。倘若“时钟”展顾及到要用一把飞翔的雨伞匹配一把飞翔的雨伞，那么在这个展出的主线底下必然涌动着美学的暗流，往各个不同的方向，不单只是顺时针走。

人们坐在黑暗中，试图搞明白“游戏规则”。显然，展出的是两种时间，真实的时间和人为的时间。换几种说法：意外出现的时钟相对于故意摆放的时钟；拍到胶片上的时间相对于为了电影而经过篡改的时间。结果表明，意外出现的时钟比故意摆放的时钟更切中要害。演员在街上果敢地靠拢现实，可他们身后的钟楼已捕捉到现实，时间长河中纯正的一刻，如今永远成为过去，追不回来，却因电影而重生。时间的确是三点二十二分。无论是否被拍摄下来，三点二十二分曾经出现过，所以这一刻给人感觉未加粉饰和篡改、真实无疑。相反，人为的时间遵从某些惯例。下午的床戏最色情，大概因为通常牵涉到妓女。四点到五点之间，交通运输备受关注：火车、汽车和飞机。假如电话在凌晨一点后响起，别指望是好消息。布谷鸟自鸣钟，不管何时鸣响，多半是不祥之兆。当奥逊·威尔斯问现在几点时，这一问赋予那个钟点史诗般的含意。凌晨两点。每个人形单影只。

有几个片段在预料之中，出现时人们鼓掌。《低俗小说》里克里斯托弗·瓦尔肯把布奇父亲的手表塞在屁股里。大本钟爆炸。这些是元片段，因为里面出现的时钟早已广为人知。各种电影里平凡普通的瞬间，被安插到“时钟”展里后，变得深邃或滑稽或两者兼具。一句无关痛痒的“我只是没时间”，引得观众咯咯而笑。和哲学完全不沾边的人变得满腹经纶。欧文·威尔逊自言自语：“你即将死去。你的生命悬在时钟的分针上。”玛丽萨·托梅坐在划艇里：“时间是相对之物……是情感的产物！”

别的倾向没那么明显直接，可能是每个人自己独有的错觉。观看“时钟”展是一次催眠般的体验，近似幻觉：人们易会看见眼前没有的东西。例如，某些演员的魅力如此令人倾倒，他们仿佛暂时脱离了时间的概念，不是吗？在时间之外活动？当保罗·纽曼抬起脚，搁在床上，一边系鞋带，一边微笑时，人们发现自己不再期待下一个时钟。人们安下心，准备看一部保罗·纽曼的电影。当无可避免的切换来临时，一阵叹息声传遍画廊。人们在谈及“明星气质”时，指的是像保罗·纽曼那样吗？能够存在于时间之外？（这种副效应难得才有，似乎与相应的名气无关。汤姆·克鲁斯出现又消失时，无人叹息。）展览中有重复性的内容，这种重复似乎包含深意。要说我们看到许多詹姆斯·邦德和神探可伦坡的片段，原因是他们生就活在时间——人为的时间——里。假的时钟推动他们故事情节的发展：倒计时和不在场证明，犯罪现场。这个理由或许也可以用来解释为什么老有丹泽尔·华盛顿的片段。

“时钟”展让人意识到每个人对商业（一般是美国）电影的节奏多么适应自如。每个剪自外国电影的片段，早在演员开口前，就被人立刻识别出来。暴露秘密的不是电影胶片或甚至嘴上留的小胡子，而是不同的处理时间的方式，大致上外国电影的时间走得慢，但固然，这种“慢”不过是真实的时间的步伐。在商业电影里，几十年转眼而过，或一天的事演上两个半小时，我们闪回，闪进，总有某种特定的劲头。“做午饭”一幕的镜头里先是打开的冰箱，后是一块切菜板，然后是炉子上煮着的食物。乘飞机出行，拍的是办理登机手续、鸡尾酒，然后海关。丹泽尔所珍视的原则——冲突、高潮、解决——印刻在所有美国电影的片段里，而在法国艺术电影里分明看不到一丝这样的痕迹。人们最常见的说法“我不喜欢外国电影”，也许可以解析为“我不想坐在电影院里，感受时间的流逝”。

鉴于这些规则不是别人制定的——鉴于这些规则是每个人自己设想出来的——当这些个人假想的规则被“打破”时，人们凭什么感到义愤呢？但不知为何，人们就是愤愤不平。假如克里斯蒂安·马克雷几度从同一部电影中剪辑片段——比方说，一场持久的“倒计时”戏，取自某部拙劣的惊悚片——那么做感觉像在耍人。由于人们业已确定，陡然的“切换”是这个艺术作品的主导原则，在听到一场戏的配乐悄悄潜入另一场戏时，人们起先没有把握。但待上几个小时后，这种误以为的背离成为展览的主体。人们开始发现，剪自同一场戏的两个拆开的片段起着类似分号的作用，标括出中间包含的那个视觉语句，使我们料想中必然（鉴于作品的有序原则）属于随机的内容有了形式与风格。马克雷成功建立起即时的连接，如此赏心悦目又不可思议，让人无法真正看透这些连接是如何实现的：人们只能将此归因于天赐的机缘巧合。一部电影中的枪遇上另一部电影中的枪，亲吻，亲吻；彩色电影里的司机挥手招呼黑白电影里的司机通过，让他们可以超车。

不仅如此，“时钟”展还保持精确无误的时间。讨论的也是时间。这一展出跨越视觉界限，通过如此巧妙地将声音混录起来（马克雷的前一个作品以声音为主），赋予每个片段某种永存性，拉长它的时间维度，宛如一件四维的物品。就时间哲学来说，马克雷赞同的是赫拉克利特，而不是巴门尼德：现在延及至未来，过去在现在中衰退。这个道理的核心在于声音。去看“时钟”展的次数越多，人们越忍不住想闭上眼睛观赏这个展览。那一段是从性手枪乐队的歌转成康康舞[1]吗？怀旧之情一再被唤起，受到挑逗；那些片段一过去人们便开始想念它们，即便心思专注于下一个是什么、后面接连不断会出现什么，但仍对过去那一刻的余音恋恋不舍。

迄今，“时钟”展难得有机会向观众播放完整二十四小时的版本，但每当有机会播放时，等候入场的队伍几乎跟影片胶卷一样长。自然，每个人都想看午夜的部分。“这样的事为什么总是发生在午夜？”一名年轻男子在壁炉旁发问，壁炉台上摆着一口旅行钟。“因为事实如此！”他的朋友回道。在进入午夜前，只有法国的朱丽叶·比诺什能够保持镇定：穿着一件不带胸罩的T恤衫，平静、妖娆地熨烫一袋洗好的衣服。在美国，人人即将发狂。贝特·戴维斯和琼·克劳福德早在午夜大约差一刻时，便都开始为女一号的高潮做铺垫。话匣子打开，眼珠转动。午夜差十分时，法利·格兰杰一副魂不守舍的样子，但我以为他的表情一向如此。午夜差三分时，人们开始要求推迟午夜的降临：“我要跟州长讲话！”小提琴声响起，那些升起的小提琴手，奋力拉着琴弦，利用我们在午夜时分的恐惧心理做文章。这种表现手法逐渐演变成一个笑话：午夜前的最后两分钟，马克雷可以天衣无缝地在数十部电影间切换，而完全不用处理声音：这些电影全都采用相同的尖利刺耳的小提琴声，唯一的区别是音调。午夜时分，一个僵尸女人从一口落地式大摆钟里冒出来，招致人们大笑，但我更喜欢下一

1. can-can，一种由穿宽松裙子的女子把腿高高踢起的快节奏舞蹈。

刻出现的片段，一个三米多高、体内有发条装置的士兵，从一座钟楼上摆荡出来，敲响午夜十二点，用他的巨型长剑刺穿奥逊·威尔斯。这一幕令我想起欧文·威尔逊发出的死亡警告：“你即将死去。你的生命悬在时钟的分针上。”

《渴》、《出租车司机》、《X 档案》、许多黑泽明的片子、《致命诱惑》、《简·布罗迪小姐的青春》、几部伍迪·艾伦的作品、少量伯格曼的——对在纽约和伦敦的观众来说，他们非常熟悉马克雷选用的这些片段的出处。假如“时钟”展汲取自一种更陌生的文化，那么这个展出的重点可能会有所不同，但就目前来讲，这个展出用的是我们的电影，看待时间的方式也是我们的：悲剧性的眼光。“不要浪费时间。时间是组成我们生命的要素”——一面古老的日晷上刻着这样的话。我们认得这段铭文的由来（出自《飘》里，阿什利·威尔克斯的庄园），将它视为我们文化的金科玉律。时间不站在我们一边。时间多一分钟，等于我们少了一分钟。目睹《神秘失踪》里的杰夫·布里奇（以及原始荷兰版里的另一个家伙）测量自己的脉搏，把结果工整地记录下来，旁边是对应的时间。不管我们愿意与否，我们被绑在时间的马车上，这架马车只朝一个方向行进。

电影不断地再现和夸大这种与时间的抗争：只是在电影里，时间落败，我们获胜。胜利的是叙事。我们按照自己的意志歪曲时间，我们把一个人绑在地上，用东西堵住他的嘴，让时钟滴答滴答地走起来——但我们将决定那个钟的快慢。建立时间：包含在惊险作品里的一项基本特征。这一特征，既是电影面临的全部挑战，也是它制造的全部假象。不那么做，便没有故事，没有电影。倘若我们相信马克雷，电影史上没有一个镜头像计出无奈的钟面特写那样常见。建立时间！但这样建立起的时间，至今为止，始终是一种幻想，是虚构的。

“时钟”展是首部时间真实的电影。

许多人谈及，虚构世界存在的目的和价值正岌岌可危。我感觉“时钟”展可以归在那场讨论中：对电影创造的幻想做出的一个实际性的回应。在“时钟”展以前，有过一个很低劣的名叫“24 小时”的电视节目，它也号称要终结“叙事时间”，但结果屈从于商业考量，将插播广告列入其中，并由于在内容上赞同酷刑，因而无论如何，是一部立意卑俗的作品。凭着与真实的时间同步的做法，“时钟”展将难度系数提高了指数倍。老实讲，我想象不出有谁可以在此基础上提升更多。这是一件桑塔格在《反对阐释》里期盼了近半个世纪的艺术品，由此我想到，这场所谓的二十一世纪头十年里的危机，其实早已存在：“如今，透明是艺术——也是批评——中最高、最具解放性的价值。透明是指体验事物自身的那种明晰，或体验事物之本来面目的那种明晰。”[1] 可追溯到很久以前。柏拉图大概会识得这场危机。

但我喜爱“时钟”展的地方是，它虽然看似跨“越”了虚构性，却也认可并歌颂虚构的创造。马克雷所用的素材是虚构的；说到底，他是回收利用了这些素材。假如没有成千上万条虚构的对时间的阐释，“时钟”展将拿什么作为再利用的素材，来准确地表达时间。正因为如此，谁也感觉不到自己是在观看一部电影，每个人感觉自己与一部电影平行存在。人们甚至按照约定俗成的时间离开画廊：在整点时分，或整点过一刻时。没有人似乎能在，比方说，六点零七分时，站起离开。精彩绝伦的是谛听人们在走出去时的对话。“可他是怎么做到的？没办法用谷歌来搜索时钟。那么他是怎么做到的？他雇了几

1. 这段引文的译文，采用的是 2011 年上海译文出版社初八、程巍翻译的《反对阐释》。

百个人还是用了什么工具？”

人们对这个展览的敬畏之情显而易见，令人为之一振的原因是这种敬畏现已变得如此少见。许多时候，我站在画廊里，心中涌起两种感受，一种可以有，一种不可有。前一种是无聊：通常，艺术家表现的主题是无聊（二十一世纪生活的无聊，等等之类），我的反应注定逃不出无聊，或充其量是愤慨式的无聊。后一种是“惊叹于手艺”。我不应当有这样的感受。探问一件东西是怎么做出来的，或对这件东西的实际制作发生丝毫兴趣，或关心这件东西做起来可能有多困难——上述任何一问都会使我成为别人眼中的傻子。这类问题幼稚、保守、恋旧。

可“时钟”展并不保守，而且成功地再度引出这些问题，不恋旧、也不幼稚。本质上，马克雷制作了一个像是手工版的网络引擎，对浩繁的不同种类的信息进行整合分析，使之相互参照：有时钟的场景，教室里有时钟的场景，酒吧里有时钟的场景，约翰尼·德普出演的有时钟的电影，女人与时钟、儿童与时钟，飞机上的时钟，等等，等等，等等。人们永远不会感到无聊——没有时间感到无聊。

说真的，用一篇文章来论述这个展览并非恰当的形式。某种视觉化的表述也许更佳；一种云端的共识，或一幅壮观的图表。马克雷对数据所做的处理难以形诸笔墨，他让数据变得如此明白易懂。假如这些数据全部排列在一张图表上，我们会得出什么样的结论？结论是生活犹如史诗，千变万化、永不乏味，但也短暂无情、是有终点的。“时钟”展是一次令人愉快的艺术体验，但从生活经验上讲却是严酷的，因为它没有掩盖时间对人们的影响。下午两点四十五分，当哈罗德·劳埃德松开抓着的那口钟的钟面时，我无法获得以前观看这部绝妙的虚构作品时所感到的那种趣味，因为假如眼前的银幕上出现哈罗德，那样就表示我不知怎的又是同一时间来的，虽然我千方百计想在照顾小孩和工作的间隙抽出一个不同的时段，但结果还是下午的两三点。我环顾画廊四周，各式各样的年轻人靠墙而坐，追求时髦新潮，没有子女，包里装着三明治，他们将待到凌晨三点。我嫉妒他们；甚至讨厌他们。他们仿佛拥有世上全部的时间。

/

燃烧的六月

我努力回想我生平所见的第一批艺术品。[1]这些艺术品全放在我妈妈的公寓里。虽然现在仍在，一成未变，但不知为何，我把它们当成过去的事。两个小的非洲侧面人头像，脸部轮廓经过抽象美化，面对面放在书架上。有许多镶框的贴画，印的是身材细长的肯尼亚人——或可能是马萨伊人——头上顶着篮子，或走在路上、身后的太阳像一颗巨大的橘色润喉糖。总体来说，有许多和非洲有关的物品，对此，儿时的我既不十分喜欢，也谈不上厌恶——这些东西就摆在那儿，糊成我们生活的墙纸。比喻意义上的墙纸。实际真正贴的，无论过去或现在，都是印着密密匝匝的几何图案的劳拉·阿什莉壁纸，在此背景下，放置着各种非洲部落的雕塑、面具和复制的艺术画。剩下未贴壁纸的墙面刷成棕红色，还有沙发和各式小块的地毯，也是棕红色。整体看上去像是将马普尔小姐的卧室和马库斯·加维[2]的客厅拼接起来，视觉上令人眼花缭乱。

在布置相对简约的浴室里挂着一幅黑白照，拍的是四五十年代黑人小孩和白人小孩在伦敦东区玩耍。我一直很喜欢那幅照片。还有一张铅笔素描，画的是我母亲，梳着玉米垄发型——把一位本已美丽动人的女子刻画得更理想化——作者是我成长过程中我们唯一认识的真正的艺术家：一个来自澳大利亚的浪子，娶了一位以色列的芭蕾舞蹈演员。这对过着刺激生活的夫妇住在自由放浪的汉普斯特德区，回到当时，从经济上讲那样做仍旧可行。我欣赏那幅素描，但它令我心慌意乱：画里似乎包含了许多不加掩饰的欲望，过去我总是担忧（在我父母尚未离婚时）我的父亲最终会注意到。家里唯一的油画也是出自同一位澳大利亚人之手：小小一幅，装在厚重的镜框里，但画工精细，绘的是雏菊插在一个蓝白水罐里的静物图。就我家人的审美背景而言，这幅画具有一种甚是少见的极简主义风格。它是我生平所见的第一幅“真正意义上的”绘画，或说是第一幅触动我的画，即便现在，假如那间公寓起火——在已找到所有人下落的情况下——我相信我想救出的是那幅雏菊图。

但那些雏菊体现的是我母亲的高雅趣味——或也许是我父亲的——而我认为，第一幅真正和自己有关联的画必须是自己挑选的。因此我希望我的选择更佳。大学入学后的第一周，似乎人人都光临特兰平顿街上的同一家海报店，找寻最能表达他们个性 / 吸引异性伴侣的贴画。十英镑一张，镶框的十四英镑。大部分人选的恐怕是克里姆特的《吻》[3]。其次受人喜爱的是埃贡·席

1.《苏富比杂志》（*Sotheby's Magazine*）邀我写一写我生平拥有的第一件艺术品。我想编个谎，但最终讲了（令人惭愧的）实情。——作者注

2. Marcus Garvey，20 世纪一二十年代牙买加政治家、出版商、记者、创业家及演说家，创办世界黑人进步协会（Universal Negro Improvement Association and African Communities League），是黑人民族主义者与泛非主义者，被视为黑人民族主义的开创者。

3. 古斯塔夫·克里姆特（Gustav Klimt, 1862—1918），奥地利象征主义画家，创办了维也纳分离派，《吻》是他的知名代表作品。

勒[1]的画，穿着黑色长筒袜的女人。马蒂斯[2]的《蓝色裸体》紧随其后。更有意思一点的人选择弗里达·卡罗[3]。实在不会选的，干脆带着他们母亲的莫奈的俗不可耐的睡莲复制品而来，把画歪斜地挂在床铺上方。剑桥不是孕育激进艺术理论的温床。不过我选中的画——弗雷德里克·雷顿爵士[4]的《燃烧的六月》——也不见得更高明。事实上，这个选择明显是下策。除了准确地反映出终身对红发人情有独钟以外，现在当我看着这幅画时，我拼命回想曾经与这幅画挂钩的我是什么样的——竟然花十四英镑买下它！即便在当时，这幅画也是异类。人们选的克里姆特、席勒、马蒂斯，这些至少全都符合九十年代的审美观，他们画里的主人公略似当前备受瞩目的那位瘦削的少女——凯特·某某[5]——突然间四处都是她，以膝盖内翻、头发平直的形象出现在时尚杂志《i-D》和《脸》的封面上。没有人想和一个大块头、体态丰腴、看似健壮、长着橘色头发、在许多丝绸与鲜花的包围下酣然打盹儿的女孩有瓜葛。如今看着这幅画，其中流露出的颓废令我发笑——还有它与我的格格不入。一个在威尔斯登区长大的黑人女孩，要那样一幅画做什么？就算是为了适应融入——我猜那是选择这幅画的初衷——这样做也差得离谱。正当我

1. 埃贡·席勒（Egon Schiele, 1890—1918），奥地利画家，以近乎颓废的神经质人物造型及成熟抑郁的画风闻名世界。
2. 亨利·马蒂斯（Henri Matisse, 1869—1954），法国著名画家、雕塑家、版画家，野兽派创始人和主要代表人物。
3. 弗里达·卡罗（Frida Kahlo, 1907—1954），墨西哥女画家，用色强烈，极富张力。
4. 弗雷德里克·雷顿（Frederic Leighton, 1830—1896），英国 19 世纪唯美主义画派最著名的画家之一，在英国绘画史上享誉极高。
5. 凯特·摩丝（Kate Ann Moss, 1974—　），英国著名模特，14 岁时出道，风靡一时。

试图证明我懂得欣赏英国美学之际，我的同学中流行的却是要在各自的现代派艺术贴画旁，再放一件休学一年间得来的“民族”艺术品：这儿摆一座亚洲的佛像，那儿放一个非洲的面具。我没有休学一年。我没有在非洲或别的地方做过慈善义工。相反，入学前的那个夏天，我，出于预习的目的，读了许多奥斯卡·王尔德和乔治·爱德华·摩尔的作品，还有伊丽莎白·芭蕾特·勃朗宁和罗伯特·勃朗宁夫妇的诗、克里斯蒂娜·罗塞蒂的诗，还有——好吧，读者大概了解了。当时是一九九四年，但我对于即将踏入的这间学院的认知基本停留在十九世纪九十年代。为艺术而艺术！这条口号是我在为通过英国中学高级考试而埋头苦读时悬于我面前的诱人果实。假如靠着某种奇迹，我的成绩能达标，假如布伦特市议会负担支付我的房租，那么，到时候——我向自己许诺——我将做一个完全不讲求功利的人。我打算花三年时间坐在沙发上，穿着长裙、戴着宽大松软的帽子，思考真理与美，把长长的鼻子钻在书里，有点像黑人版的奥托兰·莫雷尔夫人[1]。我不会像我父亲那样精打细算、烦恼担忧，也不会像我母亲那样参加游行示威、投身政治。我要为了艺术而活。

奇迹发生了。神圣在上的布伦特市议会负担支付我的房租。我的叔叔给了我两百五十英镑，这一令人难以置信的慷慨举动，时至今日，依旧为我的家人亲戚津津乐道。但我慈爱的霍华德叔叔不知道的是，我用他的钱做的第一件事是在玛莎百货买了一条红色的丝绸睡裙。其次买了一双新潮的耐克气垫鞋。再次是《燃烧的六月》。中学高级考试结束了。挣扎结束了。自此威尔斯登区离我一百公里。从今

1. Ottoline Morrell，弗吉尼亚·伍尔夫笔下达洛维夫人可能的原型。

往后，我人生追求的将是爱、艺术、食物、丝绸、乳头、红发人，还有睡觉——睡很多觉。《燃烧的六月》虽然不是一幅上乘的画作，但它完美反映了我在那一时期的荒唐心境。

/

“他们叫我疯子”：

观杰里·丹齐克镜头下的比莉·哈乐黛有感[1]

嗯，不打扮得漂漂亮亮，你肯定不会出门，现如今不会。不能让人误以为你是那个受尽创伤和虐待的小女孩：“埃莉诺拉·费根”。不行。不可以混淆。无论是观众，还是你的老情人，是餐厅领班或舞台总监，是警察或该死的国税局讨厌的税务官。你永远穿着你的毛裘，一根毛也不少，就那样披在你的肩上。“收回你的貂皮大衣，收回你的珍珠。”但你不唱那首歌，那首歌不合你的调子。让别的女孩去唱吧。那类就算穿着再旧不过的涤纶居家便服在百老汇大道穿马路时也会引得警察朝她微笑的女孩。你没那么好命。再说：你喜爱那件貂皮大衣！搞清事情的状况。事实上——尽管许多人还没悟到这一点——非但不再有埃莉诺拉，而且也没有什么比莉。有的只是“日光女士”。鳄鱼皮的手袋，三排钻石优雅密集地排布在你的手腕上——别管时间是下午三点。你穿着两件套的毛衣，戴着珍珠项链，煮了一颗鸡蛋。他们让你藏身在纽瓦克，直到此次演出合同到期，一天，警长的太太对你说：“所以你不能再在纽约演出，是吧？谁在乎呀？在我眼里，你始终雍容华贵。”无人可以否认。她是意大利人。她懂你。不妄下判断。她说：“我来照顾你。把我当作你的母亲。”愿上帝保佑她，可

比莉·哈乐黛在布罗德街的糖山爵士夜总会前，和她养的吉娃娃狗佩皮；由杰里·丹齐克摄于 1957 年 4 月 18 日，在新泽西的纽瓦克。© 2017 年杰里·丹齐克档案馆。版权所有。

你已经过了为人女儿的阶段。倘若有几个甜美、无知的少女歌迷，兴高采烈的，在110街[2]拦住你，告诉你她们多么喜爱你在卡内基音乐厅的表演，多么喜爱《今夜秀》里的你，请你竭力不要显出太不耐烦的表情，掏出你镶了一层珍珠外壳的香烟盒，请她们抽根烟。姑娘，你必须戒掉一天抽二十支烟的习惯。你彻底戒了烟，那股烟瘾从你体内流出，犹如奔腾入海的河流：爱，音乐，钱，烟。你得到的东西，人人想要——大多时候，你任他们索取。有时你倾尽全力能做的无非是抓着你的貂皮大衣不放。

确切来讲，不是你不喜欢别的女人，只是你心有戒备。反过来她们一样对你有戒心。其实并不意外。这些女孩大部分活在一个截然不同的世界里。你偶尔走进那个世界，但那儿不是家。你很快重新上路。与此同时，她们却看着你，发现你无牵无挂——即便在你身不由己时——她们看你四处漂泊，发现没有人催你何时该离开夜总会，没有人在小床上哭闹，等着你来抱起他们，唱一首摇篮曲。不，没有人命令你要去见谁，要去哪里，或即使他们说了，你也不一定听，就算你脸上挨一拳也一样。再来看看你一般常会遇到的那些女人呢？她们不知该如何是好，不知该如何对待这个得上帝眷顾的小孩，这个随心所欲的姑娘，可以跟吹单簧管的乐手通宵喝酒，喝到卖报的少年出现在街角为止。说不定其中一个娘们儿正是嫁给了那位单簧管乐手。他们两人可能有一个小宝宝、一个用尖桩篱栅围起来的家和各种与爵士乐有关的东西。所以她自然警惕。你可以理解那种反应。没错。你素

---

1. 我受邀给一本比莉·哈乐黛的相片集写一篇介绍性的序文。我试了各种办法，企图评说比莉，但无论从哪个角度来写，都显得太流于表面或冷漠。最终，我选择了以某种腹语的方式来替代。——作者注
2. 纽约市曼哈顿区上城的一条东西向街道。它通常作为哈林区与中央公园的边界。

来是——唔，准确的说法是什么？狐狸精？男人被你吸引，各式各样的男人，不只是出于显而易见的理由。连你最好的闺蜜也是男性，你明白我的意思吗，是的，你集结了一小伙撇开外貌、在其他方面和你不是那么大相径庭的好哥们儿与你为伍：他们也没有关系稳定的伴侣，在家里等着他们回去。所以若有情人伤了你的心或你的脸，你可以相信你小团伙里的人会对你不离不弃，多半，无论你在哪里，相信他们会来到你身边，带着烟和酒，引用克劳福德小姐的话，引用斯坦威克小姐的话，调制高杯酒[1]，建议你实该养一条狗。亲爱的，你应该养条狗。他们对你是日光女士从不有疑——实事求是地讲，他们比你更早认识到你是“她”。

你养了一条狗。

女人有戒心，情人来了又走，通常让你空等，说真的，就连那些调制高杯酒的好哥们儿，往往也有自己的事要干。但你不畏惧在各种场合寻找爱。从前，有过那个野姑娘塔卢拉，外加几位别的女士，美好的往事，但没办法活在那样的世界里，即便在当时也不行——或者说你看不到出路——而且退一步讲，那些女士大多太疯疯癫癫。没有人是完美的。换言之，没有逃离这个世界的出口。所以有时，在星期五晚上，唱完歌，当掌声逐渐平息后，四下一个人也没有，完全无事可做。你能依靠的只有自己。后台空荡荡的，但前面仍觥筹交错。你无心交谈。稍后，你会打开梳妆盒，步入舞池——但在眼下这一刻，你庆幸自己有一条小狗。前阵子，你养的是一条硕大无比的狗，但它

1. 用威士忌或白兰地等烈酒掺水或汽水加冰块制成的饮料，盛在高脚玻璃杯内饮用。

总是打翻茶几上的玻璃杯，后来它走了，死在你的怀里，所以现在你换了这个娇小可爱的天使。佩皮。狗不会不忠，狗不撒谎。狗让你想到你本人：它们倾囊付出自己得到的一切，它们向这个世界敞开胸怀。这样做风险很大！外面有人会仅因没事找事而用脚踢像佩皮那样不起眼的小狗。你明白那种心情。这条小狗和你？知己。相见恨晚！它像你在文章里读过的那些狗，年复一年、年复一年地坐在主人的坟墓上。最近你预先体验了一下这种情形。你升到平流层，周围一个人也没有，你飘浮着，几乎就要遇到上帝，你吊在天堂之门上，没有人、没有物可以把你召唤回来——有个莽汉扇你，有另一个莽汉往你脸上泼苏打水——都没用。然后这条天使般的小狗正好舔了舔你的眼窝，你立刻回到人间，只为感觉它的舔舐，三个小时后，你重返舞台，获得报酬。狗对这个世界太有用了。

也许很多人料想不到，但当你有心那么做时，你可以成为最了不起的姨妈、教母、保姆。你能发觉房间另一端有个小宝宝，将他逗笑。那是一项技能！大多数人甚至没想培养这种技能！人们总是命令这些受愚弄的小孩该做什么、该想什么、该说什么、该吃什么。但你不要求他们做任何事——你的秘密武器就在于此。你是少数只喜欢逗宝宝笑的人之一。这是他们喜爱你的原因，别搞错了，他们崇拜你，如不出意外，倘若有办法，你会逗留更久，留下来玩耍，但你有账单要付。不夸张地讲，就在此刻，楼下有五六个这样有商业头脑的家伙，有几位是你相当熟悉的，有几位你不认识，有几位你生平尚未见过，但他们个个与你的账单有着这样那样的牵连，他们说，假如你无太多异议，他们想护送你去夜总会。那个夜总会离这儿只有十个街区，但他们希望陪你走过去。我猜有人相信，若无这种种安排，你根本不打算去那儿——如此说来，你该称呼他们什么？监护人。猜想有人提心吊胆。但不管有无监护人，你都会去那儿，你从不缺席，你向来准时，除了特殊情况，有不同寻常的事发生，似乎根本无法避免。总之，你一开口，没有什么不可以原谅。连你也原谅你自己。因为你非同寻常，所以破例是必须的。每当有女士登台时，她永远是最准时的，道理难道不是如此吗？

头发需要一些时间，脸需要的时间更长。这些全是工作，全都相当于一种盔甲。前些时候，你瘦得皮包骨，有些家伙不喜欢你那样，有一人甚至对你说，你现在的脸好像埃及的死人面具。哦，好吧！你就戴着这张面具，它是你的。厚厚的红唇，如今新扎的这根高高的马尾辫甩来甩去——栀子花时期过去了，栀子花属于比莉——倘若有人问你，这个新发型，这根打着卷的长辫子到底从何而来，不管发问的人是谁，你会瞥他一眼，说："喔，既然我扎着这个辫子，我猜是我的主意。"这是我的头发，长在我该死的头上。我把头发梳成这样，正好露出我漂亮的面具——仔细看好了！因为你知道，在你唱歌时，他们全都盯着这副面具在看，你故意将它置于聚光灯下，你的死人面具，因为你知道，他们忍不住要在你的脸上找寻你的灵魂，他们直觉认为你的灵魂写在那张脸上。你涂脂抹粉，把脸保护起来。你画了眉毛，勾勒了唇线。妆容是他们和你之间的疆界。否则，现场每个人都会以为他们获准可以一跃跳进你的嗓子，将你的心吞噬。

人们问：站在台上是什么感觉？那种感觉像是把自己的心吞噬。

黑漆漆的台下，仿佛一个人也没有。市内的收藏家和白人贵妇——穿着她们自己的高档毛裘——个个喜爱讨论你的乐句划分法，讨论你的乐句划分法是时下流行的话题，但在别人听来的革命性创举，在你眼里是简单的常识。虽然你对埃拉、萨拉[1]心怀敬意，但当那两位姑娘开口演唱时，哦，对你来说，像是有人恰巧打开了一个全新的富及第冰箱。一股寒气朝你袭来。你怎么也没办法唱成那样。不行。从音乐的角度来讲，你认为显然，嗓音要发挥的作用和萨克斯管、小号或钢琴一样。一个嗓音得要摸索着融入其中。那个道理谁不懂啊？但不知为何，这些人表现得不像是明白这个道理。他们似乎总一脸讶异。他们坐在黑漆漆的台下，喝着马提尼酒，穿着貂皮大衣，穿着男式无尾礼服。人们是白痴。你佩戴珍珠首饰，你把这些珍珠丢到猪猡面前，多少如此。不过取决于什么样的珍珠，什么样的猪猡。例如，不是每个人都会听到《奇异的果实》。不是每一晚。他们得有资格——这表示有另一个因素，视当晚的情况而定。你曾对某人说："我只为懂得理解和欣赏这首歌的人演唱它。这不是一首你侬我侬的靡靡之音。这首歌讲述了一个关于苦难与悲痛的故事。"三百年的悲痛！要容纳那么深重的苦难，你得把你的每个表演厅变成类似教堂的氛围。可人们坐在桌旁，嚷嚷着他们的要求，仿佛把你当作一台该死的点唱机。人们是白痴。你亦决不在《奇异的果实》后再唱别的歌。无论什么情况，那是最后一曲。有时，假如你喝醉了，前排的人看起来钱多、愚蠢、无趣，那可能是你唯一唱的歌。对此他们会感激涕零！就算他们在听这首歌时感到不自在，对你而言演唱这首歌并非易事，也是一

1. 埃拉、萨拉指的分别是埃拉·菲茨杰拉德（Ella Fitzgerald）和萨拉·沃恩（Sarah Vaughan），与比莉·哈乐黛并称为爵士三大名伶。

样。当你唱起它时，人们总说你严酷，说你无情。好吧，在你与这番评语了断以前，你将继续演唱那首歌。你永远摆脱不掉这番评语。这番评语将先把你了结。

最终，人们听腻了有关狗、宝宝、你摸索着进入乐句、或把你的心吞噬这类谈话——人们想听的是关于出现在这些歌里的你的状况。但他们并不想了解你在你自己身上所感到的那种意外，觉得是上帝在指引着你，某些东西从你的歌喉里跃然而出，像小孩伸手去够飘升的气球，只是大部分小孩没有够到，而你却抓住了——是的，你抓住了，简直出乎你的意料——落在一个附带的音符上，一笔完美的补充，以前你从未在那个乐句里添加过东西，也从未听说有谁添加过，然而你能当即听出添加得恰到好处。完美！像有几分全然不可避免的意味——那样唱优于格雷戈里·波特，那样唱优于乔治·格什温[1]——顷刻间，你从根本上彻底改写了原来的版本……不，他们并不问你那方面的事。他们要的是冰冷、确凿的实情。他们对那些歌提出枯燥的问题，问在你心中，哪个男人跟哪首歌连在一起，假如他们的态度更认真一点，他们也许会问到阿姆斯特朗、贝西或莱斯特。假如他们心怀鬼胎、粗鲁无礼，他们会想要知道接二连三的饮酒或嗑药使演唱那些歌变得更艰难还是更惬意。他们想要了解你和这个合众国的联邦政府之间的冲突。他们想要知道你是否讨厌或喜爱听你歌的人、付你薪水的人、窃取你薪水的人、一度因你和一名白人男子交好而逮捕你的人、因你逢场作戏、因你是你而让你下狱的人，还有临终

1. 格雷戈里·波特（Gregory Porter, 1971—　），美国爵士音乐家。乔治·格什温（George Gershwin, 1898—1937），美国著名作曲家，写过大量的流行歌曲和数十部歌舞表演、音乐剧。

前夕，正当你躺着与上帝对话时，突击搜查你病房的人。他们总是饶有兴味地听说你读不懂乐谱。一次，你差点要说——对方是纽约《每日新闻报》一个鬼鬼祟祟、问个不停的家伙——你差点要对他说，混账东西，我就是乐谱。但淑女不那么讲话，无论如何都不行，所以你没有。

/

巴尔塔萨·登纳[1]的《老妇人》

说来奇怪，竟要在约翰·伯格[2]去世的第二日撰写画评。事实上，约我写这篇文章是很久以前的事，我早已过了截稿期限，但唯到此刻，在约翰·伯格去世的第二日，我才不知不觉坐下来写这篇文章。伯格九十岁。我想说巴尔塔萨·登纳画里的“老妇人”也是九十岁，或九十上下。我和伯格素未谋面。今年夏天，我曾考虑和一位我们俩共同的朋友，去他位于巴黎南郊安东尼的家，但我住在第六区，巴黎市热浪滚滚，我还带了孩子，于是怀着典型的人到中年的那种一厢情愿的想法，我断定以后还有机会，还有另一个夏天。老实讲，去见他我有一点紧张。对这样一位大家，我能说什么？我能讲出什么不会露短的话？我当时的心情和此刻面对《老妇人》这幅画的心情有几分相似，或更确切地讲，我面对的是印在小明信片上的复制品。我将向谁论及这幅画呢？我把她立在一个小小的放书的托架上，架子是刺眼的朱红色。但此刻，想到伯格，我把她取下来，放在我的厨房餐桌上，桌子是深棕色的核桃木，然后，我又再度试着将她置于文件夹的黑色卡纸的背景下。每次产生的效果不同：在红色的烘托下，她最怒气冲冲；在木头纹理的映衬下，显得屈从而富有历史感；背后是黑色时，死亡的气息扑面而来。但她实际所处的语境，她真正的背景，是我，观看的人。毕竟，是我把她从一摞维也纳艺术史博物馆展示名画的明信片里挑选出来，这叠明信片至少有十五厘米之高。我的眼睛扫过许多马、诸神、圣母怜子图、天使、风景画和耶稣钉在十字架上的受难场景，最后落到她身上。我决定青睐她，不考虑更宏伟的画作和更惹人注目的，只盯着她，因为——用门外汉的说法——她吸引了我。我是门外妇：那一点是教人担心的部分原因。一位非正经的绘画鉴赏者，一个半吊子的小说家，一个外行——更别提是一位比画中描绘的人物出身低微的妇女。面对绘画作品时，我总有这种不安感。虽然现在的我肯定比年轻时的我更加自信，但我仍是那类若身在对外开放的画廊，站在艺术品前时往往会压低声音讲话的人，那类一个劲儿查阅展品目录、然后才敢抬头看的人。在一幅画作面前，我不像翻开一本书时那样信得过自己。为了看这个对象，我需要掌握哪些知识？

许多年前，我和我的父亲去乌菲兹美术馆，这种不良倾向因我父亲本人更轻松随意的态度而凸现。他非常仰慕伯格，或更确切地讲，他是一九七二年伯格主讲的电视节目《观看之道》的忠实拥趸，在我整个童年时期，每当遇到和艺术有关的事时，无论什么情况——学校组织参观美术馆所要求的家长同意表，宣传最新的莫奈大型画展的海报，《伦敦晚旗报》上一个保守的艺术评论专栏——他都会提及这个节目："哎呀，不用说，伯格指点了他们！他告诉他们什么是

1. 巴尔塔萨·登纳（Balthasar Denner, 1685—1749），德国画家，长于肖像画。
2. 约翰· 伯格（John Berger, 1926—2017），英国艺术史家、小说家、公共知识分子、画家。

巴尔塔萨·登纳:《老妇人》,1721 年。经维也纳艺术史博物馆协会的友好许可而翻印。

什么！他推翻权威、肯尼斯·克拉克[1]之流，等等。艺术是给普罗大众的——而不只是少数特权阶层享有！”早在亲身接触伯格的作品以前，我对他有一种孩童般的喜爱，由于他，我父亲晚年在一幅绘画作品前表现出明显的自信。我父亲的观看之道与我的不同，当我们站在乌菲兹美术馆里，面前是《乌尔比诺的维纳斯》时，我们看画的方式出现了分歧。我在阅读那位公爵的生平介绍，是他委人创作了这幅画。我的父亲却在品评她多么美丽动人。不是这幅画——是维纳斯本人。她有一具多么妩媚的身体，婀娜、丰满的乳房和优雅的双腿，等等。当时我十九岁，很容易受刺激。我觉得他简直像因这幅画而起了色心，和这幅名画背景里不起眼的女仆一样，我真想把头埋进旁边一个放日用织品的柜子里。我实在是个女学究——多么执迷不悟。诚然，关于《乌尔比诺的维纳斯》可以讲出许多深奥的高见，但倘若不睁开眼睛，不承认她首先是一个性爱的对象，怎么竟能声称自己看见过她呢？

在对待《老妇人》这幅画上我不打算犯同样的错。我将首先写一写她，因为她是一位老妇，故而代表了摆在我面前的一段旅程的一个终点。我的青春时代已结束。现在的我正向着老年阶段迈去，固然这是一个长久的过程——我不想佯称我在这条路上走了很远——但认为我还未开始变老，无疑是另一种错觉。我选择将《老妇人》的这张复制品带入我的视野，是希望她可以通过绘画这一媒介，让我认识衰老。伯格相信，绘画作品，经由复制，能像语言、一种现代语言的语

1. 肯尼斯·克拉克（Kenneth Clark, 1903—1983），英国美术史学家、博物馆策展人、作家。

素一样，与我们对话。我们不再像朝圣者去觐拜圣像那样，到它们特定所处的不可更改的环境下去看它们——相反，它们来到我们面前。对一代外行、工人阶级出身的审美家、通才、电视观众、求知若渴地在美术馆徘徊的人来说，伯格做了一项早该进行的去神秘化的工作。他力劝我们抛开学校教的那套在高雅文化面前的焦虑感和神圣的敬畏之情，用一种崭新、蓬勃的既怀疑又享受的态度取代焦虑和敬畏。对名画不实的光环持怀疑之见（在他看来，名画很大程度上是资本价值与虚假的追捧结合而成的有害产物）。假如我们专心的话，脱离了语境的绘画和我们自身的鉴赏力之间会形成有意义的交流，这种交流给人快乐。

在《老妇人》与我之间的交流中，最令我感兴趣的是她对这种交流完全无动于衷。就十八世纪的女性肖像画来讲，这种情况很少见。在《观看之道》里，伯格提出，欧洲传统上女性肖像画的构图围绕着"可得"的概念。例如，《乌尔比诺的维纳斯》让观者看到的是永恒的对性的接纳。她身体每一部分的仪态都在回应着我们对性的注意力。无论谁，不必是艺术理论家，都能看出这一点。每个看着这幅画的女人会告诉大家，决没有过一个女人像那样躺在床上而不意识到有人在注视她：实际的注视、设想出来的注视或藏在心底的注视。"男人看女人，"伯格写道，"女人观察自己被看。"《乌尔比诺的维纳斯》正是如此。她存在的意义是为了供人观赏，她具有的意识仅限于意识到这一点。我看到你在看我。

相反，我觉得《老妇人》这幅画在一定程度上似乎超越了这样的考量。举个例说，她坚决地望着别处。无论将她转多少度，或怎么调整我和她之间的位置关系，我永远无法同她对视。我看不看她，似乎是一件与她毫不相干的事。伯格，论女人："自幼，人们就教她要不断地审视自己。每道投来的目光背后都藏着评判……那些被判定不美的人便是不美的——被判定美的人，获得奖赏。赏的是为他人所有——换言之：是可以得到的。”但没有人可以得到这位“老妇人”。年龄已将她置于竞争的范围以外。也许（我从这幅画里隐隐看出）被永久性地排除在那场竞争之外并非太坏的事。有意思的是，听说巴尔塔萨·登纳把这幅《老妇人》拿给荷兰一对受人景仰的画家和艺术评论家——阿德里安·范德·韦夫和卡雷尔·范·曼德——看时，他们目瞪口呆，只能将此画与神秘莫测的《蒙娜丽莎》作比。难不成男人眼里的女人身上的神秘气质实际是主动性？譬如像：假如她要的不是我，那么她到底要什么？在卢浮宫一个接一个的展厅里，我们会看到画里的女人欣然接纳我们的目光，请求我们的注视，主动让自己成为评判的对象，无论评判的人是“帕里斯”[1]、丘比特、还是刚下欧洲之星火车的布赖恩。但那个地方最著名的画像，那幅非同寻常的肖像画，画的是唯一看上去不想得到或不需要我们注视的女人，她似乎甚至不知道我们的存在。这个活在自己世界里的女人，沉浸在她自己不可知的思绪中，但她时刻被挥舞着苹果手机的游客包围。这个不再——或从不——关心人们是否在看她的女人。这个头脑中想着其他事情的女人。说得对，有头脑的人！和那个著名的神秘人物一样，这位“老妇人”也有头脑。她的思绪不容我们接近，也与我们无关，但人们可以看出她心有挂碍。我可以把任何令我关切的事放到她身上——我四十一岁啦！我害怕变老！——显然这些话她以前都听过。活过，有过孩子，失去过孩子，赢得过也失去过男人的心、女人的心

1. 出自古希腊神话，帕里斯这位特洛伊王子卷入奥林匹斯山上的女神之争，裁决了赫拉、雅典娜、阿佛洛狄忒谁是最美的女人，谁拥有金苹果。

和这个世界。日光之下无新事。

当然，我是在通过我自己创造的一个特定途径来解读《老妇人》这幅画。我看着她带有斑点花样的毛裘和昂贵的丝巾，看出她执意追求奢华的决心，众多富有的女性一旦被她们的皮囊出卖后都会坚持如此，选用一种新的、更光彩照人的表面——毛皮、丝绸——取代皱巴巴、不忠的皮肤，资本的无情逻辑告诉她们，她们自身已经贬值，不能让外表跟着贬值。我还看出她严重失去女性特征。随着时间的流逝，性别消失了。最终，看上去既不像男人也不像女人。看上去只有：老态。画里既没哀悼也没颂扬这种情状，仅是有力的呈现，一个无可否认的终点，观看的人，假如能活下去，假如像这位“老妇人”一样坚决不渝，也会走到这个终点。我从中看出了不抱幻想地老去。可能是一厢情愿的想法吧。

巧的是，登纳把他的这幅《老妇人》给潜在的客户看，证明他作品的品质。这幅画是他的名片。他把画带去伦敦，引起巨大轰动，有钱有势的人川流不息地来看这幅画，包括奥地利大使，他说服画家将他笔下这位著名的老太太卖给神圣罗马帝国的皇帝查理七世，成交的价钱是五千八百七十五个金币。一个简单的问题出现了：为什么？她为什么如此受欢迎？就《乌尔比诺的维纳斯》来说，不存在这个问题，在无数其他刻画美丽、优雅、性感和女性活力，确立了这一时期欧洲女性画像技法传统的肖像画上，也没有这个问题。不难想象，每天早晨，站在他的维纳斯面前，发现她仍在向自己传送秋波，这位乌尔比诺的公爵一定喜不自胜，在他的妻子，他委人创作这幅画所赠予的对象，和每个妻子都会的那样，老了、长了皱纹的同时，画里的维纳斯永远年轻可得……但神圣罗马帝国的皇帝——或其他任何人——想要一个满脸皱纹的老妪做什么？它不同于这一类型里的其他肖像画。它不是一幅安慰人心的老祖母般的肖像画，也没有令人振奋地、象征性地描画出智慧，或至少，尽管现在的她确实不像以前那样容易受骗，但她似乎并未因为知道这一点而变得平和或满足，如同我们期望智慧会起的作用一样。她没有一副安详或心安的表情。那张缩拢噘起的小嘴啊！她的目光不带有耐心的乐观态度——犹如众多肖像画中的老妇人那样——完全跳过观看的人，望向基督，他在分隔生死的那道布幔的另一边等候她。她不是一个经过丑化的滑稽的形象，给人以警示。不。她就是这样。据说为了画她，登纳使用了放大镜，正是通过这一步骤，他捕捉到她脸部的每一小片绒毛，那些又深又细的皱纹，每一根像蛛网般不连续的血管，每一绺白发。这幅画是一种炫耀——炫耀画技，炫耀高超的本领，进而炫耀这幅画的主人的出众品味。我的宫廷画师胜过你的。这幅《老妇人》是最新式的肖像画：国王想要拥有它。虽然画里的人可能不具魅力，但作为审美对象，这幅画郑重要求人们采用一种新的观看之道：放在显微镜下，从科学、高度写实、非象征性的角度去看。正如这位老妇人自然而然地活到了她人生的一个阶段一样——不加解释和辩护，不求怜悯甚或理解，这幅画本身似乎也具有一种终极的如是性。惊讶于它在技艺上的成就，得意于从众多腰缠万贯的英国人眼皮底下抢到这样一幅杰作，我猜想查理七世对他的所得甚是满意。直到他把她挂起来的那一刻为止。旋即他发现自己有些不知所措。挂在他墙上的这位老妇人是谁？谁害他花了这么多金币，却不作出一丝取悦的努力？他每次走过时，便对这位老妇人多增一分恼火。她为何坚持不看他，而且眼神这么严厉？对他毫无兴趣也不需要他。不为所动，不予接受。哎，他依旧向好奇的访客吹捧她：这幅画展现了高超的技艺，画的是一位可亲可敬的老人，已准备好了结尘缘，去见上帝，这是一个有德行的女子，等候着升入天堂。他的客人微笑颔首，但他们未能信服。他们惴惴不安地走过，来到下一幅画前。这位“老妇人”估计毫不在意。现在，每个看她的人——你、我、或神圣罗马帝国的皇帝——对她有何评价，无关紧要。她不屑于这一切。超脱！

马克·布拉德福德的《尼亚加拉》

那两条腿，先是在走路，然后跳起舞。我愿意想象在这两者之间有一道弧线，一端是纯粹的实用性，另一端是画蛇添足，毫无必要。众所周知，玛丽莲·梦露深谙那条弧线的门道，没有人比她更能在保持走路步伐的同时又近似在跳舞。在她一九五三年的电影代表作《尼亚加拉》（又译作《飞瀑怒潮》）里，有个赫赫有名的画面，她扭着腰——撩人的——离镜头越走越远，这一步态早已被T形台上的模特、男扮女装的表演者、首席女歌手、变态和同性恋、各个派别的街头小混混所铭记，印刻在每个冀望使他们在街上溜达这一日常行为变得不只是普通的从A点行进到B点的人脑中。

对于这种在世间行走的方式，我们有一个现成的流行的简称："坎普"。但这个词太常被胡乱而狭隘地使用，不然就是被粗暴地定义。人们熟悉的浮夸式的坎普——多余的花饰、煞费苦心的颤音、黄金水槽上的金水龙头——但这些仅是广阔的坎普王国的一隅。一名嘻哈乐手大摇大摆走路的模样和玛丽莲的悠然漫步一样坎普。同样的，还有年轻新兵操着正步走过阅兵场。坎普：用少于实际所需的东西，实现超出必需的额外效果。少于实际所需的东西这一点很重要。坎普始于缺、始于无。它是无权无势的边缘人士在特定情况下做出的极端选择。例如，当人们夺走奴隶的一切，家人、衣服、纸墨，最后连他的鼓都拿走时，那么留下的只有身体，没错，只有那具身体。一无所有的奴隶用自己的身体发展出一项活动，希米舞[1]，那种走步式的美妙舞姿，和世上任何动作一样坎普。坎普是我们在面对现实又无视现实时表现出的昭彰、取乐的生存状态。坎普不用柠檬——或糖——制作柠檬水。它可以——如弗兰克·奥哈拉曾言——“用冰和水”调出鸡尾酒。此刻，我看着马克·布拉德福德的邻居离我远去，走路的姿态跟玛丽莲一模一样，但他穿的是一条松垮的黄短裤、破旧的靴子、一件褴褛的背心和簇新的无跟圆筒短袜。画面里包含了性的魅力、昂首阔步的气势和一种暴烈的美感，统统以最低的成本而实现。一场户外的公开演出，供每个碰巧在看的人观赏。一切目光集中于我。那些路过而未出现在镜头里的人如何理解他？我们不得而知，但我们肯定明白，不是所有这样的走姿都会收到同样的反应。例如，以下是玛丽莲在她生平最后一次采访中，回忆自己早年第一次这样走路：

> 整个世界把我拒之门外……你知道吗？我感觉自己完全像个局外人，突然在我十一岁时——一切都敞开了！学校里的孩子……哦，诚然，他们大多是男生，但连女生也对你有点另眼相待，就因为他们想到：呣，她是可以打交道的！举例来说，我要走很长的路去上学……从家到学校两英里半，回来又是两英里半，那种感觉实在太享受了！人人鸣喇叭，我会挥手回应，我心想：哇，出了什么事？世界变得友好起来，你知道吗？它

1. Shim-sham，盛行于20世纪20年代初的一种爵士舞，跳时肩部和臀部抖动。

马克·布拉德福德，《尼亚加拉》，2005 年，录像，彩色，无声，3 分钟 17 秒。

向我敞开了门。

玛丽莲把这样做主要当成手段，回应她的青春期，但不是非这样不可：她选择了这条路，一种她后天学会“施展”的造作。但我们中的有些人也许发现我们这么做更多不是出于选择：我们根本不可能简单地从 A 点走到 B 点，走路不是一件自然的事。甚至，走“直线”本身就是一场不遗余力的演出。这么做可能带来危险：对每个人来说，我们在那道曲线上的位置始终过于显眼。我们任凭他人摆布——看热闹的人、学校的恶霸、单口喜剧演员、哄笑的观众，他们个个急不可耐地想要羞辱和践踏我们的尊严。过去，在纽约的变装皇后比赛上有一个固定项目——“逼真”——恰是为了抵御这类羞辱。“逼真”要求参赛者走在一条无争议的直线上。可否尽量以最平淡无奇的方式从 A 点到 B 点，仿佛压根儿没想过跳着舞迈向 B 点？能否老老实实地走，让人看起来无一点虚矫之态？需要冒充白人时就冒充白人？一件暂时的隐身衣。相反，玛丽莲选择使自己永远受异性瞩目，但她这么做，缘于她明白，当一名性感火辣的金发女郎以曼妙的舞姿从街上走过时——至少在美国——社会将向她敞开门。（不过，诚如玛丽莲深知的，情况并非完全如此：所有的赞许无法治愈她内心的伤，由于这个原因，她永远是街头小混混、男扮女装的表演者、首席女歌手、变态和同性恋的偶像，每个迷失、受伤的灵魂都崇拜她。但仍然：从表演的角度讲，对玛丽莲而言，社会“敞开了门”。）

在布拉德福德的《尼亚加拉》里，人们无从得知社会是敞开门、接受他邻居的表演，还是为日常的威胁和恐惧所充斥。和玛丽莲走路的场景一样，可能的观看者未被囊括在画格中——走路本身构成视觉景观。呈现的图像因其绝对的封闭性而显出挑衅之意，它巧妙地与世隔绝，自成一体。这是一种面对现实又无视现实的表演。在他前方远处，我们可以看见交通灯亮着红色的手的标志——象征不准通行——但他不把它放在心上，大步走向未来，步履与这盏交通灯最终转成绿色并定格时无异。坎普不请求许可。它根据自身的鼓点而行进。你是这段特定的人行道的国王或王后，仅仅因为你今早醒来，决定事情应当如此。我们从这样的走路方式中窥得反抗、蔑视、快乐。有些人竟能单凭走路而传递这么多信息，真是一件不可思议的事。他们仿佛意识到了选择隐身不可行，所以干脆与时刻留意他们的观众来点实际的互动。你们在看我吗？那么好吧，让我展示一点东西给你们看！在这种心境下，人行道上的一个坑洼被欢快地一跃轻松跨过，如芭蕾舞般优雅。

我想继续围绕“画格”一词谈谈。纵然这个“格”指的仅是某种意图，但正是一帧画格把走路变成一种昂首阔步的行为。正如在美术馆里，有些东西因被分离、孤立出来，从而让人对它产生清晰的认识。例如，我从未真正见过烫发用的冷烫纸——虽然我常常在自己的头发上用到它——直至布拉德福德把冷烫纸装帧起来给我看。将实用性转化成愉悦性，是他作品里一个深厚、意味丰富的可挖掘的宝库。那些如今出了名的冷烫纸，曾经被艺术家本人当作打理头发的用品，经由他改头换面，变成一种波浪形的视觉文法。他送给新奥尔良的居民一艘方舟，这艘方舟虽然不能真的救人，但仍振奋人心。他借用并展出商家的海报，证明存在于美国各地本土街头经济活动中生气勃勃的视觉上的艺术性。用少于实际所需的东西，实现超出必需的额外效果。这一条素来是美国众多受压迫的少数族裔群体留下的文化遗产。“我们终将攻克难关”这句话历史性地概括了他们的抗争：获得认可的、确凿的、属于主流的、合意的抗争表象。这句话是个崇高的口号。但表象之下，在我们周遭，这句话被放任地应用于日常，指的既是轻蔑地跳过人行道上的裂缝，也是静坐游行、演讲选举。“作为一种文化，”布拉德福德在二〇〇九年的一次采访中称，“黑人社区处于不断的变动之中。无人知道谁说了算，每个人高嚷着是他们，但眼下根本群龙无首。”二〇一六年，“黑人的命也是命”运动强化了这种感觉，一场无人领导的运动，发挥重要作用的小人物遍布这片国土的每个角落。他们中有些人的确在静坐、游行、发起战斗，但我感觉，更多人领会了那句话的含义，以迥然不同的方式，将它运用在日常生活中。我看见黑头发，以自然的状态——丢开了冷烫纸——像弹簧似的从我所有的朋友、学生和我自己的头皮上蹦开来。我看见年轻一代突破嘻哈乐旧的美学束缚，发展出非洲朋克摇滚（Afro-punk）、非洲怪客（Afro-weird）、黑姑娘魔法（black-girl-magic）以及各种名称里带有连字符的产物。我还看见那种走姿。我看见人们在把很少变成很多。

要大摇大摆地走，要让人倾倒。要把这种姿态演到极致——或推向高潮。征服它，颠覆它，重塑它。一切目光集中于我。坎普是穿着舞裙扣篮。它明白一个道理，有时一个人在街上或会招致的最无情的谩骂将是来自外表与此人正相像的那些人。鉴于事实如此，在最渺小、最坎普风的行为里也可能包含蔑视之意。让人看到你无限风光的一面，并且是在你本人自我概念的条件范围内。但愿能够穿着一条松垮的黄色旧短裤和一件破烂的背心而令人倾倒！布拉德福德提醒我们注意日常生活中的表演艺术、街头风雅中的政治紧迫性。

一只寡言的鸟：

利奈特·伊阿德姆–博阿基耶绘画里的叙事奥秘

纽约新美术馆四楼的展厅是一间很长的房间，天花板很高。人们也许会预计这儿竖着雄伟的放映屏幕，或某个庞大的三维展品，需要绕着走——甚至有入口。但近日，这间房里布满了油画。这场展览有个哀婉、书卷气的名字，“零的隐歌”，展出的十七幅油画挂在偏低的位置，描绘了一组形象突出的个人，他们全都略比真人高大，但并不气势凌人。大多数画在人字形平行花纹的亚麻布上；有一幅画在帆布上。参观者不可能不注意到，画里的人个个——不论男女——有着美丽的外表。他们大多独自一人，坐着、伸着懒腰、躺着、站着，通常陷入沉思，目光游离。即使他们周围有人，这些友伴也未牵连进来，仿佛把远处那个半裸的男子引见给这位眼尖、跳着舞的少女，可能会使气氛变得过于白热化。

在加纳裔英国画家利奈特·伊阿德姆–博阿基耶的作品集里，有相当数量的舞者，他们穿着紧身连衣裤，肢体柔韧，但她画的所有人，看似都很可能从事那项职业。他们无一不举止优雅。一名年轻男子将双手放在膝上，大笑着，两腿分开，脚成外八字；他和其余人一样，衣着简朴，飞速运笔涂出的色块，绘出上面一件黑背心、下面一条白长裤。没穿鞋。画家不愿将她笔下的人物与特定的历史阶段联系起来，而鞋子的历史真实性无法回避。有时，这些男人抱着像是知交般的动物——一只猫头鹰、一只燕雀、一只猫。颜色总体上柔和暗沉：各种绿、灰、黑，还有多到惊人的不同的褐色。在这种素净的着色背景下，大量的黄和粉红泼洒其中，还有鲜艳的蓝和翡翠般的绿，画布上许多雪花莲状的未着色的空隙，使上述这些色彩显得不那么刺眼，宛如英式庭院里的花卉点缀。

展厅四周的墙都刷成深胭脂红色，令人想起国立美术馆和私人书房，但对眼前的参观者而言，也令人想到在这类地方可能会遇见的书，尤其是白棉布封面的十九世纪小说。这种红具有将多种可供选择的人集合起来的效果，把他们装帧圈闭起来，颇像一部小说把故事里的人圈闭起来一样，更确切地讲，仅是部分程度的圈闭。因为伊阿德姆-博阿基耶画中的人努力突围，进入人们的想象——如同文学人物一般——诚然，部分原因在于这些画并非真正的肖像画。它们没有使用模特儿，不是依照坐着的人画下来的。它们是对实际不存在的人所做的人物刻画。

在伊阿德姆-博阿基耶接受的许多采访中，人们问她这些形象的原型，她给出的回答往往像小说家那样，有效地结合了一批现存既有的形象、回忆、纯粹的想象和画家即兴自发的创作（众所周知，她的大部分油画在一天之内完成）。从小说家的角度来看，这样的速度和清晰度均令人汗颜。可能需要千言万语才能勾画出的人物性格的微妙之处，在她的画里通过自信的寥寥几笔就清楚呈现。但更魅惑人的是她在营造出完整成形的人像效果的同时打破了我们对具象画的诸多臆见。她的画绕过了，比方说，由德国画家小汉斯·霍尔拜因[1]（托马斯·莫尔爵士是个什么样的人？），或英国画家托马斯·庚斯勃罗（安德鲁夫妇的社会地位怎么样？），或在打量吕西安·弗洛伊德[2]的一幅作品时（画家和模特儿之间是什么关系？）所引发的那类问题，代之的是一个在当代艺术里不常听到的存在性疑问：这个人是谁？答案既如实又教人释然：谁也不是。这些画的标题也未点明他们的身份。一个在阿拉伯式花饰图案中间跳舞的少女，配以的文字说明是"点燃的烛芯的光"。一位身穿橘色高领毛衣、肩上有只猫的绅士："替代热忱的美德"。那个双手放在膝上的怪家伙："用于爱的笼子"。我们已然习惯了挖苦或贬抑我们所看之物的标题，这类标题为经不起推敲的视觉主张提供概念上的框架，或给更为无聊的笑话制造收效甚微的关键妙语。对伊阿德姆–博阿基耶而言，标题具有暗示性；她曾言，应当从根本上把标题视为"画里一个额外的记号"。作为一名艺术家，她罕见地称自己既是作家也是画家——她创作的短篇故事和散文诗时常出现在她的画册里。在《乐》杂志最近一次的采访中，她反思这对孪生角色之间的关系。"我不用绘画表现文字作品，或用文字描写绘画，"她说，"事实上，情况正相反：我写的是我画不出来的东西，画的是我无法用文字表述的东西。"她的标题与图像并行，流露出一种怪诞的自持和沉静，与这些标题故意不去描述或说明的人物形象一样。画布即文本。

鉴于这种创作透出的自信，注意到伊阿德姆–博阿基耶在某些评论家中激起的焦虑，令人感到奇怪。在随同新美术馆这次展览出版的画册里，有一篇学院派艺术评论家罗伯特·施托尔的文章，他认为

1. 小汉斯·霍尔拜因（Hans Holbein the Younger , 1497—1543），德国画家，最擅长油画和版画，属于欧洲北方文艺复兴时代的艺术家。
2. 吕西安·弗洛伊德（Lucian Freud, 1922—2011），英国著名油画家及肖像画家。

有必要针对人们眼中具象派绘画的衰退为这些作品进行辩解："假如接受格林伯格派的前提假设和方法论，那么在五十年代早期的某一时刻，抽象画决定性地超越了具象画"——这一观点不免让人以为克莱门特·格林伯格仍在《评论》月刊笔耕不辍，而不是已经过世了超过二十年。上世纪中叶有关具象派和抽象派的争论——格林伯格通过生造"后图像抽象"这一术语，大大推进了这场争论——将具象等同于假象：画布上景深的假象，在实际静止、二维的平面上假装表现三维的人类生活。具象画在本质上怀念过去；画的题材媚俗；它太容易被利用，成为政治上和经济上宣传鼓动的工具。毕竟，人类生活中煽情的场面是纳粹党人曾经拥护的，是麦迪逊大道[1]上的广告公司天天利用的。相比之下，抽象画设法在视觉领域延续现代派的自我批判。然而，即使评论家考虑到这些论点的表述有点儿过时（诚如施托尔在后文里表露的），具象画依旧激起某种间接获得的情感，让人觉得必须对此做出解释或找到开脱的理由。

于是，就在那篇文章里，伊阿德姆-博阿基耶被小心翼翼地限定成那类描画极端另类者的艺术家："她的画的作用在于接触到'我们'——北美普遍欣赏艺术的观众——从未遇见过的人，来自于一个'我们'不熟悉的世界。一个我们没有凭据去概括总结或投射我们幻想的世界。"可这些画的主题并非一个新近发现的巴布亚新几内亚原住民部落的成员，而其实是许多俊美的黑人男女，身在平凡的居家背景下。

在这类评论中有一种出于尊重的谨慎，虽然原则上无疑是善意

1. Madison Avenue，纽约市曼哈顿区一条南北走向的大道，在 1920 年代的繁荣时期，这条大道开始成为广告业中心，所以常常被用作广告业的代名词。

的，但实际来讲，等于以屈尊俯就的冷漠态度对待这样的作品。伊阿德姆–博阿基耶所做的，不只是探索“黑人的自我”这一据称无人涉足过的领域，或——用那个老生常谈的说法——把看不见的变成可见的。（黑人的自我素来存在，对黑人而言不是看不见的东西。）这些画也不单只着眼于在压倒性多数的白人经典中添入黑人形象。这类穿凿附会的自明之理不是处处适用，尤其当我们发现这些论调被原封不动地用在像克里斯·奥菲利[1]、克里·詹姆斯·马歇尔和凯欣德·威利这样风格迥异的艺术家身上。奥菲利在一篇巧妙回应伊阿德姆–博阿基耶作品的文章里，跳过人们熟悉、老一套的将具象画和抽象画对立起来的争论，转而关注画里人物的个体细节：“她的圆发髻扎得整齐服帖。他耳朵的大小。她对他身上的细微之处有着深刻的认识。她讲的如此之少，他听到的如此之多。”一点没错。展览里有几幅画，画的是互为主客体的一对男女。他们显然没什么言语，但看的人听到许多东西。

有时，这些画也似乎在或多或少地直接回应“白人经典”这一笼统的概念。一幅照搬形式的三联画，《为骑手守夜》，画的是一名英俊男子——摆出艺术史上三个不同的姿势——躺在一张红白条纹的长沙发上，令人脑中迸发出一大批类似这样身体斜倚的形象，“镜前的维纳斯”、《草地上的午餐》里的野餐者、即将碰到上帝手指的亚当、莫迪利亚尼笔下的裸女。但这些是此次展览中较弱的部分。最震撼人心的那些画探求一种截然不同的关系：不是艺术家与艺术史之间狭隘的逐条逐点的论争，而是艺术作品和观看者之间实质性的、活生生的交

1. 克里斯·奥菲利（Chris Ofili, 1968—　），英国艺术家，特纳奖得主，以创作尼日利亚风格的艺术作品闻名。

流，伊阿德姆-博阿基耶提醒我们，这种关系其实是间接感受到的，具有偷窥色彩，充满矛盾，从根本上讲无法控制。

因为即便人们熟谙画中呈现的各种深浅不一的褐色——即便人们向来认识这些富有特色的宽大的鼻子、非洲黑人自然发式特别的鬈曲绞缠，从那黝黑的肤色中泛出的一点点蓝和橘黄色——但作为观看者，人们依旧全身心沉浸在投射幻想的实践中。这些形象本身是人们幻想的依据，配以逗弄、暧昧的标题，女人随着听不见的音乐起舞，或透过望远镜凝视看不到的物品。他们似有灵魂——那个终极倒退的说法！——但借由“灵魂”，我们指的仅限于一个人在另一人心目中产生的影响总和，无更多形而上学的含义。对他人（或虚构的人像）的这种经验是真实人类一个令人恼火的改不掉的习惯，不管有多少令人信服的理论论据企图界定和遏制这种冲动，费心地将它与超验的想法分离，或干脆给它冠以诸多名号——现实主义、人文主义、自然主义、图案表现法——以此贬斥它，结果都是徒劳。人们将继续看人——谛听他们，揣摩他们，或伸手触摸他们——并在这种薄弱的感官基础上，编织他们私密的幻想。固然，艺术有着许多更为复杂的乐趣和问题，但“灵魂”这个因素仍应当被算在内。

当我无可避免地自问，画廊里的这些人是谁时，我想象他们是一群极具创造力的人，组成一个小团体，住在狭小的阁楼里，生活简朴，警惕而敏感，心思专注而坚定。当他们偶尔手头宽裕时——卖出了一幅画或一则短篇小说——他们会做一些纯粹追求审美乐趣的事，像是买一张红白条纹的长沙发或一只猫头鹰，或去加的斯旅行。也许像早期纽约垮掉的一代，或是某个被遗忘的、位于伦敦南部的布卢姆斯伯里文化圈的分支。诗人、作家、画家、舞蹈家、梦想家、哲学家——还有这些方面的爱好者。

这种幻想无疑是我自己的投射，但我可以在柔和、现代派的用色和“分不出时代的”衣服中找到这一幻想的叙事根基。结果是，这两点并非完全不具时代性：在二十世纪的头几十年里，瓦妮莎·贝尔就穿着这种素朴的直筒连衣裙（没穿鞋），邓肯·格兰特画他的女儿和他的牙买加情人帕特里克·纳尔逊，用的也都是类似飞快运笔的色块，衬衫或上衣与长裤或裙子之间仅以一道凌乱的线条衔接，无须借助皮带或纽扣。伊阿德姆–博阿基耶经常提及不合潮流的英国画家瓦尔特·西克特对她的影响，这一点或许正是他们的投合之处：弗吉尼亚·伍尔夫也很欣赏西克特，出版了一部论述他的专著；她的姐姐瓦妮莎绘制了封面插图。

西克特出生于一八六〇年，是卡姆登镇画会[1]的一员，和伊阿德姆–博阿基耶一样，他格外擅长湿画法（在画布上快速完成作画，以免不得不破坏隔夜干燥后的颜料“表皮”），不喜欢写生，专门描绘居家背景下姿势摆得模棱两可的人物，让人渴望讲述这些人的故事。无疑，伊阿德姆–博阿基耶从西克特（和他之前的德加）身上继承了一种叙事冲动，在这种冲动下，重要的不是捕捉现实，而是激发看她画的人想要给一幅图像附上一则故事。这样做类似创作小说，关键在于懂得如何留出充分的空间，让看画的人有发挥的余地。（西克特以卡姆登妓女为题材，画出的阴森、影射的场景，十分成功地做到了这一点，以致无意间为一套荒诞不经的杜撰之说埋下种子——即，他是开膛手杰克，一个今天仍在流行的看法。）

然而急于把某个笼统的目标——譬如在白人经典中添入黑人形

1. Camden Town Group，英国一个后印象派画家团体，活跃于 1911 年至 1913 年期间，他们时常在瓦尔特·西克特位于伦敦卡姆登镇的画室聚会。

象——套用在黑人艺术家身上的做法，忽略了他们在创作一幅特定的画、面对每一件艺术作品带来的独一无二的难题时所付出的不同努力。（对伊阿德姆-博阿基耶来说，她曾言，绘画的问题始于“颜色、构图、手势、光线的特定方向。我的出发点通常是形式上的”。）这样做的另一个危险是抹杀个人与传统的对话。克里·詹姆斯·马歇尔[1]在大都会艺术博物馆他最近的展览“驾驭”中，把从大都会永久藏品中选出的一批出奇不拘一格、大大出人意料的艺术品包含在内，作为补充的“展中展”，效果是将马歇尔自己的“驾驭”与人们熟悉的像是霍尔拜因、安格尔[2]这样的西欧大师对绘画的驾驭呈现为一种既对立又延续的关系。但马歇尔也带我们行过更为隐晦私密的僻径，深入一个艺术家个人特有的爱好的灌木丛。为什么从大都会的所有杰作中挑一幅日本的木版画，或一件来自西非的形似公牛的灵物？这些选择源于说不清道不明的个人感受，时常令评论者费解，但对艺术家本人来说同样至关重要。

有时，艺术创作的过程不是与传统，而是与现在对话。伊阿德姆-博阿基耶出生于一九七七年，在她十九岁时，查尔斯·萨奇[3]收藏的艺术品部分以“轰动”之名在伦敦的皇家美术学院开展。这次展览展出了许多激动人心的作品，其中有达米安·赫斯特的鲨鱼、查普曼兄弟的多相变态的儿童人体模型和莎拉·卢卡斯媒染的、上面竖着一

1. 克里·詹姆斯·马歇尔（Kerry James Marshall, 1955— ），非裔美国艺术家，他的作品大多通过援引历史和文化的语境，聚焦于黑人的主体性——美籍非洲裔人的政治经历和身份认同。
2. 让-奥古斯特-多米尼克·安格尔（Jean-Auguste-Dominique Ingres, 1780—1867），法国著名画家，法国新古典主义绘画的代表人物。
3. 查尔斯·萨奇（Charles Saatchi, 1943— ），英国当代最重要的艺术收藏家。

根黄瓜阴茎的床垫[1]。"轰动"一展和展出里的这些年轻的英国艺术家，成为艺术界人人谈论的话题，引得小报争相报道，导致英国的肖像画地位降低，沦为低级的一面倒的论调和概念上的噱头。("轰动"一展里最著名的画像——马库斯·哈维的《迈拉》，用儿童的手印，再现英国谋杀儿童的凶犯迈拉·欣德利的一张广为人知的照片——激起巨大争议，差点导致关展。)就连优秀的作品也因主导这次展览的狂妄态度而明珠暗投，它鼓励参观者"跳过"绘画，着眼于外显内容所造成的想当然的轰动效应（克里斯·奥菲利所绘的带有大象粪便的圣母马利亚,珍妮·萨维尔的"胖"裸女）[2]。此时的伊阿德姆-博阿基耶刚在伦敦一所享有盛名的艺术学院——中央圣马丁艺术与设计学院念完一年令人沮丧的基础课程，诚如她在二〇一三年接受芝加哥当代美术馆策展人娜奥米·贝克威思的采访时所说明的，那一年里她发现，谈及她所选择的形式，话题围绕着"画家该做什么或不该做什么，与艺术圈正时兴或不时兴的做法 / 说法挂钩"。离开伦敦，去康沃尔郡的法尔茅斯艺术学院攻读学士学位，让她获得一定解脱，那儿讨论的内容更广泛，但同样一板一眼："假如打算从事绘画，一定要有一个极其充足的理由才行。这么做涉及到羞耻心。"

到伊阿德姆-博阿基耶返回伦敦、在皇家美术学院修习艺术硕

1. 达米安·赫斯特（Damien Hirst, 1965—　），英国当代艺术家，主导了90年代的英国艺术发展并享有很高的国际声誉，在作品价格最高的在世艺术家中排名第二。"查普曼兄弟"是指杰克·查普曼和迪诺斯·查普曼兄弟俩，他们分别于1966年和1962年出生于切尔藤纳姆和伦敦。两人共同创作了一系列颇富争议的装置作品。莎拉·卢卡斯（Sarah Lucas, 1962—　），英国当代艺术家，20世纪80年代末作为"青年英国艺术家"运动最引人关注的一分子崭露头角，其作品具有强烈的视觉冲击力。

2. 珍妮·萨维尔（Jenny Saville, 1970—　），英国当代画家，擅长人物画，作品尺幅巨大，从女性视觉和个人感受对女性的身体进行不同角度的表现和审视。

士课程时，她已经耐着性子听了许多有关绘画已死和/或绘画无关紧要的说教，并通过她个人的行动来反思其中的某些争论。据她自述，她早期的部分作品照搬叙事手法，画的内容和标题彼此呼应，同义反复。以下这些话摘自贝克威思的采访：“四个黑人女孩站着，戴着接入地板的耳机，一如在接受魔鬼的指令，画的标题是：‘魔鬼叫我这么做’……我尚未真正确立风格。因为我还没有用心地投入绘画，所以忽略了绘画可能具有的实际感染力；我不相信画可以无所不能。”

在二十一世纪前十年的初期，她的作品开始以漫画式的人物为主角，这些形象也许部分取自乔治·康多[1]风格怪诞的作品，里面包含了一位年轻艺术家故意给自己设置障碍的强烈意识，或换一种说法，设置一系列探索式的形式上的限制。在这些作品中，作者似乎从局外人的角度来描画黑人，因而画中的黑人显得——和黑人通常在他人眼里的形象一样——像是丑陋的怪物。（一个相似的例子是克里·詹姆斯·马歇尔一九八〇年的作品《一幅艺术家脱相的画像》，画里的艺术家仿佛戴着一张咧嘴而笑的面具，犹如白人扮演的黑人滑稽说唱团的演员。）在一封电子邮件里，有人请她谈一谈这种早期的风格，伊阿德姆-博阿基耶回道，“这样做想必是针对许多给我的教诲指示。用幽默和恐惧来表现，这在情理之中，因为两者正是我当时的心情写照。多数时候这样做真的有效，别的时候大不如意。我想就因为那样，后来我基本摒弃了这种做法。慢慢地，我意识到我需要少考虑一点主题，多把心思放在绘画上。于是我开始非常认真地思考色彩、光和构图。画得越多，我越发意识到作品的感染力在于绘画本身。我的

1. 乔治·康多（George Cordo, 1957—　），美国超现实视觉艺术家。

‘颜色政治学’有了一种全新的含义。”

存在于艺术家和观赏者之间——也是作者和读者之间——一个最难以消除的误解是关于内容和形式的相对重要性。正如在作者心目中，单部的小说私下里往往被认为“不是讲述约翰杀了简的故事”或“讲述了夸梅结婚的故事”，而是“围绕分号的用法”或“通过该作品我发现了逗号的可能性”，因此，在像我这样的门外汉看来，似是具象的图案（画的不是一个英俊的家伙和他的猫头鹰吗?），对艺术家而言，同样涉及绘画本身——多种可能的画法、基调和效果、限度和自由度。在非具象的作品里，这些技巧上的考量也许更易察觉，但人像在画作里是否能清晰可辨，同样需要费力地琢磨颜色、光、构图和基调。追踪艺术范畴内知识分子运动轨迹的一个方法是关注内容与形式之争的兴衰起伏（如同苏珊·桑塔格在《论风格》一文中指出的，距离格林伯格将抽象画和具象画截然区分开不久）。将这两者错误地区分开——然后坚称一方的地位高于另一方——是一种周期性的现象，经常具有重振时下艺术活动的有益的副作用，压制已变得司空见惯的创作，支持新的或之前被忽视的风格和作品。

“轰动”一展标志了英国对三十年来错综复杂的美学理论（主要来自法国和美国）的偏狭、滞后的反应，这派理论将（“概念”性的）内容置于形式之上，同时这次展览也影响恶劣、动机不纯地将这些理论主张与那批年轻英国艺术家本人追求名利的野心掺杂在一起，他们把自己在事业上的焦虑粉饰成鄙视，表现在展览中。肖像开始被视为“内容”，尽管（或也许正因为）它在绘画里有着悠久而显赫的历史，却因此变成一个可以穷尽的题材。一旦认为肖像画已被画尽，大家的共识是，只有最狂妄自大（或怀旧）的年轻英国艺术家才会有胆量尝试这种绘画。她想要证明什么？她以为自己是谁？——老一派的大师吗？如果当时正就读于艺术学校，这些争论听起来恐怕既是理论上的，又像是针对个人。在那些年中，伊阿德姆-博阿基耶用画、也用写作来回应，但始终是间接式的，让人觉得似乎没有特别的针对性。她的部分短篇小说和诗涉及人，更多涉及动物，但每一篇均采用寓言式旁敲侧击的智者口吻。在一首具有典型卡夫卡风格的散文短诗《夜之计划》里，她让一只猫头鹰和 一只“持深刻怀疑态度的鸽子”充当艺术家与对手的角色：

在白天
施展他的成名绝技是可行的。
但黑夜
有某种远远令猫头鹰更倾心的东西。
猫头鹰难以向别的鸟解释这一点。

我猜想，一位九十年代末就读于圣马丁艺术与设计学院的年轻、有才华的画家大概也同样难以解释她对肖像画的偏爱：

鸽子认为猫头鹰坚持夜间活动的习惯
更多是出于神化自我，
进一步讲，是自我膨胀，
而非实际所需。

可事实上，猫头鹰“心里另有打算”。它是一只痴迷于实践本身的猫头鹰，具体来讲，它一心想的是猎捕草丛里的一只老鼠。但持怀疑态度的鸽子不肯就此罢休：

> 这种神化的结果，你知道，不是真的。
> 你和我们其余人一样愚钝、墨守成规。

猫头鹰沉默不语，专注在它的猎物上。与此同时，鸽子继续斥责它的非分之想：

> 多么相称啊！总是坐在比我们其余人高出一两阶的树枝上，
> 一如既往地俯瞰大家。
> ……
> 你认为自己与众不同，因为你在一定程度上是夜晚的主人。

猫头鹰不再听下去，准备飞扑逮住那只老鼠，但当它终于那么做时，它的翅膀啪地打在鸽子的头上，折断它的脖子，令它丧了命。于事无补——那只目睹了全过程的老鼠，逃走了：

> 那只猫头鹰，一只寡言的鸟，咒骂鸽子害他失去了一餐食物
> ……
> 那只猫头鹰决定去寻找某样实在而有分量的东西，
> 像是一只兔子、一只鼹鼠或一只臭鼬。

“零的隐歌”是实在而有分量的。这个标题里包含了一种类似猫头鹰的精湛技巧，沉默、不张扬——但一针见血。还不到四十岁的伊阿德姆-博阿基耶已在“驾驭”之路上取得长足进展，无疑她将达成她的目标。但艺术评论在过去二十年里一直不以友好的态度看待形式上的驾驭：认为这样的驾驭天生有几分可疑，一个时而被艺术家本人

过于迅速吸取的观点。法国文化评论家多纳西安·格罗在一篇论述伊阿德姆-博阿基耶的文章《束缚的意义》里写道："我们能够在画家的每一笔里看出精湛的技巧，但这种技巧总是多少被压抑起来，从不昭然显露。她决意不沉溺在无节制的具象派的表现中，而宁可审慎地证明她的绘画才能。"

那样的时期已经结束：现在是公然的炫技，隐藏在显而易见的地方，束缚转变成叙事本身，如此一来，给我们提供了我们可能正好所需的空间，激发起我们自身创造性的投射——不多，不少。许多评论家已注意到，这种回归"绘画才能"的趋势，在黑人艺术家中格外显著，而且，着实奇怪的是，竟然通过他们——在须经许可的情况下——来实现回归具象画、回归精湛技艺的可能！为什么会这样，这是一个困扰人的问题，伊阿德姆-博阿基耶在接受贝克威思的采访时隐晦地表明她本人觉察到这一现象的含意："多少次我听到有人说，'你真幸运。你天生不缺题材。'"哎，难道不是人人如此吗？

与黑人有关的一切正风行——幸运的你！这是一句熟悉而挖苦的恭维，里面暗藏着怨怼的愤慨，像那只持怀疑态度的鸽子一样，他们会毫不讳言地说：假如这些画全是出自白人之手，它们会获得同等的关注、同等的成功吗？（二〇一三年，伊阿德姆-博阿基耶入围特纳奖，在过去几年中，她的画已开始在拍卖会上售出近七十万美元一幅的价格。）诚然，新事物具有一定的美学价值，对此毋容置疑，每个聪明的艺术家也都会审时度势地利用这一点。但伊阿德姆-博阿基耶如何运用棕色颜料和如何表现棕色皮肤的人，两者不可分割。人人天生不缺题材，但必须通过付诸形式才能充分深入地表现一个题材，伊阿德姆-博阿基耶执着于千变万化的棕色，如同吕西安·弗洛伊德执着于血管般的蓝和像瘀伤似的病态的黄一样，他用一生的创作来展现这些潜藏在各种白里透红的肉体下的色彩。对于他，无人想到要将形式与内容区分开，伊阿德姆-博阿基耶的作品的一个出发点，正是企图坚持这种白人艺术家认为理所当然的美学整体性。

“零的隐歌”，若作为小说标题，我们会对它进行文本分析。隐歌（Undersong）：1. 一种附属的或压低声音所唱的歌或曲调，尤指充当另一首歌的伴奏或副歌。2. 隐含的意味；言下之意。零（Cipher）：1. 一个实际存在、但无足轻重或无价值的人，一个无名之辈，“什么也不是”。2. 一种隐秘或伪装的写作方式，用胡编乱造的字符，或任意、不按常理地使用字母或符号。[1] 除了这些摘自《牛津英语大辞典》的释义以外，我想添加一条“Cipher”在嘻哈乐里的含义：说唱歌手围成一圈，轮流照一个节拍表演即兴饶舌。接着，在掌握了上述注解后，我也许会将目光转向伊阿德姆-博阿基耶具体的一幅画，《宽以待事》，画的是一名男子手指上停着一只鸟。这幅画的隐歌是内里的羽衣：那些深浅不一的宝石般的绿色、紫色和红色，藏在某种黑色羽毛的鸟儿油光的外表下，可被人辨识出来。那名男子的外套也神奇地显现出这种内里的羽衣；同样如此的还有他的皮肤；以及他的鸟。他是个黑人。在别人眼中，他经常一文不值，是个零。但他有着一层又一层、层层叠叠的羽毛。

1. Cipher 一词源自古法语的 cifre，零，从阿拉伯语中的 sifr 发展而来，sifr 的字面意思是“空，无”。这个词随阿拉伯数字传入欧洲，从“零”变成泛指任何数字，后又引申为“密码，暗号”，因为早期的密码常用数字代替字母。

/

地图的断壁残垣：

评莎拉·施[1]的《离心机》

要描述《离心机》这件作品，我显得笔拙。和莎拉·施的诸多作品一样，《离心机》错综复杂地集合了多种元素，各个组成部分同时呈现。而写作和阅读是必须从左往右的线性活动：我设计好一条从A至B的路线，读者跟着这条路线走，我们双方都被迫朝着相同的方向行进。这样一比令人感到沮丧。它诱使我用类似语言上的集萃来响应《离心机》，譬如一种发散型的排列格式。

但我是模拟时代[2]的人，出生于一九七五年，至今仍会对同时性感到不知所措。事实上，和一群叽叽喳喳的孩子一同走进施的工作室，形成的是鲜明的对比：他们不觉得这台用细竹条搭起来的离心机有何怪异之处，竹条上挂着现实的断片——活动影片——经过录制，改作他途，投影到悬荡着的小纸片上，固定纸片的是大铁夹子和胶带，整台机器好像一部自制的图像搜索引擎。我的感觉是，倘若这是一台离心机，那么它似乎是坏掉的：环状的结构只合拢了四分之三，宛如一座在地震中受损、快要倾圮的圆形剧场。但对他们来说，这种现象近乎熟悉，一如爆炸的苹果手机，所有的技术设备瓦解，释放出来的图像自由地漂浮于世间。（在这点上，他们的直觉恰好没错：大部分的电影片段是用施的苹果手机拍摄的。）艺术家的大女儿发现有几分“瘆人”的是，某一段拍的竟是她本人一年前睡觉的模样。但现场没有一个孩子对吉萨金字塔群和一个陶土罐（正被永久性地涂成橘色）、一只飞起来的蜂鸟、一栋倒塌的楼房、月亮、天空、绽放和闭合的花朵、一滴以慢镜头滴下的牛奶、用延时摄影拍摄的破茧而出的蝴蝶、爆裂开的爆米花、火山与暴风雨、森林与瀑布、子弹与火葬用的柴堆，还有许许多多别的、千差万别的画面并列在一起表现出犹疑。这幅由共存图像组成的景观，这一连串不相关的视觉影像，对他们而言是像母乳一样天然的东西。在一块轻薄的屏幕上，一个微小的追踪箭头绕着地球表面转动，迫不及待地越过陆地和大洋——仿佛自发地想去某个特别的地方——但对那些从小就像这样横跨地球的孩子来说，这个画面也稀松平常——只需一转眼，打开“谷歌地球”程序即可。唯有几小块放映模拟电视杂讯（或称“雪花”）画面的屏幕让他们踌躇了一下：作为数字时代的孩子，他们完全不知道还有这种图像。

对我来说，我得假定对这位出生于一九六九年的艺术家也一样，情况有所不同。在我们看来，用来认识这个世界的多链接点图与实际的活动范围并不完全一样，或更确切地讲，我们仍能记得——纵令只是非常模糊也行——在时间的长河里，那些缝隙一度依旧部分可见。紧随而来的是我们不再把图像视为对任何特定外在现实的再现，而直接活在图像里的时代。《离心机》是一部同时既怀旧又预示着世界末日的作品，带我们回到又前进到图像彻底覆盖现象、屏幕吞噬世界前（或后？）的时代。当我们面对各种飞快循环的理念在施的作品里做离

1. 莎拉·施（Sarah Sze, 1969—　），美国当代装置艺术家。
2. 指信息以模拟信号传递的时代。

莎拉·施:《离心机》, 2017 年，混合媒体，镜子、木头、竹子、不锈钢、数码档案喷墨打印、录像投影仪、陶瓷、丙烯酸颜料、盐。尺寸不定。蒙艺术家本人、塔尼娅·博纳克兰画廊和维多利亚·米罗画廊提供。© 莎拉·施。

再现

元素的分离

图像文化

影像

影子

洞穴

斯皮尔伯格

电视杂讯

古罗马圆形剧场

鲍德里亚

地图和疆域

自制的图像搜索引擎

博尔赫斯

柏拉图

物质性

非物质性

苹果手机

谷歌地球

怀旧的学步儿童

录制下的时间

真实的时间

大学航空炸弹客

萦绕不去之物

缝隙

镜子

盒子里的屏幕

手里的屏幕

获得解放的屏幕

池塘

力与状态

投影和投影仪

心旋转时，说心里话，很难将一个元素和其余元素区分开。但要找一个论述对象，必须有所选择，因此我决定写一写工作室里隔着一道门的那个房间，内有一件姐妹篇的作品，尚未取名，部分和《离心机》一样，但又体现出对《离心机》的反思。这件作品沿用了竹制的支架，支架上同样挂着闪烁的小块屏幕，但此次充当主舞台的是一张书桌——艺术家本人的书桌——围出一个半圆形的工作区域，如同作了一个私人的安乐窝，谁都可以在那湾狭小舒适的环形空隙里放置一张“埃隆”办公椅。坐在这样的工作台后面，可能同时兼顾两三个屏幕（台式电脑、手提电脑、手机），我们是我们领地的主人，每日编绘着我们自己对这片活动范围的视觉地图。施把我们存在个人硬件里的那类图像拿出来，对外放映，将它们改造成显然是世间独立的物品，重新赋予它们一种——无论多不完全的——实际存在感和真实确凿感。（例如，投影在四周墙上的是动物奔跑的画面，它们各有各的速度，但施排布出它们的相对速度，使得鸟儿和大型猫科动物绕着房间赛跑的情景与实际可能的一样。让被记录下来的图像吻合当前的时间是一种把象征界和实相界更牢地拴在一起的办法。克里斯蒂安·马克雷实现过类似的效果。）几百万如今把生活中更多时间花在考虑、选择和组织数字影像的我们难得会有这样的感受，我们甚至不离开座位而周游世界。我们可以接触到各种各样的图像：随机的、挑选的、本地的、全球的、微观的、宏大的、个人的、政治的、宗教的、色情的、知名的、无名的。由于我们的口袋里有了微型电脑 / 照相兼摄像机，在一天的工作结束后，这套与图像有关的流程仍在天衣无缝地继续。以这样的方式生活，物质世界虽然依旧存在，却变得次要，像解开的肠子般缓缓拖曳在我们身后，时常令人感到不快和麻烦，但显然仍必不可少。吃喝拉撒、穿衣打扮、挪动身体，多么累人啊！但这些事每一件都非做不可，在施的办公桌周围，肉体活着的无奈证据犹存，非虚拟世界的残留之物和废料。卫生纸、牛奶纸盒、许多空的食物盒。盆栽植物、亚马逊的商品包装物、高高一摞破烂的书。这堆书的最上面摆着豪尔赫·路易斯·博尔赫斯的《小说全集》。在那个里面人们可以找到博尔赫斯著名的仅有一个段落的故事，《论科学的精确性》，它讲述“一幅与帝国疆土面积一样大小的地图，里面的每一点与实际地点对应”。[1] 在这则寓言里，适逢接下来的几代人“不那么热衷于研究地图绘制”，这张巧夺天工的地图最终失宠。他们认为这张地图无用，把它束之高阁，任其日渐坏损，但有些胆大妄为的家伙将它挪作别用：“时至今日，在西部的沙漠里，留着那张地图的断壁残垣，野兽和乞丐栖身其中。”哲学家让·鲍德里亚在他的著作《拟仿物与拟像》里正是卓然地重新利用了博尔赫斯的这篇小品文，将讽喻转换成理论，颠倒了那则寓言的寓意。用鲍德里亚的后现代观点来看，变成某种断壁残垣、一片沙漠的正是现实。如今我们人人天衣无缝地生活在这张地图之上。

怎么能使我们生活在其中的这种拟像真正可为我们所见？也许只有把它彻底打碎才能实现。我们可以想象，在一场大灾变留下的废墟中，一位富有创造力和实践意识的匠人，着手建造一台类似“离心机”的东西。她这个人要记得以前的拟像，相信自己能够用现成的材料——用手头有的一切，逐步再造出那个拟像。但怎么能够用仅剩的东西来重启呢？庞大、丑陋、笨重、嘈杂的白色投影仪也许可以办

1.《论科学的精确性》，豪尔赫·路易斯·博尔赫斯，安德鲁·赫尔利译。（中文根据作者引用的英译本翻译而来。）——作者注

到，把各种不同的拟像投到几乎不存在的屏幕上，并进一步扩散，投至最外围的空间，但这些源源不断的图像时而会被“下载中”——相当于数字版的电视雪花——的提示信息打断，这条信息像影子、幽灵般，在施的工作室的墙上飞掠而过。现在下载的是这个世界和世间的一切。或这项工作不正是像“大学航空炸弹客”[1]那类人物所干的吗？他厌恶技术，中意“自然”之物、“真实”之物，但同时又被迫在郊外的森林里，重建至少部分技术装置（炸弹制作、计算机病毒），为的正是表达他的抵制态度。《离心机》记录了我们曾经的生活状态，从未来回到我们面前。试想一下罗马斗兽场，《离心机》是照着它的样子而建的。它是典型的另作他用的图像工厂——也是现实沙漠化的一则实例教训。从前，这个圆形剧场是一处演出场地，里面上演着忠实模仿世间万象的戏码——海战、惊心动魄的往事再现、人与兽之间的战斗。现在，它是遥远、让人有几分难以置信的本源，衍生出无穷系列的明信片、茶壶保暖套、雪花玻璃球饰品等，一个罗马尼亚移民扮成古罗马军团的百夫长、向在摇摇欲坠的雄伟建筑前面自拍的游客收费的地方，这些游客仅从电影《角斗士》里认得这个地方。此外，正像能在罗马斗兽场内买到的各式小圆形剧场一样，《离心机》在作品的左手一角包含了一个小型版的“离心机”，一个圆形剧场内的圆形剧场。在内置的破损的竹制离心机里闪烁着一批相同的精挑细选的图像，但全经过了微缩处理。一张疆土的地图，采用的比例尺大约是

1. Unabomber，本名西奥多·约翰·“泰德”·卡辛斯基（Theodore John “Ted” Kaczynski, 1942—　），美国数学家、无政府主义者、本土恐怖主义者，绰号“大学航空炸弹客”。为了对抗现代技术与工业化对人类与社会的侵蚀，他于1978年至1995年间在全美范围内有针对性地邮寄或放置炸弹，截至1996年被捕时共造成3死2伤。

一英寸[1]相当于一码[2]。

破碎之后，大灾变过后，身处光缆和导线的废墟中，有人也许会问：我们生活其中、赖以为生的种种图像，有何用处？（就像中世纪的罗马人，想知道位于帝国广场大道尽头那个古时、宏伟的用石头搭建的圆弧是什么，但大部分人对答案不感兴趣，而是把石头拆下来，用于别处。）因特网是什么？用来干什么？给人什么样的感觉？在某处的瓦砾堆中，把这样那样的碎片拼缀起来的《离心机》可以提供某种答案，因为，一句话，它不仅使人想起我们新近的图像工厂苹果手机，也追溯了我们远更悠久的图像制作活动的历史。符号、图像、拟像的史前时期不断得到重现，从柏拉图的洞穴里的影子——被那些投影仪投至房间的各个角落——到我们最早图像复制品的来源：镜子，水。人们可以把手放在其中一台投影仪前，看到一间图像工厂在掌中展开，也可以俯身凑近许多玻璃碎片中的一块，看见自己的手掌复现在玻璃里，成为纯粹的映象，再者，还有多张胶片，把一个映影的池塘或水坑投射覆盖在次一级的图像（天空或黑色墙壁的图像）上，让在水面上跳动的光线被光线后面的景所吸收，什么也映不出来。颜料——以前复制图像的重要媒介——也出现在其中，但仅作为颜料，不过是另一种创作用的“物质”。小块的色彩涂抹在各处，或泼洒，或任其结成小小薄薄的圆片，挂在架子上，像卡在树杈间的塑料袋。被吹走了，却未被遗忘。

对于天天左右我们的数量浩瀚的图像——我们本身又孜孜不倦地

1. 合公制 2.54 厘米。
2. 1 码等于 3 英尺，合公制 0.9144 米。

在给这些图像添砖加瓦——施使用了一种离心力，让各个基本元素彼此分离。虽说这些图像大多来自她的苹果手机，但需要注意的是，这些图像并不是社交性质的。里面没有记录人际关系、对话或甚至人们聚在一起打发时间的情景。相反，她选择的仅是那些表现作用力与状态的录影片段。快行，慢行。打开 / 关上或整体 / 碎片。落下和升起。湿了，干了。热与冷，前进和后退，明与暗。呈现橘色。爆炸，枯萎。有零星几段的主角是施的女儿，但那些动态图像捕捉的不是人物的个性，而是人物的状态：小孩在睡觉，小孩在奔跑，小孩潜入水中。这并非表示这件作品冷漠或不带感情色彩：科学的精确性要求创作者像诗人一样仔细深入地观察作品的表现对象。但烘托出的是不同的特质。《离心机》证明了我们最古老的一项技术天性：记录我们看到过的东西。用石块，用铅笔，用印刷术，用绘画，用电影——现在是用像素。图像向来是一种鬼魂附身的表现形式，但电影的问世，使人们可以看到死去的人走路、讲话，某种以前仅在巫术和神话领域内可想象的画面，虽然电影始终没有完全脱去它的魔法色彩，但我们一直试图驯化、控制或掩盖这一点。以前，电影屏幕的两侧有安抚人心的天鹅绒幕布，仿佛旨在说服我们相信，我们在观看的仅是更生动逼真的戏剧。我们的电视机过去多半有一个厚重的木箱子外壳，伪装成一件再普通不过的中产阶级的家具。但有时，当人们穿着睡衣下楼，在凌晨两点去倒一杯水喝时，电视依旧开着——发射出那种奇怪的、嗞嗞作响的“雪花”画面——难道不觉得有某种……他物存在吗？在我（和施）的童年时期，史蒂文·斯皮尔伯格精彩地诠释了这类奇怪的屏幕发射的东西，广受欢迎；他察觉到我们的技术在试图通过那种种把人迷住的杂讯向我们传达某些信息。但其中的含义是什么？有时，比如像在《鬼驱人》里，历史上的恶魔附身于屏幕（提醒自己：

千万别在印第安人的墓地上建屋），但在别的作品，在《外星人》和《第三类接触》里，电磁波受到的干扰标志着尝试通讯的企图，我们将以自己的技术来回应。这类技术往往简单粗糙、用土法胡乱拼凑而成。斯皮尔伯格——对技术抱着无可救药的乐观态度——总是回避末日来临的凶兆，但和施一样，他对土法炮制的技术深感兴趣，因此要创造必不可少的前提条件，他的剧情发展通常落在技术白痴——小孩，或“普通人”——的手中，如此一来，他们被迫使用“手头有的一切”。也许正是由于这一点，作为一个在八十年代长大的孩子，在《离心机》包含的所有图像中，我感到，只有施的斯皮尔伯格式的杂讯代表了一种图像工厂的中断或破裂，一道留出余地的空隙，不仅使图像之间可以互相交流，也使图像能够尝试与我们进行交流。因为出现电视杂讯的情况是电视机试图把从别处传来的垃圾信号转化成图像。这些信号可能来自别的电器、远处的电缆、杂散的无线电波。但它们也可能是想象不到的遥远的宇宙大爆炸的回声，行过数百亿光年的距离而至，经我们老式的模拟电视的天线，被转译成嗞嗞作响的微粒一闪一闪的那种黑白舞姿。只有在那其中，在杂讯里，我才能够分辨出现实与图像的缝隙。只有在那里面，我体验到一种不仅仅是复制的传播，而是实实在在地转化和表达一个事件，本质上是真实确凿的。我再度看着那一小块屏幕，上面播放着一个小孩跑过吉萨金字塔群的画面。小孩并非小孩，吉萨金字塔群并非吉萨金字塔群，它们仅是一种再现——复本。但当我看着模拟信号生成的雪花点时，在我面前的真正是宇宙大爆炸留下的视听遗迹，我能看见过去附身于现在，和我对话——闪着微光。

在我们所处的数字时代，我们很容易相信我们不再像以前那样被外在的现象所缠扰。那道缝隙不见了。源头被切断。图像，不受硬件的束缚——也不受来自宇宙的干扰——能出没于任何空间，畅通无阻。它不再说明世界的起源，也不再暗示这个世界有任何外来生命。相反，我们似乎成了鬼魂，活在我们自己创造的机器里。施的大女儿在看着自己睡觉的画面时带有几分恋恋不舍之情，我本人见过许多怀旧的学步儿童，像那喀索斯般，埋头盯着母亲的手机，看自己从乳房里吸取乳汁或睡在婴儿床上的画面。他满心欢喜地叹一口气——他不知道时间去了哪里。我们通过自身的图像来建构自己，被我们自己的过去、被去年、上个星期、被社交网站上“回归星期四”[1]的标题所附身。我们已经太习惯召回我们自身已逝的画面，从而几乎未注意到我们其实活在幽灵中间，要等我们的艺术家来真的给我们一个惊吓，让我们从新的视角审视某种已成为第二天性的特质。

《离心机》出色地起到了这一作用——艺术的作用——特别因为最初委托施创作这件作品，是用来放置在慕尼黑艺术之家的中厅。那栋保留下来的新古典主义风格的纳粹建筑本身即是一个臭名昭著的拟像——纪念一段历史上并不存在的辉煌的希腊—德意志的过去——希特勒正是想在那儿的画廊里用离心法将纯正的艺术与“堕落的”艺术分隔开。没有比之更适合的地方来陈列施的鬼影憧憧的图像工厂，它记录了二十一世纪一头深陷在图像霸权中的现实，却并未忽视实际人类肉身不可更改的无奈境遇，不同于图像，人的肉身必将在某一时刻走向死亡。

1. #throwbackthursday，英文社交媒体上用来分享老照片的一个话题标记。

/

进与出

你是白人——
但你中有我，诚如我中有你一样。
那即是美国。
有时也许你不愿作为我的一部分。
我也常常不愿作为你的一部分。
但实际，我们就是彼此的一部分！
我向你学习，
我猜你也向我学习——
但你更年长——而且是白人——
并多几分自由。

——兰斯顿·休斯，摘自《B 类英语作文》

起先，伴随着片头字幕一同出现的，是一幕林地的场景。我们身处纽约州偏远的北部，从一辆快速行驶的车上遥望森林。一排接一排的树，动人、幽暗、深邃。这片林子里看不见一个人——但可以预感到，那儿的某处有人。接着我们切换到一个不同的世界。静物照，摄于公共住房附近：篮球场、废弃的用地、街角。照片里，黑人在被太阳照暖的水泥地上闲荡厮混，大笑、大哭、生活、幸存。树林和城市的画面均有各自天生的观众群，对他们来说这样的图景熟悉而具亲和力。有那样一类人，他们把罗伯特·弗罗斯特[1]笔下的树林视为田园风光，视为“美哉美国”[2]，其他人把城市的夏日看作同样美哉和属于美国特色。乔丹·皮尔的首部剧情片《出去》使出绝妙的一招，将这两类拥护群体易位，揭示出两种独立的美国式恐惧的现实——独立但程度不同。一方在电影史上由来已久，居于显赫地位：我为何应该害怕城市里的黑人？另一方，虽并非完全默默无闻（《生死狂澜》《异教徒》），但肯定更鲜为人知：我为何应该害怕树林里的白人？

几年前，我采访过皮尔，他即将结束连续演了数季、广受好评的滑稽短剧节目《爆笑黑人兄弟基和皮尔》。当时，他谈到喜剧里的角色对换（“我认为这档节目最终的立命之本是角色对换”）和怎么找出一个笑话的情感根源，从而夸大那个笑话：“什么样的谬论，正因为人们知道不是真的，所以才滑稽？”《出去》建立在这种反转和角色对换的基础上，但滑稽的效果多半被恐怖所取代，并进一步发问：是哪个谬论？或更确切来讲：谁的谬论？不同于常见的、惊恐的白人在市区街道上遭黑人持枪抢劫，我们遇见的是一个黑人，走在浓荫下白人居住的郊区，一个白人徐徐开车暗中跟踪他，从车的立体声音响里传出那首也许是世上最纯正的白人歌曲：“跑，兔子，跑，兔子，跑

1. 罗伯特·弗罗斯特（Robert Frost, 1874—1963），是最受人喜爱的美国诗人之一，留下了《林间空地》《未选择的路》《雪夜林边小驻》等许多脍炙人口的作品。曾赢得 4 次普利策奖和许多其他的奖励及荣誉，被称为“美国文学中的桂冠诗人”。
2. *America the Beautiful*，美国一首很受欢迎的爱国歌曲，几乎与国歌《星条旗》一样脍炙人口。

跑跑……”

《逃出绝命镇》反其道而行，汇总了黑人对白人的种种惧意。跟黑人约会的白种女人。白种盎格鲁-撒克逊新教徒家庭。白种盎格鲁-撒克逊新教徒家庭的露天派对。班卓琴。疯狂的弟弟。弹班卓琴的疯狂的弟弟。性变态、猎枪、食人族、精神控制、善意地讨论奥巴马。警察。善意地讨论篮球。下意识地掰腕子，下意识地碰触一个人的二头肌或头发。迷信某种特定生活方式的人，实际的邪教团体。方圆之内没有其他房子的房子。喜爱树林。“宾果！”游戏。卑屈的家仆，性奴役，怀念奴隶制——奴隶制本身。这每一条种族的角色对换“不偏不倚”——恰如逗人的笑话——既描绘了当前的局面，又阐明了其中的含义，在我看来，《逃出绝命镇》收到的众口一词的反响想必归因于此：这是一部自带评论的电影。黑人观众享受到洗脱罪名的快乐。他们不常这样尽情地流露他们既真实又无端的恐惧。白人自由主义者——这部电影旨在嘲讽的对象——因认出自己而心头一颤，产生那种突然“被归为异类”的古怪却深受启发的感觉。（哦，原来我们给他们那样的印象？）我猜想这是一种这个笑话只有我“懂”的满足感。例如，片中有一幕，白人姑娘罗丝（艾莉森·威廉斯饰）和她新交的黑人男友克里斯（丹尼尔·卡卢亚饰）在前往她父母的乡间别墅的途中撞到一头鹿。开车的是她，但当警察拦下他们时，警察要求克里斯出示驾照。罗丝恍然大“悟”，走到她的男友身前，自以为是地对那位警察耳语一番——却丝毫未意识到唯独白人姑娘才会想当然地认为自己可以有恃无恐地这样做。黑白两边的观众均发出认可的叹息声。克里斯本人——必然记着桑德拉·布兰德、瓦尔特·斯考特、特伦斯·克拉彻和塞缪尔·德博斯的遭遇——讪笑了一下，但全程保持礼貌、恭敬的态度。他是一位摄影师，我们看到字幕后面的背景是他拍摄的黑人在城市里生活的照片，美国的白人和黑人透过截然不同的镜头看待相同的情形，这是他早已明白的道理。

影片结尾的一场戏更尖锐地重申了这个主题。克里斯又站在那片幽暗的林子里，浑身是血；他面前的地上躺着伤势远更严重的罗丝。一辆警车驶来。克里斯怀着几分认命的恐惧眼巴巴地望着警车。事实上，他是这一惨不忍睹的场景的受害者，但无论克里斯还是影院里的其他人，谁也不指望那一点会有任何该死的价值。（“这下你真的完蛋了，你这个倒霉的臭小子。”我身后有个人说。今天，警察显然是预想中比施行脑白质切断术的邪教组织更骇人的对象。）但接着车门打开，出乎意料的事发生了：结果来的不是令人惧怕的白人警察，而是一位关切的朋友，罗德·威廉斯（利尔·雷尔·豪瑞饰），那个迷人、多疑的哥们儿，从一开始就警告克里斯，不要和一大群白人留在树林里。正好供职于美国运输安全局的罗德检查了血迹斑斑的现场，没有当即断定克里斯是犯罪嫌疑人。影院里爆发出集体欣然的惊叹声，但在这最后的逆转中，笑话针对的是我们。怎么，到了二〇一七年，我们依旧置身于这样的世界，假定一个黑人在被证明有罪以前清白的观念是用来制造喜剧般幻想的素材？

这类自成一体、反讽、饱含政治意味的幽默短剧是皮尔擅长已久的。但在《逃出绝命镇》里，影片通过视觉符号而非情景式的喜剧，挖掘了更深一层丰富的内容。我将不易忘记那些长时间的特写镜头，拍摄受苦的黑人的面孔；受苦，但禁锢在面具背后，宛如将弗朗茨·法农[1]的论点转化成众多栩栩如生的电影形象。克里斯

1. 弗朗茨·法农（Frantz Fanon, 1925—1961），法国马提尼克作家、散文家、心理分析学家，20 世纪研究非殖民化和殖民主义的精神病理学的思想家，也是近代最重要的黑人文化批评家之一。

本人、白人家庭的女仆、白人家庭的修理工，还有那个接受过脑白质切断术、给一位上了年纪的白人贵妇当情郎的年轻人——全都表情僵硬，暗示了精神受创、震惊和木然的奴性，或面带令人不寒而栗的呆板的傻笑。在每个人身上，眼睛道出内心的绝望。让我出去！受压迫的人。被同类相残的人。活死人。当仅有一滴眼泪或细细一道鲜血从这些面具上淌下时，可想而知，这一迹象说明那张面具背后依旧有一个人。一个具有人性的人。一个有望完整健全的人。

随着剧情的发展，我们得知事情的原委：黑人在这片树林里的命运不是被谋杀或消灭，他们是被利用。一位白人祖母的脑袋，如今安在她的黑人女仆的身体上。一位年迈、失明的经营画廊的白人，希望将他的大脑植入克里斯的颅内，从而用这位黑人年轻摄影师的目光来看事物，套上他年轻的黑色皮囊。黑人"宿主"残余的部分遗留在这些手术中——但不足以组成一个人。皮尔找到了一个具体的意象，来比喻这种无以名状的终极恐惧：受压迫并不等于遭到仇恨，而是获得令人发指的爱。嫌恶与钟情纠缠在一起。我们的厌憎同时也记录着我们的渴求、我们升华的愿望、我们最深藏的嫉妒。生育的本领；用一个人的身体制作食物的本领；被认为在智力、生理或性别上占优；被认为亲近大自然、动物和植物；被认为有独立自主的信仰或社群。他人身上的特质，很少能不被我们转化成某种形式的恐惧和自恨。在二〇一六年末上映的纪录片《我不是你的黑鬼》里，詹姆斯·鲍德温[1]抓住这一问题的要害：

1. 詹姆斯·鲍德温（James Baldwin, 1924—1987），美国黑人作家、散文家、戏剧家和社会评论家。

> 白人必须做的是试图在他们内心找出答案，搞清他们为什么首先非得有一个黑鬼不可。因为我不是黑鬼。我是人。假如我不是你们说的黑鬼，假如他是你们捏造出来的，你们白人捏造了他，那么你们得查明原因。这个国家的未来取决于此。

但一九六二年捏造的黑鬼和二〇一七年捏造的黑鬼之间存在重要的区别：厌恶之情几乎消减不存。早在一九六二年我们就被宣称是美丽的人，但直至最近我们的美才为人发现。在《逃出绝命镇》所描画的自由派的圈子里，曾遭唾弃的方方面面——我们的眼睛，我们的皮肤，我们的背，我们的鼻子，我们的手臂，我们的腿，我们的胸部，当然还有我们的头发——如今被人公然嫉妒、称颂、美化，出现在二手图像中，用以推销物品。诚如克里斯本人注意到的，黑色现在帅呆了。需要认清的是，黑人平民在美国的生活，无论今天还是早在一九六二年，都不受人嫉妒或向往。人们依旧避免和她上同一所学校，她的住房条件仍低于一般标准，她生活的社区仍令人害怕，她在个人和事业上的出路照样离谱地与她的邮政编码联系起来。但她肉体的自我不再受人唾弃。假如她是个孩子，等待被人领养，许多白人家庭会欣然接纳她，假如她正好与谁同属一个社会阶层和社交圈，她是颇受欢迎的聚会邀请对象；事实上，她不来就构不成真正的聚会。没有人会在全国性的电视节目上用黑鬼一词称呼她，更不用说她是一位黑人知识分子。（鲍德温的那段话摘自一次电视采访。）对自由派而言，那个词是禁忌，讲不出口。但替代过去厌恶之情的是一种新的同类相残。《逃出绝命镇》里的白人想要钻进黑人的经验中：他们想要披上那样的皮囊，套着它四处走。形容这种做法的现代字眼是“挪用”。有一种主张，认为许多“属于我们的”事物，他人决不可碰，连睥睨也不行，这些事物包括（但不仅限于）我们的口吻、我们的个人风格、我们的头发、我们的文化成果、我们的历史，还有也许胜于一切的，我们的痛苦和悲伤。可以理解，一个被盗取了大量东西的民族，一心想保护自己拥有的财富，尤其是不可言喻的那类。面对这样的争论，我总是想起纳博科夫的一句话，对这位作家来说，来到美国意味着近乎失去一切，包括语言："为什么把他们私下的悲伤留给人们？有人问，悲伤难道不是这个世间人们唯一真正拥有的东西吗？"

在看了《逃出绝命镇》的两个星期后，我和我的孩子站在《开棺》（*Open Casket*, 2016）前，这幅达娜·舒茨所绘的埃米特·提尔[1]，这个黑人少年在一九五五年因据称与一位白人妇女调情而遭毒打，并被私刑处死。他们不知道自己在看的是什么，他们还太小，我无法向他们解释。在来之前，我读了那封广为流传的致惠特尼双年展的信，反对他们将这幅画收入在展览中："我写信要求你们撤去达娜·舒茨的画《开棺》，紧急建议将这幅画销毁，不让它流入市场或博物馆……因为准许一个白人利用黑人的苦难牟利取乐是不可容忍的，虽然长期以来这种做法已司空见惯，但仍叫人无法接受。"从阅读有关这场争论的报道中我了解到，事实上这幅画从未供出售过，所以我转而专注于辩题的另一部分——艺术家表现某个特定题材的权利："这个主题是不属于舒茨的；白人的言论自由和白人的创作自由向来建立在钳制他人的基础上，而不是与生俱来的权利。"

1. 达娜·舒茨（Dana Schutz, 1976—　），美国当代画家，以带有幽默趣味的动势绘画（gestural paintings）而闻名。当年提尔的母亲坚持开棺公开悼念，从而引发广泛的同情，由此美国黑人民权运动走向重要的转折。在埃米特·提尔遇害后的10年间，美国联邦和州的许多歧视黑人的法规得到修改或废止，保护少数族裔权利的新法律得以制定出台。

我想精确无误地依照这封信本身的逻辑推演下去，把里面与生俱来的权利换成基于种族的权利。我愿将这番道理用在我个人身上。假如我是一位艺术家，假如我会画画——那个主题可以是属于我的吗？我是混血儿。我有非洲式的爆炸头，我的皮肤是棕色，在别人和我自己的眼里，我是一名黑人女性。所以根据那封信的逻辑——若我理解得没错——就我而言，不会出现这个涉及主题的疑问，一如对这封信的作者汉娜·布莱克来说也不会有这样的疑问，巧的是，她和我一样，也是混血儿，棕色皮肤。我们俩都不是美国人，但这位作者似乎在自信地为捍卫非裔美国人的经历感受而发言，所以我，像她一样，假定这个问题不分国界。我想当然地认为，假如我会画画，埃米特·提尔也可以是我表现的对象。

接下来我要再推进一小步。我从绘画转到我的孩子身上。他们挚爱的父亲是白人，我是黑白混血儿，所以按照美国老一套的种族逻辑，他们是“夸德隆”，有四分之一黑人血统的人。他们可以把黑人的苦难作为他们艺术表现的对象吗，他们到底应不应该那样做？他们的外祖母，用英国人过去习惯的说法，是“纯种黑人”；他们的母亲是法国人今日依旧称之为“牛奶咖啡”的人。他们本人的肤色有几分发黄。究竟从何时起黑人的苦难不再是他们关心的事？他们的外祖母——在一座后殖民时期的岛上长大，一贫如洗，祖上是奴隶——切身体会过黑人的苦难。但她的孙儿辈看起来像白人。他们是白人吗？假如是，这样的白人，我的孩子，他们难道不应该关心埃米特·提尔所受的苦难吗？艺术创作不正是一种关心的表现吗？这种关心表现为何种形式要紧吗？他们可以当一个偶尔以黑人为题材的画家（达娜·舒茨画过许多不同的题材）吗？或他们的关心必须表现为别种形式：民权法，到公立学校教书。倘若他们无视这封信中的警告，将黑人的苦难作为他们一件艺术品的题材，后果会怎样？假如证实他们的艺术作品没有格外卓著地表达或处理他们应当关心的事——他们的画就必须被移除，不能挂在任何地方吗？必须被销毁吗？目的何在？

时常，我看着我的孩子，记起“夸德隆”——绿眼睛、黄头发的人，同我的孩子一样——必定曾和他们“牛奶咖啡”肤色的母亲、皮肤黝黑的祖母一起，站在从前的拍卖台上。我也想到他们估计曾有许多机会“冒充白人”，混入占据多数的白人中而不被察觉，看不出与黑人的苦难有牵连，所以能够轻松地走在路上，与白人结婚，再度淡化这一种族的肤色。在彼时的美国，黑白混血儿几乎无一例外是强奸后生下的子嗣。这种情况是字面意义上的在体内与敌人共处，让自己的身体作为本民族受压迫的体现而活下去。黑白混血儿的经历感受也许从未完全摆脱这丝隐隐的羞耻和内心的冲突。

当一个黑白混血儿在任何时候都不是一件简单的事。就我自己来讲，我明白，充满种族色彩的历史时刻，比如这一次，会增强我经验范围内始终存在的反扭倾向，直至感觉必须做出某些让步为止。起先渴慕绝对的黑白分明：个人角度、遗传角度、政治角度。我站在达娜·舒茨的作品前，思忖，假如这幅画像令我满腔怒火，那样该多么具有宣泄作用。但这幅画，无论作为再现还是挪用，都未如此深入我心。我认为它在这两方面均不是一个无可置疑的成功范例，但那封谴责它的信不会据理力争它的相对成功或失败，那封信处在一个二元世界里，即，要么肤浅地歌颂这幅画，用它来证明艺术的独立自主性，要么把它丢进反智的艺术火坑。这封信名正理顺地表明，第一个选项通常是把老一套的白人特权粉饰成美学理论，但第二个选项——让我们实话实说——则是纳粹和刻薄的福音派教徒的专长。艺术是一种通过符号和图像所实现的交流，它在政治或历史上从来不是中立的，我认为有关挪用和再现的讨论绝非无足轻重。每个独立的样本必须通盘考量，我们完全有理由将这类需要考虑的因素纳入我们对艺术的评价中（并同样指出，所谓纯粹的美学标准的不偏不倚性，往往是可疑的）。但当挪用的说辞与不比南北战争前的种族通婚法更高深的种族本质论联系起来时，嗳，我们就立刻踏入荒唐的境地。汉娜·布莱克的肤色是否够黑，让她有立场来写这封信？我的孩子是不是太白而不能接触黑人的苦难？多少黑才是够黑？有八分之一黑人血统的“奥克特隆”还算黑人吗？

我看着《开棺》，事实是，我并无太多感受。我试图把因看到埃米特·提尔那幅历史性的照片——提尔的母亲坚持在他的葬礼上将他的棺盖打开，或想到卡罗琳·布莱恩特——那个诬告他与她调情的女人——犯下的罪恶行径时而产生的同样冷静的怒火转移几分到这幅画上，或甚至达娜·舒茨的身上，但在那块画布上，我看不到任何能激起这种情感的东西。这是一幅经过抽象但缺乏一定激情的作品，眼睛周围的笔触流露着明显的谨慎：她的体会仅止于此。但脸部上方表现出的不安的疑虑与嘴部周围的区域形成抗衡，画布在他的嘴巴处鼓起，立体地冲着我们，好似一种肿胀——肉体被勒杀、扭曲、剥光衣服——仿佛有东西在死人面具后面推搡，想要挣脱而出。那一点确实打动了我。更让人难以理解的是为什么独挑这幅画。就在相邻的展厅里，挂着一幅白人艺术家艾瑞克·费舍尔[1]的画，《去往 / 来自 / 那座岛屿》，画里，有钱的白人度假者在一片沙滩上，与被冲上岸的走投无路、乘船出逃的海地黑人难民放在一起形成对比，有些难民死了，有些身体半裸，扭动着，痛苦万分。这幅画绘于一九八三年，出自一

1. 艾瑞克·费舍尔（Eric Fischl, 1948—　），美国新表现主义画家。

位现年近七十的艺术家之手，推想是供出售的，但在一封主要效果在于吸引走人们对此次展览中其他所有作品的注意力的信中，它始终未被提及。在一场深入探讨黑人经验、将这种经验里的快乐与苦难一并呈现的令人兴奋的双年展中，时下的非白人艺术家使惠特尼艺术博物馆熠熠生辉，亨利·泰勒、德亚娜·劳森、莱尔·阿什顿·哈里斯和考林·史密斯仅是其中几位[1]。看着他们的作品，我发现我讨厌见到黑人的痛如此原始、如此蒙昧——黑人的艺术创作如此不堪一击、不为人所见——以致单单一幅白人女性的画作就能引发这样或那样的过激反应。我也无需通过区分他人所谓的欺诈行为和我对自己在这方面的担忧（从而表现为一种矫枉过正的可悲倾向，必须承认，这种倾向在我们黑白混血儿中并不陌生）来使自己确信我是黑人。不。看画的人不是骗子。画家本人也不是。实情是，这幅画与我之间仅是没有建立起深刻的交流。艺术中始终存在这样的风险。解决的办法一如既往。走出（画廊）或更深入一步（展开辩论）。写一篇洋洋洒洒的文章驳斥它。极尽分析之道。在评论里把它批得体无完肤，或另作一幅画来回应。但“撤去”它？“销毁”它？不，我想我会转头不看这幅画，不恼，不感到特别震惊或激动，甚至也不被它特别吸引，而是跟我的孩子一起往展厅的另一区域走去。人们一直警告我们不要走进彼此的心灵，要保持距离。但乔丹·皮尔的恐怖奇幻片——片中我们套着彼此的皮囊，切身卷入彼此的苦难中——既不恐怖，也非奇幻。它是我们经验的如实写照。真正的奇幻是我们能够做到互不相干，让黑与白

1. 亨利·泰勒（Henry Taylor, 1958—　），当代非裔美国画家。德亚娜·劳森（Deana Lawson, 1979—　），美国摄影师。莱尔·阿什顿·哈里斯（Lyle Ashton Harris, 1965—　），美国当代艺术家。考林·史密斯（Cauleen Smith, 1967—　），美国当代艺术家，电影导演。

壁垒分明，宣泄式地将我们和他们决定性地分隔开。对我们中许多生活在相亲相爱、种族混杂的家庭中的人来说，这是根本办不到的事。网上有人似乎不能相信《逃出绝命镇》的编剧和导演有一个白人妻子和一位白人母亲，很快他即将迎来——取决于全凭运气、不可预测的显性遗传——一个看似像白人的小孩。但美国的种族史即是如此。一个家庭，可以在几代人之内，变成黑人、后变成白人、再变回黑人。倘若他们在基因上不是混血儿，至少，从全国范围来看，他们也生活在种族混杂的现实中。我们没有办法走出这盘根错节的历史。

但在黑人意识复苏的这个时刻，天知道这样做感觉多好——疗愈人心！——与白人的美国划清界限，以便更好地以集体的声音发言。我们将不为所动。我们无法呼吸。我们将不会因违反交规或身穿带风帽的上衣而被处死。我们将不再容忍不合标准的学校、住房和保健体系。《逃出绝命镇》——诚如它优异的票房成绩所证明的——是一部正好呼应当前时刻的电影。它反对后黑人或后种族的观点，揭示种族是美国人看待一切的根本视角。照我所见，那部分准确无误。但什么是“我们”和“他们”？那样的区分是一种更低级的托词。不管他们愿意与否，美国人属于同一个民族。（黑与白的二元组合仅是这个国度变化无穷的种族结构的一部分。）脑白质切断术是最干净利落的切割；现实生活更加纠缠不清。我等不及想看皮尔——以他丰沛的才华、黑人书呆子的聪慧、对电影各方面的热爱和他复杂的个人经历——继续深入下去，然后从另一边走出来。

On the Bookshelf

第四部

在书架上

/

J. G. 巴拉德的《撞车》

我见过 J. G. 巴拉德一次——那次见面宛如一次撞车。我们在午夜时分坐船游览泰晤士河，我不记得为什么。大概是英国文化教育协会组织的？那艘船上全是年轻的英国作家，其中许多人喝醉了，有几个开始把船上一堆叠起来的廉价的会议椅用力扔到水里。我二十三岁，刚于几个月前跻身年轻英国作家的行列，现在我仍能回忆起当时我为那些椅子忧心忡忡：我不是那类兴风作浪的人。我对自己在那条船上感到不可思议。（但那艘船不是大型游船，更像一间浮在水上的汽车旅馆，内部装潢令人想起伦敦郊区谢珀顿的半独立式住宅。一艘类似巴拉德小说风格的船。一切都是褐色和灰色，地铁座椅般的橘色点缀其中。）我从丢椅子的人身旁溜开，径直朝巴拉德走去。他面如满月，光溜溜闪亮的头顶，平直的头发垂挂在两侧——一位被免去圣职的神父的鬼魂。接下来我们进行了一场为期十分钟、苦不堪言的对话，我们俩被带到这个世上的目的似乎是为了传神地再现英语里的那个习惯用语“各执一词”。我赞同的每一本书他都讨厌。他欣赏的每一部电影我都从未看过。（我们不敢继续讨论视觉艺术。）我们唯一的共同之处似乎是国王学院，可当我兴致勃勃地讲述我为准备毕业考试所读的各种有趣的书而令他不耐烦时，我能看出那张满月般的脸因嫌恶而表情凝固。最后，他不再跟我讲一句话，倚在一根中空的多利斯型的圆柱上发呆。

以前的我总是愚钝——但麻烦不止于此。詹姆斯·格雷厄姆·巴拉德生来是局内人，属于殖民阶层，换句话说，对典型的英国生活有着透彻入骨的了解；但他冲破那套限制性的陈规，进而建立起一片自主的腹地，与本土没有明显的联系——这在他那代文学之士中是独有的。相比之下，我生来是个十足的局外人，执意要打入其中。所以我对巴拉德本人的感受——如同到那时为止我阅读他作品的感受一样——本质上未得要领：像夜间交会的船，萍水相逢。我对创作《太阳帝国》的巴拉德还算喜欢，读过的几个科幻短篇也令我回味无穷，但我不懂他的长篇小说，尤其是《撞车》，每次读都让我觉得受不了，最早是十几岁时住在希斯罗机场飞机航线的区域内，后来是上了大学，成为一名年轻的女性主义者，与“男性中心主义”斗争，对阴茎伸入残疾女司机腿上的伤口完全提不起兴趣。

我如此害怕的是什么？好吧，首先是伦敦西区的心理地理学。青春期的我时常穿行在伦敦西区，爬上冰冷的水泥台阶——跨越四车道的公路——去朋友家，这些朋友家的窗户多半因 A41 公路的尘垢而发黑。但这一切在我看来似乎再正常不过，合理——甚至美丽——阅读巴拉德的描述，“天桥一座覆于一座之上，犹如交媾的巨人，粗壮无比的腿互相跨坐在对方的腿上”，等于发现寄托了我儿时情感的建筑原来是畸形丑陋的：“被界定为我生活园地的整块区域，如今被连续不断的人造地平线所包围，组成这条地平线的是高起的扶手栏杆、高速公路的路堤和进入高速路的支路及立体交叉道。它们将底下的车辆圈在其中，像一个直径好几英里的火山口的岩壁。”

那几行话充分准确地描写了，比方说，沿伦敦北环的尼斯登地区，但被迫用这等客观精密的态度（“小说家应当像解剖尸体的科学家一样。”巴拉德曾说。）来看待那些喜爱而熟悉的事物，不免令人难以接受。巴拉德所做的是选取看似“正常”的东西——看似普通、熟悉、合理的事物——揭示其中的精神病理学。诚如人们、特别是作者本人屡屡指出的，他在陌生化方面的天赋部分源自他自己不寻常的生平：“我从战时的经历中领会到一点，现实是一个舞台布景……安逸的日常生活、求学、人们生活的家及其余种种一切……可以在一夜之间瓦解。”十五岁时，巴拉德离开让他经历了战争的满目疮痍的上海，前往英国，到剑桥学医，可以理解，他感到认真地对待英国是件难事。这一点使他不同于他的同龄人，他们习惯真的非常严肃地把英国当回事。但假如这种怀疑主义是巴拉德唯一与众不同的地方，他不会成为如此非凡的作家。试想大卫·林奇的《蓝丝绒》里那个著名的镜头，摄影机钻到郊区修剪过的草坪下面，拍出底下爬满虫子的反乌托邦式的场景。巴拉德的意图类似，但更考验人。在巴拉德的作品里，反面乌托邦不是隐藏在任何东西之下，也不是（像许多虚构的反面乌托邦那样）未来的远景。它不是潜台词。它是正文。“发生了这种事情后，”在车祸中幸免于难的海伦·雷明顿医生问道，“人们怎么有办法目视一辆车，更别提开车了？”但她还是开了，和我们每个人一样，缓缓驶在高速公路上，使劲注视一场车祸。与《撞车》里的人物一样，我们是巴拉德称之为“一场每年导致成千上万人身亡、数百万人受伤的普遍性灾难”的主动参与者。死亡驱力，塔纳托斯[1]，不是开车人隐秘的感受，开车本身即是明明白白地驶向死亡。

1. 古希腊神话中的死神。

“我们活在一个被各类假象主宰的世界里……我们活在一部浩瀚的小说中……虚构的故事早已存在。作者的任务是创造出现实。”世界即文本：巴拉德是最早将法国人的那套理论运用在自己的文学创作中的一位英国小说家。他的长篇小说尤其颠覆了广告所呈现的世界，那个世界将不相干的事物荒谬地合并在一起，兜售给我们，仿佛这样的组合不仅合理而且正常。以汽车为例，长久以来，我们被怂恿着相信，在速度与自尊、皮革内饰与家庭幸福等这类毫无道理可言的两两对应之间，存在着天生的合流关系。巴拉德强调一系列另类的合流关系，这样的合流是我们宁愿隐瞒和忽略的。

在《撞车》里，驱动汽车的正是这些乖张的合流，巴拉德笔下最知名的人物罗伯特·沃恩医生开着车，他“对汽车和汽车在我们生活中起到的真正作用有着不同寻常的见解”，这番见解与巴拉德本人的一致。我们一旦经提醒察觉到这些合流的存在，便很难对此视而不见，无论我们多么希望忽视都不行。

例如，我们自身柔软的肉体和仪表板上的硬件之间存在合流：“这个批量生产的驾驶座的大肆风格化，仪表盘夸张的模型，让我越来越强烈地感受到我自己的身体与这辆汽车之间有一种新的接合。”我们对死亡的恐惧和对壮观场面的热爱之间存在合流：“警示灯在警车车顶上转动着，把越来越多的路人吸引至车祸现场。”现在我们还知道，在名人的概念和车祸之间存在严重的合流：“她坐在受损的车内，像神一般，身居为她准备的神龛，四周是她教区教众中一位次要成员的鲜血……她的身体和个性的独特轮廓似乎改变了这辆被撞毁的车子的形态。她的左腿搁在地上，车门的立柱发生位移，同时也移动了仪表板托架的位置，没有压到她的膝盖，整辆车简直像是依照她的身形而变样，以示敬意。”

这幅以伊丽莎白·泰勒为原型而想象的画面——写于戴安娜王妃身亡的二十五年前——与巴拉德科幻小说中的任何描述一样具有预见性。他怎么那么有先见之明？他怎么知道我们会要求以这样的代价换取我们对漂亮名流（有着独一无二的身体和个性）的崇拜，这个代价就是血淋淋地牺牲掉被崇拜的对象本身？哦，当然，有迹可循：关于简·曼斯菲尔德[1]身首异处的谣传，吉米·迪恩[2]和他具有预言性质的车牌（“活得太快，死得太早”），格蕾丝·凯利的车被一棵树刺穿。但只有巴拉德看到这些现象互相关联，只有他清晰地画出那道合流的交线。一旦看到就无法视而不见。假如不是一种以死亡为主题的前戏，林赛·洛汉[3]的种种酒后驾车行为是什么？

尽管如此，第一次读巴拉德的作品时还是容易感到惊愕。即使性与车子的合流被载入各式各样的老生常谈中（更别提“车轮上的尤物”的说法），但出于某些原因，这种合流仍让我觉得不堪入目。当我们说购买一辆摩托车象征着“中年危机”、或一辆大车可以弥补才华的不足时，我们暗示的不正是这种合流关系吗？不过当然，在虚构的我们与汽车的性关系里，掌握控制权的是我们，是人；我们决定我们在车里做什么。在巴拉德创造的现实中，情况反过来：“我发现，她用毫不难为情的口吻讲述的这些风流韵事，每一件里均有汽车在场，发生地点全是在车内，要么在机场的多层停车场，夜晚在她当地汽车修理厂的润滑作业间，要么在北环高速公路附近的路侧停车带，仿佛汽车的存在传达了一个要素，唯独这个要素使那桩性行为变得合

1. 简·曼斯菲尔德（Jayne Mansfield, 1933—1967），美国女演员，被称作“穷人的玛丽莲·梦露”。
2. 吉米·迪恩（Jimmy Dean, 1928—2010），美国乡村歌手、演员。
3. 林赛·洛汉（Lindsay Lohan, 1986—　），美国模特、演员、歌手。

乎情理。”

一九七三年，骇然的读者谴责这样的段落是幻想的色情。三十年后，在英国，一个非常相似的场景突然登上头版，甚至得了一个官方术语：车震[1]。（自然，那场丑闻的主角是全国一位家喻户晓的电视明星。）《撞车》真正震撼的地方不是人们在车里或车子附近发生性关系，而是技术竟已侵入至我们最私密的人际关系。不是人塑造技术，而是技术塑造人。很久以前，我们也获得过这方面的提点，在一九〇九年马里内蒂的《未来主义宣言》[2]里，这份宣言明确指出，现代派想望的是用汽车流线型的设计和暴力式的教训替代我们古老的诸神和神话。书里也特写了一幕如性高潮般的车祸现场：“我从倾覆的汽车底下爬出来，满身是伤，又脏又臭，我感到喜悦像白热的铁畅快地流过我的心！”

但马里内蒂的行文过于造作，刻意显得荒诞（“我们朝三头呼哧呼哧喷着气的野兽走去，将深情的双手置于它们火辣辣的胸部。我舒展肢体，靠在我的汽车上，好像一具停尸架上的尸首，但一坐到方向盘后面，立刻恢复元气，方向盘如断头台的刀口，威胁着我的腹部”），而巴拉德则镇定地处之泰然。那种医师般的目光，冷漠、无情：“他用左手肘撑着身子，继续用女孩的手抚弄自己，好像投入一支舞蹈，严重风格化的体位，向一款先进的汽车的设计与电子器件、速度与方向致敬。”

马里内蒂笔下性子冲动的诗人和艺术家与汽车的偶像地位角力。

1. 英语原文是 dogging，指在公共场合进行性行为。
2. 菲利波·托马索·马里内蒂（Filippo Tommaso Marinetti, 1867—1944），意大利诗人、小说家、文艺理论家，未来主义的创始人。1909 年在巴黎发表《未来主义宣言》，主张作品用新的手法表现生活，否定传统文学的价值。

巴拉德小说里的无名小卒冷静地评估这种现象。巴拉德冰冷的文风部分源于他反转了人与技术之间的权力天平，从而使他的人物失去内在性和个人能动性这类特点。他们像是批量生产出来的，一如他们制造和购买的物品。无疑，他故事里的叙述者和未能如愿成为叙述者的角色不关心人类的个性："沃恩对我本人的兴趣显然微乎其微；他关心的不是一位四十岁电视广告制作人的行为，而是一个无名无姓的人与他的汽车之间的互动，他的身体在抛光的纤维素板和乙烯基塑料材质的座椅上的位移，仪表盘的光映出他的脸部轮廓。"

跟踪狂加性施虐狂沃恩简直像把人看作活生生的样本，示范维特根斯坦提出的下述建议："莫问意义，但问用处。"当巴拉德把《撞车》称为首部"有关技术的色情小说"时，他指的不仅是一定的内容，而且指照着色情文学来组织和构思，色情文学也许是人"但问用处"的最纯正的例子。然而在《撞车》里，人与物之间的区别变得太小而不具意义。实质上，物等于使用的东西。(像沃恩这样疯狂的跟踪者为一种新的叙事视角提供了样板。)

如此一来，我以为，确实不可否认，在这部小说里能找到某些色情文学呆板的叙事特征：平铺直叙、重复、循环。"血、精液和发动机的冷却剂"汇聚在好些章节里，有关性的情节如创伤般反复出现。但想必这种平铺直叙是故意的；巴拉德感兴趣的正是我们精神病理学的单调乏味："我把车停在一条荒无人烟的便道上，四周是位于机场西侧的水库，未几，她用同样镇定却好奇的目光盯着我的脸，仿佛依旧对将我用作何途举棋不定。"

那段话在我看来是典型巴拉德式的句子，描写一处变了质的自然景观，置身其中的人们进行的不是交流，而是交换批量生产的手势和动作。(水库对巴拉德的意义犹如云对华兹华斯的意义。)当然，围绕这本书（和后来大卫·克罗嫩贝格改编的电影）而引发的剧烈的道德恐慌不是因为书里的人缺乏内在性，更多是针对把阴茎插入一位残疾女士的伤口的情节始末。我上大学时，《每日邮报》与那部电影对上，我发现自己讨厌地与审查者站在一边，我自己的伪女权主义与他们正义的愤慨产生交集。我们双方都搞错了：《撞车》的主题不是羞辱残疾人或贬低女性。事实上，《邮报》发起的运动是一个令人不寒而栗的教训，它说明自由派倡导的身份政治，只需做一点表面的篡改，即可用来压制一个真心表示反抗的声音，一个试图为我们所有人发言的声音。没有人对非残疾人利用残疾人、或男人利用女人这一点存疑。但《撞车》是一部存在主义的作品，讲的是人人利用一切。一切事物利用人。不过小说给出的并非一个绝望的前景：

> 周围依旧寂静无声。在许多不同的地方，司机在方向盘后面挪动身体，炙热的阳光一直令人难受地照着他，我忽然感觉世界停止了。我膝盖和胸口的伤是灯塔，与一系列发出召唤的传输设备建立起无线电联系，携带着我不自知的信号，那些信号将解开这个巨大的僵局，让这些司机可以驶往为他们车辆设定的真正的目的地，电动公路的乐园。

在巴拉德的作品里，总是杂糅着未来主义的恐惧和兴奋，反面乌托邦与乌托邦恰到好处地合流。我们不能说我们还没确切得到我们梦寐以求的东西，我们一直汲汲想要的东西。梦想，所有的梦想，已经成真：即时、全球的交流，沉浸式的虚拟现实，生物技术。这些是梦想。镇定而好奇的巴拉德，指出每一种新型的合流，提醒我们梦想常常是乖张的。

哈尼夫·库雷西[1]的《郊区佛陀》

在学校里，我们私下传递着许多种违禁品：香烟、毒品、色情杂志、恐怖录像片、时不时还有某个可怜的倒霉蛋的日记——但在大家眼里，书不是抢手货。《郊区佛陀》完全改变了那种状况。我们在历史课上偷偷转手这本书，其中有一页折了起来，让每个感兴趣的人可以读到下面这段话：

“嗨，卡里姆，我想要你在我的屄上放点冰块。你可以去冰箱拿一下吗？”

看到这样的脏话出现在一本书里——而不是墙上——本身就非常值得。但还有几分真正惊人的是看到一个像卡里姆这样我们熟悉的名字——但鲜少见于印刷体的形式——坐怀不乱地与“屄”一词仅相隔几字之距。库雷西是另一个熟悉的名字，我们班上有一个人叫库雷西（拼写成 Qureishi），我们感觉自己认得这部小说里的世界，至少如第一版封面所描画的：刷成米黄色、挂着劣质窗帘的客厅，披着纱丽的妇人，若干身份不明、可能有点声望的上了年纪的白人，唯一的托利党少年[2]，几位美丽优雅的英伦玫瑰[3]和一个绑着红色头带、看似像在追求迷幻世界的印度人。相传有一节描写狂欢的段落，提供了实用的手淫信息，大概在第 205 页前后（读者想核实的话，可以现在去查一查；我等着），我承认，我冲到我们当地的便利连锁店 W.H. 史密斯店去的原因正在于此。我打算浏览一遍那本书，像浏览《查泰莱夫人的情人》一样，跳过段落，找寻与生殖器有关的内容。但下面那几句开场白让人无法略过：

> 我叫卡里姆·阿米尔，我可以说是土生土长的英国人。人们通常把我视作一类滑稽的英国人，类似一个新的人种，从两大古老的历史中进化而来。但我不在乎——我就是英国人（虽然并不为此感到自豪），从伦敦南部的郊区走向外面的世界。

这段话震颤人心。我没想过一本书可以那样起头。我们上学读的是——按照教学大纲——奥斯汀、弥尔顿、莎士比亚、济慈、艾丽斯·默多克。因此在我看来，英语里的句子相当于一种九尾鞭，主要用来当作驯服孩子的工具。我不知道可以这样对读者讲话，仿佛他们与自己平等——仿佛他们是朋友。我在霍尔顿·考尔菲德[4]身上读到过些微这样的感觉，但从本质上讲，霍尔顿多少总带有异域风情：一个百无聊赖的美国预备学校的孩子。狄更斯写过形形色色的流浪儿和迷途者，多半在居住的地区上与我们比较相近，但隔着遥远的时间距离。卡

1. 哈尼夫·库雷西（Hanif Kureishi, 1954—　），巴基斯坦裔英国编剧、作家。
2. Tory boy，出自英国喜剧演员哈里·恩菲尔德扮演的一个角色，通常指出身权贵、看不起工人阶级的保守派年轻男子。
3. 指代英国人心中完美的女性形象。
4. 美国作家杰罗姆·大卫·塞林格（Jerome David Salinger, 1919—2010）创作的《麦田里的守望者》一书中主角的名字。

里姆不一样，我认识他；我看得出阶级对他的家庭的影响，工人阶级与下层中产阶级的现实状况，还有这两种社会地位间可能存在的各种奇怪的等级区分，错综地混杂在一起。当然，他和我，和我们学校的许多孩子一样，属于“新的人种”，但此前，在我接触的范围内，人们提到我们时，用的叫法全是“悲惨的黑白混血儿”的各种变体。可我认识的这些孩子并不悲惨。他们和卡里姆一样：好胜而爱出风头、放浪形骸、富有个人魅力、精明世故、肆无忌惮、时常令人发噱。虽然他们在英国的阶级制度里处于相对低微的地位，但他们自觉有范儿，知道自己有才能和头脑。即便在他人眼里他们是边缘群体，他们仍感到自己与众不同。“尽管我讨厌不平等，”卡里姆解释，“但不等于说我希望人们把我和别人一视同仁。”没错，正是那样。但他怎么如此了解我们，这个库雷西笔下、比我们早二十年出生在伦敦南部的家伙？他还知道：

> 经过屎一般的公园，经过那间厕所在户外的维多利亚时代建筑风格的学校，经过无数成为我们真正的游乐场和性课堂的轰炸后的废墟，再经过整齐的花园和许多个起居室，室内有熟悉的陌生人和忽明忽暗、闪烁不定的电视。

他似乎正在步行穿过这片街区。他熟悉那间学校（“一日，一名男生把另一个同学的鸡巴放到台虎钳里，转动起手柄，木工课的老师在我们眼皮底下心脏病发。”在我们学校，被放到台虎钳里的是那个学生的脑袋。）[1] 他必定去过那条店铺集中的商业街：“他们是购物

1. 日后我将这个细节写在了一部小说里。——作者注。

狂……购物之于他们，好比伦巴舞与歌唱之于巴西人。”他也到过我家。我战战兢兢地熬过伊娃的伪佛教之夜；这些夜晚离谱地令我想起我自己的母亲近来涉足高雅文化的行动，尤其是（依我现在所见，十分天真地）试图邀请一些朋友来聚餐，端出当时她认为是寿司的东西给他们品尝。自命不凡、年少的查理口袋里揣着济慈的诗（“用力抽出那本书，打开……查理饮下一杯来自温暖南方的酒”），哎呀，令我想起年少时口袋里揣着济慈的、自命不凡的我。这部小说既让我发笑，又时而让我感到难受，吊诡的是，其中某些最教人难受的细节正是让人觉得被倾注了最多爱意的。库雷西讲述了第一代移民和他们的子女之间可能存在的异常关系，无论对我个人还是我的事业，均有深远的影响。回到一九九〇年，很多自以为是的时事述评讨论过这个话题，但没有一篇比他虚构的小说在心理上更切中要害，或更入木三分。“小子，我喜欢有你在我身边，”卡里姆的父亲解释，“我非常爱你。我们将一起成长，真的。”那个孩子想要找到他走出青春期的路；那位父亲想要找到他在这个国家出头的路。这两起事件同时发生。你们将一起成长。这个说法多么动人又多么令人心痛。“你能对凯鲁亚克做的最残酷的事，”一天晚上，伊娃告诉卡里姆，“是在三十八岁时重读他的书。”现在，就在伊娃提到的那个年纪，我重读了库雷西，觉得正相反。我同样激动不已，同样幸灾乐祸，这些感受因怀旧之情而变得益发强烈。《郊区佛陀》围绕的是一种反常的情感：它是一本拒绝奉旨行事的书。作为叙述者的卡里姆，他在读者可能期望他表现出孝顺的地方粗鲁无礼，在读者指望和睦的地方发火吵闹，在当前、原本老老实实按规矩办事会简便许多的情况下表现乖张。连最无关痛痒的句子也决不照读者的预期来收尾：“一天，安瓦尔在博彩店犯了一个严重的错误，赢了一大笔钱。”或是：“我一如常态；我身无分文。在如此走投无路的情况下，我只能去工作了。”小说里的移民并不总是善良勤劳，卡里姆既不一贯代表着新思潮，也不特别心怀感激。在写到不良行为时，小说秉持了机会平等的原则；证明每个人都可能干出坏事。公认的——尤其涉及种族和阶级的——观点被以这种方式喜滋滋地推翻，以致惹恼惯有争论的双方：

> 特德和琼从不用爸爸的印度名字哈龙·阿米尔称呼他。对他们来说，他永远是“哈里”，在向别人谈及他时，也称他为哈里。他是印度人已经够不光彩了，别再添上一个别扭的名字。

这是一个有趣的构想，如今耳熟能详，成为一则滑稽的比喻——但库雷西是最早指出这一点的人。他发现一个英国白人能给予他本人的最高恭维是声称他是“色盲”，表示他能够忽略你的肤色这一事实——视而不见——看到“你”的内心。不满足于殖民你的国家，现在他殖民的是你的自我。总之，在一九九〇年，新一套的学说是这样表述的，但重读这本小说让人记起，卡里姆对不加区分地滥用这种自由派的教义也提出质疑。以下是他在思量他的同胞贾米拉与她学校一位老师的关系：

> 贾米拉认为卡特莫尔老师一心想要根除她身上的一切异国特色。“她对我父母讲话的态度像把他们当作农民似的。”贾米拉说。她说卡特莫尔老师殖民了她，我听后感到气愤，但贾米拉是我遇过的最固执己见的人：无人能把她变成殖民地。总之，我讨厌忘恩负义的人。没有卡特莫尔老师，贾米拉恐怕连“殖

民地”这个词也没听说过。“卡特莫尔老师启蒙了你。”我告诉她。

对卡里姆来说，黑人和白人之间发生的事绝不是黑白分明的。在卡特莫尔老师和贾米拉的例子上，事实证明，殖民化和真诚的教书育人之间确实可能存在某些共同之处；在他的白人姨夫和印度父亲的例子上，“种族色盲”这个实质上属于种族主义的概念与人们之间真实的情谊也能够共存。偏爱将他们的意识形态陈述得清楚明了——并一本正经——的读者，会感到《郊区佛陀》读来令人气馁。在库雷西看来，这个世界诡谲、多面、悲喜交加。若说当人们在街头发表演讲、在议会开会或在白厅街游行示威时，总是无法充分承认这种混杂的现实的话，至少，这种现实应当可以存在于小说中。《郊区佛陀》里有一场戏，辛辣地嘲讽了政治与艺术之间由来已久的争论——“责任”问题。卡里姆是一个激进剧团里的一名演员，选择以他自己现实中的叔叔安瓦尔为原型，塑造他所扮演的角色，安瓦尔叔叔正在以绝食抗议的方式，逼迫他的女儿贾米拉接受一桩包办婚姻。剧团里的一名黑人女演员特蕾西反对这样的刻画：

“两个问题，卡里姆，”她对我说，“安瓦尔的绝食抗议令我担忧。你想要表达的东西令我感到受伤。我真的痛心不已！我不确定我们是否应该演这样的戏！”

“真的吗？”

“是的，”她对我讲话的语气仿佛我需要的仅是一点理智，“我担心这样演会显得黑人——”

“印度人——”

“黑人和亚洲人——”

“一位印度老人——”

“不可理喻、荒唐、歇斯底里。像个疯子。”

“疯子？……这不是一场疯狂的绝食抗议。这是冷静的有意要挟。”

如此轻松、诙谐的手笔将八十年代若干善意的讨论、围绕种族分类和结盟而展开的斗争、语言、政治使命集合在上述这一幕中。我不认为特蕾西完全没道理，她试图表现出责任感——但卡里姆站在不负责任的一边，为了讲述他的故事，他必须这样。特蕾西的观点属于另一领域。她也许能赢得这场辩论，但小说不能照着获胜一方的观点来写。特蕾西继续说：“你所演的，正好符合白人对我们的既定成见。你为什么这么痛恨自己和全体黑人，卡里姆？”这是一句让人哑口无言的、熟悉的双重训诫，迄今，诸多有抱负的“少数裔”艺术家败倒在这句话下。前半部分的基本意思是：家丑不可外扬。后半部分：“因为当心：假如你外扬，那么你就是一个自恨的 ____（自行填空）。”贝娄受过同样的告诫；还有罗斯[1]和佐拉·尼尔·赫斯顿。以前，早在爱尔兰人被看作是“少数裔”、而不是以文学巨人的姿态代表了一切人道主义的时候，人们甚至对乔伊斯讲过同样的话。有幽默感的作者似乎最常收到这类警告，大概因为玩忽轻率是喜剧写作中一个必不可少的因素。像卡里姆一样，有些人试图用一个高洁的论点反

---

1. 索尔·贝娄（Saul Bellow, 1915—2005），美国犹太作家，被称为美国当代文学发言人。菲利普·罗斯（Philip Roth, 1933—2018），美国犹太作家，曾多次提名诺贝尔文学奖，并获得国家图书奖、福克纳小说奖、普利策文学奖等重要奖项。

驳责任感的说法（“真实价更高”），但发现这个论点很容易被驳倒，诚如特蕾西在小说里批判这种论点置身事外的调子和似是而非的主观性，理直气壮地将它驳倒一样（“哼。真实。谁定义的真实？什么样的真实？你这样是在捍卫白人的真实”）。但有一种对作者而言别具意义的真实，即，为了制造效果，必须至少暂时抛开这些熟悉的论战。倘若想要塑造那样“一位印度老人”，即便特蕾西讲得没错，即便那样是不负责任的表现，作者也必须放开手，必须无拘无束地按照自己的意愿来写。《郊区佛陀》所有生动的力量来自于目睹创作自由被一而再再而三地肆意利用——仿佛把它当作一种权利——不去过分关心那个（也许是完全臆想出来的）叫作“白人”的统一群体会如何看待这种做法。

印象中，《郊区佛陀》主要关注的是种族。但在重读时发现，它其实远更关注的是卡里姆的导演派克口中所说的“英国现存的唯一问题”——阶级。讽刺的笔触再度同时戳中右派和左派。对与他同剧团的演员——忠诚的马克思主义者——特里，卡里姆说了这样的话：“我想要告诉他，郊区的无产阶级确实怀有强烈的阶级感情。这种感情恶毒、充满恨意，完全针对地位比他们低的人。”谈到也是同剧团的一个出身上流社会、名叫埃莉诺的姑娘：“她总是想到什么就做什么，诚然，对一个处在像她这般地位的人来讲，不是难事，她的家世背景决定了失败的风险微乎其微；事实上，在她生活的圈子里，想要失败得下大功夫。”我最喜欢的一个例子是剧团里的另一位白人演员博伊德，他眼看卡里姆步步升迁，落入自怜自艾、恼羞成怒的深潭：“假如我不是白人中产阶级，我现在肯定已演上派克的戏。显然，如今光凭才华是没用的。在七十年代的英国，唯有下层社会的人才能走向成功。”一九九〇年，当我第一次读到这段话时，觉得它像荒诞派的戏仿。二十五年后，我们可以成天在因特网上读到类似的感慨，大群大群的博伊德聚在网上每一篇有关棕色皮肤的艺术家及其作品的文章下面。在这一点上——一如在涉及英国生活的诸多问题上——库雷西证明自己具有某种预言能力，当然，也大大地影响了一代作家，包括我在内。他向我们展示的最重要的是一种不负责任感、无拘无束感，无论写微不足道的小事还是事关重大的话题都一样：

> 姨妈琼深知如何用吓唬人的目光瞅你一眼，吓得我不知不觉想拼命憋住一个呼之欲出的屁……但徒劳无用。那个淘气的屁噗一声从我体内欢乐地放了出来。

这是一本活泼、淘气的书。它以坦率、愉悦的口吻讲述。说真的，没有东西令卡里姆苦恼不堪——种族、阶级或性都没有——事事趣味无穷，事事值得讨论一番，不带羞耻，也不小题大做：

> 我明白，我既想跟男生上床也想跟女生上床的这种倾向不同寻常。我喜欢强壮的身体和男孩的后颈。我喜欢受男人的操弄，他们的拳头让我着迷；我喜欢物品——刷子的刷头、笔、手指——戳进我的屁眼。但我也喜欢屄和乳房，女人身上所有柔软的部分，修长光滑的腿，女人的穿着打扮。我感到若只能二选一会令人心碎，好比必须在披头士乐队和滚石乐队之间做出取舍。

这字字句句透着几分不正经——但友好吗？小说本身一直在探讨

这个问题。“我思考着有意思的人和友好的人之间的区别，”卡里姆写道，“想着他们怎么不能总是合二为一。”在写作和演戏方面，卡里姆担心的不仅是政治风险（用贾米拉的话来讲，那样的风险可能会“暴露出我们的文化荒谬可笑，让别人看到我们的民族守旧、偏激、狭隘”），还有个人风险，即——如每个小说家所知——免不了伤害自己爱的人。撇开别的不论，《郊区佛陀》是一部小说处女作，也是一部以描述主人公成长过程为主题的教育小说，那一类型的小说通常以儿戏的方式将作者的经历写入其中。现实中的叔叔阿姨合并成纸上的一个人，兄弟姐妹变换性别，活着的父母死了，等等。就卡里姆来讲，他坚决强硬地申辩自己有权以贾米拉的丈夫昌戈兹为原型创造一个戏剧性的角色，但他也——可能并非完全有意识地——披露了迫使他那么做的深层心理上的独特原因：

> 鲜少有活儿像编造昌戈兹/塔里克这个人物那样，让我乐在其中……我挖掘出连我自己也没意识到存在于我脑海的见解、联系、策略。当我用新的颜色和明暗作画时，我变得更加精力充沛、富有生气。我定期工作，记录日志；我发现那项创作是一个循序渐进的过程，急不来，需要耐心，还有更主要的爱。*我觉得自己比以前更扎实，我的头脑仿佛不仅只是像电影院般，让无数印象和情感从中一闪而过。*[字体的变化是作者添加的。]

我相信演员与作者的一个相通之处即在于此：当他们假扮他人时，这种个人的非物质性的感受反而变得更实在。卡里姆很早、在他远还没当上演员时就注意到自己有这种趋向，表现在他对他的继兄查理的情欲上：

> 我对他的爱与一般的爱不同：我对他的爱不是仁慈宽厚的。我比谁都更倾慕他，但我对他没有良好的祝愿。事实上，我宁可他是我，我想变成他。我垂涎他的才华、容貌和风采。我想一觉醒来，发现这种种特征转移到了我身上。

这样写不友好，但有意思，而且好笑。在《郊区佛陀》里，残忍、幽默和钟爱之情合力塑造了人物的性格，连最不起眼的龙套角色也因这种效果卓著的组合手法而一时间变得形象鲜明、栩栩如生。我喜欢卡里姆可怜的姨夫特德——他在自己动手修理和装配器件方面是个天才，患有重度抑郁症，也喜欢库雷西在一个段落内，将他写得既唤起我们的关切、又叫我们发笑：

> “他能一边讲话一边干活，不是吗？”爸爸说这话时，偶尔流着泪的特德正把罗威套管插入墙砖里，制作一个架子摆放爸爸的东方书籍，或正在打磨一扇门，或在给卫生间铺瓷砖，以此换取爸爸坐在铝制的室外用的椅子上，听他倾诉。“等铺完了那块地再去自杀，特德。”他会说。

在库雷西这部小说处女作问世之际，人们称赞它具有小说本身所纪实反映的那种朋克精神，但在重读时发现，里面亦有许多文笔优雅动人的相对沉静的片段。以下是卡里姆对他母亲的描述，面对繁重乏味的家务活，她唯一的纾解方式是画素描：“她的思绪转向玻璃。一切生机从玻璃透明的表面上滑下来。我请她画一画我。”那段话像出自伍尔夫。下面这段像出自福斯特："所以到头来这才是伦敦，没有什么比一整天在我新占领的这片土地上闲逛更令我快乐。伦敦好像一栋有五千个房间的宅子，每间房均不一样；极大的乐趣在于找出这些房间连通的方式，最终一口气穿过所有房间。"卡里姆想要推陈出新。济慈、雪莱、多恩掩映在这些章节里，若隐若现的还有吉卜林的影子和拉得更长的狄更斯的影子。卡里姆本人的新视角是，喔，他是卡里姆：他学会了不一样的走路姿态、不一样的讲话方式、一种新颖的感受力。他十分清楚，像他这样的小孩，以前决不会见于一本英国小说的封面间，和每个来自郊区、自鸣得意的小孩一样，他打算利用那一点及其他一切条件。当他发现自己首次挑大梁出演毛克利[1]时，他知道这是荒唐的事——但仍是一个机会。"我终于找到了我的小毛克利，"那位导演说，

> "一个不知名的演员，准备就绪，正处于突破的时机……他岂不是太棒了？"两个女人担任我的考官。我的表现完美无瑕。我成功了。我得到了那份工作。

当然，这份工作是表现异族的情调。但和前辈贝娄、罗斯、赫斯顿和乔伊斯一样，库雷西在这个角色身上看到了更多喜剧而非悲剧的色彩，还有机遇。卡里姆不是谁的牺牲品。虽然被人误归为某一类特定文化下的人，比如"滑稽的都市里的犹太人""情绪激动的黑人女性"或"神秘的印度人"，肯定是一件时常令人厌烦、往往教人生气的事，但库雷西通过《郊区佛陀》想要表达的是，这种情形有时也非

---

1. Mowgli，《丛林之书》（*The Jungle Book*）的主角。

常逗趣。在我们今天二十一世纪的社会里，对任何事唯一可能做出的反应似是勃然大怒的攻击，由此来看，我发现回到过去更天真、更无畏的时代是一种释然，那时的我们完全不是这般娇嫩的花朵，每个人不经意的愚蠢言行具有惊人的威力，戳中我们最深的痛处。“要想获得真正的自由，”卡里姆提出，“我们还必须先把自己从种种怨恨和愤慨中解放出来。当怨恨与愤慨每天又重新产生时，怎么才能实现这一点？”在《郊区佛陀》里，这是一个悬而未决、未得解答的问题，卡里姆既自由又不自由。对他来说，英国在诸多方面让人受不了——但这儿也是他的游乐场。两方面都是他真实的经验。正因为如此，这部可爱、有趣、诚实的小说令人坐立不安，不负责任的态度让人着迷。

浅谈《西北》

这部小说的主题是什么？[1] 在我看来，我的书围绕的无非是那些人本身和用来塑造他们的句子。这让《西北》听起来好像一种“风格练习”，一般人们是用这个短语来表示这样或那样的不屑。但对我而言，“风格练习”不是一件肤浅的事——我们的人生也是一种风格练习。事实证明，人生隐藏的内容是很难洞悉的：我们真正能依据的只有这些表面、外显的迹象，人们讲话、行动的方式，穿着打扮，对待彼此的态度。我试图通过小说去关心的是事情的实际状况，在我的能力范围内去领会和阐释这些状况，这种领会和阐释未必特别深远。

在写这部小说时，我真正想做的是用语言创造人。要那么做，必须同时充分恰当地利用语言任性、主观的特质，和我想称之为人的具体的“物性”。作为一名现代主义作家，弗吉尼亚·伍尔夫的创作手法即是如此——她既热爱语言也爱人——而她是我重要的榜样。我仰慕贝克特，敬佩乔伊斯。我喜爱伍尔夫。每当写作不顺时，我重读她的日记，帮我走出困境。

创作这部小说的灵感来自何处？似乎有两个重要的缘由，一个涉及物性，另一个和语言有关。二〇〇四年的某个时候，一名落难的姑娘来敲我的门，我不认识她，她向我求助。说她需要钱——所以我给了她钱。后来我发现这件事可能是某种骗局。由此我的心中产生许多疑问。那个姑娘是不是真的走投无路？我给她钱是不是很傻？可难道不是真的落得走投无路才会想出这种骗人的办法吗？这件小事虽然极其微不足道，但我一直念念不忘。像因祸得福似的，它将我长期以来对阶级、绝境和伦理道德的看法联系起来，八年后，由此发展出了一部完整的小说。

另一个灵感是文本方面、潜意识里的：莎士比亚的《一报还一报》。我素来喜爱“问题剧”这一戏剧类型，照我所见，在这类剧的剧情中，结局不是人人幸福地迈入婚姻殿堂，也不是人人流血或身亡。问题剧似乎最接近我们人生复杂的现实。“有些人因罪恶而升迁，有些人因德行而没落”——那句话深深印在《西北》里。我在快写完这本书时才意识到这一点。因为这番恍然大悟，我想起数年前一段湮没的往事，在我十几岁时，学校组织我们看了一场不同寻常的《一报还一报》的戏，剧中扮演克劳狄奥的是一名黑人男青年，扮演他的姐姐、修女伊莎贝拉的是白人。当伊莎贝拉试图说服克劳狄奥，他应该接受被处死、而不该要求她放弃她宝贵的贞操时，那一幕给我的震撼超过此前或此后我看过的任何舞台呈现。我永远忘不了那一幕，忘不了里面的台词和演出布景。可怜的克劳狄奥，孤零零地处在舞台后面，剧中大部分时候，他身陷囹圄，其余人物则在台前热闹忙碌，追寻他们的幸福结局。我能记得我当时的心情：是啊，没错。幸福的结局不是人人享有的。总有人被甩在后面。在我从小生活的伦敦——和

1. 我觉得我必须说明一点，我不习惯写完小说后呆坐在那儿，想知道我的小说讲了什么。这个问题是《卫报》提出的，这篇文章被收入在一个系列专题里，这个专题邀请作者反思具体某一部作品背后的创作根源和灵感。——作者注

今天一样——这个人往往是一名黑人男青年。

最后一点：写这本小说提醒了我，对于任何写作技巧，作者不该仅因为觉得这种技巧比其他技巧更易运用而低估它的价值。随着年龄的增长，理应学会不吹毛求疵。要说我有什么天赋，我的天赋全在于描写对话——巧妙地将看似生活化的东西注入一组书面语的句子中。无端冒出来的声音，继续在我们的意识里回响，独立于实际的人之外……这种魔力，最早是在游戏室里领略到的，是我们永远无法完全摆脱的，它存在于每个真正爱好小说的男女心目中，结出一定的果实。与其活在耻辱中，不如死去，不是吗？那个叫伊莎贝拉的声音问那个叫克劳狄奥的声音。那个叫克劳狄奥的声音回道：“是的，可是死了，到我们不知道的地方去，长眠在阴寒的囚牢里发霉腐烂……”这些话是四百多年前写下的，但每当我听说有人奄奄一息或思忖这是我自己逃不掉的命运时，我首先想到的仍是这几句话。这种效果着实有几分魔力。我喜欢让人如闻其声的作品。以这部作品为例，对它的作者来说，这些迥然不同的声音是利娅、菲利克斯、娜塔莉和内森。

/

《哈泼斯》杂志专栏[1]

关于哈莱姆区、仇恨与哈维尔

有一本新书将目光投向“哈莱姆”。卷首引用弗兰纳里·奥康纳[2]的话（“作者在时间、空间与永恒以某种方式交汇的一个特殊的十字路口作业。他要解决的难题是找到那个路口在哪里”），让我们期许会对这个地方获得一定程度上有把握的认识，但旋即这种希望就因标题而破灭：“无处可寻的哈莱姆区：一段通往美国黑人圣地的旅程”。对这本书的作者谢丽发·罗兹-皮茨来说，哈莱姆区是一个名义上的地方，一个受现实威胁的概念，绘声绘影地存在于那些喜爱和捍卫它的人的脑中。罗兹-皮茨便是这样的一员，她对这片或始于第 110 街、终于第 168 街，或不这样划分的地区的描述正好体现了个人特色，冥想与历史并重。我们翻开书，读到一则个人轶事：“我已经把钥匙插进我位于伦诺克斯大道公寓楼的门，有人在我背后发问。我一把抽出钥匙，转身面向盘问我的人。他站着，等我回答，然后又问了一遍：你以为这里是你的家吗？”他是一个住在当地的人，想要知道答案：这位作者是一名闯入者，来自得克萨斯州，上高中时她是班上唯一的黑人学生。她来哈莱姆区，寻找一个她想象中熟悉、隔着遥远的距离思慕的地方。第一站：《哥伦比亚·黎频柯特世界地名辞典》。在我看来，哈莱姆这个词条充满有趣的事实，但对作者来说，这些事实枯燥、无用：“首先，辞典里给出了一个似乎包罗万象的综述——涵盖正式的边界、殖民地时期的英雄壮举和重要的城市规划的亮点，但等于什么也没讲。”我们转而走入罗兹-皮茨青少年时期读的小说里的场景，她“设计了一条路线，穿梭于图书馆的书架间，搜寻黑人文学的黄金国”。华莱士·瑟曼、佐拉·尼尔·赫斯顿、克劳德·麦凯和内拉·拉森[3]创造的角色，来到哈莱姆区，怀着希望、失望、愤怒、热切。我们了解到哈莱姆区这个概念对罗兹-皮茨意义非凡，她对当作家这件事有着极其浪漫的憧憬：拿着一本笔记本，像鹊一样四处搜集素材，随时展示她的作品——引出许多设置在图书馆的场景。虽然作者隐身的这种技法由来已久——此类体裁的一部典范之作是《一间自己的房间》——但依然具有怡人的乐趣。和伍尔夫一样，罗兹-皮茨好读书，一心投入其中，对日常事务感兴趣：人们怎么走路讲

1. 我在北爱尔兰我公婆的家中看电视时，接到了这个纽约打来的电话，是杰玛·西夫（Gemma Sieff），一个在《哈泼斯》杂志工作的姑娘。她问我是否有兴趣写书评。我有一个四个月大的婴儿，我把为母则强的逞能劲儿用错了地方，答应了这份工作。我坚持写了六个月。——作者注

2. 弗兰纳里·奥康纳（Mary Flannery O'Connor, 1925—1964），美国小说家、评论家，其作品以“南方哥特式”风格著称，并经常审视有关道德和伦理方面的问题。

3. 华莱士·瑟曼（Wallace Thurman, 1902—1934），非洲裔美国作家、评论家、编辑、剧作家。克劳德·麦凯（Claude McKay, 1889—1948），牙买加裔美国作家、诗人。内拉·拉森（Nella Larsen, 1891—1964），美国作家。这些作家都是哈莱姆文艺复兴的代表人物，20 世纪 20 年代到 30 年代美国纽约黑人聚居区哈莱姆的黑人作家主张的文学运动，要求在文学艺术中塑造“新黑人”的形象，又被称为“新黑人运动”。

话、穿着打扮、每天的例行生活。但不同的是，伍尔夫巧妙地编排这类“事件”，从中推出强有力的论据，罗兹-皮茨认为文学技巧站不住脚：“早在我念高中、选读兰斯顿·休斯的作品时，我便吸纳了那套老生常谈的论调，作家的任务是从个人特殊的经历中汲取普遍适用的教训。”她洞识（并且反对）詹姆斯·鲍德温的惯常做法，跟哈莱姆区的民众讲话，了解体验，然后从这些相逢和遭遇中引申出“一个反映黑人全部生存状态的比喻”，诚如伍尔夫从单单一次剑桥的晚餐中提取出一个代表所有女性晚餐的隐喻一样。（这种修辞语步给她的印象之深，以致她给它起了一个名字，叫“吉米法”[1]，其他人则可能简单地称它为“写作”。）她更喜欢记录街头的漫谈闲聊、印在广告传单上的信息、当地怪人用粉笔写在人行道上的话。她完全不是——像鲍德温可能的那样——一位好辩的作者。在这本书里，推崇的是个人经历，不予评判。偶尔，这种豁达见树不见林。某些对一般读者来说想必有用的关键性史实，变成事后之见（正文第 245 页：“在某种程度上，一部分历史学家赞同这个观点，哈莱姆区始于一场游行”[2]）。但一旦不去寄望对历史上的哈莱姆区获得任何非常清晰准确的认识，这是一本读来津津有味的书，讲述了嗜书的浪漫色彩，还有危险。用作者自己的话来讲，她活在“单身少女调查研究的幻想”中，把“单身”那个词包含进去实不必要，因而显得奇怪。它暗示叙述者在追求一个恋爱对象。结果这个对象与其说是哈莱姆区本身，不如说是区内的图书馆：尚博格黑人文化研究中心。哈莱姆区也许无处可寻，但尚博格中心明确坐落在第 136 街和伦诺克斯大道相交的拐角，罗兹-皮茨在

1. Jimmy，詹姆斯·鲍德温的昵称。
2. 此处为原版书的页码。

里面追寻黑人圣母像、海地、利比里亚、黑人共产主义、非洲民族主义先驱的踪迹，还有更多不胜枚举的内容。当她发现两部分完全不相干的研究资料提到同一个人时，她反思研究者遇到的典型困境：“一本书是理解另一个本书的关键，但这本书解决了一个我未曾试图回答的谜题，提供了我不知该如何利用的信息。若我来得更勤、待的时间更久，还有可能解开多少别的谜团？”她定期从海滩拾荒般的调查研究中抽身，展示一番可观的收获：那些漂亮的鹅卵石无需打磨即可发光。比方说詹姆斯·范德·齐[1]，他以为哈莱姆区的纨绔子弟照相而闻名，书里重新发现了他作为摄影师的一面，把丧亲的人和逝者放在同一格画面里：一对哀悼的夫妇，姿势端正，怀里抱着他们死去的孩子。或各类文化艺术活动的主办人雷文·尚捷克利尔（1928—2002），他建立了非裔美国人蜡像及历史博物馆，并创作了里面的蜡像（第一座蜡像：他本人），他的父母分别是“一位海地出生的学校校长和一位巴巴多斯出生的钢琴演奏家”——至少在他生前似是如此，直至他死后，人们才发现有关他父母的出身也是编造的（母亲，佃农；父亲，佃农）。书里最教人难忘的是亚历山大·古比，他毕生致力于制作“黑人汇编剪贴簿”——照片、节目单、新闻剪报。这批数量丰厚的收藏，很多在一九三四年的一次地窖漫水中遭毁。存留下来的，被罗兹-皮茨发现，记述在书里，带有明显的同胞之情。在某种意义上，她的这本书也是一本剪贴簿，而且是妙趣横生的剪贴簿。我十分高兴认识了书里突出介绍的范德·齐、尚捷克利尔、古比和许多别的稀奇古怪的人物：倘若用一种组织更严密的写法，他们也许会被当作碎片

1. 詹姆斯·范德·齐（James Van Der Zee, 1886—1983），美国摄影师，以拍摄非裔美国人和名流而著称。

而整个忽略不计。事实是，她如梦如幻的文风不疾不徐地得出全书的中心论点：从实际、非比喻的意义上讲，哈莱姆区“无处可寻”：“一切归结为既简单又令人难以接受的一点……这片土地是我们的，但不属于我们所有。”可高房租和在外业主、兴建豪华高层公寓楼所造成的不幸局面，仅是一种背景声，仿佛作者过分强烈地感受到自己名不正言不顺的苦。（“就是那个男人，他问我，一个人要在哈莱姆区住上多久才能有资格写一本关于这个地区的书——言下之意当然是，我在哈莱姆区住的时间不够长，不能写一本有关这个地区的书。”）这种担忧是无谓的：不是地理或种族的先决条件确保作者有资格写什么主题。鲍德温的“吉米法”，不是出身于哈莱姆区的背景所赐予他的。成就写作的只有兴趣、学识与爱——这本书在在体现出这几点。

有些作者怯于发表意见；别的作者以意见闻名。在《我的获奖记录》里，托马斯·伯恩哈德大放厥词到荒谬的地步。这本短小的回忆录回顾了许多伯恩哈德憎恶却仍接受的奥地利文学奖，用奖金买他想要的东西，同时又控诉这些颁奖仪式的不光彩行径。那种种叙述实在好笑。那些因他的厌世态度而喜爱他的人会觉得福杯满溢。例如：在伯恩哈德被授予（令人鄙视的）安东·维尔德甘斯奖时，颁奖仪式因一位部长拒绝与他同台（理由参见以前的颁奖仪式）而取消。但他们还是给伯恩哈德寄去了奖金。可他依旧震怒（？），要求他的朋友格哈德·弗里奇退出评委会。但格哈德有小孩，要付赡养费，请伯恩哈德“体谅他的处境，用的口气令人反感。这个倒霉的家伙，这个温顺听话、可怜可悲的家伙。这次谈话过后不久，弗里奇在他公寓门的挂钩上自缢，他的人生，被他自己一手搞砸的人生，在他的头顶终结，熄灭生命之火”。

美国人将伯恩哈德的这一面视为夸张的艺术。更了解他的欧洲人，认为这是难以置信的混账表现。对于事情的实际情况与伯恩哈德的描述之间的分歧，人们可以有不同的解读，当作后现代主义的戏谑或不诚实的偏执多疑。（录像资料显示，格里尔帕策奖没有取消他的座位，而是将他领到最前排；一定年纪的奥地利人会告诉大家，政府没有无视他的作品，他的作品被当作学校固定的教材。他也没有不把政府放在眼里，一度企图担任奥地利国家剧院的院长，世界上最受重金资助的机构！）结果是一回事：我们全都乐于阅读一段洋洋洒洒、句法上别出心裁的气话。我对伯恩哈德的声望的微词在于将他的声望建立在他的哲学贡献上。比方说深受伯恩哈德迷喜爱的那句话："想到死亡，一切全是荒谬的。"在《我的获奖记录》里，我们可以读到这句话的出处，在那篇演讲里，他继续说道：

> 我们走过人生，印象深刻、印象平平，我们穿越场景，一切皆可互换，我们或多或少接受了有效的驯化，达到一种万物仅是道具的境界：但这个想法大错特错！我们明白：一个一无所知的民族，一个美丽的国度——有的是死去的父亲或煞费苦心抹杀良心的父亲，在他们原始的基本需求上不加掩饰的卑鄙无耻……这一切写就了一段过去的历史，这段历史从哲学角度看意义重大、不可忍受。

呣。"一切皆可互换"似有一定道理。

每篇获奖感言读起来都一样：冠冕堂皇、危言耸听、通俗哲学的胡说八道。阅读这些感言，让我们重新审视我们一直喜爱的伯恩哈德。那句至关重要的话或许也能反过来讲？难道不也可以同样说成：

“面对死亡，没有什么是荒谬的？”他不是在将永恒与价值混为一谈吗？假如我们得以永生，生命就会有意义吗？这种空洞之辞在小说里引人发噱。（奥地利作家丹尼尔·凯尔曼讲述有一位博士研究生尽职地找出所有伯恩哈德提及歌德、康德、维特根斯坦等人的地方，最后得出结论，除了他们的名字，没有说出任何关于他们的名堂。）在演讲里，这类言之无物的话开始显得泛滥成灾：“我们说我们有权享有公正与正义，但其实我们仅有权享有不公与不义”；“问题是：继续这样下去，不顾后果，一如既往，或停下，作罢……这个问题关系到怀疑，关系到不信任和不耐烦。我感谢学会，感谢你们的关注。”但会不会《我的获奖记录》整本书都是一种反讽呢？那样解释有帮助吗？反讽的难道不是一边口口声声地怒叱国家设立的奖，一边又二十年来将国家给的钱收入囊中，数目超过其他任何奥地利作家？“我讨厌颁奖机构，但我拿了他们的钱。今天我不能再这样做了。在我看来，到四十岁为止，但此后呢？”和网上发的挑衅帖子一样，永远理直气壮，不断地变换参数，以满足自己的道德优越感。沉闷。而且不是通常积极意义上的沉闷。要认识伯恩哈德最好（最坏？）的一面，还是参看公认的代表作（《伐木》《实在》《失败者》）。

童年时阅读的柯南·道尔、大仲马、史蒂文森，继承自博尔赫斯和加西亚·马尔克斯的寓言家风格，加上早年翻译纳博科夫、厄普代克、福克纳、詹姆斯和莎士比亚的经历，合在一起成就了哈维尔·马里亚斯的短篇小说。在《当女人沉睡时》（新方向出版社）里，活人的幽灵相遇、鬼魂递交辞职信、一位流浪诗人当上雷东达岛的国王，一个男孩从死人的视角写了一篇故事。最后那篇既是虚构又是写实：那个年少的作者即马里亚斯本人。从中我们读出几分他文体上孩童般的趣味，作者十四岁时创作的《马塞利诺·伊图里亚加的生与死》，与书中的其余篇目不相上下。孩童般，但不是孩子气。在《可能是一种怀旧之情》里，一位女仆，朗读的对象恰巧是埃米利亚诺·萨帕塔的鬼魂，她选择歇洛克·福尔摩斯，“因为她更相信柯南·道尔的叙事技巧，胜过其他任何科学或文学的诱饵。”马里亚斯也一样。他堂而皇之地玩着博尔赫斯式的游戏。有时，对英国的崇拜之情发出震耳欲聋的回响，体现在低俗耸动的模仿上（“劳森忍无可忍”；“她会盯着那张空椅子，咒骂寂静……对着看不见的空气大声呵斥”）。活人幽灵这一主题或应归于纳博科夫。但马里亚斯做了绝妙的反转（“鬼魂，假如依然存在，它们的主要目的很可能是阻挠凡人租客得到想要的东西，在不欢迎他们来时出现，在期望或需要他们来时隐身”），对家庭关系有着无比惊人的洞见（“没有比成为唯一让某人分心的源头更坏的事”）。在柯南·道尔的作品里领略不到那样的话。

马里亚斯忠于事实的写法尤其引人注目。小说人物冗赘地讲述他们的奇闻异事，陈说显而易见的内容，三番五次地描绘相同的细节。隐约其辞变成言无不尽。一位对主人的妻子施行巫术的男管家描述女主人过分注重一丝不苟，细致到略显多余的地步：“她希望我时刻戴着丝质手套，认为男管家应当不停用手指拂过每一寸表面、每件家具和扶手栏杆，检查是否有灰尘，因为假如有灰尘，那双手套上会立刻反映出来。”何不在第一个“灰尘”后面打住呢？其余地方——在一篇讲一个男人痴迷于拍摄他意欲杀害的完美妻子的故事里——这种技巧间接展露，单纯的“看”对照“看见的本领，我们几乎从来也做不到，因为事事转瞬即逝，不可能在眼中停留。这样一来，大家才会看见一切，人物和背景、光线、布局和阴影、三维的和平面的、颜料和线条，还有画下的每一笔”。荒诞无稽的故事因平铺直叙、缺乏层次而变得可信。

关于死亡和公爵夫人

约翰·格雷的《不朽之托：科学与骗过死神的奇怪追求》提供了两幅人类狂妄自大的写照。第一幅描绘的是英国十九世纪由“通灵研究者”组成的一个圈子；第二幅里是一群鱼龙混杂的布尔什维克“造神者”，决心要改造世上的生命。照格雷的看法，这两项运动的共同点是企图“征服死亡”。以达尔文主义形式出现的科学，向英国人和俄国人揭示了人类终将灭绝的残忍真相，但因没有可靠的宗教信仰，双方都“想要从科学中寻找逃离科学所揭示的那个世界的办法”。格雷含蓄地指出，当科学被以这种方式用来与自身对抗时，它变成“传播法术的渠道”。有时这种法术是良性的，致使在其他方面明白事理的维多利亚女王时代和爱德华七世时代的英国人相信他们收到的是死者发来的讯息；别的时候，这种危险的邪恶法术能让全体莫斯科的童子军在一九一九年的一日之内“人间蒸发”。从前面这句话中人们可以了解到，格雷研究的案例本质上大相径庭，因此很难把两者放在一起总述——一句话，实在很难。尽管序言里做了一点霸道的类比（“俄国的造神者相信可以利用科学的威力击败死亡。英国的通灵研究者相信科学能证明死亡是进入另一世的通道。在这两个案例上，科学、宗教与法术之间的界限模糊不清或不存在”），这本书从一开始就分成两半，并始终如此。想将两者综合起来的企图大胆无畏——而且基本是比喻意义上的。读者也许会觉得比喻不足以在“自动书写”这种超常行径和全俄肃反委员会“契卡”的行动之间建立一种深刻的联系。这种企图无疑是一次困难的调性练习，在两百页的篇幅内，从惨淡的喜剧转向最惨无人道的悲剧。

英国部分以一八七四年在伊拉斯谟·达尔文的伦敦家中举行的一

场降神会拉开序幕。受邀的客人有弟弟查尔斯和乔治·艾略特。无疑是神气十足的降神会。过程进行得不太顺利：查尔斯觉得“又热又累人”，提早离开；艾略特仅是证实了她所持的怀疑态度。但当晚在场的有一人是信徒，而且是有权有势的一位：弗雷德里克·迈尔斯，他创造了“传心术”一词，并在日后成为通灵研究协会（简称 SPR）的会长。令人吃惊的是，这个协会里多得是有身份地位的人：威廉·詹姆斯也做过会长，还有哲学家亨利·西奇威克和亨里·伯格森。会员包括约翰·拉斯金、格拉德斯通首相和鲍尔弗首相。要说迈尔斯活着时是这个圈子里举足轻重的角色，死后他成了这一领域的主要研究对象，吩咐在世的友人留意他身后发出的讯息。詹姆斯千方百计想收到消息，但一无所获；更有作为的是众多通灵研究协会会员的妻子和遗孀，她们成为“通灵状态下的不自觉书写者”，转写迈尔斯、西奇威克及其他人死后的信息，持续了三十多年。“参与传信的人，”格雷说明，“属于爱德华七世时代社会的最上层阶级。他们中许多人遭受巨大的丧亲之痛；有些人长期维持着不为人知的亲密关系。这些手迹成为表达未能化解的个人伤痛、表达私情的工具。”难以置信，英国人不愿那样（坦白地道出自己的心情感受）。难以置信，他们愿意这样（将内心的痛苦转化为死者经由中介传递来的信息）。格雷发掘出的是一幕着实荒唐的景象：六位上流社会的贵妇在一个充满意识流、互见性、空想式的小说网里穿针引线，遍布其中的“故事和习语，源自古希腊罗马、钦定版《圣经》和莎士比亚……华兹华斯、勃朗宁和丁尼生。但身为哲学家，格雷感兴趣的不是文学上和潜意识里的动机，而是公开的理据，如西奇威克所表述的：“除非人的品格能超越肉体的死亡而存留下去……否则道德规范是无意义的。”换句话说，假如人类没有特殊的天命，假如人的存在不是永恒不灭、而是偶然不确定的，那么把道德规范当作一套责任体系的信念便无法维持。同样的困境也摆在康德和尼采面前，他们各自对这个问题做出的回应（捍卫，放弃）标志了贯穿整个二十世纪的这场道德辩论的两极。西奇威克身居捍卫的阵营，采用的方式是他那个时代特有的：他打算利用科学与偶然性作斗争。达尔文主义的科学揭示了极端的偶然性，西奇威克唯有蓄意曲解达尔文的意思，才可能继续把自己看作一个信奉科学的人。死亡只是进化过程中的一步："死亡不是生命的终结，而是宇宙进程中的一个阶段。"进化指的一定是从低等生命发展到高等生命的过程，这种看法在过去和现在，与认为"适者生存"的意思是"最强"的动物胜出一样，都是普遍的误解。达尔文本人在这个问题上也前后矛盾，有时主张自然选择不存在预定的方向，"如同风吹过的路线一般"；有时提到"臻于完美"的趋势。格雷立场鲜明："在自然选择的理论里，没有一条支持 [后一种] 看法。"但这种看法总是势头不减：轻易变身为优生学。

读到这里，我忍不住觉得，我们似乎稍稍偏离了原本的主题，不朽——除非接受格雷提出的观点，所有这类杀害个体的人的举动是为了致力于创造未来永生的人。尽管如此，当最终从形而上学的角度将神秘学与谍报活动联系起来时，问题仍变得更加混沌不明，这种联系似乎再一次松散得站不住脚："两者吸引着那些想在事件中寻找隐藏的模式的人。"这本怪书的用意何在？答案出现在简短却一针见血的最后一部分。这部分的标题是"乐哉，生命有限"。从中我们得知，"这种将科学与法术混为一谈的做法是一种无可救药的病"。今天，这种病存在于自以为能够解决全球变暖问题的科学家身上（"他们无法阻止由他们一手造成的气候变迁"）；存在于道金斯之流的身上，他们相信科学能够神奇地颠覆对上帝的信仰（"没有一种人类行为，比企图让全世界的人统统变成无宗教信仰更具宗教特色，这种企图是最不理性的，因为无论在科学还是宗教方面，信仰都不具有特别重要的意义”）。这里是书中第一次提到道金斯，但整本书可以视为是对道金斯的一次含蓄的反驳，试图转移争论的焦点，从熟悉的左右互搏——科学对宗教——变成更全面的理解两者共同的妄想。格雷希望科学家承认（如同哲学家早已认输的那样）他们的理论仅是“我们用来对这个世界修修补补”的诸多工具，这样讲，在概念上听来总是很入书评人之流文学人士的耳，但我不知道真正的科学家会如何看待格雷的断言，他坚称不存在“自然法则”，有的只是“规律”。连我也觉得这是诡辩：我无法百分百肯定，每次我放下一个苹果时，它都会掉落，但我非常强烈地预感到它会掉落，诚然，科学正是凭借这种有条件的确定性——从大量自然“规律”的经验证据中汲取而来——履行其职责（大多数科学家难道不愿主动承认这种适度的有条件性吗？）。不过，假如和许多人一样，反对道金斯通过贬抑宗教来抬高科学的地位，这样的读者会觉得格雷对科学局限的清醒认识正中下怀（“所谓现实，仅止于是什么和发生了什么。除此以外别无其他”），但当格雷本人太言过其实时，还是教人瞠目：“在时间长河的尽头死而复生是异想天开，更异想天开的是相信凭借日益增长的学问，人类正在迈向更美好的世界。”

就我本人而言，这种雄辩令我感到触电般的兴奋，但我未能完全摒弃内心道金斯的一面，道金斯顽固地占据着我头脑的一隅，将重力法则与基督复临进行比较，直截了当地考问我，到底明确地站在哪一边。话说回来，格雷针对的其实不是宗教的现实地位。他不同于道金斯，不浪费口舌用古生物学的记录向宣读基督教《创世记》的人提出质询（“一切宗教的核心是习俗——仪式与冥想。习俗随神话而生，但神话是无需理性推演的学说”）。格雷批评的对象是科学本身。在格雷看来，科学的自然主义和宗教激进主义一样，都拒绝相信“事物中不存在隐蔽的秩序”，拒绝相信这个世界“充斥着混乱”，人类将“最终无能为力地”面对这个世界。达尔文主义始终是一颗极难下咽的苦果，对相信上帝的人来说是如此，对相信科学的人来说也不那么容易消化——连达尔文亦被它噎到。格雷用一种卡夫卡式的口气结语：“也许凡事皆有可能，但对我们来说并非如此。”

谈到追求不朽，大家可知道德文郡公爵夫人这个月九十一岁了？[1] 过去十年间，她似乎小小施展了一把她自己的巫术：通过不断书写她的一生来神奇地延长她的生命。新出的这本叫“等等我！”，给人的感觉应当是炒冷饭，但和查茨沃斯庄园本身（这座由她管理的有着四百年历史的宅邸）一样，这位公爵夫人的一生多姿多彩，永远可在生活的某个角落或缝隙中找到足够的素材，再写一本回忆录，如同有一次她在一个古老的柜子深处发现一本范·戴克[2]的素描簿一样。无论她写多少回忆录都满足不了需求：关于米特福德一家人，再多的叙述也无法填满那个奇特家族的崇拜者的好奇心。就算读遍南希的小说、书信和传记，人们还是想了解更多有关这七个兄弟姐妹的事，他们引人入胜、骇人听闻、卷入共产主义、卷入纳粹、风光无限的人生。这位公爵夫人（米特福德发烧友口中的“黛博”）看清这一点，开篇“关于家人名字的说明”让米特福德迷如饮甘露，整整三页，从中我只能引用颇具代表性的一段：

1. 这位公爵夫人于 2014 年 9 月 24 日不幸离我们而去。
2. 安东尼·范·戴克（Antoon van Dyck, 1599—1641），比利时弗拉芒族画家，是英国国王查理一世时期的英国宫廷首席画家，对英国肖像画产生了深远的影响。他还创作了许多圣经故事和神话题材的作品，并且改革了水彩画和蚀刻版画的技法。

阿妈和阿爸叫南希“蔻蔻”……帕姆和戴安娜叫她“细致鬼”，对我而言，她是“老古董般的法兰西女士”“法国淑女作家”，或仅是“淑女”。在我们大家眼里，帕姆是“女人”，具有多重面孔。尤妮蒂和杰茜卡称汤姆“图德米”（他们私下用的语言“波德尔迪齐”语里的“汤姆”），我们其余人也采纳了这个叫法。戴安娜是阿妈和阿爸心中的“美娜”、南希的“小鹿宝贝”、我的“嘎嘎鸭”……尤妮蒂叫“波波”，但我称她“小鸟”或“鸟儿”。杰茜卡叫她“波德”（“波德尔迪齐”语里的“波波”）。杰茜卡是阿妈心中的“小 D”，帕姆的“史蒂-阿克”，我的“亨”或“亨德森”，但她举世公认的小名是“德卡”——在这本书里将沿用这个名字。

对作为书评人的我而言，这本书带给我一种莫大的、具有罪恶感的乐趣，我本人与米特福德家族的关系有几分难言。以这位公爵夫人清楚表明的态度来看，我站在平庸的中产阶级的立场，反感于米特福德家族内部多个成员的排犹主义、无限的自我优越感、对奥斯瓦尔德·莫斯利和希特勒的爱慕，以及面不改色地确信“一个把毕生精力投入在政治或公共事务上的男人，比一个从未关注过这两方面的人更有望得一个能够继承他事业的儿子”。我不相信那一套，也不相信让殖民地独立，跟把煤矿国有化一样，在很大程度上是无意义的演戏，或打扫屋子的次最佳人选是打扫了这间屋子四十年的人的子女。我自己的外祖母在一栋大宅里当女仆：幸亏战争打破了这种子承父业的自然法则。但是！米特福德家的趣事令我忍俊不禁。阿爸一辈子只读一本书——杰克·伦敦的《白牙》——认为这本书写得太好，所以不想再读另一本来破坏兴致。姐姐南希在临睡前讲一些折磨黛博的话：

“等你一走，我就开心地跳舞。”南希假扮流浪汉，在公共场所与她受惊的姐妹搭讪，色眯眯地表示，“来，亲一个。”我太喜欢了。

人们往往把南希视为米特福德家的开心果，因为她如此精彩地将这些趣事诉诸笔下，但阅读黛博的叙述，钦佩之情会转至阿爸身上，他的喜剧才能既表现在诸多方面，又显得不经意。吃早餐时，他发现桌上有许多南希的聪明伶俐、就读于牛津的朋友，他（非常大声地）问阿妈：“这些人没有自己的家吗？”他接起彼得·沃森打来的电话，他是一位追求南希的公子哥：“南希，那个想吃天鹅肉的沃森找你。”当阿妈试图朗读《德伯家的苔丝》，提高阿爸的文学素养时，她惊讶地发现他被苔丝的命运所打动：“哦，亲爱的，别哭，这只是一个故事而已。”阿爸：“什么？你的意思是，这一切全是那个该死的家伙编造出来的？”

至于阶级意识，别指望米特福德家的人有那觉悟。他们自认为是天生的统治阶级，如同他们知晓毛莨在春天开花一样。对他们来说，丘吉尔是“姻亲温斯顿”，麦克米伦是“哈罗德叔叔”；杰克·肯尼迪是个可爱的小子，在黛博初入社交界那年的几场舞会上现过身。他们胆大包天，给王室的人取绰号（查尔斯王子是“朋友”，太后叫“蛋糕”）。任何学业上的成就均被视为冥顽不灵的庸俗，标志英国四季的不是气象上的变化，而是人群拥在不同的火车站下车：阿斯科特站、格莱德堡站、亨利站。我对这类事有着相当高的容忍度，但容忍也是有限的。一位美国友人（邦尼·梅隆）决定给黛博的婆婆寄一批衣服，她在伦敦东区开办了一家女性慈善机构。当这批衣服抵达时，黛博和姐妹们惊讶地发现箱子里装的全是“巴黎世家”的东西。她们截下这些礼服，换成把“我们自己像样、未穿过、符合我婆婆目的的衣服”寄给那些女人。与此同时，米特福德姐妹穿着她们的新时装亮相。黛博："大家对这些衣服赞不绝口。"这话从何说起？

阶级是一个茧——需要有慧根才能在思想上冲破这个茧。黛博没有慧根，她自己会第一个承认这一点。但她是一位风趣、诚实、不矫饰的作者，兼具天真与世故，赢得读者的心。她的社会经验也许狭窄（我们每个人的社会经验，无论处于上层还是底层，何尝不都是狭窄的？），但她的家庭生活经验广泛，而且多半悲哀，提醒人们，无论有多少钱，无论阶级地位多高，都免不了为人的苦恼。黛博怀孕六次：三个孩子出生时夭折，三个活了下来。这段黑暗期——加上她丈夫终身的酗酒问题——她只用寥寥几页打发，显示出那些一度曾是英国人普遍品质的特点，谨慎与坚忍，她在书中别的地方喟叹那些品质的消失，一同消失的还有长及手肘的手套、过去哈罗德百货公司里的一小块区域，让男人可以把他乡间的猎犬寄放在那儿，自己去绅士俱乐部。

爱德华·勒韦和彼得·施塔姆

二○○七年十月十五日，在递交了小说《自杀》的手稿十天后，巴黎作家兼摄影家爱德华·勒韦自杀身亡，时年四十二岁。勒韦的自杀取代了《自杀》原本的主题，成为小说的焦点，他本人必定预料到会出现这种情况。身为概念艺术家的勒韦，对"事后性"这个说法情有独钟，"事后性"存在于体系之外，却渗透在体系的每一部分——这种曾被视为德里达式的策略，后因变得无处不在而索性被归为法国人的套路。在二○○二年的《作品全集》里，勒韦描写了五百三十三件他本人尚未问世的作品。他的摄影项目"同形同音异义"拍摄了一系列与名人同名的"普通"人的肖像。他在二○○六年的作品《美国》里采用另一种形式表达了同样的概念，用图像记录"三个月的美国之旅，所到城市皆和另一个国家的一座城市同名”。书里的许多照片略显平淡无奇：邋遢的美国人，某一地区内建的许多相似的住宅，荒无人烟的公路。其中的反讽意味与时尚品牌“都市户外服饰”如出一辙。我那样讲绝不是表现自己的高明——无论好歹，青春美学是勒韦艺术创作的核心。《巴格达的渔人和他的女儿》，以嘲笑的姿态拍摄一位肥胖的父亲与（实际是）他的儿子在佛罗里达州的巴格达钓鱼，简洁明了地反映出那种令人捉摸不透的优越感，这种优越感表现在青少年（和巴黎人）的身上，常常使得他们惹人恼火。其余作品，特别是在一幅名叫“来自巴黎的姑娘”的照片里，勒韦确切地捕捉到那个符合要求的少女，穿着对头的白色牛仔裤：若是在香榭丽舍大道上，她沉郁的美貌不会显得格格不入。勒韦的文笔也是如此，在平庸与超逸之间转换。以他的倒数第二部、不分段的作品《自画像》的开场白为例，里面全是作者的断言：

> 青春期时的我相信 [佩雷克的]《生者用户手册》[1] 会给我的人生提供帮助，相信 [克洛代尔 · 吉永和伊夫 · 勒博尼耶克的]《自杀用户手册》会给我的死提供帮助。我把人们对我讲的话当成耳边风。我把我不喜欢的事抛诸脑后。我把目光向死胡同里投去。结束一次旅行，让我在回味时涌起哀伤，就和读完一部小说一样。我不害怕走到人生尽头。我慢慢认识到当有人苛待我时，事情总是如此出人意表：不知怎的，恶是不真实的。

夹杂沉思与自负、诚实的质问与纯粹的装腔作势——假如我十五

1. *Life A User's Manual*，中译本又译作《人生拼图版》。

岁，《自画像》会成为我的圣经。成年的我依然觉得勒韦有难以抵抗的魅力，也许因为他的青春美学让我们想到最初吸引我们读书的那类作品。像《逮香蕉鱼的最佳日子》，讲的也是一个自杀的故事，美国文学里最具青春特色、最优美动人的一则短篇小说。长大成人后，我们知道塞林格给西摩设置的困境包袱太多，不公平。（根本性的：假如不能忍受儿童的真，何必活下去呢？）但阅读《逮香蕉鱼的最佳日子》，等于把我们带回到过去，那时的我们，仅是无意中听到一段虚伪的对话也会想要自杀。在我看来，我们毕恭毕敬地欣赏莎士比亚式的作者，他们能够抓住人从嘤嘤哭泣的婴儿到再度回归童真所经历的七个阶段，但我们对另一类作家保留着特殊的爱慕，他们——该怎么讲呢？——困在这个感情炽烈、失衡、眼里容不得沙子的年纪里。（“随着时间而发展的艺术，”勒韦写道，“给我的乐趣不及让时间停止的艺术。”）并非巧合的是，用这种方式让时间停止的作家往往把自己的青春期记成他们的全部生涯：

> 最让我受益的谈话要追溯到青春期时，和一个朋友，在他家里，喝着用他母亲的烈酒乱调的鸡尾酒，我们会聊到天亮……在那些个夜晚，我大谈爱、政治、上帝和死亡，虽然讲到有些话时我笑得直不起腰，但现在我一个字也记不起来；多年后，这位朋友在正准备与妻子出门去打网球时对她说，他忘了点东西在屋里，他到地下室，用他事先放在那儿的枪，把一颗子弹射进自己的脑袋。

上面这一小段令人震惊的补遗，不以为意地（完全是一个十几岁少年的作风！）插入在《自画像》里，直接引出《自杀》的开场白：

> 八月份的一个星期六，你穿着网球服，和妻子一同离开家。在花园中间，你向她示意你把你的球拍落在屋里了……你朝地下室走去。你的妻子没注意到这一点……过了一会儿，她听到一声枪响。

从《自画像》孤芳自赏的压抑幽闭到《自杀》的叙事感染力，仅是一小步的飞跃——从“我”变成“你”——但这个区别使情况完全变了。这本书在独白与传记之间取得惊人的平衡。可这个“你”是个什么样的家伙？哦，他是你。跟这个世界相比，你太纯洁。也太耀眼。你和西摩·格拉斯、少年维特一样。你觉得跟人打交道虚假造作：“一天晚上，你受邀去一位朋友家吃饭，在场的还有其他客人——你做不到对‘你好吗？’这个简单的问题扯谎作答。”你太纯洁。你像维特根斯坦或耶稣基督一样：“你得知人们接纳了你。你发表的有关死亡的演说获得最高分。你不肯走进学校。”你与自己脱离：“你走到镜子前；你认出你的容貌，但那副容貌似乎是另一个人的。”纵然勒韦对你的种种构想并不总是格外别出心裁，但阅读有关你的内容还是畅快极了（我对你爱不释手！）。勒韦能够如此深情地想象你——在他自身走入绝境的时刻——赋予这张有关你的资料清单厚重的情感分量。还有什么？有时你的故事被理论说教所打断：

> 这个世界更像字典，而不是小说，因为这个世界不是一连串条理清楚的情节，而是荟萃了感受到的事与物……假如事件一环扣一环，人们相信这些事件组成一个故事。但在字典里，时间是不存在的：ABC，还是BCA，怎么排列与时间无关。想要有序地描绘你的人生将是荒唐的：我对你的记忆散漫无章。我的大脑

通过随机抽取的细节重塑你的形象，犹如从袋里拣弹子一样。

在《自画像》里也有类似这样的论述（“我喜欢废墟胜过丰碑”；“我写的是碎片”）。巴黎的作家似乎深信在全世界其余人的眼里，人生像是一部按时间顺序推进的小说。但你的这个角色战胜了角色不能是创造出来的这一说法：“远离家时，你曾习惯于品尝疯狂但不离群索居的乐趣，当个傻瓜却不弃绝你的才智的乐趣，当个骗子而不背负罪责的乐趣。”除了这些对你个性的抽象概括以外，书里还揭示了一个非哲学的真相，抗抑郁药会全面剥夺你的自我：“突然间，你不再有头脑。或更确切地讲，你有的是另一人的头脑。你像这样坐了两个钟头，问自己，你还是不是你自己。”“用损失你的自由意志换取一丁点儿伪装的快乐，这样做是否值得？”

嗨，上述种种讲的都是你——还是勒韦？这个区别重要吗？勒韦仿佛找到了一种存在主义的方式来刻画友谊：两个灵魂交织在一个代词里。这本书的悲伤力透纸背。但与此同时，它让人感到欣慰，因为它是一位作家最后的巅峰之作，这位作家最终寻得合适的载体，展现他的才华。在《自杀》里，勒韦的碎片变得异常锐利，用几句话勾勒出悲剧：“你在电话答录机里误存了一卷带子的留言。其中有一段是：‘我们已安全抵达。我们已安全抵达。我们已安全抵达。’缓缓道出此话的是一位绝望的老妇。”

《七年》是时年四十八岁的瑞士作家彼得·施塔姆的第四部长篇小说。书的封面很魅人：一张古董床架的照片，床上铺着现代风格的床单，背景是一面雅致的灰墙。我瞅了一眼这个封面，心想：天哪，我真想过那样的生活。翻开书后我们发现，原来这种布尔乔亚的反应与主题关系重大。这部小说，委实教人恼火。它殷勤地邀人走入一个整洁、现代的空间，和封面上的那个房间一样吸引人——然后彻底把人惹毛，恕我不知该怎么用瑞士德语表达。这部小说围绕最宽泛意义上的“生活方式”，读来令人深受打击。开头是这样的：“索尼娅站在灯火通明的厅堂中央；她喜欢当各个场合的中心人物。”索尼娅是个才貌双全的姑娘，八十年代初在慕尼黑学习建筑。叙述者亚历克斯也是一位见习建筑师，一开始是个认识并倾慕索尼娅的角色（“她比我更有天赋，也更勤奋”），最后成了她的丈夫。这中间的过程颇有意思。索尼娅在与亚历克斯的一位更有人缘的朋友谈恋爱；他们似是“天造地设的一对”，但那个男友莫名其妙地抛弃了她（“我真不明白，我说，怎么会有人抛弃像你这样的女人”），于是亚历克斯开始考虑自己有望打入索尼娅的生活：“有时我琢磨着自己爱上索尼娅，但无论这么想有多少根据，这个念头似乎根本匪夷所思……我无法想象她是我的女朋友、她跟我上床，甚至她赤身裸体的画面……她犹如一个洋娃娃，穿的衣服与她的身体缝在一起。”索尼娅完美到令人窒息，具备一种亚历克斯缺乏的权力意志。她相信“建筑可以改变这个世界”。她崇拜勒·柯布西耶[1]；亚历克斯更看中解构主义。

然而他们还是开始互相周旋，因为索尼娅也认为亚历克斯“有潜力”。他们去马赛旅行，看勒·柯布西耶设计的“光芒之城”[2]。途中，

1. 勒·柯布西耶（Le Corbusier, 1887—1965），20世纪著名的建筑大师、城市规划家和作家，是现代主义建筑的主要倡导者，机器美学的重要奠基人，功能主义建筑的泰斗，被称为“现代建筑的旗手”和“功能主义之父”。
2. 由勒·柯布西耶设计的、位于马赛的集体公寓，强调建筑的功能性，于1952年揭幕。这座公寓是柯布西耶理想中的现代城市的模样，绿地与建筑亲密结合，大楼里的居民形成一个集体性社会。楼内设施齐全，囊括公共食堂、书店、健身房和托儿所等。

他们进行了一次颇有启发性的辩论："她说，不管怎样，一栋让住在里面的人过得更好的建筑，怎么可能是有害的？我说，人有历史，你得尊重历史。"这次旅行在亚历克斯看来，像"一幕五六十年代法国影片里的场景，我们的全部生活如电影般，由远景镜头、白光下的广角镜头组成，渺小的人穿梭其中，样样都充满美感和才学，无与伦比"。这对未来的夫妇住在索尼娅的朋友安特耶的公寓，安特耶是一位四十几岁的德国艺术家，她和亚历克斯一样，对人类的反常变态感到好奇，亚历克斯从她墙上的壁画中推断出这一点："我看到画里奇怪的人，一个长着鱼头的男子，双手握着一根巨大的鸡巴，一头公牛趴到一头母牛身上交配，两头牛都长着人的脑袋，两条有着和人类一样的私处的狗，舔舐彼此。"连在安特耶看来，亚历克斯和索尼娅也是理论上的绝配。夜幕降临，她将亚历克斯推入索尼娅的房间，索尼娅睡着了。"[索尼娅的]腋下有一小块深色的汗渍，若无这点瑕疵，那将是一幅完美的画。我用手指轻拂那块汗渍，我不敢触碰别的任何地方。"两人的关系确定了。他们搬入一间公寓同居，在镜子前发生了奇怪的一幕，这一幕比勒韦在镜子前的那一幕更令我不寒而栗：

> 我们并排站在浴室，看着镜子里的我们。两个漂亮的人，住在一间漂亮的公寓，索尼娅说着，笑了起来。我转身吻她，想象那对漂亮的人儿也在镜子里接吻，那个吻竟比实际的吻更激起我的性欲。我把手伸进索尼娅的短发里，摩挲她用剃刀刮过的脖子。你看上去像个男生。她笑起来，问我是不是不再喜欢她？我向后一退，将双手按在她的乳房上，说，幸好还是有几点差异。

这是施塔姆暗度陈仓的手法：该书的叙述者对他焦虑的厌女症并不遮遮掩掩（亚历克斯想要一个聪明现代的女人，但她新剪的发型令他紧张不安；他依然想要一个那“几点差异”在她身上未被掩去的女人）。可索尼娅也用一种令人悲哀的老套路经营她的人生，仿佛生活是过给别人看的。交换圣诞礼物，制订未来的计划：“有一个用硬纸板做的单户住宅模型，制作得非常细致。屋前站着两个小人偶，一男一女。有朝一日，索尼娅说。我想亲她的嘴，但她把头转开，我吻了她的脸颊。”虽然他们之间存在明显的性冷淡关系，但他们还是结了婚。他们一起开了一家事务所，为政府建造给低收入家庭的住宅区，对此索尼娅满腔热忱，亚历克斯的态度模棱两可：

> 几年后，我走访其中一片住宅区，见到那些楼房已经有人入住——阳台上晾晒着洗好的衣服，自行车乱七八糟地丢在门外，几块小花坛里种的花草完全不合绿化理念——当时……我的心情与其说懊恼，不如说是惶恐，并有几分着迷，着迷于熙熙攘攘、热火朝天、脱离了我们的设计规划的生活。

事务所的业绩蒸蒸日上。他们搬入更大的办公楼。为了庆祝，亚历克斯把索尼娅最爱的柯布西耶的一句话用镜框裱起来：“一切皆不同。一切皆新。一切皆美。她将那个镜框挂在她的办公桌上方，然后说，一切该怎样就怎样。”天哪，我真想过那样的生活……

人们也许感到施塔姆有点在故意陷害索尼娅，没错。从女权主义的角度对这本书表示愤慨是正常的。怎么，我们以解放了的女性之姿成为男人的伴侣，现在男人倒因为这一点而讨厌我们？对此我感同身受，但同时我亦无法否认施塔姆更广泛的批评力度，关涉的是男人和女人两者。人们把自己的生活方式当作卖点，先是展示给自己的家人和朋友看（这种生活方式的核心是恋爱关系）。确定关系后，用余生互相说服对方采纳自己的生活方式。在一次和索尼娅的前男友、现是一名成功商人的没完没了、互聊近况的午餐上，亚厉克斯有机会听闻这一整套论调：

> 他谈到自发的关系网和用类似企业家的方式来经营生活的人，他们不停地问自己，行，我的长处是什么，我的偏好、我的设想是什么？我将怎么利用上述所有条件？我有什么目标，我要如何实现那个目标？那是未来的方向，“自我”公开股份有限公司。假如这家“自我”公开股份有限公司破产会怎么样？我问。

但决不允许有那种可能，连想都不能想：

> [索尼娅]曾一度把我们的关系比作一栋我们正在一起建造的房子，这栋房子反映的不是我们中的任何一人，而是通过我们的共同意志来实现的。这栋房子里有许多个房间，她说，有一间饭厅和一个卧室，一间儿童房，一个存放我们共有回忆的储藏室。地窖呢，我说，对此她笑而不语。

确实，那个地窖呢？在这幅完美的画面里，缺了某个东西，或某个人：伊沃娜。伊沃娜是这本书的地窖，好比索尼娅的自我的本我。亚厉克斯在正与索尼娅开始恋爱之际，与她相识。一次在露天啤酒店的偶遇。她是波兰移民，虔诚的天主教徒，体格魁伟，衣着寒酸，像个农妇（“她穿着米色的灯笼裤和某种具有民俗特色的绣花上衣”）。

她没有远大的志向。她在一家基督教书店工作。她讲的话几乎都是只字片语。他们在相识的第一天上了床。“一切波澜不惊，我有种她委身于我的感觉。”她大概精神不正常，因为她对他说的第一句完整的话是：“我爱你。”他完全搞不懂自己为什么被她吸引：“我厌烦伊沃娜，我们之间没有任何共同语言。我只喜欢和她上床，她躺在那儿，穿着她丑陋的衣服，身体笨重而柔软，我感到自己彻底自由、无拘无束。”在这个颠三倒四的天地里，媚俗的室内装修变得色情（“床头挂着一个塑料的小十字架，墙上贴满明信片和镶在镜框里的摘自《圣经》的格言警句。床上有许多颜色花哨的毛绒玩具，像是在火车站售货亭买到的那种”），杂乱肮脏得极具诱惑力：“狭小、邋遢、没有任何审美价值，这些特点似乎反而增强了我的欲望。”重点不是愉悦的性爱：“我抚摸她时，她基本不作出反应，或假装有反应。她令我一直着迷的原因是她无保留地奉献自我。”我们似乎在目睹一个古老的角色重回当代小说的视野：单纯、忠实的女孩。在乔纳森·弗兰岑的《自由》里也有这样一例。原来无论我们多么努力把心思集中于设备齐全的厨房，容纳人类性欲的这间屋子还是少不了地下室。

亚历克斯竭力想忘却这段匪夷所思的插曲。但即便在与索尼娅结婚后，他依旧时常想起伊沃娜。然后是七年之痒。接下来发生的事令人震惊；我不打算剧透。总之，在一种巧妙的嵌套式叙事结构下，二十年后，亚历克斯向安特耶坦白了一切。她是整件事的裁判，也是最初将索尼娅和亚历克斯撺掇在一起的媒人。我猜，她比他们年长二十岁绝非偶然，那个年纪的她正好属于第一波女权主义者。她不为亚历克斯的供认所动，她的立场和愤怒的读者一样：

可我没有选择，我情不自禁。安特耶说我有点过于轻易地

为自己开脱。她相信自由意志。你从未遇过这种情况吗，我说，
你做出一些连你自己也知道是错的事？那样做也属于自由意志。

《七年》给我的感觉像一本天主教小说，奇妙地和《权力与荣耀》《布罗迪小姐的青春》及较少为人所知的希拉里·曼特尔的《爱的实验》（讲的也是第一波女权主义的失败之处，主角是一个典型伊沃娜式的人物，体格魁伟，来自东欧，名叫卡林娜）一脉相承。在我看来，这一传统下的小说有一个相通之处，它们往往直面乖僻反常的行为，但不试图遮掩或解决这个问题。施塔姆的行文（在迈克尔·霍夫曼的出色翻译下）朴素但不那么简单：省略的引号，让思考的内容和讲的话混在一起，造成误解，唯一将亚历克斯善意的言辞与他令人不齿的行径区分开的是几个逗号，相当于语法层面的他在观看杰瑞·斯布林格风格的电视节目时所察觉的那道文明与丑陋的乱象之间的“单薄的门面”。一种含蓄而切中的风格。作者早在卷首语——（破例！）并非可有可无，而实是必不可少——里就提醒人：“光和影显示出形状——勒·柯布西耶。”施塔姆的光和影让我觉得如此引人入胜，以致在快读完这本小说时，我才意识到他提出的一个论点，若是在这本小说以外的任何体例里读到，我会拍案而起地反对。书的最后一页，亚历克斯在机场，望着出发大厅，看到一个男人带着两个孩子：“[那位父亲]转向[他们]说，现在她走了，其中一个孩子，一名十岁左右的男孩，问道，她去了哪里？我看不见她。那儿，那位父亲说着，指向空中，她去了那儿。但他所指的地方，只有阴沉的天幕，看不见任何东西。”你已经完成了飞越，宝贝，我在页面空白处写道——是不是飞得太远了？不敢相信我写下这样的话。《七年》是一部使人对自己的信条产生怀疑的小说。那种效果是一部小说能实现的极致吧？

葆拉·福克斯和杰夫·戴尔

今天，每家像样的美国书店均把葆拉·福克斯的书与理查德·福特、玛丽·盖茨基尔的摆在一起，让人容易忘记，多久以来她无人问津。有关重新发现她的始末已被讲述过很多遍：和理查德·耶茨再度引起热议一样，重新发现福克斯是九十年代纽约出版界比较津津乐道的一则逸事。两者的重新崛起响应了时下的需求。一批新面孔作家想要找到一条途径，创作曾被唐·德里罗称为“家长里短”的小说，却又不会招致像德里罗这类作家的鄙弃。一种新的家庭写实主义：生动而不煽情，自责而不郁郁寡欢，象征着一个民族，但不是概略式的。有时，这类梦想中的书已经有人写过。福克斯的《绝望的人儿》出现在乔纳森·弗兰岑为《哈泼斯》杂志撰文、捍卫长篇小说地位的《偶尔做做梦》里，出现在大卫·福斯特·华莱士的课堂上；作家把这本书推荐给读者，推荐给别的作家。虽然成为超级巨星的是耶茨，但作家推崇的作家仍是福克斯。她创作的全部成人作品数量上不及耶茨的，感情上更克制自持（不像他那样喜欢自怜自艾），但实际无论在个人生活还是事业上，她有的是理由为自己抱不平。两个甚是绝望的人儿诞下这个没人要的孩子，她经常被抛弃，有时被一弃数年，和耶茨一样，因父母中有一人从事“创作”、把艺术看得比孩子更重要、把酒精看得比艺术和孩子两者皆更重要而受尽苦难。和耶茨一样，她眼看自己的作品绝版，才华平平的同辈却备受推崇。在众多作家认为自己有权例外（他们书的销量想必加剧了此等心态）这一点上，这两位作家都持怀疑态度。他们都并不十分钟情与他们一团糟的童年相对的惯常的中产阶级生活。他们不夸夸其谈的共性，是他们赢得九十年代读者——受够了像沃尔夫和梅勒这类作家张扬无度的人格和文风——喜爱的原因之一。时代又再度要求作家有像海明威自称的“内置、抗震的胡话探测器”。福克斯肯定有；在某些方面，她的探测器优于海明威与耶茨的，后两位把自己喝成了笑话。福克斯非常熟悉这类人。她漠然地形容父亲、从事小说与剧本创作的保罗·赫维·福克斯是“一位作家兼酒鬼”。在《来自世间的消息：短篇小说与随笔集》里，她将那个滑稽形象提炼成令人难以忘怀的画像：

> 在我的童年和青春期时，我偶尔几次见到父亲，大多数时候他喝得醉醺醺的。他年轻时曾英俊潇洒。他深情而含混的声音，被用来无休止、结结巴巴地讲述他和他的同行作家如何以各种方式努力规避家庭生活和女人。他声称，每个作家都是被斗败的浪漫主义者，试图逃避家庭生活与女性而立志向上攀登高峰，结果却被女人想要生儿育女、筑巢安家的迫切愿望所拖累，下至低地。

福克斯花了四十五年时间培养起两种她父亲缺乏的品质，自制力与同理心：“一种不灭的对一切活着的生物的关注”。在这本新的作品集里，这种关注得到广泛的体现，从小说、回忆录、讲座到随笔，文体之间不拘一格。这一特点给人的感觉与福克斯的自我观念一致：

> 采访者：那么，对你而言，自传与小说的区别是什么？
> 福克斯：哦，对我而言，没什么区别。

无疑，她小说里细腻的韵味、敏锐的眼力天衣无缝地融入在非虚构作品中。在接受《巴黎评论》的访谈时，她辩称自己不是“知识分子”，用这样一句话来说明她的天赋：“我会看。”她确实会。在一篇细述她搬到布鲁克林的随笔里：“可这儿的天空的形态是在曼哈顿很少能看到的。我在抬头仰望时发现……这儿的天空无边无际，不是城市的屋顶，不是舞台布景的一部分，而是苍穹。”被人领着参观她未来的家：“我见到一间浴室，门开着，看上去像纯白的内衣，沾了一点污渍。”回忆起四十年前的一段往事，她娴熟地搭配组合形容词，将一位旧相识刻画得栩栩如生：“我和一名女子合住一间宽敞的房间，她年轻时曾是一个剧团的成员。我难得见到她清醒的时候。她通常在睡觉，不睡觉时，她向我展现出一套精心、模糊的礼数。”偶尔，这种细致的注意力完全倾注在晦涩的主题上。和许多纽约的作家一样，她假定我们深谙当地知名文学期刊的幕后运作，这里指的是《评论》月刊，格林伯格一家人（福克斯丈夫的家族）的大戏昭然地尽显其中。对普通读者来说，更有意思的是她在新墨西哥州的陶斯市遇见 D. H. 劳伦斯的遗孀弗里达，不期一睹了劳伦斯的画作：“我觉得那些画令人恶心。画的是赤裸的女人在石头地面上爬行，她们的乳房和臀部硕大，面有愠色或毫无表情。作品的用色原始、粗犷，气势磅礴、歇斯底里。”与福克斯的一贯风格——克制的焦虑——正相反。不将处于文明边缘的兽性释放出来——典型的福克斯笔下的情景。“人类几千年来的生活不正是为了实现这个结果吗？”在试图把两个打架的小孩分开时她发现自己失声痛哭。“我们就只能这样吗——狂吠、厮杀，像畜生一样？”

令人困扰的是，福克斯到底相信人的兽性是天生的还是环境的产物，她的作品没有给出明确的答案。一种顽固不化的紧张的种族关系贯穿她的作品（白人自由主义者代表了文明，贫苦的黑人和拉美裔人象征着混乱），这一主题因她拒绝亮出自己的立场而变得益发令人不自在。严苛的评语往往经由他人之口而道出：“［我］提到附近一带的犯罪活动，将这种现象归因于贫穷和无望。但她却令我大吃一惊。她说，‘人类天生有作恶的本领。’”我想她指的是，追踪苦难的轨迹，无论它来自哪个方向，凡所经之处，必然侵蚀幸福。世外桃源亦有我。那片沙场广大得可以上演许多美国人纠缠不清的争斗：阶级之间、种族之间、信仰之间。这些争斗并不总是美好的。在《温柔的夜》里，她动人地讲述了自己与一位同志邻居之间的友谊，艾滋病是乐园里的猛兽，福克斯带着她利落却温柔的眼神，来到这个可怜人的病榻旁：“他的手指感觉像一把铅笔”。但她得出的某些结论在当代读者听来会有一点不妥：

> 我有四个叔叔，三个是同性恋，随着年纪的增长，我小时候一闪而过的感触变得清晰起来。在同性恋群体中，多样化的程度无异于——在某些情况下，胜过——其他人。

我粗俗的一面想把上述那番话称作“犯了老糊涂”，画蛇添足得可爱，转而又记起，这是一位神奇的作家，福克斯（出生于一九二三年），她能够在年纪上远超她的读者，却仍与他们的正统思想保持一致的步调。代沟时而显现。福克斯也许花费过多时间哀叹当今语言运用的不当之处［误用“像（like）”和“楷模（role model）”，“影响（impact）”作动词时的误用，等等］。这条抨击路线渗透在新近创作的短篇里，表现为冲着电视大吼的满腹牢骚的对话。在福克斯眼里，语言的堕落代表了又一波浩浩荡荡入侵的乱象，但在对付这种乱象上，她有时失了分寸，靠文字为生的人容易有这样的反应。她感慨电视取代了广播，在现代人的童年中看到一种对纯真的媚俗的曲解。她引用 E. M. 福斯特的话（“她放弃努力，不想再搞懂自己，加入愚昧无知的大军，他们既不从心也不用脑，跟随流行的口号迈向注定的命运”），但若真要提醒人们提防陈腐的思想，自己也得力争跳出最老、最根深蒂固的窠臼：今不如昔。

我更喜欢写小说的福克斯，她的耳朵之灵[1]，写过几篇“黑人”故事（有两篇收入在这本集子里），投给《黑人文摘》，结果都被采用。当时的编辑霍伊特·富勒“写信想探明我是不是黑人。他的措辞十分含蓄，但我能看出那封信背后想问的问题。”福克斯不仅会看，她也会听、会感受——在这几个至关重要的领域，她的实力始终不减。一篇她二〇〇三年创作的短篇《格蕾丝》令我佩服得五体投地。故事讲一个单身汉和一条生病的狗。他只能不情愿地把那条狗留在兽医诊所接受手术。怅然若失的他漫步走进一间酒吧，想吃点和喝点东西：

> 那块牛排端上来时硬得嚼不动，令他想起他逗格蕾丝玩时戴的皮手套。此刻，它正在笼子里，四周一片漆黑，它困惑但坚忍。长期受苦才更好，可怜的家伙，带着病痛走过生命的长河。难怪它突然起身，走到另一个房间躺下。唤醒它的不是念头，而仅是想在命运的手掌中稍稍争得一点自由的步伐。他究竟为何在这间气氛糟糕、幽暗的酒吧停留？

如此那般即是同理心。那条狗死后，这个男的感到该给前女友打个电话：

1. Have such an ear 有擅长学习的意思，尤指语言和音乐。

“你想做什么？”她急促地喘着气。

“我想见你。”

“有何目的？”

“琼。我知道过去的事多不像话，我对你讲话的方式。”

“你太——瞧不起人了！”

“我知道。我无权——”

她打断他的话。“无人有权。”

黑人没有，白人没有，富人没有，穷人没有，父母没有，孩子没有。谁也没有。

杰夫·戴尔在《又称人的境况：随笔及评论选集》的序言里试问：“若声称这本书粗略勾画了如何以一种不无代表性的方式当一个二十世纪末二十一世纪初的文人，那样会不会显得狂妄？”是的，杰夫，会。但另一方面，这样讲并不算不准确。假如恰巧说这话的人不是你，那么可以更进一步，把“不无代表性”换成“典范”。许多杰夫·戴尔以外的评论者已指出过，这本书涉猎的主题出奇丰富，从摄影到文学、音乐、旅行、运动、战争与和平、爱与性与家庭——乃至与家人的性，关于这方面稍后细述。但在我看来，比起兼收并蓄，更重要的是处理方式上的一致性。就一九四三年罗伯特·卡帕的一幅照片来说，拍的是一名意大利士兵和他的女友走在乡间的小路上，戴尔写道：“艺术作品敦促我们做出类似的响应，因此，看着这幅照片，我的反馈表现为一种立誓：这幅照片将是我今生的最爱。”选集中的每篇文章均企图做出类似的响应，与评论的艺术作品平起平坐，把它当作恋爱对象一般，在某种程度上和它合为一体。对戴尔而言，批评式的欣赏行为非常近似于憧憬（“我想当那个士兵”）。讨论雅克·亨利·拉蒂格的一幅快照，抓拍一名迷人的女子躺在日光浴椅上，戴尔亲临其境，俯身凑近她，用法语低喃，“抱歉，小姐，希望我没有打扰到你……”他想走进这些照片里，却又想当这些照片的拍摄者。他的批评手法是小说性质的：窥私癖。如果我不是我将会怎样？如果我可以是另一个人、做一点别的事将会怎样？当一个摄影师会怎么样？或音乐家？或雕塑家？一篇论苏珊·桑塔格的文章题为“关于他人的成就”，事实上适用于整本书。在援引摄影家（同时也痴迷于转录他人之语的）威廉·格德尼的话时，戴尔发现其中有一句道破了他本人对角色转换的兴趣。“我想第一百万次体会经验的实在性。”乔伊斯写道。格德尼给那句话标上星号，把“经验的实在性”反过来变成“实在的经验”，从而将摄影家追求的目标和小说家追求的目标区分开。

戴尔追求的目标似乎总在于理解他人的追求。他深有同感地引用桑塔格苛求的宣言（“我眼里的作家：一个对‘一切事物’感兴趣的人”），一位“文学上和学术上的不速之客”，“不请自来，闯入专业领域”，但他本人走上作家这条路的过程不像桑塔格那样辉煌瞩目，而具有更多喜剧色彩——我忍不住想说，更富英国特色。就戴尔来说，对一样东西完全不感兴趣和非常感兴趣之间的界限细微得很：专注、进而着迷，源于三心二意和百无聊赖。他对摄影的感受正好说明这一点。十分突然地，他从对摄影不感兴趣变成很感兴趣，变成——百分之九十九的普通人不会走这一步——如此感兴趣以至写了一整本有关摄影的书。但由始至终，诚如他说明的，他没买一台照相机。当爵士乐研究所的一位图书管理员问他，他凭什么资格写一本有关爵士乐的书时，他回答，“我喜欢听爵士乐。”一旦他成功地在一个主题里找到自己的立足之所，“我自由地徜徉其中，在里面畅游一到两年”，然后骤然弃之，“换下一个主题”。

这些文章里涌动着一股永无满足的势头，仿佛正在把一张网撒得更广，寻找像最初对文学迸发出审美乐趣——从而让一个来自切尔滕纳姆、工人阶级出身的文法学校的男孩变成国际性的“文人”——那样的新爆点。得知D. H. 劳伦斯对他的转变起着关键作用，熟悉戴尔的老读者不会感到意外。巧的是，劳伦斯也在葆拉·福克斯的人生中扮演了至关重要的角色；两位作家同样在十五岁时读了同一本书，《儿子与情人》。这本书让福克斯“觉醒”；对戴尔来说，“它生动地叙述了一个过程，阅读这本小说是其中具有代表性的一节”，这个过程即英国人独有的难题，如何“成长于——并脱身于——工人阶级”。但劳伦斯远不止是戴尔在阶级上的效仿榜样（对不起，葆拉）。劳伦斯的意义在于坦率地讨论性，在于走出学院，在于“不属于任何阶级”，而感到“无处不是……家”，在于没有子女、走南闯北，在于“决不因为[自己]在某一方面才疏学浅而不敢写一本有关这方面的书”。在英国封闭狭小的文学圈子里，劳伦斯意味着自由。这两位作家在精神上彼此相通：风格上两人几乎无一点共同之处。戴尔仰慕劳伦斯的地方是他从骨子里对这个世界敞开胸怀，用弗里达的话说，“他心系天地万物”。但依我所见的劳伦斯名不虚传的华丽文采，丝毫不见于戴尔笔下。

在那篇写格德尼的文章里，有一处，戴尔转述了这位摄影师的一句话，给人感觉像自我反思：“要做到谦逊、质朴、率直、诚实却又聪明有见地，不是容易的事。”英国作家几乎不可能做到这一点，当中的原因和阶级密不可分，诚如戴尔在一篇十分精彩的评理查德·福特的文章中所写：

> 美国作家是幸运的，对他们而言，居于主导地位的文学

叙事声音，与叙事内部那些人的生活如此接近！……试想詹姆斯·克尔曼得绞尽脑汁消弭叙事与对话之间的差别；再想一想福特和那种面面俱到、走大众路线的叙事风格，无论在引号内还是引号外皆同样如鱼得水。

我觉得戴尔最不凡的地方即在于此：他的腔调。简单明了、不分阶级、平易近人却又博学多才——鲜少有英国作家能掌握集这几点于一身的诀窍。这种腔调使他得以讲出如下的话："我们的时代，不仅是一个谁——从美国总统到无名无姓的农民——都可能在胶片上死去的时代；而且一直以来，在一定程度上，人的死仅存于胶片上。我见过数百具胶片上的尸体，但在现实生活中一具也没见过。"这种写法，也许可以称之为"聊天式的高论"。它非常接近戴尔的另一位偶像——约翰·伯格的腔调，但戴尔不受制于伯格的政治紧迫感，所以能够用伯格不能的方式，恣意地探讨私人话题。很难想象伯格会描写肛交或发生在酒店的性关系，或是阐述小说创作的乐趣之一是获得捏造人的途径，确切地讲，捏造一个妹妹，更确切地讲，"那个理想中的妹妹——勾起你性欲的妹妹"。

和马丁·艾米斯一样——戴尔的幽默很大程度上师承自他，戴尔知道，作家的人生"多半活在焦虑和野心中"。在评论文学时，这番认识让他享有一种敏锐的心理优势。谈到美国文学与拳击之间的姻缘，他从海明威的吹嘘写起（"我悄无声息地起步，我拿下屠格涅夫先生……我和司汤达先生两度战平，我认为最后一局我占优"），然后诙谐地追踪记录在"爸爸"[1]的后人之间进行的一场男性决斗，炮制出

1. Papa，海明威给自己取的昵称。

最阳刚、粗野、“破碎”的句子，这场得失所系的竞赛的最终后果是“当代美国文学一条完美准则所带来的让人无所适从的窘境：要是可以能够什么都不写——又仍能写作就好了”。

综上所述，杰夫·戴尔委实有一个非常精妙的胡话探测器。但每个人的胡话探测器皆有缺陷。戴尔的缺陷可能在于不必要的自我辩护。“在多大程度上，”他针对桑塔格而问，“一位作家可能是杰出的散文家而不是杰出的小说家？”答案显而易见得令人发笑（“至于《在美国》，我实在佩服自己能把它读完，因而觉得应该给我自己颁一个奖”），但他似乎不相信我们认为他的话有道理。论丽贝卡·韦斯特：“要说她在人们眼中没有完全跻身一流作家的行列，原因主要是诸多奠定她名声的作品被默认为在体裁上次于那些照理能突显出伟大的表现形式，即，长篇小说。”论理夏德·卡普希钦斯基：“他是一种公认的文化偏见的受害者，这种偏见武断地认为只有小说这个最崇高的体裁才能展现文学上与想象上的卓越才华。”五十年前也许是。这个话题是四百页的书里戴尔唯一（稍稍）冥顽的地方。最后，他用他的幽默让自己免于被诟病为过分较真。他与伯格、劳伦斯、桑塔格的区别正在于此：这种区别使得这些文章不仅让人受教，而且读来趣味横生。他写在蓝筹画廊[1]展出作品的摄影家爱德华·伯汀斯基的那篇文章，开头如下：

> 无论是在华盛顿科科伦画廊的墙上还是在随同此次展出、由施泰德尔出版社出版的书里看到这些作品，《石油》系列里的

1. blue-chip gallery，指发掘和培养有潜力的艺术家的画廊，这些艺术家的作品价格能长期稳定地上涨。

照片迫使观者直面宏大、棘手的问题。我们怎么能继续以这等规模来生产？我们怎么能继续以这等规模来消费？我们难道不是到了该说“好吧，应适可而止”的时刻？我们已习以为常的奢侈和浪费的程度，是否可持续？简言之，我们还能接纳多少爱德华·伯汀斯基制作的这类高度刺激、高价位的产品？我这样讲，不过是开个小玩笑。

戏谑的反转是一门专长。网上最好笑的一个片段是戴尔使出同样的招数，在一个文学节上介绍不苟言笑的 J. M. 库切。

在回忆录部分，熟悉的俏皮特色被某种更柔和的笔锋所取代。原来这位独来独往的作家之所以过着诱人的潇洒生活，根源是他没有兄弟姐妹，日子过得漫长沉闷，无论以前还是现在，太多的空闲时光并不总像那些旁观者可能以为的让人乐在其中：“正当许多和我同龄的人在开始因义务、责任和承诺而感到力不从心时，我却厌烦了无牵无挂的自由”。戴尔超群出众地记述了他本人的倦怠情绪，其中最动人的部分可能是在他透露，那个从书本中脱胎而来的年轻人，现在觉得连读完一本书也是件难事：“可怎么会这样呢？我怎么从对一切事物感兴趣落到对什么都不在乎？”

我曾将戴尔与金斯利·艾米斯放在一起比较，我猜这个比较必定令他生气，因为到头来，艾米斯的趣味偏狭至极，完全局限于英国，而戴尔的趣味之广，令人惊叹。虽然我给不出一个非常合乎逻辑的理由来说明，但我始终觉得他们之间存在一种联系。然后，我欣喜地在他评论丽贝卡·韦斯特的《黑羊与灰鹰》一文中发现有趣的一刻，这两人似乎走到了一起。戴尔谈到韦斯特“肯定合意的事”胜于不合意的事。戴尔也是这样的偏好，满腹诗书的他用奥登的话（摘自《战争时期》）来附和这一观点：“理智总比发疯要好，被人喜欢总胜过令人畏惧；/ 坐下享受美食总比饭菜难以下咽要好；/ 相拥入睡总比孤枕难眠要好；快乐当然更好。”[1] 金斯利也正是胡乱套用这首诗来提出他多番重申的信条：美好的事比令人难受的事好。金斯利和戴尔一致的地方即在于此：竭力证明享乐不有违道德。这一点也解释了为什么在该书这么多的文章里，没有一篇传统意义上的“恶”评。一个怕麻烦而不肯做瑜伽的人，不可能有兴致就某样他讨厌的东西写上千言。戴尔胜过老艾米斯——还有诸多他称为“掖得像医院床单折角那样工整的英国小说”——的地方是他能够在脑中同时抓住存在的美与恐怖，诚如他在阿尔及利亚表露的、让他的另一位文学偶像加缪黯然失色的剖白：“我陷在两种矛盾的心情里：这个世界美好的事物之多，让人难以想象我们竟有痛苦的时刻；这个世界混账的东西之多，让人难以想象我们竟有一时的快乐。”

两条腿坏，六条腿好——桑塔格更糟！

我是不是一个多余的人？很多小说——很多小说家——提出此问，但极少问得这么直接，难得出现在封面上。可这个问题正是梅拉·哈特维希的中篇小说的标题，这部小说写于一九三一年，如今由达尔克出版社重新出版，它的作用好比一个救生圈，提醒我们注意有一位作家即将湮没无闻。哈特维希一八九三年出生在维也纳，从事写作前是一名演员；她嫁给一位艺术史学家兼艺术评论家罗伯特·斯皮拉博士，德奥合并时，这对夫妇逃至伦敦，与弗吉尼亚·伍尔夫成

1. 这段译文采用的是 2012 年上海译文出版社出版、马鸣谦翻译的版本。

为朋友。出版社提供的就那么多；很难找到更多相关信息。还有一本早期的长篇小说，标题同样挑衅，《女人微不足道》，出版后引起公愤（并差点拍成由葛丽泰·嘉宝主演的电影）。我欣喜地挖出一期《犹太难民协会》的时事通讯，上面报道了梅拉七十岁的生日，一小段文字，包含零星的令人心酸的消息。（“一九三八年，她来到这个国家，在继续从事写作方面，她遭遇了无法逾越的障碍。这一挫折导致她走上另一条路，发展她的艺术爱好，这条路与她的母语德语无关：是绘画。”）同样在这份刊物上，下一篇提到她的文章是一九六七年她的讣闻。在讲英语的圈子里，她似乎主要跟在伍尔夫身后，被她的光芒遮蔽，斯皮拉博士曾被短暂地关押在马恩岛，伍尔夫动用她的影响力帮他获释，当罗伯特从维也纳带出来的几幅画被鉴定为赝品时，伍尔夫再度向这对夫妇伸出援手（伍尔夫答应让负责管理英国皇室画作收藏品的肯尼思·克拉克爵士看一看这些画）。此处补充说明一点：最近在锡辛赫斯特城堡的一个暗屉里发现了一批藏匿的伍尔夫与维塔·萨克维尔-韦斯特之间的书信，其中有一封顺带提到梅拉，两位职业选手抛出的一粒孤球，长久以来失落在高高的草丛中。梅拉是否心怀感激地接受弗吉尼亚利用她良好的人脉所提供的慷慨帮助？或是觉得那种帮助是屈尊俯就的恩惠，她们之间的地位差距令她感到苦闷？朋友或亦敌亦友？这个以下述方式给小说起头的女子，想来性情有点火暴：

> 我是一个秘书。我有近十二年的工作经验。我的速记能力一流，打字水平优异。我这么讲不是吹嘘。我只是想证明我有出息……下面这个故事是我想要写的。然而，这个故事平凡得可笑，乏味无比，所以根本不算故事。

这个所谓的故事是一番沉闷、独白式的咆哮，与哈特维希的同胞托马斯·伯恩哈德的作品无异：这种写作风格像是躺在一把维也纳躺椅上做出的口述，但并无任何疗愈性的宣泄作用。且不提安娜·O[1].；来见识一下阿洛伊西亚·施密特：一个自恨、自慰成瘾、自恋、躁郁、到处寻欢作乐的女郎：

> 我既不漂亮也不丑。我的脸蛋既不讨人喜欢也不讨人厌，既不迷人也不难看。那是一张让人完全视若无睹的脸。不用说，我当然希望自己长得美。对此毋需多言。但是，我发誓，有时我也希望自己长得丑——丑绝人寰。诚然，我无法解释我为什么希望自己长得丑绝人寰。可能是因为那样的话，至少人们会注意到我。

首先，与伯恩哈德的类比令人感到丧气：为什么男作家把愤怒集中表现为施虐狂，而与他们地位相当的女作家则因愤怒而沦为受虐狂？在听了阿洛伊西亚不幸而纷乱的童年经历后（“我已经够神经质，我不想让自己听起来变本加厉——话说回来，我算什么，有资格神经兮兮？——但我必须承认，我自小就受不了别人不把我放在眼里”），读者怯生生地透过她的指缝，窥探她长大成人，开始有男人登场：

> 事实上，我认为埃米尔·K.最令我钦佩的地方在于：大多数时候，他讲的话，我只听得懂一半……我搞不懂一个像他那样聪明有才的人为什么会屈尊与像我这样的人交往。他不可能

1. 精神分析史上第一个病人。

永远只满足于我有一张漂亮的脸蛋。要说他目前还没离去，大概仅是因为尚未把我认清。

阿洛伊西亚在自我毁灭方面造诣颇高（“我认为我有一种特殊的本领，可以看出每次在我可能意外撞上的成功背后实该失败的命运：我没有理由不心满意足，但我还是不满足”），即便在复述事件时，她仍对自己竟能够做出那样的事感到怀疑。那句“我不知道我讲得是否清楚”——通常跟在一段再清晰不过的段落后面——不断重现，如同口吃。

在网上的一篇书评里，某个叫凯特的人称哈特维希是“维也纳地狱版的凯莉·布拉德肖[1]”。这个比较一针见血，不过我认为凯特是抱着谴责她的意思，而我更倾向于赞颂。在怀着复杂的心情——时而高兴时而恼怒，和我以前看电视剧里的凯莉一样——认识阿洛伊西亚之际，我忽然想到，人们一贯对这类女性叙事的逻辑产生错误的理解，表面的自我菲薄常常是反过来的自我炫耀、坚持己见的形式。这种误会竟如此频繁地发生，这并不叫人感到意外：叙述者竭尽所能地让人相信这种自我菲薄是由衷的。想一想中世纪的神秘主义者，主动在自己的胸口上撕出洞来，让耶稣可以进去；或当今的喜剧女演员和专栏作家，把自己批得体无全肤——贬斥得一文不值。可他们不都正是，用奥威尔的话来讲——形容作家“纯粹的自我中心主义”——“一辈子为自己而活”吗？到头来，凯莉做的每一件事不都正合她的心意吗？

所以为什么不照直写出来呢？大概是因为没有明确的女性表达

1. Carrie Bradshaw，电视剧《欲望都市》（*Sex and the City*）的女主角。

胜利的语汇，没有“夸口的资格”，没有表示运气和权力的外部符号。常言道，我们不能抽出那张牌，啪地扔在桌上。男性叙述者向来不缺化身——从赫拉克勒斯的十二项业绩到波特诺伊的怨诉——但女性的自我，长久以来未有机会走上主流叙事的阳关道，似乎通过设计奇特、迂回的旁支岔路得以补偿。没有豪言壮语的英雄事迹。看似抹杀自己的自我表现。但自我，我们是有的。我们需要自我，我们找到自我。只不过这种需求兜兜转转，总在变化，适应于环境——或讲得更明白些——表面上总在被动地反应。例如，有时阿洛伊西亚告诉我们，她“既不漂亮也不丑”；有时她声称自己叫人反感；其他时候她仿佛把自己想成绝世美女的形象。她的美与丑在她心目中根本不是一个既定的事实，而取决于她回应的对象——

> 当然我知道，靠近我会激起他的性欲。我不怀疑他觉得我的脸蛋、可能还有我的身体异常吸引人。连我自己也同意这一点。我亦认为我的脸蛋和身体确实值得受人爱慕；那时的我确信（因为他确信）我漂亮极了。

——是吗？像阿洛伊西亚那样的女人，往往会招致一句听腻了的评语，来自比她们更有自觉意识的姐妹：这些女人只活在与男人的关系中！没了男人，她们算什么？她们难道不是多余的人吗？但转而更仔细地看看这些“男人”，一个稍稍不同的故事浮出水面。阿洛伊西亚交往的男人和凯莉交往的一样，他们来来去去，没有区别，并未真正改变她的人生轨迹；事实证明他们轻如鸿毛，无关紧要。他们身陷在一场表达女性自我实现的过分激烈的大戏中，这场戏不仅本身是虚构的，而且虚构了它照理要回应的那些男人。耐人寻味的不是这种做法属于受虐狂或施虐狂，而是其中包含的公然的自我中心主义。

哈特维希识破了这一切。

> 露易丝，如此看轻自己是傲慢自大的表现。你真的不相信人们——包括我在内——个个偶尔，或经常，或甚至可能时刻在某些方面对自己感到不满吗？你真的认为人们——包括我在内——果真一辈子顺顺利利，不用想办法在自己的才华和自尊之间找到平衡吗？认为人们竟能躲过世人的鄙夷，最终接受自己本来的面目吗？可你的行为举动显得仿佛只有你是这样。

那个人是阿洛伊西亚的初恋，埃米尔·K.，就我们今天可能称之为“她的胡扯”的东西与她对质。他用连凯莉也能听懂的说法把话挑明：“显然，你只有在不开心的时候才开心。”那句话道出这本书引人入胜的地方，让人对书中偶尔出现的生硬措辞和弗洛伊德式的装腔作势忽略不计：这本书不仅表现了女性的“歇斯底里”，而且发自内心地对此做出狡黠的评语。这本书把大张旗鼓宣扬的“多余性”改头换面成一种至关重要的能动性，因为驱动和决定一切的正是阿洛伊西亚的自恋。我不认为这种塑造手法使得她或凯莉格外令人赏识，但这本书着实说明了她们的叙事弧线给人提供乐趣的原因。追求权力喜闻乐见。何等的权力呀！我们的注意力一刻也不得从阿洛伊西亚身上移开；她非但不是多余的，而且其他人只能根据他们与她的关系，实际的或想象的关系，来指望获得一席之地。她虚构出与几乎未察觉到她的存在的男人的全部关系。她坚称男人不倾心于她，从而令倾心于她的男人心碎。她从帘幕后面看着她最钦慕的女人被她最想得到的男人拒绝；后来这个女的开枪自尽，那个男的万念俱灰。而阿洛伊西亚本人呢？喔，与那个标题相反，随着故事接近尾声，她似乎是唯一屹立未倒的人：

> 我仍在那家建筑公司当雇员。大家因为我一流的速记能力和我超群的打字技术而知道我……一位同事，是个会计，十分热烈地追求我，甚至提出求婚。我讲这件事不是为了炫耀。我只是想借此说明依旧有人比我自己更看好我。假如我是男的，我肯定不会对我自己有兴趣。

读者，可别相信她的话。

鉴于她与异性相处上的障碍，我好奇阿洛伊西亚难不成更愿意做一条蠹鱼？瞧，雄蠹鱼留下一包精子，挂在一根连着小树枝的丝线上，等日后雌蠹鱼的生殖器打开时来取。雌蠹鱼吸收完精子后，吃掉包裹精子的精囊。无一点感情的余波。上述知识是我从玛莱娜·苏克的《六条腿动物的私生活：昆虫世界给我们上的一堂有关人生、爱和语言的课》里得来的。这本书给我讲了很多昆虫界的轶事，简直多得让我不知所措。吃饭时聊起这些事，不仅让人接不下话，而且吃不下饭。这种感觉可威风了：我推荐大家一试。不管坐在对面的人认为他多么了解昆虫，读完这本书后，我保证你会知道得比他更多。他会说，“哦，是啊，有些黄蜂给它们的猎物蟑螂注入一种有麻痹作用的毒剂，让它们可以把蟑螂拖回马蜂窝，保持蟑螂的新鲜。”你可以叹一口气，低头看装黄油的碟子。你可以不无谦逊地告诉你的朋友，有一种扁头泥蜂，不是给蟑螂注入简单的麻痹剂，而是“审慎地蜇一针到［它的］脑袋里，使它的神经系统，还有腿，仍能良好地工作，足以让它自行行走”。然后那只黄蜂领着那只蟑螂走向它的死亡，堪称“劫持了［它的］自由意志”。僵尸——蟑螂！补充说明：假如有人看到一只默不作声的雄蟋蟀未能吸引任何雌蟋蟀，原因不是它害羞，而是在此之前，一只苍蝇在它身上下了些极小的幼虫，有一条或几条发育出的蛆钻入它的身体，从它体内蚕食了它，并长得跟这只蟋蟀本身一样大，如今寄生在它的身体里。僵尸型的蟋蟀苍蝇！比赛结束：你胜出。

不过这本书远远不只是让人有机会在熟人面前显摆。从中人们可以阅览基因的表现方式，摒除我们有时在研究我们自身这种物种时所附加的一厢情愿的想法、文化上的假设和意识形态的偏见。在这方面，昆虫的优势在于它们的基因组丰富多样——“猴子与老鼠的差别远不及蚱蜢与苍蝇的差别大”——还有它们本质上与我们相异，使得我们比较难以将它们拟人化，但在下文中我们将会看到，我们还是不遗余力地想这么做。

在艺术和社会科学领域，人们倾向对纯粹从基因角度来解释行为的“天真”做法表现出几分不屑。这一观点的理由如下：说到底，我们是文化的动物，认为可以把人类的行为特征与基因一一对应起来属于范畴错误。在某种意义上，苏克得出相似的结论，但就她而言，基因不能“从源头上与单一特性并仅与那种特性挂钩”的观点不是反科学；这种观点更多是对科学的细致入微的解读。与一种行为挂钩的基因，也和无数其他行为挂钩，并且基于养分和化控等环境因素而不断在表达上有所不同。她用蜜蜂来证明。人们过去一贯相信，蜜蜂不是生下来的，而是通过摄取蜂王浆得来。事实上，蜂王浆不仅是吃下去的东西，而且是繁衍后代的方式——但更重要的是，这个过程是两种因素间的相互作用：“在蜜蜂身上，不同的养分与基因组发生作用，开启和关闭某些发育途径。”让蜂后产出更有可能成为蜂后的幼虫，但不保证它一定能成为蜂后：蜜蜂“对环境的微小变化极度敏感”。往处女蜂后与工蜂所居的蜂箱里泵送十分钟二氧化碳，会立刻改变其基因表达；蜂后的卵巢发育加速，工蜂的卵巢发育受抑制。即便基因相同（蜂后和工蜂至少有两千个相同的基因），它们在这两类个体的大脑里的表达也不同。苏克论证，实际的情形“既更复杂，又更与基因这个决定因素相关”。在某种程度上，这是一幅理不清头绪、无法给人满意答案的图景：研究证明，组成我们的基因中有许多是上一代遗留下来的，冗余且无功用。我们和昆虫一样，是包含了我们自身进化过往的移动废品站。

但换个角度讲，这幅图景比我们原本可能想象的更多姿多彩，因为我们在进行阐释时倾向用黑与白来理解基因型的显型证据。（再）以蜜蜂为例。总体上苏克设法不对我们在昆虫生物学方面的无知感到气馁，但她的乐观也有限度，那个极限是《蜜蜂总动员》，片中杰里·塞恩菲尔德给一只雄蜜蜂配音。“这部片子错误百出，”她抱怨道，“是艺术创作的不拘一格，还是触目惊心的愚昧无能。”她未因亚里士多德做过类似有关蜜蜂性别的假设，还有本·富兰克林和十九世纪的诗人查尔斯·斯图尔特·卡尔弗利（“当那只蜜蜂从草丛里飞出来时，/他的腿上满载着甜蜜”）而感到多少安慰。这个错误在预料之中：蜂巢里人人效力于他的大蜜蜂，必定是蜂“王”，无所事事闲着的那些必然是雌蜜蜂，有蜇人本领的那些想必也是雄性。可那样的话，为什么是雄蜜蜂承担照顾下一代的全部工作？那一点令亚里士多德百思不解，“最后只好得出结论，蜜蜂可能是雌雄同体”。苏克指出，做这样的假设不仅歪曲了对昆虫世界性别角色的认识，还进一步扭曲了人类自身世界里的性别角色。而且，根本“不得要领”。在昆虫世界里，虚构逊色于事实。谁想得到，雄峰产自未受精的卵，从而使姐妹之间的亲缘关系更近于她们与母亲的亲缘关系！

有趣的是，苏克在这本书里细述的各种拟人化的错误，几乎条条与性别有关。她向我们津津乐道的“行军蚁”，也是雌的，历来被人刻画成嗜血的雄性斗士：苏克反驳，这种现象的本质是极端的捕食手段，“而捕食不是发动战争，是获取食物。”与其说像横行的强盗，不如说更像一大群妈妈扫荡“全食物”食品超市。瞧，我又来了，拟人化。很难不这样做。该书的标题不正是鼓励大家把从昆虫身上学到的应用于人类生活吗？也许我们可以探索我们之间的联系而不抹杀我们之间的区别：“因为我们与昆虫共有一个极其古老的祖先，我们可以通过认识它们，探索我们如何在表面上与它们殊途同归。”在阅读甲虫的杀婴习俗时，我一直谨记着这句话：

> 发生在昆虫身上的有文献佐证的事，不知为何看似与人无关，大概是因为我们没有习惯性地在昆虫的行为里见到自己的影子……现在大家明白，至少在某些时候，这种做法可能是天生的适应手段，因为在生存维艰、或要损害父母安康的情况下，养育幼崽可能是一场风险太大的赌博而不应继续……假如境况变得无情，无情的——也是聪明的——父母，停止抚养它们的后代。

苏克没有做以下的类比，但我联想到西非那些被家人杀害的“妖”童。当家里有十张嘴要喂，而有的食物只够喂饱四张嘴时，民间传说也许不是原因，而是幌子。否则人这种动物如何能向自己解释其最惨无人道的生存选择呢？

鉴于苏克探讨的主题天生如此具有吸引力，令人遗憾的是书中各种以（在我看来）“通俗化”之名开的蹩脚的关于科学家的笑话。在提及十七世纪荷兰一位显微镜专家扬·斯瓦默丹切开一只蜂“王”以证明它是雌的时，我们读到下面这段话：“‘嗨，你听说了吗？老扬·斯瓦默丹将于下周二给一只蜜蜂开膛剖肚！谁知道他会揭示出什么样特殊的构造啊！我们去瞧瞧吧——我来买蜂蜜酒。’你猜他会售票吗？”还有几处地方企图牵强地建立“相关性”。在向我们讲述蜜蜂具有非凡的“学习识别个人面孔”的能力时，苏克转入展开一段有关“反恐战争”的奇想：“例如，我的脑中产生一个画面，一个装了一只蜜蜂的蜂箱摆在机场安检处，仔细审视乘客的脸，寻找与已知的恐怖分子的照片吻合的面孔。这个办法是否会比现有的某些措施更奏效，这是一个值得思考的问题。”教授，你前面的“精囊”已经把我征服了。

有这样一种不会飞的芫菁科昆虫；生活在美国西南部的沙丘里。它们在一种名叫黄芪属的植物上产卵，不巧它们无法靠这种植物为生。因而它们专门寄生于一种特定的、也生活在沙漠里的蜜蜂。听听下面这段描述：新孵出的幼虫，数量达几百只，齐聚在那株植物的梢尖。整体来看它们像是我刚提到的那种蜜蜂的雌蜂；它们甚至分泌出某种气味如同雌蜂的性外激素的物质。于是雄蜂飞来，误将这团有生命的假冒货当成他的配偶；在他醒悟过来以前，几只趁虚而入的幼虫跳到他的背上。晚些时候，在他找到自己真正的配偶时，这几只幼虫迁至她身上，继而到她的窝里，以她储藏的花粉和花蜜为食，在那儿长大。我为什么要讲这个故事？因为这个故事让我想起西格丽德·努涅斯的《永远的苏珊：回忆苏珊·桑塔格》所体现的生命周期。桑塔格想必有多得不得了的花蜜；诸多人不断借此中饱私囊。芫菁科昆虫和蜜蜂之间是什么关系？朋友？亦敌亦友？努涅斯以一种刻薄、风雅的纯文学的方式走在两者中间，要说粗鄙，粗鄙的仅在于该书的态度，绝不在于句子本身。人们感受到她想要人对书中所写的她的行为做出道德上的裁判，而她早已准备好所有辩词——但这样做给人感觉是挖空心思在写这本书，宛如一位贪婪的作者设下等读者上钩的陷阱。不，有趣的地方在于，看到一位女性知识分子用谣言和过度的好奇心戳她、捅她——即便在她死后——仿佛她是一只我们没有完全搞清楚性别的胖蜂王，这在我们看来简直前所未见。她到底做不做饭？她到底打不打扫卫生？她有没有一点母性？男人和女人是不是同等吸引她？她是不是对他们区别以待？她染不染发？她注不注意自己的体重？她虚荣吗？她真的没有幽默感吗？她确实跟她的儿子上床吗？（努涅斯转述这条最卑劣无耻的谣言，此举典型地说明了我所讲的粗鄙。）可怜的苏珊。我们谁都有缺点，但不是每个人都像虫子一样被钉在木板上，举起供大家观看。

阅读圣奥宾的一夏

我们有一种“暑期读物”的概念。在沙滩上、吊床里或茂盛的草丛中所读的书，保证让人读得津津有味、完全沉浸其中：假如发现自己每隔几分钟将书平摊在胸口上，寻思着中午吃什么，那么这本书恐怕不属于暑期读物。一本名副其实的暑期读物比夏日更加实在：抛弃朋友和家人，躲进自己的房间，拉拢蚊帐，回到——就我而言——帕特里克·梅尔罗斯的所作所为中。爱德华·圣奥宾的《终于》是我们今天言必称之的“帕特里克·梅尔罗斯三部曲”（《一点希望》——原来本是一部中篇三部曲——再版时作为第一卷；《母乳》是第二卷）的完美收尾作。这套作品讲述了梅尔罗斯家族（基本是自传体）的故事，一个仅是名义上的“美满家族”。继承了大笔财产的母亲埃莉诺嗜酒成性，无能保护自己的儿子，帕特里克从五岁起遭到贵族出身的父亲大卫的强暴，在这样的环境下长大，他变成某一类特定的英国绅士（取决于人们挑的是哪一本书），在纽约的酒店套房里注射海洛因，随身携带“一本《西西弗神话》，放在长大衣的口袋里”，一边和他的孩子走在伦敦西郊的国立植物园邱园里，一边把一小瓶威士忌一饮而尽，在即便最一无是处的颓废状态下仍回忆起许多零散的英国诗句。

圣奥宾的专长是把一部小说的全部情节集中在一日之内（加上许多闪回）。设定的这一天通常正好有某种“折磨人的社交活动”，最佳的诠释是一场云集了自己情愿不要认识的人的聚会。拿着一块酥皮馅饼，等人来重新斟满酒，当某个笨蛋在房间另一头高谈阔论时盘算着自杀——“扫兴的派对”这一主题给几代英国作家提供了悲情的源泉。（按金斯利·艾米斯的说法，英语里最令人丧气的一句话是：“红酒还是白葡萄酒？”）在《终于》里，我们终于参加了帕特里克母亲的葬礼（他的父亲在《一点希望》里幸运地早走一步）。这一幕情景设置比听起来远更滑稽（“哥特风格的手稿似乎扭曲了每个穿过殡仪馆门的字母，死亡仿佛是一座德国村庄”）。帕特里克人到中年，结过婚又离婚，最近刚在英国知名的康复中心“小隐修院”住了一段时间。他担心毒瘾复发。但他对这次葬礼寄予厚望：

> 既然他成了孤儿，一切再理想不过。他似乎终其一生在等待这种完满感。对当代的各位奥利弗·退斯特来说，这种完满感不过尔尔，他却花了四十五年时间才取得和他们起步时一样的令人羡慕的状态，比起当大卫·梅尔罗斯和埃莉诺·梅尔罗斯的孩子，由班布尔和费金抚养长大虽然相对高枕无忧，但肯定会削弱个性。

父母去世、海洛因、童年时被强暴、情感缺失、自杀、酗酒——我决定就此打住，以免听上去像总结陈词。无论怎么概括故事情节也无法尽述圣奥宾小说世界的丰富、尖酸的喜剧性或——更出人意外的——其中深奥的哲学性。自他的作品问世以来（至二〇〇六年《母乳》入围布克奖决选名单），很长时间里圣奥宾没有广泛的读者群，原因大概正是这种风格与内容之间可见的差异。他结合王尔德的风趣、伍德豪斯[1]的轻巧和伊夫林·沃[2]的刻毒，用华丽的文采包装处于绝境中的自我（“窒息、遭弃、因强暴而诞下，又生来遭强暴”），这样的情境，丹尼斯·库珀或威廉·巴勒斯的读者更熟悉[3]。

如今，梅尔罗斯系列作品忽然走俏，让人忍不住把这一现象归因于近来风靡英国的上流社会浪潮：一场王室婚礼，一位保守党首相，一个牛津精英派内阁，泰伦斯·拉提根[4]的戏在国家剧院重新上演，电视里在放《唐顿庄园》。但梅尔罗斯系列是声东击西。圣奥宾的目的不在于歌颂上层阶级，而是埋葬他们——但没有彻底埋葬，不无些许眷恋——采用的是同样反讽、谈话式的风格，在

1. P. G. 伍德豪斯（Pelham Grenville Wodehouse, 1881—1975），20 世纪英语世界成就极高的幽默作家，风格诙谐风趣又充满智慧，其代表作为《万能管家吉夫斯》系列。
2. 伊夫林·沃（Evelyn Waugh, 1903—1966），被誉为英国 20 世纪最优秀的讽刺小说家，并被公认为 20 世纪最杰出的文体家之一。
3. 丹尼斯·库珀（Dennis Cooper, 1953—　），美国知名的作家和艺术家，深受现代主义的影响，其创作往往都有一个非常极端的主题和一些惊世骇俗的描写。威廉·S. 巴勒斯（William Burroughs, 1914—1997），美国作家，美国后现代主义创作的先驱之一，也是“垮掉的一代”文学运动的其中一个创始人。
4. 泰伦斯·拉提根（Terence Rattigan, 1911—1977），英国剧作家，出生于伦敦，曾就读哈罗公学和牛津大学。受到出身和教育影响，他的大多数戏剧都以上流阶层为背景。他最知名的作品包括《白朗宁版本》《蔚蓝深海》《鸳鸯谱》等。

这方面，这一阶层的人是能手（“‘所有嗜好中这一样最难戒，’帕特里克说，‘海洛因不算什么。试着摒弃嘲讽看看’”）。由于他们坚定地认为自己享有权势，圣奥宾笔下的这些角色有时使他的创作看来显得容易：与其说是描写，不如说是让道。他们不鬼鬼祟祟地活动，等着全知的叙述者像老黄牛似的来兢兢业业地介绍他们。他们自己抓过该死的缰绳，仿佛在表示：看在上帝的分上，把这东西给我。显然你根本不知道自己在做什么。这本小说的开场白：

> “见到我吃惊吗？”尼古拉斯·普拉特一边说，一边把拐杖杵在火葬场的地毯上，用一种略微涣散的藐视目光盯着帕特里克，这种习惯再无用处，但要改正为时已晚。“我简直成了追悼会的常客。像我这把年纪的人注定如此。坐在家里放声嘲笑少不更事的讣告作者所犯的无知错误，或满足于数数每天会有多少个同龄人亡故所带来的单调乐趣，这样做无益。不！人必须‘礼赞生命’：娘炮就这么完了。他们说他趁火打劫，我可不相信！——那种事，要恰当地看待整体的成就。请听清楚，我不是说谈不上感人。有一种逐渐增强的管弦乐队效应，持续至临终。当然，还有莫大的恐惧。我蹑手蹑脚地从病床上下来，坐到追悼会的长椅上，然后再回去，每日如此循环，让我想起过去那些隔三差五一头撞上礁石的油轮，成群的鸟儿死在沙滩上，翅膀粘在一起，困惑的黄眼睛一眨一眨。”

天哪。就圣奥宾的情况而言，说这个人“善于捕捉对话”未免有点索然无趣。有些人也许会提出异议，声言这个世上不可能还有果真像尼古拉斯·普拉特[1]那样讲话的人，但一周里随便哪天走进伦敦的加里克绅士俱乐部，能遇见半打这样的人，瘫坐在翼状靠背扶手椅里，慢慢品着一杯饭后的白兰地。（注意：非会员，或非男士，请别想踏进这间俱乐部。）这类人的数量可能极微，但历来越小一簇人繁衍出越长的系列小说（普鲁斯特！）。帕特里克也不认为自己优于他所属的那个高人一等的社群；相反，他有共鸣，看出自己是一个“试图通过说理来摆脱他的一切所思所感的人”。这几部小说出色地刻画了那一类人和他们无休止的唠叨，但最终留下的是对英国人讲话措辞委婉的辩护，话里的迂回曲折、含蓄戏谑——尤其是，话里的克制。虽然有关帕特里克·梅尔罗斯的故事表面上显得夸张无度，但这几本书本身的架构是建立在语言的克制具有强大感染力的观念的基础上。在圣奥宾的小说世界里，谁掌控复述，谁就掌控这个事件。我们也许可以根据刘易斯·卡罗尔的阐释，把这种情形称为“憨扑地·蛋扑地效应”[2]。

无疑，“谁说了算”的问题萦绕在帕特里克心头，谈到他讨厌至极的家人时，他嘴上毫不留情地把他们概括得一文不值。他瞥了一眼

---

1. 梅尔罗斯系列中的一个人物。

2.《爱丽丝镜中奇遇记》里有一段爱丽丝和憨扑地·蛋扑地的对话，讨论语义学和语用学：“你说‘荣耀’是什么意思？”爱丽丝问。

憨扑地·蛋扑地轻蔑地笑笑。“我不告诉你，你怎么会明白。我的意思是说：‘你有一个没法儿反驳的漂亮论点！’”

“可是‘荣耀’并不意味着‘一个没法儿反驳的漂亮论点’呀。”爱丽丝反驳道。

“我在使用一个字眼儿时，”憨扑地·蛋扑地口气十分傲慢地说，“它的意思就是我想要它去表示的那个意思——不多不少，恰如其分。”

“可问题是，”爱丽丝说，“你是否有能力让不同字眼儿表示不同的事物。”

“不对。问题在于，”憨扑地·蛋扑地说，“是谁说了算——就是这么回事。”

过道另一头、他“不悦的姨妈”南希正在抱怨出席她姐姐葬礼的人数量稀少、都是无产阶级（“‘我是说，例如，妈咪一辈子就只出过一次车祸，但即便如此，当她倒吊在那个变形的金属壳里时，悬在她身旁的是西班牙公主’”），帕特里克的内心独白完美地揭示了她毛病的根源，也是圣奥宾的两英寸象牙的源头：

> 继承来的财富造成的心理冲击，让人拼命想要摆脱这些财富又拼命想要抓着不放；坐享其他人几乎个个用宝贵的人生换来的东西，这会摧折人的士气；暗地里或多或少的优越感和暗地里或多或少因富有而产生的羞愧感，使他们表现出特有的虚假面目：慈善化解法，酒精化解法，用怪癖来掩饰，在完美无瑕的品味中寻找救助；落败的、闲散的、轻佻的、和他们的对手、掌旗的领袖，全都生活在一个圈子里，可选择的光明大道，多得让爱与工作难以渗入这个圈子。

写书评时，很大一部分时间是用来把别人的话打出来，即引用。通常这项工作单调乏味；但摘录圣奥宾的话是一件乐事。哦，所用的分号，严谨的文风啊！那些逗号点得恰到好处，极具节奏感，写出的句子隽永、赏心悦目，内容饱满得近乎泛溢，却又扎实、绝无崩塌的危险。读他的句子，像是用手指揉捏一块美丽的织锦样品。拒绝屈从于美式文句的清教徒式的简洁（或更糟的，英式文句刻意伪造的稚拙，旨在让句子听起来像从法语翻译过来似的）——这一点几乎足以唤起人的爱国之情。

这些句子不是纯粹的点缀。它们的重要意义在于制造喜剧效果：当每句话里被嵌入这么多隔层时，至少有容纳两个笑话和一段俏皮的嘲讽的空间。这种幽默是最黑色的幽默，帕特里克的父母都感受到了这种幽默的杀伤力，死后亦然。在这最后一程中，我们了解了更多有关埃莉诺的“慈善化解法”——这方面的记叙首度出现在《母乳》里——这种化解法驱使她，在活着时，把注意力（和财富）首先投在儿童的慈善事业上（“埃莉诺经常留他一个人和他父亲在一起，自己去参加‘救救儿童基金会’的委员会会议”），后来，在她晚年时，投在一群追求另类生活方式的所谓“新时代人”的骗子身上，他们旋即帮她解决了位于圣纳泽尔的那栋房子（帕特里克悲惨的童年生活和婚姻破灭的发生地）。而这一切行为“没有丝毫动摇 [她] 坚如磐石的自我认知”。与此同时，读过前面两本书的读者假如还对大卫・梅尔罗斯的变态人格存疑，一则发生在他去非洲游猎期间的轶事，让人对他疯狂的个性有一番新的、可怖的认识：“他朝那个得了狂犬病的人走过去”——和他一起打猎的同伴任那人在一张平常专门用来捕猪的网里痛苦地扭动身体，不去管他——“对着他的头开了一枪”。回到大家目瞪口呆的桌旁，他坐下，“内心无一丝波澜”，他说，“‘这样做是最好不过的。’渐渐地，这句话传遍整张桌子：这样做是最好不过的。”在那个故事里，某种东西清晰地跃然纸上：陈述一段经历有时是一种专制；英国人——出于礼貌、阶级尊重、或仅是单纯的畏惧——太常维护一种毫不真实却无比残酷的叙事。

构成真相的是什么——哪个人讲述的事件版本当属权威——这个问题起先是一个嘲弄式的问句，后发展为一场有关意识本质的讨论。为了促成这种突兀的过渡，作者设计了伊拉斯谟・普莱斯，一位知名学者，出席埃莉诺葬礼的宾客，著有《仍不明白：意识哲学的发展》一书。帕特里克的前妻玛丽（也参加了葬礼）曾和伊拉斯谟有过一段婚外情，帕特里克直到有一晚发现她在床上阅读伊拉斯谟的巨著才恍然大悟：

> “除非你和这个作者有染，否则你不可能看那样的书。”他半闭着眼睛揣测道。
>
> “相信我，即便有染我也几乎不可能读那样的书。”

这桩情事的曝光导致毒瘾复发：“一段‘彻底让人发狂的’时期，帕特里克从刚关了灯的卧室兼起居室里走出来，只为教训或质问［玛丽］有关意识的研究”：

> “谁能除去我们解释的鸿沟？”他吼道，宛如亨利二世要求杀手帮他除去那个多事的教士。“那道鸿沟莫不正是我们遭误解的话语的产物？”他继续往下说，“莫非现实是达成共识的幻觉？难道精神失常其实是拒绝苟同？来啊，别害羞，告诉我你的想法。”
>
> “你为什么不回你的公寓去，到那儿一睡不醒？我不想让孩子看到你这副模样。”
>
> “什么模样？做哲学探讨的模样？”

头脑和心灵是不是一回事？组成意识的物质是什么？一个“人”是不是仅是一系列意识透露的有关其本身的轶事总合？帕特里克渴望获得玛丽称之为的“一套令人信服、切实可行的有关意识的理论”，这一点不叫人意外：一个靠药物对付痛苦的人，是把全部信念寄托在“解释的鸿沟”上，希望可以通过治疗头脑来治愈心灵。

麻烦的是，帕特里克并非以一个有着单一心灵的统一的自我来经历世事；相反，人生才刚开始，几乎混沌不明：

> 社交生活往往逼迫他对抗他由衷排斥的一种主张，这种主张认为，要定义一个人的身份，需要将经历转化成一个更具套路、更条理清晰的故事。他在反思中、而不是叙述中发现事情的真实确凿性。一定要把他的过往描绘成趣闻轶事，或甚至根据热切的志向来想象未来，那样做令他觉得别扭虚假……他真实的自我专注于见证各种反复无常的观感，这些观感本身既不能提升也不会减损他对自我身份的认同。

梅尔罗斯系列小说明确表达了这种发自内心的排斥。没有一个人物被另眼相待，连帕特里克也没有；这套三部曲忽略主角与配角之间整饬的界线，时刻兼顾每个人的心灵。暴露出的真面目一点不美：一连串肮脏的欲望、不实的印象、固执的看法、自我辩解和自我欺骗。结构上，这些是理想的喜剧素材，但也有严肃的一面，因为这部滑稽小说的核心问题——我怎么能知道自己不荒谬可笑？——与意识哲学的核心问题有深厚紧密的关系：我怎么能知道什么是真的？在葬礼结束后的宴会上，人们看到弗勒尔，一位有精神问题的他母亲的旧相识，被帕特里克认出也住过康复中心，走来走去问大家有没有试过她在服用的那种抗抑郁药。她搭上伊拉斯谟：

> “你试过阿米替林吗？”她问。
>
> “我从未听说过此人，”伊拉斯谟说，“他写过什么？”
>
> 弗勒尔发现伊拉斯谟比她原本料想得更糊涂得多。

帕特里克知道弗勒尔神智不正常，我们知道弗勒尔神智不正常，伊拉斯谟少顷也会悟出这一点——可弗勒尔知道吗？假如我们通过弗勒尔的意识、并仅通过她的意识来看待这场葬礼，我们会不明就里地把它称为“现实”。这样岂不荒唐——哪个精神正常的人会信赖弗勒尔的陈述呢？然而，世间每个人注定只有这种单一、有限、不可靠的接近真实的途径。

这本书里最精彩绝伦的一句话一点不风趣，它完全戳中痛处：“他长久以来认为［他与他母亲的关系］影响着他的个性，而不觉得那是一种与他人之间的相互作用。”帕特里克的经历是一个极端的例子，但对我们每个被禁锢在与我们的“至亲爱人”重复、交恶的关系中的人来说，《终于》提出的问题不是开玩笑。玛丽邀请帕特里克来和他的几个孩子一起吃东西，帕特里克拒绝了，他听见他的儿子托马斯说，“你应该改变心意，因为心意是用来改变的！”但一颗心有可能改变吗？改变有可能获得自由吗？这么久以来，帕特里克一直受着明显不由他自己掌控的力量的主导——精神创伤、人格、大脑的化学特性，对他来说，过一种“有自由意志的生活”是“奢望”：“自动自发，对事情——对任何事——做出无条件的反应，那样会意味着什么？”

年轻的特迪·圣奥宾创作出以璀璨夺目的人物肖像为主题的小说，与挂在他祖辈豪宅里的画无异。精确完美的描绘，时常残酷无情，轻易唤起人们的仰慕；但缺少某个关键的谜团，人身上那一点无法通过犀利的模仿行为而清楚说明的东西。每个人都无所遁形，被分类定性。《终于》坦白表明了解释的局限性。帕特里克承认，“跳出拘囿我的牢笼，换个视角来看［我的母亲］，这非常有用。”他讲话的对象是“新时代人”的精神导师安妮特，往前翻一百二十页，在安妮特致辞时，他的体会如下：

哦，请认了吧，帕特里克心想。查尔斯·布朗森在坍塌的隧道里恐慌发作，德国牧羊犬在带刺的铁丝网后吠叫，探照灯地毯式地扫过裂开缺口的地面，但很快他将跑过树林，穿成德国银行职员的样子，带着几页唐纳德·普莱曾斯以视力受损为代价而伪造的身份证明，奔向火车站。一切很快将结束，他只需一直盯着他的膝盖，再坚持一会儿。

某些类似真诚这样的品格慢慢遭到侵蚀，喜剧的完整性必然受损，言不由衷的幸灾乐祸被疗愈的冲动所替代：讲出真心话。在含蓄地嘲弄完“救救儿童基金会”一节后，再来挑明这种讽刺，一点不好笑：“帕特里克忍不住想到，这种拯救全世界儿童的热情等于下意识地承认，她救不了自己的孩子。”全书结尾的几句话，假如除去最后的尾巴，恐怕会更出彩（“他拿起电话，拨了玛丽的号码。他打算改变心意。毕竟，照托马斯所说，心意是用来改变的”）。不过无论在结尾还是在别的地方，人们感觉到一种情感上的势在必行，这种势在必行对作者的意义大于在话中带刺方面与伊夫林·沃齐平。（尼古拉斯：“无论 [大卫] 在为人父上有什么缺点，你必须承认，他从未丧失他的幽默感。”帕特里克：“他只在不好笑的事情上看到好笑的一面。那不是幽默感，仅是一种无情的表现。”）在这本才气横溢的成人读物中，一个小男孩耍的一句贫嘴，不该被挖出来深究。但想到圣奥宾——他最终归功于是他的孩子给他带来一定程度的快乐——把那句话放在那儿，好比一封情书上的封印，我忍不住软化我的态度。

虽然在帕特里克所属的那个阶层里，人们往往固执地鄙视精神病学（葬礼结束后，尼古拉斯因心脏病发而倒地身亡，当时他正在就这一话题发表抨击之词：“用杀人的婴儿和乱伦的小孩玷污人的想象……”），尽管他本人也用讽刺做挡箭牌，但帕特里克似乎从心理治疗和康复疗程中汲取了真正的力量，发现自己不知不觉地重复着——连自己也感到讶异——“小隐修院”的口号，那些口号估计会让尼古拉斯气得口吐白沫（“怨恨好比喝下毒药，却希望死的是别人”）。那个“沉溺在梦中、一心渴望昏睡不醒的”喜爱引用贝克特的海洛因瘾君子不复存在。和克拉普一样，获得新生的帕特里克·梅尔罗斯不再需要成为某个人——甚至不试图想要成为某个人。他无法诉诸语言，那样反倒好。威廉·燕卜荪[1]的经典六行诗《算了吧》，清晰无比地描绘了那样一种说不清道不明的情状。在毒瘾快要复发之际，坐在出租车后面，帕特里克想起这首诗：

> “回‘小隐修院’吗？”司机问，对他的乘客不再深表同情。
>
> 他不想了解我们中必须回去的那些人是什么样的，帕特里克思忖。他闭上眼睛，伸开四肢躺在后座。“喋喋不休地诉说，直至令人起疑……什么，什么……你不想去疯人院，拒绝那儿的一切。”那儿的一切。到底是什么，美妙得说不清道不明，因威胁而扩张，因表面的紧迫而收缩。

许多作家会在那段话里使用省略号这类手法，但只有圣奥宾以如此低调从容的方式故意引错话[2]。在小说里，事情总是“涌上心头”，

---

1. 威廉·燕卜荪（William Empson, 1906—1984），英国诗人、著名文学批评家。代表作有《朦胧的七种类型》《田园诗的几种形式》等。
2. “喋喋不休地诉说，令人直至起疑”，原本的诗句是“喋喋不休地诉说，直至出现偏差”（The talk would talk and go so far aslant），圣奥宾在小说里引用成“Talk would talk and go so far askance”。

但通常经过粉饰和打磨，掩盖了真实的意识。对于圣奥宾来说，疯人院从未真正远去。

关于岛屿生活与母爱

在离乡背井的牙买加裔移民中，常会听到不同版本的如下对话：

> 第一个牙买加人：你最近回去过吗？
>
> 第二个牙买加人：[叹一口气] 假如回去，我不告诉任何人我来了。
>
> 我在那儿没法享受假期。牙买加变了。

接着是泪眼婆娑地追忆七十年代、或五十年代、或三十年代的牙买加——取决于参与者的年龄和政治信仰——对邻近的一座岛屿表达几句羡妒之辞（“你去过圣卢西亚吗？圣卢西亚好”）。最后，轮流讲起个人自己的“园地”——不管是在伦敦、曼彻斯特或迈阿密——在那儿，亲属众多的牙买加大家庭老是卷入某种“令人恼火的”人际纠纷中，对此家族里人人表示谴责（“他们根本不懂尊重！”）但似乎无人有解决的办法。

伊恩·汤姆森的《枯萎的园地：现代牙买加的故事》用三百五十页的篇幅，出色地探讨了上述现象。书中充斥着许多令人产生共鸣、意外转录得绘声绘色的牙买加人对话实例（汤姆森是苏格兰白人），但显然，激发作者创作这本书的是一次不留情面的英国人之间的对话：“J. G. 巴拉德建议我去‘一个令人沮丧的地方，像是车臣共和国——牙买加怎么样？’”这段内情恐怕不会使这本书受到牙买加人的喜爱，他们往往有着戒备、受伤的自尊心。（“你在牙买加做什么？”一名女子在牙买加历史协会的一次会议上问汤姆森，“你是来干瞪眼找乐子的吗？”）另一方面，没有人比牙买加人自己更清楚笼罩着牙买加这座海岛天堂的绝望情绪。汤姆森的书没有停留在经常被人历数的种种社会关系的失衡上，而是提供了造成这些失衡的必要的历史背景，他的文学敏感性与那个地方奇特的美相称：“我怔怔地凭窗而立，被闪电照亮的棕榈树，猛烈地将头撞向草坪，然后像用拟饵的鱼竿似的弹回来。”

汤姆森写过一本同等优秀的有关海地的书，《你好，白人》，他发现他初始遇见的牙买加人满口告诫，他们用牙买加人的方式传达这些告诫：“人们提醒我别去市中心。‘那儿的人有深仇大恨。’住在城外的人会这么对我讲。”在牙买加，有仇通常意味着身上持枪：“假如你没有枪……毒贩会杀了你——假如你真的有枪，他们会把你五马分尸。”讲那话的是瓦莱丽·萨尔蒙，金斯顿一位五十几岁的女管家，最早试图向汤姆森解释嫉妒、自卑和贫穷这一循环的牙买加人之一，这种循环使她的祖国背上全世界谋杀率最高的国家的名声：“每个牙买加人都有‘偏见’：连住在城外棚屋贫民窟的穷人也看不起那些聚集在市区偷住空屋的人。‘我不知道这是不是主奴关系的一面或什么，’瓦莱丽说，‘但反正就这么回事。’”

对于这个问题汤姆森颇感认同：“牙买加本身的社会体制带有过去奴隶制的印记。一九六五年，一座保罗·博格尔［一八六五年起义的领袖，捍卫穷人的斗士］的雕像在蒙特哥贝市揭幕，当地人因反对把这位浸礼会传道士塑造得*太像黑人*（字体变化为作者所加）而爆发骚乱。”这种对肤色、对粗暴的正义和宗派政治（牙买加的两大政党均各自有准军事组织或“匪帮”派系，在蒂沃利花园区的贫民窟展开枪战）的执念——都在与奴隶制的历史形成精准的共鸣。牙买加的“原住”居民于三百年前来到这座岛屿，他们是货物，为推动英国、非洲和牙买加之间的奴隶贸易的“三角商人”所有。“一条典型的‘三角贸易路线’把商品从英国运到非洲，然后把奴隶从非洲运到加勒比海，最后在返程时把糖、咖啡、棉花、米和朗姆酒带回英国。这条路线简直是现代史上最完美的一套商业体系。”

一七八二年，利物浦的“宗船号”奴隶船横渡大西洋，船上的四百七十名奴隶全数身亡，这起事件为世人所不齿；起先，船长将那些死于疾病的奴隶扔下船，接着他开始把仅仅生病、仍戴着镣铐的奴隶也投海弃之：“据一位目击者言，所有剩下的奴隶，‘轻蔑地挣脱掌握他们命运的暴君，跳海自尽’。”倘若他们活着到了牙买加，发现自己置身的是热带的地狱：“对于‘造反’罪，建议将奴隶固定在地上，用烧红的烙铁行刑，‘一步步从脚到手……再逐渐向上至头部，由此让他们痛不欲生’。对‘较轻微的’罪行……‘用斧头砍掉半只脚’。”“造反”行为包括偷朗姆酒、粗鲁无礼、拒绝抽水和言语不当。

殖民地时期的牙买加硬给这段血腥的历史添加了一点虚假的英国色彩；火车运行准点（现在没有火车），每个人都会背《耶路撒冷》[1]，但牙买加人祖籍非洲这一条变成丢脸的事，多半无人提及。五十年代末英国人走了，美国人很快取代了他们，先是暗中把牙买加当作一颗冷战的棋子，后在经济上，廉价的出口商品大量涌入牙买加脆弱的消费市场。这样的历史没有给一个健康的现代国家奠定基础，英国花了六百年所实现的稳定局面，不可能在五十年里降临牙买加。牙买加像

1. *Jerusalem*，英国的一首爱国歌，作曲休伯特·帕里（Hubert Parry），歌词取自威廉·布莱克（William Blake）的短诗。

一个受虐待的小孩：谁会惊讶于这样的小孩长大后行为如此古怪？

在汤姆森二〇〇七年走访牙买加期间，根据“不敬”的原则，一名男子和他的家人被枪毙：这名男子在公共汽车上从下往上看一个女人的裙子。曼德维尔两名被逮到在商店偷食物的小青年，“人们用铁铲和鹤嘴锄痛打他们，还放狗咬他们；其中一人因脊柱受伤而无法行走”。在这座人口三百万的岛屿上，每天有五人遭杀害。人权组织“公正牙买加”的负责人卡罗琳·戈梅斯简要地概述这一现象：“在乎冒犯和尊敬是牙买加的本土特色。当一个人的人生受尽屈辱时，他需要人们尊敬他，需要有一把枪突显自己。”汤姆森得出结论，尊敬的概念产自公民价值观的缺失，鼓励牙买加的男人“为了自己的利益”而追求权力和金钱。

与此同时，种植园时期确立的浅色皮肤的社会威望依旧存在。以下是希拉·汉密尔顿、一位七十三岁的治安法官的话：“我不是黑人。我属于棕色人种。一位浅棕色皮肤的女士……事实上我可以算是白人。”汤姆森采访的人，几乎个个迟早暴露出这种肤色意识。牙买加裔混血作家和历史学家玛丽·兰福德是相当典型的例子。“她住在金斯顿一栋时髦的房子里，屋内尽是桃花心木家具、银质马球奖杯、银质茶壶，还有最重要的，仆人。这些仆人肤色很黑，[以此]衬托出他们雇主的‘白’……她告诉我，‘就事论事，我不害怕非洲或非洲文化。但这些人抽太多大麻，跳太多雷鬼舞，下午睡太多觉。’”这本书中出现的许多牙买加精英似乎把午睡看作是精神上怠惰的实质表现。事实上，就牙买加的气候而言，下午能做的唯一明智的事就是小憩。在屋外气温四十度、一场暴雨将至的情况下，马上来——“一句经常出现在牙买加人生活里的话，在外人看来，典型反映了牙买加人的精神面貌”——体现了一种本地人的智慧、简单的常识。用牙买加人的话来说，我们慢悠悠，直到我们想快起来为止。

在牙买加（也是在这本书里），让人获得零星喜悦的主要是试图建立——如萧伯纳曾在金斯顿日报《集锦报》上建议的——一个“牙买加人的牙买加”的族群。汤姆森在乡间逃亡黑奴的后代身上看到些许希望——这些逃跑的黑奴组成自己的社区，保留了他们黄金海岸的遗产，如今无意踏足金斯顿的贫民区——还有自给自足的拉斯塔法里教[1]群体（不过他们最广为人知的乐趣结果多少有点事与愿违：“烟抽得越多，”他们中的一人告诉汤姆森，“越享受生活”）。此外，犹太裔、印度裔和华裔的牙买加社群也显得欣欣向荣，让占人口多数的黑人大为恼火。这些少数裔群体有自己的语言、学校和宗教机构，不会顽固执意地要把牙买加这棵小树变成英国橡树：

> 一位在牙买加农村视察的督学竭力用字正腔圆的标准英式英语——凡是与这种口音有别的皆被视为“乡巴佬的说话方式”——问一群孩子，“猫有几只脚？”大家困惑得默不作声，良久，直到一位牙买加老师用方言改述了一遍那个问题：“猫咪有多少脚？”林立的手举了起来。

综上所述，我使这本书听起来令人丧气；其实不然。书中处处显露出牙买加文化的活力和弹性：体现在土地的青翠、方言的别出心裁和街头演奏的音乐中。我相信各式各样的牙买加人会有各式各样的理由对汤姆森有意见：让一位白先生来向你道出事情的究竟，有点教

1. 20 世纪 30 年代起自牙买加兴起的一个黑人基督教宗教运动，对雷鬼音乐影响深远。

人咽不下这口气。他抱怨美国在牙买加的优势地位是出于对英国强盛过去的怀念吗？（为何花那么多时间采访玛格丽特公主 / 埃罗尔·弗林 / 伊恩·弗莱明这类人的遗老遗少？）要说有一处我持关键性反对态度的地方，那是他对音乐的保守看法。和许多他这一代的白人男性一样，汤姆森热爱老派的雷鬼乐，热爱爵士、斯卡[1]和慢节奏雷鬼，但不愿接受嘻哈乐和舞厅雷鬼乐：

> 现在的音乐似乎在道德上迷失了方向，从街头的庆祝活动沦为次等、唯利是图的音轨，几乎不再具有思想性……完全放弃了斗争，退化成单调乏味、电子化的节奏。从霍勒斯·安迪的《在光亮中》到肖恩·保罗的《摇撼那玩意儿》，这段历程远不能被称为进步。

虽然我不是肖恩·保罗的疯狂乐迷，但我认为汤姆森没看出这当中的一个契机。所谓的《摇撼那玩意儿》，我猜他指的是《忙碌起来》，二○○三年的一首电台热播歌曲，它的音乐录影带也风靡一时，里面传唱最广的一句歌词是“摇撼那玩意儿”。诚然，这首歌唱的是一种幻想，但幻想的不是汤姆森惧怕的枪、车子和坏女人那类东西。无疑，肖恩·保罗跨出了白人的攀升阶梯，但他去了哪里？去了郊区一栋牙买加人的美国式的房子。他上楼，礼貌地向老一代人、丈夫和妻子——他们正在煮咸鱼饺子、玩多米诺骨牌——致意，然后走到地下室参加派对，开始一边播放自己的唱片，一边举杯祝酒，担任司仪。在地下室，年轻的牙买加男女分成不同帮派，互相较量舞姿，展

1. ska，一种源于牙买加、盛行于 20 世纪 60 年代的流行乐。

示令人叫绝、不相上下的技艺，争着在动作上胜过对方，那些动作会使皮娜·鲍什[1]想要加入女生的阵营。他们的衣服、他们的头发、他们转动脑袋和手的方式——人们会发现样样都是被模仿的对象，出现在蒙罗维亚、纽约、东京。（汤姆森认识到这一点："英国的本土文化如今深受牙买加的影响，一个牙买加式的变音转调，在英国白人少年中间成为时髦。伦敦的青年文化即牙买加的黑人文化。"）用牙买加人的说法，肖恩·保罗是"黄皮"，当他在派对上朝一位性感女郎靠近时，需要注意的是，这位女郎是黑人。不是黄皮，不是"牛奶咖啡"，是黑人中的黑人。稍后，这户人家的父亲受够了吵闹声，夺过麦克风，宣布派对结束——大家认可他的权威。没有人掏家伙，由此提醒我们，绝大多数牙买加人性格平和，不是暴徒。对我而言，那一幕表达的是：假如这样的美、才华、风格、机智和聪颖全都真正落到实处，不是作为一出音乐录影片的背景，而是用在一个正常运转的国家上，将会怎样？我祈祷这一天赶紧来临。

肤色与肖恩·保罗差不多的丹齐·森纳在一九九八年写了一篇优秀且（结果证明）具有预见性的文章，名叫"黑白混血儿的千禧年"，取笑美国人凡事追求混血的新风尚。后来她又写了《高加索》，一部构思巧妙的半自传体小说，书中的一家人，结构组成与她本人的家庭一样：白人母亲、激进的黑人父亲。她本人外形上某种模棱两可的特点（不是对她自己而言，而是在看她的人的眼里）使她对身份有一种格外深刻的洞见。假如人们依据一个人所留的头发，把这个人认作截

1. 皮娜·鲍什（Pina Bausch, 1940—2009），德国最著名的现代舞编导家，欧洲艺术界影响深远的"舞蹈剧场"确立者，被誉为"德国现代舞第一夫人"。

然不同的人种类别，将会怎样？不过，她没有表述得如此直白：相反，当小说人物基于表面的标记回应对方时，有一种微妙的外形上的变化始终在起着作用，在走向视觉化的文化背景下，这些表面的标记似乎意味着一切。在她由八个故事组成的新短篇集《你是自由的》里，这种具有误导性的黑白二分法依旧存在，此外还添加了另一层二元性：母亲/非母亲。坦白讲，我更喜欢探讨前一个主题的森纳。在种族问题上，她从来不缺冷嘲热讽的戏谑；在母性方面，她教条武断。只有全书的第一篇故事是例外，机巧地将两个话题结合起来，堪称杰作。《录取》是一则有关中产阶级的寓言，讲述一对黑人知识分子夫妇，试图让他们蹒跚学步的孩子进入一所高档幼儿园就读（“我听说威尔和杰达被列入候补名单”）。他们仅是抱着几分开玩笑的态度申请，预计会被拒，结果他们收到了录取信，但丈夫以费用和虚荣为由反对（“我们必须缩减开支——大幅度地缩减——才能让孩子与美国未来的有钱混账坐在一间教室里”），投下否决票。女方忽然意识到这是她梦寐以求的事（“我不想让科迪在公立学校堕落变坏”）。

故事进行到这儿，给人感觉似乎是过于忠实地反映了中产阶级生活里一个本质颇为无趣的紧要时刻——但接着峰回路转。我将不做剧透，因为森纳的故事的力量正在于这种笔锋一转的资质，在我看来，这种资质是从美学角度回应他人眼里人类自身“反转”式的经历。每个以种族为题材的故事均含有一种冰冷的幽默（一篇有趣的讲一条杂种狗的故事，开头一句是，“那条母狗是个谜。它看上去不像杂交的，更像某个尚未发现的品种。街上的陌生人老想试图猜测它的出身”），连最明显是构想出来的前提也成立有效，大概是因为森纳看出并体验过那个精心策划的构想的产物，即种族。短篇《三联画》把同一则有关一家人用餐的简短故事讲了三遍——但在每一遍的叙述中，那家人的种族均不同。人们不是从有关他们皮肤的描绘中得知这一点，而是通过细微的文化印记：墙上的海报、狗的名字、他们吃的东西。这些成见含蓄而令人不安，添加在每一次对同一情境的复述中，“情境”正是森纳突出的长处（行文本身素淡、不张扬）：《那儿，那儿》的布局谋篇心思细密，讲一个女孩在因特网上读到她男友工作的地方发生了一起自杀事件，但男友回家后，没有提起这件事，当晚，因对此事缄口不言而引发的嫌隙逐渐扩大，直至变成他们之间的一道鸿沟。森纳具有卡佛那样的才华，揭示出我们在谈论爱情时（没有）谈论的事。

鉴于上述种种含蓄、机敏的手法，发现母性题材被处理得如此露骨，并带有少许奇怪的扬扬得意的色彩，令人觉得不可思议。在《呵护自我》中，作者牵强地要我们比较和对照女主人公莉薇——放弃在纽约的单身生活，搬到新墨西哥州生儿育女，日益变得邋遢懒散——和一位骨瘦如柴、明艳动人的朋友拉莫娜——她和一个名叫朱利安的男人有过一段婚姻：“跟拉莫娜和朱利安一起离开那些晚宴时，莉薇的心情总是比抵达时更苦闷，他们幸福的婚姻对她而言简直像是当头棒喝。有些夜晚，她甚至疑惑，他们邀请她去的真正原因是不是为了提醒自己，结婚比独身好。”但现在局面变了，单身的是拉莫娜。她来探望刚当了母亲的莉薇，带她一起去做美容护理，拉莫娜炫耀她令人赞叹的躯体，大谈“宠爱自己”。森纳轻松的笔触不见了；我们注定要讨厌拉莫娜，我们的确如此：“拉莫娜来新墨西哥州仿佛仅是为了看看婚姻生活、为人母的生活能有多糟——她会怀着重新得到确认的，对自己过着单身、自由生活的优越感离去，回到那座城市。”喜欢普拉提、“对着镜子检查自己健美紧致、散发活力的身材”的拉莫娜，立志在事业上“将人生规划师与私人健身教练的角色结合起来”。

她没有成功的希望。

相形之下，莉薇虽然蓬头垢面，婚姻轻微触礁，但她自豪地意识到自己比拉莫娜过得幸福，那是一种更深层次、更有意义的幸福感。她跨越了没有孩子的自鸣得意："结束了。她明白……这段与自己的罗曼司结束了。"这个缺乏姐妹情谊的观点稍后又被重申："她感到那个年轻虚荣、当女儿的自我正在死去，那个庞大、悲哀的为人母的自我随之升起，把她与不亚于历史的东西联系起来。"成为母亲立刻赋予女性佛陀的智慧，这一目前流行的观点无法解释为什么我们作为母亲，却对自己的母亲深恶痛绝。它也解释不了某些没有孩子的女性，像乔治·艾略特，怎么似乎也能够将自己与历史庞大、悲哀的重压联系起来。假如母性让人变得如此善良、无虚荣心，假如这样的状态是一种成长，我们怎么会感到有必要如此严苛地对我们的姐妹评头论足呢，她们选择不要小孩，或由于她们无法控制的原因，最终膝下无子？（在纽约，一周之内，拉莫娜既在街头遭人痛打，又发现自己的丈夫原来是同性恋。）

另一个短篇《黑尔佳和戴夫怎么啦？》再度专门刻画这种被当作假想对手的完美女人的形象。这次，完美的女人是黑尔佳，一位新手母亲，但显然不是符合要求的那类："[那个宝宝]看起来只有几个月大，但我无法想象那位母亲——亭亭玉立，神情安详——曾身怀六甲，更别提使劲把那个孩子生下来。"黑尔佳还犯了另一条罪，告诉小说的主人公，也是一位新手妈妈，两个月后就应停止母乳喂养（"断了母乳后，你真该看看你的乳房变成什么样了。"她警告道）。主人公越给人感觉不修边幅、疲惫不堪，黑尔佳越显得完美无缺，但在故事的结尾，真相大白，完美的黑尔佳自然实际上一点不幸福、不称心（"戴夫瞧不起我。我真心觉得他希望我死。我们已几个月没碰过彼此"）。最后主人公用自己的母乳喂养黑尔佳的宝宝。阅读这本书时，我感到苦乐参半，就和许多女性在看见先来临的是一位黑人总统而不是女总统时的心情一样。也许，在种族问题上，我们终于有了些许进步。但妇女解放运动的结果呢？

关于野姑娘、残忍的鸟——还有兰波！

我这个月读的两本最好的书——《黑暗的左手》和《一无所有》——远不是新作，分别出版于一九六九年和一九七四年。两本书的作者现年八十一岁。要试图描绘这两本书的雄浑气势，我感觉像是厄休拉·K. 勒古恩[1]笔下的一位星系际的不速之客在外星人的土壤上迈出第一步——自从关上通往纳尼亚的衣橱门后，我尚未对一个隐秘的实际存在的世界如此着迷。我们不常在读完一本小说后思索“到底什么是性别？”或“怎么样才算真正拥有一件东西？”但这些非凡的人类学上的陌生化效果正是勒古恩（她本人是一位人类学家的女儿）通过她所塑造的冬星上无法分类的居民（他们只在众所周知的卡玛期，即发情时，长出生殖器）所实现的。或是通过她笔下阿纳瑞斯的原住民、无政府主义合作社的奥多主义者，他们不具备所有权或等级制度的概念。勒古恩的《野姑娘》是一本薄薄的书，包含一个短篇、一篇采访、几首小诗、一篇论沉思谦虚的好处的短文和一篇对企业集团化的出版业表示愤慨的评论，《在我们阅读的同时保持清醒》，之前发表在《哈泼斯》杂志上。那几首诗乏善可陈（《下一场战争》：“战争将临 / 它会耗费时间，耗费生命 / 将两者虚掷”），但

1. 厄休拉·K. 勒古恩（Ursula K. Le Guin, 1929—2018），美国科幻、奇幻与女性主义与青少年儿童文学作家，与 J.R.R. 托尔金和 C.S. 刘易斯并称为“奇幻小说三大家”。其代表作有《地海传奇》系列等。

几篇散文，尤其是那篇采访，激情澎湃、斗志昂扬（“要不让自以为是的无知之徒用自以为是的无知态度对待类型小说，我唯一的方法是不谎称我写的科幻小说不是科幻小说，以此坐实他们的无知和自以为是，而是或多或少耐心地告诉他们，四五十年来，他们将科幻和奇幻小说排除在文学之外是错误的，并用优良的写作证明我的观点”）。不过，最能够说服人选读这本书的理由是获得星云奖的标题故事，讲述一个陌生星球上的主奴文化。在这篇故事里，我们读到城市，王冠人住的地方；同时，城外的乡下，土人继续生活在那儿。土人属于受压迫的游牧部落。有时，王冠人向土人生活的乡下发动突袭，绑架未驯化的女童，把她们带回城市，当作奴隶使用，不然则培养成情妇。城市的社会里有明文规定的行为准则——怎么吃饭、睡觉、跳舞、讲话——纷繁精细的程度足可写一套与勒古恩本人的《地海传奇》一样长的书，但她成功地用寥寥数页概述了这个错综复杂的社群。

“要展示，不要讲述”，这条说烂了的写作坊的金科玉律适用于此：勒古恩向我们示范如何做到这一点。她不列举长串的术语或（对我而言）无聊的托尔金式的系谱。她创造的世界兼具虚假与写实的特点——我们悠游其中，发现这些世界已完全发展成熟，生活在里面的人物深深植根于想象的园地：

> 傍晚，他们来到山岗之巅，看见下面的平原上，在草甸和蜿蜒的溪流中间，排列着三圈游牧部落成员用兽皮搭的小屋，屋与屋之间相隔甚远……孩子们将黄褐色的长树根摊在草地上，老人切下最粗的那段，放在架子上，用小火加速把它们烘干。

当这些世界受到攻击时，我们对其中的暴行感同身受，很重要的一个原因是勒古恩写得与每位在世的非“类型”作家一样好：

> 一个小女孩激烈地反抗，又咬又抓，那个士兵只好放下她，她挣扎着逃走，撕心裂肺地尖声呼救。贝伦之贝拉去追她，揪住她的头发，割断了她的喉咙让她发不出叫声。他的剑锋利，她的脖子柔软纤细；她的身子下滑，与头分离，仅靠颈后的骨头连着。他丢下那颗脑袋，奔着赶回自己的队伍。

《野姑娘》部分涉及老处女 / 娼妓的对立关系：返回城市，我们接触到王冠人的文化，它与我们自身的文化并不完全相异，在这种文化下，女性既作为母亲受人敬重，又被降格为性玩物，为人所有。在探讨女权主义和社会主义方面，勒古恩的作品具有某种激进的风范，多年来，她的书一直被认为是公开支持无政府主义、公社主义、女同性恋分离主义这些互不相干的议题。但正如科幻小说会被自以为是的无知之徒误读一样，它也会遭到最忠实的科幻迷的曲解。在采访中，她略带俏皮地反对给自己贴上草率、万能的“进步”标签：

> 我不是进步人士。我认为进步的观念是一种厚此薄彼、总体上有害的谬误。我对变化感兴趣，它和进步完全是两码事。我喜欢古板、沉闷、认真、严肃、有良心、负责任的人，比如达西先生和古罗马人。

固执己见、情感反应迟钝的达西似乎给《一无所有》的主人公谢维克博士蒙上阴影，他从自己居住的星球——一个他认为完美的无政府主义世界——游历到一个令他厌恶的资本主义的星球。但这趟往返于乌托邦之间的旅程给人的教训暧昧不明：当勒古恩笔下的人物遇上外面的世界——还有外面的意识——时，这种相遇通常提供一个机会，让他们批判性地反思自己最坚定不移的臆见。这条原则同样适用于她的读者。勒古恩——类似奥斯汀和（跨越类型！）塞内加——严肃认真、尽心负责地想象并描绘变化。

有些人会说马格努斯·米尔斯写的科幻小说是一种“悬测式”的小说。其他人也许会把他与一种更古老的讲故事的传统联系起来，刘易斯·卡罗尔、默文·皮克和莎士比亚——讲真的，每个有基本异想天开能力的人——均属那一传统。近年来这样的人似乎越来越少，使得米尔斯的成就益发引人注目。在淡化虚构色彩、谨慎报道的时代，他讲述荒诞不经的故事。他的《三人来见国王》是一则卓越的关于苦行主义之虚妄的寓言。开头如下：“我住在一间全部用马口铁搭建的屋子里，四面马口铁的墙，一个马口铁的屋顶，一支烟囱和一扇门。全是马口铁做的。”

我并不清楚他在多大程度上意识到自己是一位讽喻家：他的故事既不是封闭的体系，也不是一对一地照搬哲学论点。人们常将他与卡夫卡相比较，但两人的差别比相似之处更显著：卡夫卡留给我们——以书信和日记的形式——大量证据，说明他“朴素”风格的深奥基础。阅读米尔斯的访谈，人们无法分辨他是没意识到大家倾向从他的作品中推断出的宏大观点（品钦是他的书迷），抑或他是狡猾地避而不谈（述及他的写作过程：“我努力不让同一个词在同一页上重复出现两次”）。无论哪种情况，将他与卡夫卡作比都不能说不恰当：米尔斯和卡夫卡一样，致力于保证独立段落或页面的完整性，删除一切评论，决不通过解释说明来破坏讽刺的力度。在上百万篇论文里，《变形记》里的那只甲虫有上百万种含义：在《变形记》本身的故事里，那只甲虫就仅是一只甲虫而已，正如米尔斯笔下那个住在马口铁搭建的屋子里的人，就是一个住在铁皮屋里的人而已。

对这两位作家而言，自由是错觉，寻求自由的男人荒谬可笑。女人（难得）登场时，随之而来的是感情用事，还有更糟的，打破常规。混乱！

> 乍一看，我就知道这儿满足我一切可能的需求：有清静的吃饭、喝水、睡觉的地方，遮风挡雨的是一层波纹铁皮，仅此而已。我必须承认这是一处非常简朴的居所，但看上去干净整洁，所以我搬了进去。很长一段时间里，我对这儿十分满意，并始终相信，我不可能找到更好的住处。然后有一日，一位妇女来到我的门口说，"原来你一直躲在这儿呀。"

我觉得这段话读起来津津有味：像一种从稀薄的酱汁中浓缩出的露。米尔斯擅长在叙述的修辞上取其精华、去其糟粕。在他的《新世纪的探险者》里，男人们出发，深入黑暗的中心（"大家一致认为离文明最远的地方"），却带回与他们不对等的文明观念；在《充分就业的蓝图》中，人人受雇佣，驾驶"单厢式送货车"，每辆货车载着一批"单厢式送货车"的部件，把它们送到单厢式送货车的仓库，用来制造更多单厢式送货车。工作非但没有使人获得自由；而且循环往复，没有尽头。在每部作品里，泛泛的、无特色的行文让人可以把故事当成寓言来读。当一个女人出现时，随之而来的是什么？世俗气？

罪孽？疯狂？米尔斯不言明。“人们也许会问：这个女人是谁？哦，说实在的，我对她知之甚少。一个朋友的朋友，我想可以这么讲。”

在他的长篇新作《一只残忍的鸟飞到巢边向内张望》里，米尔斯回归那个由荒唐无能的男人、没有女人的男人和被权力腐蚀的男人组成的世界。他也回归了原型叙事的领域，就这本小说来讲，是一位逃亡的国王：

在时钟十点报时之际，斑头秋沙鸭翻开名册。

“我们开始吧，”他说，“财政大臣？”

“到。”燕雀说。

“邮政大臣？”

“到。”白眉鸭说。

“天文台台长？”

“在。”杓鹬说。

“到。”斑头秋沙鸭说。

“到。”杓鹬说。

[……]

“帝国行动督察员？”

“到。”小嘴鸻鸟说。

“墙草？”

“到。”蚁䴕说。

“宫廷首席乐师？”

“到。”我说。

“尊贵的殿下，统领王国、领土、殖民地和英联邦更大休耕地的君主陛下？”

> 斑头秋沙鸭等待，但无人应答……“缺席。”他说着，在名册上画了一个叉。

上述引文是稍经缩减的第一页的内容（实际的点名过程更长）。这一幕在小说的多处完整重现——每次有一点细小、简明的变化——更好地营造出这一情景的贝克特式的荒诞：一个王国，实际的国家事务次于国家事务的行政管理。“这个帝国惯常将高级官员的职位授予对他们管辖的部门几乎一无所知的人”：

> 充当叙述者的我们的首席乐师对作曲一窍不通，天文台台长不明什么是北。
>
> “我为什么要知道那个？”杓鹬问。
>
> “真的，知道那个很重要，”我说，“而且，可能会有人向你打听。”
>
> “谁？”
>
> “想要去那儿的人。”
>
> “你指坐船吗？”
>
> “是的，有可能，或甚至走陆路。”
>
> “可是谁呢？”
>
> 杓鹬明显对“北方”这个整体概念无动于衷。
>
> “好吧，”我说，我改弦易辙，“假如皇上问你北在哪儿呢？到时你将怎么办？”
>
> “哦，对，”杓鹬说，“我没有想到那一点。”

但那位皇上始终未登场，他只传来一封短信，表示他希望举办一场高贵典雅的游艺会，庆祝十二日节。为了取悦他，议会决定上演一出没有名字的剧，剧中，一位被谋杀的国王的鬼魂出现在宴会上；与此同时，在“现实”世界里，某个可能是那位国王乔装打扮的人，与一群流动演员，不断出现在镇上的各个地方——当然这便是那个十二日节。《麦克白》《第十二夜》《一报还一报》《哈姆雷特》——全都在一个略让人窝火的精美之作中打转，但这个作品不揭示它的用意何在，正像那个标题（米尔斯在给小说起名上很有一套），让人觉得似乎肯定是盗自《麦克白》里许多和鸟类学有关的台词中的一句，但不完全是。这个王国迷失在一个英国人的童话世界里，依仗昔日的辉煌，恰如英国文学把目光停留在过去，视莎士比亚为英国文学的黄金时期一样——但在森林边上，一个新的帝国正在兴起，由不带感情的嘲弄者所缔造，他们全天候工作，没有文化乡愁，穿着打扮得像列车长。

就米尔斯而言，情节即书的全部，但我无法不注意到，在十余年间创作了七部长篇和三本短篇集后，他的文风已开始显出疲态。我不怀疑米尔斯可以继续撰写他错乱失常的寓言故事，直至那些野兽找到归属为止，但读者亦希望看到一位作者的成长，《一只残忍的鸟》给人的乐趣，基本全可以在他别的小说中无所差别地体验到。有意思的是，这部新作比以往包含了更多米尔斯对自己简洁的文体的（稍加）掩饰的辩护：

> 三趾滨鹬抓着蚁䴕的衣袖，领他朝那幅画走去，开始向他讲解那幅画。但他聪明地不去试图讨论艺术技巧：笔触、光、色彩、透视法等等。这样做会立即暴露他的短处。相反，他从基本原理出发，描述一艘船实际怎么起航。

建筑物、工具、机械装置、高楼里的房间、火车，这些东西的命运激发米尔斯的想象；人的命运引出抽象的概述和陈词滥调：“我颤抖着，我旗下的九十八位乐手奋力向前冲，飞升得越来越高，然后猛地跌至新的深渊。”单独来讲，这些抽象的概述和陈词滥调是故作含糊不清，能够实现的效果无非是让读者发出“天哪！”的惊叹，当与米尔斯喜欢重复的爱好结合起来时，这种习惯性的含糊不清开始令人感到厌烦，而不是逗趣。

最主要的问题出在篇幅上。适合用《三人来见国王》或《野兽的束缚》这样的中篇长度来表现的内容，在这本书里硬被拉长。有太多段落同时暴露出米尔斯的长处与不足：

> 车站后面，被蒸汽笼罩的高楼若隐若现；工厂的警笛声高鸣，烟从巨大的烟囱中升起；洞穴般的钢棚内火花飞溅；起重台架下方，一根铁制的大梁吊在挂钩和链条上，平稳地降落；缆索从旋转的卷筒上一圈圈解开；我的周遭，嘲弄者之城正在为下一日集聚气势，而我却什么也干不了，只能倒霉地对着一片清楚无误的空白发呆。

同样表现这个世界的荒诞不经，卡夫卡能够描绘人类内心的空白——他用痛苦挣扎的态度对待讽刺。米尔斯只能唤出“空白”这个词。尽管如此，这部小说还是写了一个非常滑稽、具有令人耳目一新的古怪色彩的反面乌托邦，但二百七十六页的篇幅，等于在玩具城里待上良久，让人开始向往更狂野的地带。

说到狂野，无人及得上兰波。在二十一岁前，这位少年诗人已经徒步翻越了阿尔卑斯山，在里窝那[1]当过码头工人，爱上过魏尔兰（被他用枪射中手腕，眼看这位比他年长的诗人入狱两年），以雇佣兵的身份参过军，睡过大街，在一家廉价旅馆住过，每天喝着苦艾酒，从沙勒维尔走到巴黎——哦，还写了《地狱一季》，在这部作品中，他预言了自己人生的下一步："我的青春已尽；我即将离开欧洲。海上的空气会灼烧我的肺；被人遗忘的地带会晒黑我的皮肤。"随后他加入荷兰殖民军，乘船去爪哇岛，到了以后，他很快叛逃，躲进丛林里。他在林中待了几个月，无人知道他在那儿到底干了些什么。

曾负责《纽约客》艺术评论的杰米·詹姆斯写了一本注定短小而有趣的书，讲述这位"失踪的兰波"。计划中，《兰波在爪哇岛》本是一部小说，但詹姆斯对为这位主人公设计对话感到无望，所以转向非虚构：一个明智的决定。不过这条另辟的蹊径仍需要高超的技巧来完成。这本书既不是学术论著，写的也非真正的历史；而且算不上——我的天啊——一种"沉思"。总体上，它使读者免于做出无意义的构想：假如兰波到过这儿，他极有可能会……相反，它去除故作"专业化"的门面，让人看到一种更诚实的创作动机：爱。用詹姆斯的话来讲，这本书是"一部激情之作"。

他热爱兰波到痴迷的程度，因此，和同道的爱好者一样，对兰波有没有在丛林里抽鸦片、有没有情人、回程坐的是奥兰治亲王号汽船还是当地的比尼西纵帆船——种种不可能知道答案的事——怀着强烈，或可谓狂热的兴趣。詹姆斯醉心于这类遐想，他将可能的情况编织进他对诗歌和诗人的理解中。假如这样讲，初听之下未免太过离奇（在阅读推介语时，我便这么觉得），很快人们会发现，坚持把《兰波

1. 意大利西岸港口城市。

在爪哇岛》读下去的最佳理由不是里面的史实或幻想，而是领略一个人优美地记述他认为，啊，优美的东西，堪称精彩的表演：

> 兰波逆向的奥德赛苦旅之所以令人着迷，有些人之所以如此热切地想要重建他不断努力逃离家园所走过的路，与他诗歌吸引人的魅力不无关系。他的诗歌从谜的一种基本特质中汲取力量：人们花越多时间琢磨兰波的生平，越可能觉得，摆在人们面前的他身上的谜团模式是刻意为之，一个前现代主义者预示出的诙谐的后现代主义姿态，而不是一种活在危险中的人生，与一般的人生无异。

文化史的书素来汗牛充栋，但我很乐意能在几小时内了解有关爪哇岛、东方学、兰波、维多利亚时代对同性恋的态度、全球航运路线和苏伊士运河的方方面面。这本书像一把火炬，照亮十九世纪这段时间隧道，让人们看清隧道深处内壁上的一小块地方。以前，人们必须长途跋涉，翻遍堆积如山的书，才能搞明白自己寻找的是什么；现在，获取信息的速度加快，并也更快地知道什么是永远找不到答案的。微观史学？若说这种史学标志了一个新趋势的开端，我没意见。

最后，作为书评人的我的一点说明。我必须承认我自己有过不切实际的妄想——这个妄想是可以一边创作小说、一边教课、一边抚养一个孩子，一边定期写专栏：此刻，这一切对我而言好比一种玄想式的小说。我不得不遗憾地告别新书——至少在一段时间内——欢迎接替我的才华横溢的拉里·麦克默特里。

/

那个不是我的我[1]

1．遥不可及的身份

前不久，我刚完成一部小说，这部小说的口吻是用我以前从未用过的：第一人称。哦，我写过从“我”的视角出发的评论随笔，当然还有许多电子邮件、生日卡片、给我小孩老师的短笺，以及和这次一样的一些演讲——但没有小说。老实讲，我对那种写法总有些许抵触。我想是因为我很早就开始写作，以我那时的年纪，我觉得每个选读我作品的读者都完全有权利说：嗨，这个姑娘以为自己究竟是谁呀？对此我的回答是：“无名小卒”。相信我的小说写的是别人，而不是我自己，这一点对我变得重要起来，并让我产生一种奇特的自豪感，仿佛证明我不像写回忆录、博客或成长小说的作者那样，只着眼于自己或爱慕虚荣。假如我不出现在小说里，人们就不能指责我妄自尊大。回过头看，我想这种围绕第一人称的道德不安感，很大程度上是英国人的一种习性。上学时，有关我们最伟大的作家莎士比亚，我们了解的第一件事——就在得知他是最伟大的作家之后——是他本质上默默无闻。我指的不仅是我们对他的生平知之甚微，诚然，我们的确不知道他是谁。我指的是人们始终给我们灌输一种观念，相信莎士比亚是济慈所称的“无为之功”的最佳代表，即，一个人表面看来没有明确的观点或固定的信念，他活在怀疑之中，有上百种表象人格，他对别人的同理心可以不受限制，在他著名的剧作中，他既无处不在，又隐而不现，像一位让人难以捉摸的神。现在，换个角度来看，这种情况说明莎士比亚的自我永不餍足，以致他认为自己可以代表任何人：黑人公爵、女扮男装的姑娘、无忧无虑的王子、发疯的国王。但在英国，我们往往不那么想，相反，我们把莎士比亚这一脉的客观超脱视为最高的文学品质。在这种拔高的语境下，第一人称口吻表现为一种沉溺，一种自恋的嗜好，法国人和美国人也许热衷，但英国人不然，或不常这样。在英国，我们一向如此：老是误把美学选择当成伦理道德的选择。

总之，我认为正是这种想法促使我在写小说《美》时，选择了一种相当拔高的形式，第三人称，这样讲听起来简直有点古板守旧。我于是将这种口吻用于一个不属于我的世界，一个我未有过的家庭，一种可想而知——至少在我想来——我远没经历过的童年生活。书里的那些孩子在大学校园长大，他们的父亲是一位白人男性学者。此外，小说里的其余时刻，那个叙事声音似乎存在于那位白人男性学者的内心，有时在他的黑人英国少女情人的内心，有时在他的非裔美国中年妻子的内心，有时在一个十七岁、中西部白人女孩的内心，她坐在教室后面，上这位学者的课，对讲课的内容感到困惑不解。这类小说是我一直喜爱写和读的：慢慢套上许多不同的人的躯壳，走入许多不同

1. 这篇演讲稿是为 2016 年 10 月 27 日在纽瓦克公共图书馆（Newark Public Library）举办的首届“菲利普·罗斯讲座（Philip Roth Lecture）”所作。

的生活里。面向外部、面向他人的小说。但当我写完这本书、有机会重新思考一遍后，我能更清楚地看到是我本人的那个“我”隐秘地贯穿其中。《美》写的不是我的生活，但里面无疑充斥着我的爱好、我的兴趣、我的观念。当时，我酷爱莫扎特的《安魂曲》，还有海地的绘画，我欣赏嘻哈乐，伦勃朗让我热泪盈眶，我对我的兄弟姐妹手足情深，喜欢游泳。我刚新婚，常在思考婚姻可能的意义。这部小说记录了我一心关注的事，但这些事被布局在陌生人的身上。例如，在临近结尾时，一个十几岁的女孩因为发现另一个女孩和她心仪的男生亲吻，所以打了那个女孩的脸。那是整本小说里唯一实实在在发生过的真事。十五岁时，我把一个女孩打倒在地，因为她和我心仪的男生接吻。但我没计划将这个场景写入小说——通常，我的小说没有详细的提纲——无疑，在写下那一幕以前，我并不知道自己会这么做。但在阅读《美》时，情节上的许多地方似乎正是为了这一刻做铺垫，仿佛从一开始就冲此目标布局好一切。在写完书以后，我寻思，会不会我的潜意识在某种意义上骗我写了这本冗长的小说，引我误入歧途，把种种话题和叙事上的转折编织进小说的结构里，容我，小说的作者，相信自己书写的是阶级、肤色、美国的女权主义或任何天真的我以为的主旨，可由始至终，她，即潜意识里的我，构思整部作品的目的仅是为了创造一个令人信服的舞台，化解二十年前一记左勾拳留下的创伤回忆？这是一个好笑的念头，却也让我有点不知所措。我这个人，写作时喜欢掌握主导权，宁愿相信自己所做的基本上是客观、理性的美学选择。就《美》而言，我真的打算采用一种居高临下的口吻，那种我童年时阅读的让我恋恋不舍的口吻，维多利亚时代小说里克制审慎的口吻——我感觉我需要那种权威。我不想让自己听起来像一个暴怒的十五岁少女，仍在舔舐旧日的伤。

自传色彩在小说里的真正作用是什么？多年来我把自传特色仅视为一种弱点，缺乏想象力的表现，一件有点令人窘迫的事。但或许可以从别的、更积极的角度来看待这件事。“得意的小说家，”纳博科夫声言，“有办法将他年轻时收到的一封真实的情书保存在一部小说作品里，犹如一颗干净利落的子弹嵌进松软的肉体，牢牢固定在那儿，周边是假造不实的人生。”也许每部小说里都有这种像“干净利落的子弹”般埋藏其中的生活经历：无论我们在创作时是否意识到，也许那正是我们写小说的初衷。纳博科夫肯定很得意地认为他用小说保存了他的个人经历，让他的个人经历好似精美的蝴蝶，被制成标本，供人永久欣赏。阅读他的作品时，人们感受到他乐于将回忆中圣彼得堡的某个外形优美匀称的脚踝偷偷写入其中，或是一位亡故情人的狐裘大衣，或是他童年时期那座庄园的五彩窗玻璃。我自己不那么得意于把我的小说视为一种将个人回忆强加于更广泛的公众的手段，犹如社交网络讨厌的用户，迫使人看遍他们的全部旧照片：我觉得那样实属放纵。在我的回忆那颗干净利落的子弹和我描画的假造不实的人生之间，我认为——我希望——我的小说主要聚焦在那些假造不实的人生上，即，聚焦于虚构本身。对我而言，小说所做的是发问：假如事情不是实际的那样将会怎样？其中包含的一个核心问题是：假如我不同于现在的我将会怎样？我一直觉得写小说这项实践活动更多是在逃避自我，而不是探索自我。可当我阅读别人的小说时，我犯下和大多数普通读者一样的错：我把波特诺伊和罗斯混为一谈，把亨伯特和纳博科夫、把贾妮和佐拉·尼尔·赫斯顿混为一谈。称其为“自传的谬误”。假如一位朋友兼同行写了一部以太空为背景的小说，里面的人物是一种名叫“丁克拉机器人”的单足人种，我仍可能在心中暗想：对，对，好吧，我明白你怎么在书里刻画那些丁克拉机器人——但这本小说讲的不正是你最近的离婚事件吗？我亦注意到，我在阅读第一人称的故事时最常犯下这个错。然而，我的本意不是对读者和我自己身上的这种自传天性表示鄙视，而是试图找到一个合适的接点，把那个“不是（作者）我的我”和读者认为他们能看出的那个“我猜就是你的我”调和起来。作者总是声称一切纯属虚构，读者总是怀疑其实不然。谁对？

我认为，充分领略小说的魅力，这有助于构想一个把作者经验与读者经验同时考虑在内的空间，一片让波特诺伊既不折不扣是菲利普·罗斯、又根本不是菲利普·罗斯的天地。那听起来像一种遥不可及的身份，但在我看来，文学恰是这样一个模棱两可的空间，让遥不可及的身份变成可能，既适用于作者也适用于他们笔下的人物。我觉得《波特诺伊的怨诉》最引人注目的地方是，在创作这本小说之际，波特诺伊和塑造他的作者均各自被一种遥不可及的身份所困扰。先说波特诺伊：一九六九年，虽然登月成为可能，想象核毁灭成为可能，但要在这个世上做波特诺伊却是不可能的事。至少，在纽瓦克做亚历山大·波特诺伊是不可能的事。不，纽瓦克决不可能跑出一个满嘴脏话、沉溺于性、骨子里轻佻不敬、自慰、与肝脏做爱、憎恨母亲的犹太少年。这是一个很容易忘记的事实，因为今天波特诺伊发现自己安全地藏掖在“美国文库”声望卓著的封面底下。但翻阅老的新闻剪报，人们会记起他在那个时候到底有多惊世骇俗。老天，他真的引发过一场骚乱。可今天，这个满嘴脏话的纽瓦克之子被视为地道的美国特色，并受人钟爱。他出现在大学课程和各种十大图书排行榜里。犹太母亲买这本写他的书，作为给她们的犹太儿子的生日礼物；祖母外祖母在怀旧之情袭上心头时买这本书的有声书来听。波特诺伊不是罗斯，他不是实际存在的人，但在他身上珍藏着一种纯正的罗斯式的自由，由罗斯开创，曾经惊世骇俗，如今全面实现，一种现在谁都可以轻易取得的自由。人们甚至不必阅读此书：人们业已生活在波特诺伊触动并改变的那个世界之中。罗斯用某种文体、一种模棱两可的虚构文体来宣扬“我”，通过波特诺伊使一类新型的“我”在世间成为可能，他赠与人的自由被一代作者、数百万读者、并最终被全球社会所接受。这份贡献有时被与乏味得多的观点混淆起来，认为艺术家是在给他的读者提供某种形式的个人榜样。诚然，我相信艺术能够、并时常提供行为样板，或至少暗示行为的可能性，但我不喜欢“榜样”的励志调子。罗斯借波特诺伊做出的这份贡献之所以丰厚，恰是因为里面不含励志的元素，没有明确的方向。和任何一件好的礼物一样，我们拿到手时，上面绑的绳子越少越好。这部小说告诉人们的不是：你也可以像波特诺伊一样；而是：存在波特诺伊这样的人！你请自便。

刚才我提到菲利普·罗斯和波特诺伊一样，在一九六九年时，有着一个遥不可及的身份。我说这个身份不可能实现，因为当时罗斯想的是成为“一名伟大的美国小说家”，在那个时候，一位犹太小说家尚不可能实现这样的目标。但从《再见，哥伦布》开始，他发愤创作，要把那种不可能变成可能，在争取自由上做出进一步贡献，这份贡献如此丰厚而卓有成效，以致今天看来像是天然的恩赐，人们可能忘了他才是背后的功臣。罗斯和索尔·贝娄一起，彻底破除了犹太裔美国小说家这个遥不可及的身份，直至今日，把一个犹太人视为一名伟大的美国小说家，在我们看来，和加州红杉从土壤中拔地而起一样自然、不言而喻。后来，新一代人反抗这种自由，从而表示：他们不相信“伟大”“美国”，甚至“小说”这套东西。有些人想要再度用神圣的犹太人的世界替代罗斯刻画的世俗的犹太人的世界。其他人想要用女性的反叙事盖过他对男性性欲的放浪不羁的狂想。这一切都是有益的。自由会僵化，年轻一代必须拒绝并 / 或调整僵化的自由。不久将轮到这一代年轻人在受他们影响长大的孩子面前显得过时专断，那场天翻地覆的俄狄浦斯之战又将重新开始。但上述种种均不能永久地贬低某位特定作家在争取自由这方面所做出的贡献，迄今，罗斯的贡献胜过大多数作家。他通过一众令人眼花缭乱的文学化身，把我们认为的种种观念，包括什么是人生、人生中什么重要、什么荒唐、什么是美、什么是丑、什么严肃、什么在本质上滑稽，变得复杂、混乱，嘲弄、礼赞、强化又摧毁这些看法。我从他的作品中学到的最重要、具有决定性的一课是坚持身份本身的虚构地位。罗斯笔下的所有男性从根本上讲个个“白手起家”。他们说着说着把自己变成一类特定的人。他们也可以说着说着让自己脱身于那个类别。没有什么是神圣不可侵犯的，他们不对任何人负有义务、无所畏惧，如同罗斯本人，身为作家始终无所畏惧一样。他把看似讲不出口、惊世骇俗的东西写下来，不管有意还是无意，通过身体力行地采取这种自由的态度，把自由传递给后人。

从个人角度来讲，我知道我在很久以前就偷学波特诺伊，无所顾忌地对待自己的创作。在写作时，部分由于他的缘故，我不试图给阅读我作品的黑人读者创造积极正面的黑人楷模形象，更泛泛而言，我没有兴趣设想完美的人，让我的读者可以效仿或用来当作教育他们孩子的典范。我学习罗斯放肆的精神，创造自由的人物，他们自由行动，不受约束，有些人好，有些人坏，有的令人敬佩，有的走上邪路，有的十恶不赦。我在试图用敞开的大道对抗狭窄的小径。因为现实生活中的任何身份，其令人无法忍受的地方就在于它的狭隘性。以我为例，小时候，我明白，若生在一个不同于眼前的二元文化背景下，我将属于第三类不合情理的选项：既非黑人也非白人，而是既黑又白。小孩子对这种无所适从感可能会有许多负面的反应：愤怒、悲伤、绝望、困惑。但还有一个更耐人寻味的反应，我以为是内在的创造力，我相信这是为什么那么多作家会告诉人们他们小时候在某种程度上感到自己格格不入的根源。一个人在小时候若搞不清自己是谁，便无法觉得自己的存在是“自然”或“必然”的——像许许多多其他人表现得那样——这一点，虽然在当时令人忧伤，但可能会带来某些独特的好处。不把自己当作一个理所当然、无可置疑的个体，可以反过来让人意识到人生总的根本的偶然性、人生处处是意外的本质。我是菲利普，我是科尔森，我是乔纳森，我是里夫卡，我是弗吉尼亚，我是西尔维亚，我是佐拉，我是钦努阿，我是索尔，我是托尼，我是内森，我是弗拉基米尔，我是列奥，我是阿尔贝，我是奇玛曼达——瞧，我何其容易就变身为另一个人，怀着他们的感受和成见，把他们的嗜好、缺点和长处集中到自己身上。这种本领在我看来是小说家的原动力：跳进另一种可能的人生里。从这个立场出发，能够隔着一定的、通常具有讽刺意味的距离——比如菲利普·罗斯在他本人和他笔下的波特诺伊之间划出的沟壑——看清自己身上的那个自我。这样做包含一种主要针对作者而言的自由。我和有些人一样，逐渐开始相信写作是一种心理状态，成形于童年时期，带有一种强烈的冲动因素。但被迫为自己追求这种自由的作者几乎总是不经意地将这种自由赋予他人。例如，我童年时刻板地看待自己的身份，是缘于缺乏想象力，我自己和他人都缺乏想象力。事实上，唯一给我指引方向的是那个古老、陈腐、薄弱的角色，“悲惨的黑白混血儿”，出现在我阅读的拙劣的小说和我看的更拙劣的电影中。但后来我发现了哈尼夫·库雷西，他本人有着道不明的身份——巴基斯坦人和英国人，异性恋和同性恋——他将这种身份转化到他趣味横生的首部小说《郊区佛陀》里，随后我读了这本书，感到某种不合情理的东西在我心中自动解除。它让我获得自由。

在我看来，无法搞清自己身份的人——例如，有人觉得不能想象自己既是穆斯林又是同性恋、或既是犹太人又下流猥亵、或既是黑人又是书呆子、或既是女性又倔强执拗、或既是新教徒又是爱尔兰人——有时会在心中积聚起一股可怕的张力。波特诺伊的动人之处在于他把这种张力消解在笑声和散文式的书写里，可我们知道，在现实世界中，搞不清自己是谁的问题往往通过暴力来解决。我们内心的那根绳子拉得太紧，绷在如此分明互不相容的身份地位之间，让我们感到必须把绳子剪断才行。大多数情况下，这种暴力存在于内心：我们扼杀某一部分的自我。我们无视我们是同性恋、无视我们聪明、阳刚、忧郁或恐惧的一面。我们切掉那一段，过着残缺的人生。那样的人生是个人的悲剧。但更糟的是，有时这种内心的暴力向外发泄，对他人构成致命的危险：即，我们把我们的“另一面”投射到另一人身上，让他们代表我们的另一面，被我们伤害甚或残杀。在世界各地街头放置炸弹的年轻男子中有多少人原来也活在他们所认为不能接受的双重身份下：既是同性恋又是异性恋的男子，虔诚的信徒和聒噪的街头小子，西方人和东方人？当然，只有天真浪漫的傻子才把小说或任何艺术形式当成解决这种内心困惑的万灵药。怀着这种明确意图写成的小说保证无聊透顶。我决不把我的写作当成公益服务。但至少作为读者，我意识到不同凡响的艺术创造活动——大胆、任性、自由、无拘无束——向来在某个历史关头，有着改变一个国家、一个民族的气候的副作用，最终改变我，赋予我自由，对此现在的我深感庆幸。也许我的写作中最富自传色彩的部分几乎都是不自觉、下意识的，一部分的我一直在用写作，回头与从前那个困惑的棕色皮肤的女孩对话，创作出那时候我但愿自己能读到的书。

2. 真实感

说来很可笑，二十年来只使用第三人称的我，几乎完全忘了第一人称的用途是什么。当我的学生试图使用第一人称时，我经常不知不觉地给他们上一堂非常典型的英国式的课，部分从美学角度、部分从伦理角度指出，照我所见，仅说“我”的局限。其他角色呢？怎么面向外面的世界呢？可在我自己开始用第一人称写作的那一刻，我意识到我以前一直错得多离谱。我发现这样的写法利用了某种十分原始基本的东西，这种东西，我们每天在与孩子、伴侣、朋友、对手讲话时、在无意中听到别人的交谈时，在几乎所有人与人的互动中均有所体验，即：轶事、声明、自白、见证的潜在力量。“从前有一个”，这是第三人称设置的最初级的范例，但要花多少工夫才能说服读者相信故事的真实性啊！她会有许许多多疑问。从前，到底是什么时候？在哪里？这些人是谁？你为什么要对我讲他们的事？你凭什么根据告诉我这个故事？来和下面的说法比较一下：昨天我出了点事。给人的真实感如此强烈、直接。所有疑问烟消云散。我为什么要告诉你这件事？因为这件事发生在我身上！构想这部完全不实、却又处处听来像确有其事的自传，让我感到莫大的自由，因为我让自己用“我”来表述，以此假意坚称那个故事是真的。在写这本书的过程中，相当多的时候我觉得自己有点可耻。有什么别的媒介可以让人撒四百页的谎、还公然表示讲的全是真的？与此同时，我与读者的关系也出现一种新的悸动。要说以前，在我们漫长的过去，她一直怀疑我的小说仅是戴着面具的我，那么现在她会怎么想呢？一个人可以讲多少遍“我”，却仍要求读者相信这个我仍是那个“非自己的我”？

噢，这一切让我觉得耳目一新、兴奋不已，可当然，菲利普·罗斯花了四十年时间，一直在梳理这股令人不安的动力的潜在后果。在我们的心目中，罗斯这个人和他笔下塑造的许多化身密不可分地交织在一起：在罗斯身上，“小说”这个术语不过是出版业界的一块遮羞布，用来掩盖个人的真实面目，这是读者普遍的看法。对我而言，明白这一点，明白用第一人称写作部分刺激又可怕的地方，恰是意识到作品一旦出版，我将必须对这个虚构的自我负责，如同罗斯一直以来必须为那么多个他虚构的自我负责一样：我是否和她有同样的观点、同样的生平、同样的过去、同样的母亲？我可以设想自己未来会怎样，清楚地看到，一旦这本书出版，我会觉得这些问题多么烦人，但我没有因此停笔，我继续写下去，我想是由于这种真实感——最终是一种文学上的效果——在运用之际是一种给人无穷乐趣的手法。读者完全由你掌控，被你牵着鼻子走，旨在让他们信以为真的这场从头至尾的考验、这整场虚构之战，给人感觉比以往更有望成功。把现实中的罗斯与祖克曼、波特诺伊或米基·萨博斯混淆起来，固然势必令人困扰，但现在我更清楚地理解他这么做的原因。第一人称开启了向人讲述一个真实的谎言的可能性：让我告诉你发生在我身上的事。

近来，文学圈内流行一种说法，认为读者厌倦了“从前有一个”这样的故事，现在能让他们读得下去的只有直接述及现实的作品，讲的仅是：让我告诉你发生在我身上的事。（“从前有一个”给人感觉太冰冷、太遥远、似乎需要大费周章、太难让人信以为真。）生活在二十四小时不间断新闻文化下的人，满脑子尽是真实的故事，懒得理会童话王国和想象出来的族类。赞同这个观点的人举出的例证是像卡尔·奥韦·克瑙斯高和埃莱娜·费兰特这类作者的大受欢迎，像本·勒纳和希拉·海蒂这类自传体小说家的涌现，像塔那西斯·科茨和莱娜·邓纳姆这类诚实可信的非虚构作家以个人化的散文所引起的轰动。我喜爱上述每一位作者，但原因不是我觉得他们更加真实。我认为这个论点本身有几分幼稚，误把真实感当作实际的现实。例如，我始终相信，写回忆录的作者要做的事与我从事的工作一模一样：遣词造句，营造效果。我恐怕不相信卡尔·奥韦·克瑙斯高奇迹般地记得他童年时的谈话，因为我知道我不可能准确无误地重建昨天我与丈夫的对话。一切都是写出来的。真实感是众多文学效果中的一项，可以发挥不同程度的作用；真实感利用现实里的自我，从中挖掘信息，把信息拆分、重新呈现。但那个现实里的自我可能并不实际出现在书中。那个道理也许看起来简直不言自明，但我以为，我们中的许多人，被真实感所迷惑，往往会忘记那一点。所有可能会在书里出现的是动词和形容词、名词和副词，还有那个气势夺人的代词“我”。菲利普·罗斯不是、也绝不可能是波特诺伊，因为句子刻画不出一个真实的人，连部分也做不到。回响、影子、反转、碎片——写作能实现的无非是这些。但组合起来的整体处在一个不同的层面上。罗斯过人的成就在于把读者对小说人物和作者之间的关系的错误认识变成他的一个文学效果。罗斯和祖克曼的连接和分别之处，年轻的波特诺伊的身上有多少年轻的菲利普的影子，罗斯的婚姻在里面有没有体现，罗斯的情人在不在里面——这些问题在行文中找不到答案，但刺激读者在头脑中产生这些疑问，是一次令人难忘的诠释体验。罗斯的作品玩弄真实感，从而玩弄读者的理解鉴赏力。当米基·萨博斯在情人的坟墓上自慰时，冒犯人们的是谁？罗斯？米基？人们想要捍卫谁？他死去的妻子（一个用句子构造出来的人）？普遍意义上的女性？普遍意义上的男性？在现实世界里，我们时常希望做出快速、单一、坚定的判断和道德上的取舍。小说搅乱我们的辨别力，让我们不知该拿自己的判断怎么办。它有益地让我们暂时放下一心想在每个问题上代表正义一方的强烈显著的渴望，创造了一个亵渎不敬、无法无天的虚实混合体。在小说里，事情既真又不真：终极的不可能性。在我看来，杰出的小说让我们摆脱束缚，领悟到真与不真之间的张力也许其实是可以忍受的，也许不必做出裁断，不必立刻放到公众舆论的审判庭上或用我们社会生活的苛严的保守主义来消灭这种张力。一部小说从根本上讲对现实世界毫无影响，或说我们在阅读时这么认为，因而我们可以在小说创造的天地里放开胆子，更加勇敢，更能够包容我们自身的不确定性。

用第一人称写小说，背负着一个遥不可及的身份，一个你不可能成为的人，因为你已经是你——而不是书里的这个“我”——你有过自己的人生，有过自己的历险，经历过自己的起起落落。在《摇摆时光》里，我假想中的人生故事以“我的”母亲临终而结束。当我把这本书送给我活力充沛的母亲时，我好奇她会怎么理解它。我知道书里的真实感出奇强烈：一位读了此书的熟人发给我一封电子邮件，表达她对我母亲逝世的哀悼。但我的母亲泰然处之地读了这本书。我想事到如今，她看过太多出自她女儿之手的虚假不实的母亲，所以对那个不是我的我已司空见惯，懒得再把这个太当一回事，但我知道，被别人误认作《白牙》里的克拉拉或《美》里的琪琪，或有任何虚构的自我比你本人的形象先入为主——甚至被认定已身亡，一定不是件太令人愉快的事。波兰诗人切斯瓦夫·米沃什有句著名的警告：“一个家里出一位作家，那个家就完了。”不过迄今，我的家似乎仍保持完好，何况我还有一个当喜剧演员的弟弟和一个唱饶舌的弟弟——如此说来，是三个孩子在挑拣一个亲族的故事基本要素。但史密斯一家依旧屹立不倒。我不知道罗斯的写作对他一家人的影响，但我猜肯定有不好受的时光。我前面一直所讲的小说能够给予读者的那份自由，不大容易延展到那些实际存在、被误以为描绘进书里的人身上。我恐怕对他们来说，这些小说反而是一种牢笼。鉴于这个原因，还有许多其他原因，我从来不确定是否值得付出这样的代价来从事小说创作。很难权衡其中的得失。我想到理查德·耶茨、约翰·契弗等作家给家人造成的种种痛苦，然后我把这样的痛苦与这些男同胞在我心中激起的种种乐趣放在一起对比。作家创造出他们间接的自我，利用这些自我逃脱一切困境和限定，但结果他们也可能冷酷无情地对待他人的生活，在奔向自由的过程中，出卖他们心爱的人。据报纸告诉我们的，目前，有半数卡尔·奥韦的家人正在起诉他。但另一方面，这位作者在世界范围内传递的自由是深远而不容小觑的。年轻时从事写作的我曾认为所有问题都可归结为叶芝那句陈年古老的告诫："有识之士被迫选择 / 人生的完满，或作品的完满……"但现在，我似乎觉得有另一种遥不可及的紧绷的身份需要得到松弛。为什么人生或作品只有一样可以完满？写作的人，和其他人一样，跌跌撞撞地走过世间，不断重新审视他们所做的选择的制衡，知道自己在帮助一方而伤害另一方。至少，在我的人生中，现实中的我和那个不是我的我同样跌跌撞撞，两个"我"都从未接近完满。但我感到极其幸运，能投入这项毕生的课题，探究两者的内在联系、交流、互相排斥和争执。假如我能继续同时使用两个"我"，即便坚持的时间只及罗斯先生的一半，我也会觉得自己真是一位非常幸运的女性。

第五部

感受自由

Feel Free

/

书写人生

长久以来，我一直希望保持写日记的习惯。青春期时，我屡屡尝试，但总是半途而废。我梦想像乔·奥顿[1]那样毫无掩饰，他的日记令我钦佩；我大概十四岁时在图书馆读到这些日记，我把它们既当作文学作品，也当成色情读物，怀着激动的心情，追随乔的脚步在伦敦市的许多角落转悠，他曾在这些地方与人进行不正当的交媾，而我只是一名过客。我寻思：要写日记的话，就该这样，不受任何约束，诚实坦荡。可我发现我写不了性欲（太害羞，一点不诚实），而且我也不会描绘性行为——当时的我尚未接触到性——因此我的日记沦为陈词滥调，充斥着虚假的热恋对象和臆想的爱情故事，很快我对这样的日记感到厌恶，就此搁置。没多久后，我再度尝试，这回只专注于学校生活，像朱迪·布鲁姆[2]笔下的人物那样，细述操场上发生的事件和戏剧性的友谊，但我始终无法不去顾及潜在的读者，这一点败坏了我写日记的心情：感觉像家庭作业。我总是试图把事情表述得对我有利，以防学校里的某某人无意间拾到我的日记，拿给大家看。用欺骗的态度写日记——这层伪装恐怕只是披给自己看的——我觉得那么做实在教人丧气。我以为人生中弄虚作假的地方够多了，无需再美化自己内心最隐秘的想法。或也许是反过来：有些人能够坦白、直接地书写自己的感受，而我则不由自主地加以粉饰。

二十岁上下时，我读了许多弗吉尼亚·伍尔夫的日记，再度萌生我真该写日记的念头。那时我对自己已有清楚的认识，深知自己绝对做不到在日记里复述个人情感，我太怕难为情，而且素性怠惰，不可能坚持天天写。于是我试图效仿伍尔夫单卷本《作家日记》的形式与风格，将日记内容仅限于和文学有关的事，要么是我写了或读了什么，要么是我遇到的其他作家。那本日记的寿命就只有一天，里面叙述了我与杰夫·尤金尼德斯度过的一个下午，共计十二页，花了我半个晚上。罢了！照那种速度，写生活中发生的事比实际经历耗时更长。我想问题部分出在日记必须用第一人称写，直至最近，这种写法才不让我感到吃力、紧张。除了在随笔评论里冷不防迸出“我”以外，我无法自信地运用第一人称写作。以前，连看到“我”这个字出现在文章里也会令我略觉不自在——又是那种忸怩的心态——我总会试图用“我们”来掩盖。我察觉这种现象在我到了美国后开始发生变化，之后改变的速度像滚雪球似的；且看上面这些话，使用“我”的次数多过沃尔特·惠特曼的一段诗文。但涉及日记或日志时，我仍摆脱不了某种心理障碍。困扰我的依旧是那些幼稚的问题。日记写给谁看？用什么样的口吻写？我想要哄骗谁？——是我自己吗？

我意识到我并不想记录自己的日常生活。我的头脑习惯把一切过去的事几乎当即抹除，好像迪士尼版《爱丽丝梦游仙境》里那条自

1. 乔·奥顿（Joe Orton, 1933—　），英国著名剧作家。
2. 朱迪·布鲁姆（Judy Blume, 1938—　），美国作家，从事儿童与青少年写作，也创作成人文学作品。她的作品以坦诚直接的笔法从儿童的视角和语言出发，来描写初露端倪的性特征和同龄群体的压力等问题。

带畚箕和笤帚的狗，一路向前走一路清扫。我不记得自己在哪一天做了什么，或是在我几岁时发生了这样或那样的事——我喜欢自己有那样的头脑。我相信当我年迈、脑子“退化”时，我不会觉得生活与现在有太大区别，这种零记忆的状态虽然很令我身边至亲至爱的人恼火，但必定莫名地适合我，因为我似乎，即使痛下决心也无法改变。我不知道这一点是否间接与我写小说的方式有关联，譬如说，我多年前所住公寓门口的一块擦鞋垫会复现在我笔下，一如当初，原原本本，相同的经纬纹理，但我却讲不出我到底何时住在那儿，当时在和谁谈恋爱，甚至连那时候我父亲是活着还是死了也想不起来。也许前一种零记忆系统——记不住日期或重大事件——使另一种记忆系统得以运作，前一种记忆的缺失为后一种腾出空间，让不管什么东西，像胆小的夜行动物般，顺畅地从我脑中窜过，召回稀奇古怪的物品，像是门口的擦鞋垫、孤零零一朵枯萎的牡丹或一张钟爱的草莓贴纸，自一九八六年以来未再见过，但依然形似草莓，并还保留着果香。

至于书写人生，真实、坦白、日记式、不遮丑的那种，我唯一拿得出的——摆在圣彼得和众人面前——是我的雅虎电邮账号，开通时间约为一九九六年，现在仍在使用中。那里存着的（虽然我宁死也不愿把所有邮件通读一遍）可能最接近真实版的我的人生，至少在书面形式上是如此。那个我，不论好歹，做过各种各样的事，撒过可鄙的谎，与家人发生口角，与朋友因书结缘，在网上购买时尚用品。和大部分人一样（我这么认为），我私下最怕的是有人进入那个账号瞎看，肆意浏览，评头论足。但另一方面，等我死后，我的孩子若想了解平时的我是什么样的，不是作家，不是一个多少还算体面的人，而纯粹是所有身份背后那个傻里傻气、平凡的我，他们不妨去我的邮箱看一看。

/

浴室

在我八岁时，我们家从市建住房区搬入一栋我眼中的“豪宅”。从正面看，那个住处像一栋完整独立的房子；里面给人的感觉也是。我们有自己的前门，从后窗望出去，看到的是一座草木蔓生的正方形大花园，它似乎也完全归我们所有。大部分客人并未注意到这是一栋复式住宅，底下一半是公有住房，通过侧面的入口进出，里面住着一家印度人，他们做的第一个欢迎举动是教我怎么将一块三角形的酥皮折成萨莫萨饺子。我们搬进去后不久，父亲竖起一排略微变形的木栅栏，着手把两家共用的花园一分为二。我认为这种分隔无可争议：不过是从实际角度出发，牵涉到对花园该有什么的不同概念（芫荽，土豆；花，戏水池）。栅栏完工后，大家都很满意。我们各有各的一点封地。从后窗看出去，仍能感受到宏伟开阔的气势。

屋内我们有四间卧室，我和我的弟弟各一间（但习惯使然，我一般在半夜溜出自己的房间，和他一起待在他的房间里），一间给我的父亲和母亲——母亲怀了孕——还有一间“空着”，在下面一层，我们不时吸引欧洲的青少年来住。这些青少年让我觉得很有魅力，充满异国情调。他们戴斯沃琪表，穿的是全新的邓禄普运动服和基本色的娜芙娜芙毛衣；他们观看——并似乎由衷地喜欢——环法自行车赛。他们老是希望有人带他们去艾比路，拍走在斑马线上的照片。当然，他们支付的租金不赖。后来，在我最小的弟弟出生后，那间空房变成一连串西班牙互裨生的住所，她们在父母上班时照看我们三个，以替代租金，我的父亲在一家小型纸业公司工作，我的母亲刚取得社工资格。我们明显发迹了。我们首度有了这些多余的空间。除了那间空房以外，我们还有浴室，自带抽水马桶，隔壁紧挨着的另一个小房间里也有一个抽水马桶。这两个有抽水马桶的房间是我母亲的乐趣所在[1]，她精心布置，时时一丝不苟地打扫。无论是欧洲的青少年还是后来的互裨生，若希望愉快地和我们住在一个屋檐下，理当——讲真的，务必——时常对这两个房间表示赞赏。

那间空房、那个多余的抽水马桶——这些对我的父母而言，代表了一种颇具英国特色的成就。从小生活贫寒的他们，如今正式成为人口普查员口中的“下层中产阶级”。我明白，在英国以外的人看来，这种阶级的层递经常莫名其妙，实属荒唐，难以细致区分其中微妙的差别，且让我试试看。在八十年代，下层中产阶级的人偶尔去欧洲——但只坐得起凌晨三点出发的航班，而且是可以自由选择吸烟区的机型——开奥斯汀小型都市轿车，买新鲜的橙汁。他们上的自然

1. 我的母亲现仍住在那栋复式住宅里，我们以前的房间全都租了出去，她对抽水马桶情有独钟：前不久，她在她卧室一处实际是壁橱的地方安装了第三个抽水马桶。她的子女个个深知，谈起抽水马桶，伊冯娜永远兴致不减：这种心心念念可以回溯至她在牙买加的童年时期，那时的她只能用地上挖的一个坑当厕所。她出门度假时，很少不拍一张当地卫生间的照片带回家：加纳的旱厕，弗得角港（Port Verde）干净得发亮的抽水马桶，日本的超声波抽水马桶……——作者注

是公立学校，从未见过滑雪场的上山缆车，但订阅《卫报》[1]，若有轰动的头版性丑闻时，也买《每日镜报》看，他们的厨房里挂着好看的哈珀塔特牌[2]条纹窗帘，墙上挂着瓷盘，他们绝对清楚印有笑话的门前擦鞋垫品味低俗。他们告诉人们自己“不看电视”，但其实是撒谎：他们成天看英国独立电视台。每年夏天，他们装满一车行李，沿M4高速公路驶往德文郡或康沃尔郡，幸得国民信托[3]的功劳，途中在各个属于一文不名的贵族的乡间别墅停下喝茶。至少，我们的生活是那样。回想起来，我有许多愉快的记忆。我相信人口普查表上的每一类家庭都有各自的定位——高尚劳苦的穷人，努力奋斗的中产阶级，优雅的富人，淡泊的名门之后，属于上层中产阶级的知识分子或艺术家——但不招人喜爱的下层中产阶级也有他们自豪的地方，不过依我的经验，他们的满足感大部分来自一系列反事实条件陈述的结果。使下层中产阶级相对心满意足的不是他们实际本身的境遇，而是没落到他们头上的事。每当寄来的账单不再对基本生活构成威胁时，他们摆脱了一种束缚手脚、压抑人心的日常式的惶恐。他们也不像中层和上层中产阶级那样容易活在甩不掉的自卑中，他们完全体会不到有着极其显赫出身的人太常有的那种无力感。诚如足球队经理爱说的，下层中产阶级的孩子可以玩转一切。那样讲不等于说他们不希望实现父母本身未竟的抱负——尤其在受教育领域——他们希望更进一步，但假如不巧失意，他们也明白，那个后果不再是（他们的）世界末日。在

1. 假如是左派。——作者注
2. Habitat，伦敦的一个家居品牌，创立于1964年，开启了一种现代时髦的生活方式，引领家居时尚。
3. National Trust，原名国家名胜古迹信托，是英国的一个保育组织和慈善团体，成立于1895年，旨在“永久保护全国具有历史价值和自然美的土地与建筑”。

驰骋向前的人生中，无论何时停下，从后视镜里检查身后的情况，总会看到一片风景，与父母长年失业、身为劳苦的穷人或新移民的子女看到的景色大不相同。他们看见父母已为自己在这个世上建立起一方虽小但相对稳固的立足之所，这个立足之所——从根本上讲——不完全依赖于他们，所以也让他们有了一点追求自己梦想的空间。他们不必一定要成为医生。事实上，只要不寄望他们的梦想获得任何经济上的援助，他们几乎可以想干什么就干什么。我的父母在听说他们的孩子一个想当作家、两个想当说唱歌手后，他们的反应是：去吧。

现在我发现那种反应多么教人释然。没有任何保证，没有任何可能的许诺，但这样也意味着没有什么已成定局，一切皆有可能。由此我感到一种莫大的自由。在我自己抚养孩子的过程中，我意识到，从某种特殊意义上讲，他们从我身上得到的自由不及我从我父母身上获取的。他们的物质条件优渥得多，他们的父母也不整日吵架（我的父母在搬入他们的“豪宅”四年后，闹到不可开交而分居）。但我无法把我父母摆在我面前的那个完全空白的起点——令人雀跃和惧怕的程度相等——提供给我的孩子。就他们的情况而言，风险已大大排除，出身于英国地位稳固的中产阶级家庭，仍是目前世上最安全稳妥的一张牌——不过当然不如以前那么安全稳妥。（在我小时候，要真正跌出英国的中产阶级，可得做出点惊天动地的事，像是吸食海洛因上瘾或加入印度教的克利须那派。）但即便房价上涨、退休金化为乌有，中产阶级子女生平经历的许多重要章节早已写就；于他们出生之际就已编排就绪。我的孩子多半会上大学。他们多半不会未成年就怀孕生子。再者，当然，我的孩子是作家的子女。我见过成年后的作家子女，他们的人生不断被另一人的言辞所覆盖或侵蚀。我想我能体会活在那样的世界里会多么令人窒息。老实讲，假如我是我的孩子，我估计会迫不及待地想要退学，未成年就怀孕生子，仅以此来坚决维护我个人的自由。

随同养育孩子而来的有一件奇怪的、不是特别愉快的事，我想称之为回顾式的打转。一个头昏脑涨的时刻，悬于现在与过去之间，来得如此剧烈、令人作呕，却又良药苦口般地给人教益。例如，我请和我交情最久的伙伴莎拉来我家，我的小孩四处乱跑，基本上在自娱自乐，我们则偷偷摸摸地抽烟，喝着一瓶白葡萄酒，开始讲我们每个朋友的坏话，发出响亮、咳咳的笑声，后来，小孩子无所事事地回到房间，我强迫他们喊我这位最好的朋友“莎拉阿姨”，他们满腹犹疑，我无视他们的抗议——以及要求我做饭的种种呼声——继续很大声地聊天，大笑不止，然后在说笑中间，我会想到：哦，没错，现在我懂了！这情景正与妈妈和露丝“阿姨”一样；正因为如此，大约傍晚六点以后，她们不再吩咐我们该干什么，我们得等上一两个小时，直到终于有人想起烤一块冷冻的比萨饼——哦，现在我懂了。妈妈和露丝，她们是最好的朋友，相识于我们出生以前，她们都辛勤工作，没什么时间，所以很重视见面聚首的机会。她们喜爱互相聊天。她们是普通的女人，除了她们的孩子以外，还有很多关心的事。她们喝着廉价的白葡萄酒，略有醉意。哦，正是如此。三十年前让我觉得百思不解的父母的行为，此刻豁然明了。近来，我产生了越来越多这样的领悟。一个星期日的下午四点左右，在不间断地围着孩子转了四十八小时后，我掉进一个黑洞，一个几乎让人想自杀的低谷，我的孩子会一头雾水；他们提出问题，得到的是空洞的注视或只字片语的回答，然后，无来由地，我会忽然站起身，因为一些芝麻绿豆大的小事而开始冲他们尖叫——在嘶吼的过程中，部分的我回过神来，落入倒转的时间旋涡，我想到：哦，没错——这正是三十年前她的感受。这是她突然默不作声、盯着墙壁的原因。对她来说，这样的事再多一秒也受不了。孩子们别再嚷嚷着谁拿了什么、什么公平不公平，持续不断的索求，不必要的情绪失控，感到连一秒属于自己的时间也没有，同时，电视上播着每天播放的同一节目，重复着那首该死的主题曲……哦，正是如此。现在一切真相大白。我的母亲有仨。外加一段不太快乐的婚姻，我认为理所当然的发泄途径和自由空间，她基本没有。而且那时她二十九岁。倒转的时间旋涡让人在回顾中洞彻事理。

随着过去的画面逐渐变得明晰，我尤其对一个房间有了新的、带有几分悲剧色彩的认识：我父母那栋复式住宅里的浴室。它面积不大——大概三米半乘三米——但现在我领会到这间浴室承载了多少功用。一方面，它仅是一间小小的浴室，布置成略带“海滨”风格的主题——这儿一个贝壳，那儿一块珊瑚——英国人喜欢在浴室摆放的那类饰品。但在某种程度上，它也是我父母的梦想空间，恰如艾略特所指的，掺杂了回忆和渴望。属于我妈妈的部分是植物。这些植物绿油油的，看上去像产自热带，长得格外茂盛高大：块茎从土里鼓出来，有时延伸到隔壁的花盆里，继续攀援生长，每次洗澡时必须与这些卷须斗争一番，这些植物还招虫子，特别是夏天。我不大叫得出它们的名字，但肯定有许多蛛状吊兰、几株蕨类植物和一棵巨大的、叶片宽阔平滑的东西，挡住从唯一的窗户里照进来的光，使整间浴室给人感觉像个热带的发汗箱。[1] 客人通常的评语是：“天哪，简直是把整座热

1. 我的弟弟本说这是一棵“发财树（Money Tree）”，从主题上讲相得益彰。——作者注

带丛林搬进了屋子。”绿色一层接一层地生长，葱郁异常。修剪枝条只会加速它们的长势。三十年后，在牙买加参加一个文学节时，我站在一大堆一层接一层生长的绿色植物中间，思绪陡然回到过去，记忆中一个陌生的浴室的一角，那个角落是永远的……牙买加。可小时候，我从未想过母亲会思念家乡。小孩子的眼里只有自己：他们从来不把别人的事真正放在心上，遑论他们父母的事。我更没想过，父亲把这同一个小小的空间当作暗房有何耐人寻味之处。对此我一点不好奇。甚至我第一次注意到他在里面做什么，是不小心打扰了他；我走进浴室，想要上厕所，结果发现里面一片漆黑，只有一道奇怪的红光。我的父亲呵斥我：“关上那扇该死的门！”我关了门，但把自己关在里面。怪异的场景：我父亲卷着衣袖，浴缸里满满一缸液体，眼前的红光给我们现代家居简洁的哈珀塔特风格线条蒙上了某种地下色彩，让我感到不知所措。这个神秘的房间在我们家作什么用？我抬头，看见他越过屋内的植物，在两堵墙之间拉了一根晾衣绳。绳子上用夹子固定着大张晒相纸，上面慢慢浮现出图像。我以前从未见过这道工序，我盯着看，想知道接下来会出现什么。童年时，我时时希望发现我的父亲具有某种深藏不露的艺术天分——是体现在这儿吗？

但随着图像的突显，我看到原来拍的都是我们的照片。我、我的弟弟本和我的弟弟卢克，都是我们。抽水马桶的底座周围散落着许多依尔福黑白胶卷的小罐子，每卷二十四张底片。结果拍的也都是我们。我感到失望。我隐隐知道，父亲曾有过当摄影师的梦想；很久以后我获悉，这个梦想在一定程度上短暂地实现过，不过是在我们出生的许多年前。到我们搬入那栋复式住宅时，他已经不算是摄影师了，好比踢五人制足球的父亲不算是职业足球运动员一样。他完全放弃了那方面的雄心抱负。如今一切都是为了我们，一切从属于家庭生活，围绕家庭生活而重组。儿时的我虽然从中获益，但对这种做法，有的仅是鄙视。我的父亲是个无聊、靠得住、神志正常的人，能够将他自己的志趣和抱负无限制地延后，现在我相信这是我从小到大在任何情况下始终能保持情绪稳定的根源所在。但当时，我恨极了他不能——或不愿——为自己而活。“为孩子着想”，我特别讨厌这个说法；人们这么讲，似乎是为了逃避责任，不去真正实现他们自己的渴望和理想或发挥他们的天赋才能。和一个自己基本无法忍受的人维持婚姻——十二年！为了孩子着想！那样做是何等愚顽？可现在，在回顾式的打转中，我怀着新生的感激之情重新看待我父母对这条原则的坚持不渝。我依然做不到像他们那样，但如今我理解他们那么做的原因。他们各自在没有父亲的家庭中长大——对他们来说，都是无法弥补的伤。借用典型下层中产阶级的又一个老套的说法，他们想创造某些更好的条件给我。

这样的状况固然有程度上的差异，但我的确认为，每家人都经历着感情上的大风大浪，处处是压抑的愤怒，个人深深的失意侵袭其中。从本质上讲，无人逃得出一个单位家庭，完全置身事外或得到一切想要的东西。我记起杰里·塞恩菲尔德那句精彩的台词：“没有能让全家人都开心的那样的事。”总要有人做出牺牲：问题只是牺牲多少，为谁牺牲。在一次次回顾式的打转中，我清楚地看到父母给予我的大大超过在我看来为任何人的合理的付出，也远胜于我能给予我自己的孩子的。因为虽然从表面看，我似乎在样样事情上给予我的孩子更多：更多钱，更多“机会”，肯定更多假期，肯定更多空间，但我的父母给了我他们的人生。就我父亲来说，孩子和柴米油盐的生活取代了艺术创作。就我母亲来说，一个新的国度取代了老家，无论是不是她想要的结果，事情就是如此。我不必做出任何像是这样残酷的选择。我的父母完全陷在成人与儿童共存、互相争夺空间的生活里，各自努力想实现自己的抱负，各自努力想“有自己的人生”，“有时间”——这儿热带植物，那儿晒相纸——绝没有一方完全得偿所愿。我也过着和孩子争夺空间的生活，但这一回的较量远谈不上严峻。

想起我的父母，我的心中常有几分内疚：我做了他们从未有机会做的事，我做这些事是在他们的守望下，耗费了他们的时间，仿佛他们本身即是那样——计时员——而不是独立的人，过着自己日渐缩短的人生。这样的描述尤其适用于我的父亲，即使仅从他自己来日无多的角度来看亦然。我的母亲在成年后取得文凭，如今，依旧青春洋溢的她，开始追求自己突发的兴致和爱好，快要活到能拿她用三十年工作换来的退休金的年纪，生活相对安稳。她四处旅行，她享受生活——她甚至写作。可我的父亲等了一辈子，想看到自己以某种形象显现在晒相纸上，却始终未果。相反，显现的是我的形象，我弟弟本的形象，我弟弟卢克的形象。要说我的父亲是某一类艺术家——我感觉他是——他的艺术留在那间浴室里，然后同他一起消亡。[1] 相形之下，在我撰写此文之际，我的母亲正在创作一部有关牙买加的小说。

1. 我的父亲去世后，我在他的遗物中找到他早年的商业性作品——主要是五六十年代商品目录上的模特图片——还有一批珍贵的家庭照，结果发现，它们有意思的程度远超过我儿时给它们的认可。我最喜欢的一张拍的是一幕家中的场景。照片里有哈维本人、他的第一任妻子布兰奇和他的大女儿、我的同父异母的姐姐戴安娜——据大家讲，对她而言，哈维远不是一个称职的父亲：感情上疏远，并且经常根本不现身。我把那张相片翻印在第 365 页。我注意到有许多阴影侵占照片的空间，光线做出惊心动魄的斗争，试图冲破这团逐渐蔓延的黑暗。我注意到许多封闭式的框格和别扭的角度；混合了自然与人为的双重特征；冷与暖的对比。他未给这张照片取一个标题；他大概压根儿没想过要那么做。但我擅自给它加了一个。——作者注

哈维·史密斯:《家庭是一个暴力场合》。经史密斯遗产管理会的许可而使用。

至于我自己的孩子，哦，他们的生活脱离不开他们父母的艺术创作活动，他们身处其中；他们不得不谛听我们讨论我们正在写或读的书；我们看过的电影或我们要编写剧本的电影，他们素来、从一开始就知道，他们不是这个有许多房间的屋子里唯一被创造出来、获得精心照料、被抚养长大的产物。对他们——或对我们——来说，这样是好是坏，我不知道。但我感觉，无论有多少个房间，无论多少书、电影和歌曲激昂地宣称家庭生活有益身心的美好，事实是，“家庭”始终是一个带有几分暴力色彩的场合 。只有在多年后，在那种回顾式的打转中，人们才搞清受伤的是谁，在什么方面，伤得多重。

附言：在我写完此文的两年后，我的弟弟本——一位说唱歌手，同时也涉足许多其他领域——寄给我他的新专辑。他没读过这篇文章，但我发现，他从我父亲留下的许多照片中，给他的专辑封面挑选的正是我放在此文中的那张照片，一模一样。

/

人和尸体之比

1.

九月的一个晚上，我从餐桌上离席，跑回家去见一位临时保姆，我脱下高跟鞋，光脚——天在下雨——狂奔过克罗斯比街，到家。肝炎，我在心中念道。肝——炎。我满身泥浆地走进大楼，一副快死的样子。门卫——在我出门时夸赞过我——面有窘色，低头看他的智能手机。大厅的一张茶几上摆着一本无人问津的小开本精装书。《世界名作：意大利绘画》，出版于一九三九年，篇幅不足三十页，有廉价的带大理石花纹的衬页和一句深情的德语题献："给我亲爱的学生"……有人在一九四六年三月二日把这本书送给迦密山（以色列的那座山？布朗克斯区的那所学校？）的另一人。

那笔迹显出老态。无论写这句题献的人是谁，现已不在人世；无论收下这本书的人是谁，现已不再想要它。我把这件没人爱的东西带上十五楼，希望获得一点对意大利名画的认识。说实在的，我更情愿对着我的苹果手机，滚屏查阅电子邮件。自从六个月前买了那台手机以来，我几乎每晚都那么度过。但眼下有了这本书，像一种指控。电

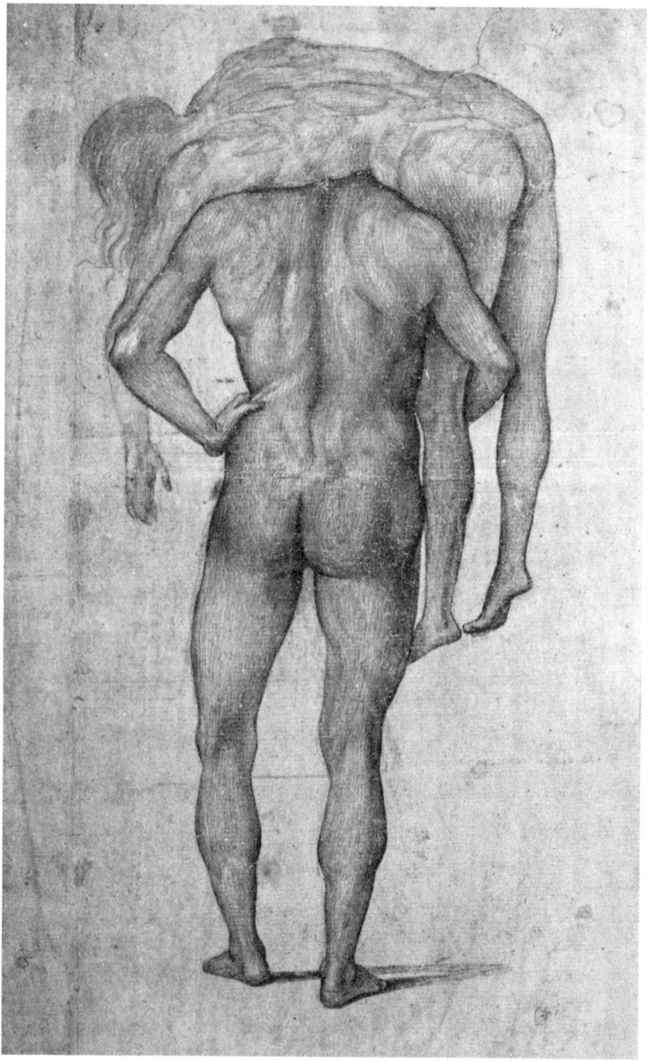

吕卡・西尼奥雷利:《裸体男子肩扛一具尸体的背影》。巴黎，卢浮宫（图绘艺术资料室）。© 2017 年。照片：斯卡拉图片库，佛罗伦萨。

子邮件还是意大利名画?

我眯起眼，用喝了伏特加后的蒙眬眼神，看着一列历史人物庄严地在我面前走过：契马布埃、乔托、安杰利科修士、菲利普修士、拉斐尔、米开朗基罗。生卒年月，翻印的质量很差的图像，乏味、无可指摘的史实说明。(“十五世纪的意大利发生了许多变化，这些变化反映在意大利画家的作品里。”）每一人的用笔均比上一位更“精确”，更愿意把“现实”（丑陋的农民，朴素的景色）容纳进来。圣母马利亚抓着外露的乳头，给饿极了的宝宝喂奶，从许多不同的角度审视威尼斯的风貌。耶稣亲吻犹大。用象征手法表现春天。结论：“从杰出的文艺复兴早期艺术家契马布埃起，意大利的艺术便经历着许多变化。文艺复兴为现实主义、最终为我们今天所认定的本质上的‘真’开启了道路。”

在每个二〇一三年的读者看来，一九三九年的书可能显得天真。不过这种感受屡见不鲜，有时我们自以为有多“博学”，其实只是一知半解。我以前通读过很多这样的综述，可至今仍一点记不住谁生活的年代较早，安杰利科修士还是菲利普修士。我的头脑不易接受庄严的历史性的排序。但金灿灿的黄、鸭蛋青的蓝、红与绿的丝绸褶皱、钟楼和成排的云杉、婴儿的阳具和阴道（在我第一次接触意大利名画时，我据此判断画的是不是真人）、圣母马利亚与她儿子之间交流的目光——这些属于我头脑接受的东西。正当我乐此不疲地徜徉在这些细节中时，我倏然停下，被一幅炭笔素描吸引住了。整支庄严的历史性的队列就此解体。只剩下这幅画：吕卡·西尼奥雷利（约1450年—1523年）的《裸体男子肩扛一具尸体的背影》。

男子赤身裸体，一只手搭在左侧腰间，完美的后背，道道肌肉线条毕现。他的臀部健硕、富有气势，和米开朗基罗的《大卫》一样。

（“无疑借鉴了吕卡·西尼奥雷利的作品。”）他迈着坚定的步伐，左脚在前，肩上扛着一具尸体——是男是女，不清楚。为了不让尸体掉下来，男子用自己其中一条肌肉突鼓的手臂勾住尸体细长的腿。他要背着这具尸体去某个地方，离开观者的视野；他们即将头也不回地走出画面，消失无踪。我盯着这幅素描，企图求助于想像经验，失败。接着我拿起一支笔，在那页的空白边缘写下大部分读者目前业已读到的话。一个简单的实验——实际更多是一项挑战。我想努力把自己等同于那具尸体。

想象自己是一具尸体。不是体会当一具尸体的感受——显然，作为一具尸体，等于一切体验的终结。我的意思是：想象这幅素描表现了人的一种绝对、必然的命运，即，总有一天人会变成尸体。这么想可能很容易。作为一个冷酷的理性主义者，对生命的本质不抱幻想。一位朋友曾形容我是个“多愁善感的人文主义者”。不仅我的想象力在需要想象自己是一具尸体时畏缩不前，连我的眼睛也无法长时间专注不渝地盯着那具尸体，而被吸引回到气势磅礴的活力上。回到那个后背和臀部、那双小腿和手臂上。跨越性别、肤色、历史和肌肉轮廓的鸿沟，我是那名男子，那名男子是我。哦，我完全可以想象自己背着一具尸体！看见自己步履沉重地行进一段距离，沿着公路或穿过荒原，然后卸下那具尸体，惊讶于它变得越来越僵硬，保持L形的姿势动弹不得，仿佛要端正地坐起来。当我——有点用力过猛——把那具尸体放到地上时，要想象听见颈骨断裂的声音易如反掌。

想象那样一种实况——每个人（除了我以外）变成一具尸体——一点不难。和大多数生活在纽约市的人一样，我每天都会想象自己走在西区快速路上，仅推着一辆堆满瓶装水的购物车，拿着一个手电筒，背上驮着一具爱人的尸体，寻找一处合适的埋葬之所。事到如今，在各种虚构和杜撰中，这个末日后可能的局面——未来尸横遍野（只有自己不是尸体）——谅必是史上被想象得最透彻详尽的场景之一。

行走的尸体——僵尸——无处不在地跟随我们，充斥小说、电视、电影。回到现实世界里，普通民众变成活命主义者，要是攀上堆积如山的尸体意味着永生，他们随时愿意那么做。无论前者还是后者，死的都是别人。相反，我死了，这样的未来根本不是未来。这样的未来等于不存在。假如存在——假如我真的相信成为一具尸体不仅是一种可能的未来，而且是我唯一有保证的未来——我会换一种方式处理各种事。首先，我会扔掉我的苹果手机。过一种不一样的生活。

尸体是什么？它是今年四月孟加拉国热那大厦倒塌时上百具叠起来的东西。每当有炸弹在伊拉克和阿富汗的集市爆炸时，尸体像一丛丛含苞的花朵般绽开。单个愤怒、持枪的美国人有时由于出奇不足为道的原因，把自己和同胞变成尸体：因为遭解雇，或女孩不接受他们的求爱，或学校里无人理解他们。有时——令人震惊地——尸体成了发生在某个“我们自己人”身上的事情，通常是癌症或车祸所为，在那样的时刻，我们理所当然地忠实回避“尸体”这个确切的概念，而选择赞美和强调一个曾经活着的人依旧存在，虽成“亲爱的故人”，但精神不灭。

有人辩称，这种关心眼前、漠视远方的差异态度是天性。不管是不是天性，漠视的态度加剧，直至有一天，对我们来说，眼前的尸体和远方的尸体在头脑中形成的差异大到几乎等同于生和死之间的差异。养育孩子提醒人注意到“基本原理”中最关键性的这条。上/下。黑/白。富/贫。生/死。英美人的小孩在看这个世界时，见到许多奇怪的区分。其中最离谱的是尸体的不等分布。我们似乎来自于这样一个国度，从总体上讲，这里的人是活着的。而其他人（通常是棕色人种，通常是穷人）来自于一个会置人死地的地方。出生在那样的地方是何其不幸！他们为什么选择生在那儿？小孩子这么想不稀奇。怪异的是我们中的许多人怀着类似的想法，深藏在我们赤裸的本性里。

摆在艺术家面前的一个永恒的问题：我如何能向他人、并向我自己强调死亡的实际存在性？这个问题不仅只是存在主义的探究（不过当然也可以归于此）。它关系着艺术到底可以给我们提供什么样的想象、可以与我们一起创造什么样的想象。（我是一位多愁善感的人文主义者：我相信艺术能有所帮助，即使这种帮助令人不快——尤其在事情发生的那一刻——亦然。）在其他领域，人们很少认真严肃地想象甚或谈论死亡——除非是硅谷某个年轻人正在致力于灭绝死亡。然而，一个从政策制定者到少男少女、无人能想象自己是一具悲惨的尸体的世界——一个仅由勇敢地走出画面的雄心勃勃、身强力壮的男子组成的世界——到头来必定陷入疯狂、让人举步维艰。一个虚幻的世界。

以往，从具象向抽象的流变，一直被那些积极想用言辞说明意图的艺术家描述成拒绝幻象的表现。一九四三年，马克·罗思科在寄给《纽约时报》的一篇迷你宣言中写道："我们支持平面的形态，因为平面的形态破除幻象，揭示真相。"可什么是"真相"？

> 没有一幅好的画作是空洞无内容的。我们坚称主题至关重要，而且只有悲剧性、永不过时的主题才恰当可取。

对罗思科来说，死亡即真相——悲剧性、永不过时的东西——很难不把他的职业生涯解读为不可阻挡地走向死亡之旅。他一九四二年的画作《鹰的征兆》(灵感来自《奥瑞斯提亚》——这出剧本身苦涩地关涉了三具尸体:阿伽门农的、卡珊德拉的和克吕泰墨斯特拉的)显然是那篇迷你宣言的序曲,一看便是一幅过渡性的作品,在罗思科闻名的层次内,依旧描画出某些可辨认的形态:古希腊戏剧中悲剧人物的面具、鸟首、许多超现实主义风格的脚。

到创作罗思科礼拜堂(他在这座礼拜堂揭幕前自杀身亡)时期,层次不见了——不仅是形式上的层次,还包括色彩上的。通过那些黑色复黑色、能置人死地的长方形(他发现整个绘制过程是一种"折磨"),罗思科分明旨在创作"某种人们不想看的东西"。这种效果在一定程度上说明那些长方形给人的情感冲击力:它们好比象征死亡的骷髅,把我们带到一个无法忍受、却又无可逃避的地方。

罗思科希望我们被我们不想看的东西深深打动。但要消除我们性喜幻想的倾向,另有一个办法:无动于衷。让观者感觉自己像一具尸体。当图像自我复制、如机械运作般且无需人的介入时,观者会发现自己找不到一个天然的入口。影像似乎脱离我们而运转,如同这个世界没有我们、在我们一旦消失后依旧继续转动一样。与此同时,艺术家——还有观者——逐渐不再被视为主体的人,能够有深刻的感受、能体会到"折磨"。

拿机械复制的概念做文章的艺术——安迪·沃霍尔的作品是一个明显的例子——在某种程度上让我们体会到当一样东西、一件物品的感觉。并非巧合,沃霍尔也热烈地倡导尸体艺术,他的《死在美国》系列里布满死尸,在表现每一具尸体时不带一丝具有人情味的怜悯——但这些尸体又不是十分冰冷的抽象物。从一个层面上讲,从这些尸体最常为人赞颂的层面上讲,沃霍尔作品里的尸体让人毫无感觉。但另一方面，意识到自己内心的空白恰恰证明了这些尸体令人痛苦难忘的地方。“我怎么能看着这可怖的一幕而毫无感觉呢？”这是典型沃霍尔式的刺激，在他身后留下久远的影响。不自在的麻木：今天，众多年轻艺术家仍在通过各种媒介汲汲谋求那种无情感的效果。

想到沃霍尔和尸体，（对我来说）不可思议的是就在那个九月的晚上，我首次遇见批评家哈尔·福斯特，我正是从在他公寓举行的宴会上离席回家。他在《现实的回归》里写到沃霍尔效应，距今已近二十年：

> 沃霍尔式的人物的名言：“我想当一台机器。”人们通常认为这番声明证实了艺术家和艺术一样空洞无意义，但它针对的可能不是空洞的主题，而是受惊的主体，这个主体把震惊他的事物的性质搬到自己身上，用拟态的方式抵御所受的震惊：我也是一台机器，我也制造（或消费）一系列量产的图像，我以牙还牙，以眼还眼……沃霍尔建议，既然斗不赢，就加入其中。

拉康把创伤定义为“与现实失之交臂”，福斯特借助这个定义，在该文中阐释了什么叫“创伤型的现实主义”。为了掩盖和扼制创伤的现实存在性，我们机械般地重复创伤，但这样做又间接复制了创伤的某个要素。在重复的过程中，现实的手还是伸了进来。他举的一个例子——沃霍尔的《着火的白色汽车 III》——与西尼奥雷利的作品不无共通之处。画面里有一具尸体——从着火的车内被抛出来，吊在一枚戳于电线杆上的尖钉上——还有一个漫步经过的活人，正要走出画面。这件作品借用的是一张小报图片，原本刊登在《新闻周刊》上。

一方面，和西尼奥雷利的作品一样，我看到的是那幕凄惨、不可想象的场景（把我自己视为尸体），这样做，对我——也对安迪——而言，是一种主宰和扼制创伤（这个概念）的方式。丝网印刷筛去了我的真实性。但未完全筛除。诚如福斯特精彩论述的，沃霍尔的图像反复不停地向人走来，在一定程度上隐藏真相，不让人看到，但又重复和再现真相到令人难以忍受的地步。事实证明，图像的重复——三张重复的和旁边两张重复的并叠在一起，像一座不稳固的塔——是关键。当这种重复进行到某一刻时，事情的后续出现转变。“谢天谢地，那个人不是我”逐渐变成（也许在那最后的空白处）“哦，天哪，那个人会是我”。[1]

这种焦虑的双重意识——那个人不是我/那个人会是我——也许是我们与机器共存、被机器包围所付出的部分代价。例如，每当我们登上一辆移动的车子或飞机时，撞车失事、变作尸体的画面难道不是早已一直存在于我们的脑中吗？即使在拿到咸咸的椒盐脆卷饼以前，我们就想象自己尖叫着、祈祷着，从天空坠落，化成灰烬。假如我们置身于那种沃霍尔式的关头，其余一切都是虚假的广告。那是沃霍尔另一个持续吸引人的地方：每当有东西强烈暗示我们会永远活下去（几乎每则广告、电视节目，还有杂志——不管是不是飞行中提供的——都这么暗示）时，我们可以想一想安迪（他利用这些媒介的商业化的表达方式），在我们毫无遮蔽的内心深处，我们明白事实并非如此。

1. 在罗马的一座地下墓穴里，大约四千名埋葬于1500年到1870年之间的嘉布遣会（Capuchin）修士的尸骨被用来制作布景和道具：穿戴完整的骷髅在骨头搭建的屋内祈祷，里面有骨头做的枝形吊灯、骨头做的椅子，装饰性的墙上挂满骷髅头。在最后一间房里，地上写着墓志铭：“今日的你，我们的过去；今日的我们，你的未来。”——作者注与此同时，复制出自然最美的一面——意大利名画受人喜爱的技法——是与多愁善感的人文主义最契合的艺术，它着实让观看的主体产生同情和同理心；为所有那些已变成或将变成尸体的美丽的人（不包括我）落泪。我永远无法完全摒弃这种反应，就算有半打着火的白色汽车也不行。直视提香画的“拉努乔·法尔内塞”——那个古老的意大利氏族的十二岁的后人——那张稚嫩、未定型的脸，想象这是一个终将变成一具尸体的男孩！他的衣服上有红色对称的繁复绣花，纤细的腰间挂着大人的剑，继承家业的沉重负担体现在那件肯定是他父亲坚持要他穿的披风上，但这些改变不了他的命运……不可抹杀的个体特征全部都在，却没有一项足以抵挡必然的结局。（同样，再多的“自拍照”也抵挡不了。）

我对尸体的恐惧是否与发现我是一个有时限的“个体”同期？在我们仅是暂时容纳灵魂的躯壳以前，在这些灵魂踏上通往永生的旅途以前。在一种相信意识永恒不灭的文化下，尸体始终令人厌恶，而本质上却不“悲惨”。肖像画的新式“把戏”——捕捉一个人人生中“独有”的一刻（在上述这幅画里，在即将成年之际，这一刻被表现得尤为叫人心酸）——也许是一种美学上的错觉，但那么做至少有助于提醒我们，人生原来是一个多么宏大的“事件”，在化为尸体时失去的有多少。我们也许永远变作尸体——但我们曾经活过！正是那些古老大师的画作让我们感受到个体具象的情感冲击力。（五百年后，我们的报纸依旧为新近的尸体——假如他们是“我们中的”一员——保留版面，为死者所配的故事，与法尔内塞的绣花一样细致精美。）

当然，我们也从这些画中得知我们对待人类苦难的态度。奥登著名的诗句既贴切地适用于沃霍尔的着火的汽车，也适用于勃鲁盖尔的《风景画：伊卡洛斯之坠》或皮耶罗的《鞭打基督》：

[……] 他们多么深知它在
人心中的地位；深知痛苦会产生
当别人在吃，在开窗，
或正作着无聊的散步的时候；

但每一位十八世纪前的大师在这方面的表现是否相当？无与伦比的专业技能、完美的错觉，有时会阻碍（我这位）观者获得她正在寻求的有用情感。迷人的意大利名画有许多。人们亦必须时不时提醒自己，他们倾向在主体“我”和客体“画”（我凝视着它，仿佛它论及的是一个不包含我在内的真相）之间设定的稳定关系，归根结底，是华丽的错觉。

相反，西尼奥雷利的作品当场把人击中。它献出暗示。它创造了一个不稳定的三角关系——看画的人、尸体和“另一人”。望着那幅画，我不是一位目睹一名男子扛着一具尸体的女人。我是那具尸体。（尽管有短短几秒钟，我心中的念头是更愿意当“另一人”。）变成那具尸体的我，将比现在身为个体的有感情、有思想、有手有脚、有时看看画的女人的我，长存不知多少倍。现在那具尸体不是我。但它将是未来的我。

2.

早先，在哈尔·福斯特家的宴会上，我们谈起卡尔·奥韦·克瑙斯高，那位写了六卷本小说（或回忆录？）《我的奋斗》的挪威作者（迄今已有两卷翻译成英语）[1]。过去这一年中，我所到之处，读书人讨

1. 本书中译本出版时，六卷英译本均已出版。

论的话题总离不开这位挪威作家。第一卷《父亲的葬礼》巨细靡遗地记录了“卡尔·奥韦”庸庸碌碌的人生，他平淡无奇的童年，他追求女孩的烦恼，他青春期时几次企图给新年前夜的聚会购买啤酒（那方面的内容长达近百页），还有他父亲的死。

第二卷《恋爱中的男人》对婚姻的描绘细致到人能承受的极限：

> 她脑子里在想什么？
>
> 哦，我知道。她白天单独和万妮娅在一起，从我去办公室到我回来为止，她感到寂寞，她一直翘首期盼这两个星期。和自己小家庭里的人相伴，过几天安静的日子，那个是她一直期盼的。至于我，我只期盼关上身后办公室门的时刻，剩我一个人，能够写作。

总体上，这几卷作品不靠提喻或隐喻、不用优美或紧张刺激的叙述、甚至不通过讲故事来打动人。值得注意的是，卡尔·奥韦具有一种今天罕见的能力，他充分活在自己的生存状态中，并留意其中的一切。写下的每个细节不带有明显的虚荣心或粉饰，仿佛写作与生活是同步发生的。这些细节实在无一有任何显著之处，仅是让人完全沉浸其中。人们和他一起经历他的人生。

在席间谈起他——犹如歌迷讨论他们最喜爱的乐队——我发现虽然大部分人跟我一样，强烈感受到自己是在花时间体验卡尔·奥韦的人生，但其中有一位观点不同。对乏味的原则提出异议，可想而知，克瑙斯高本人不会否认他的作品乏味无聊。和沃霍尔一样，他不企图引起人们的兴趣。但这种乏味与沃霍尔公开展现的不同，不是安迪创造的那种纯粹的乏味，让“意义消失”，留给人的是十足的“更好、更空”。克瑙斯高的乏味是巴洛克风格的，包含许多详尽的阐述：童年聚会的无聊，买啤酒的无聊，婚姻的无聊，写作的无聊，做自己的无聊，与家人相处的无聊。这些无聊搭起一座雄伟的教堂。人们走进去，发现它与自己生活其中的那座教堂有许多相似之处。（假如正好和卡尔·奥韦一样，是已婚的作家，你会尤其感同身受。这类人易被卡尔·奥韦特殊的魅力所感染。）这套作品指出我们的日常生活是单调沉闷的奋斗，并把这种奋斗完全视为一场悲剧，这种不仅充斥着无聊、还处处是峡湾、香烟和丢勒[1]作品的人生，势必只能以彻底的湮灭而告终。

但什么事也没发生！我们中那个反对的声音喊道。人生，即便实际碌碌无为，只要全身心地活在其中，都会是动人的奋斗。在美国，我们可能更习惯于艺术呈现生活的无聊，附加一点（时至今日）太过熟悉的沃霍尔式的虚无主义。我想到年轻作家林韬—— 他的最新小说名叫“台北”——类似却又不同的极繁主义叙事，这种叙事同样致力于逐一再现日常生存的点滴。那本书，虽然偶尔让我觉得读不下去，但到读完时产生的一种累积效应，与克瑙斯高的作品相似。

他们俩都孜孜不倦地记录人生：人们不是简单地“认同”书里的人物，而会实际“变成”他们。一种叙事上的幽闭恐惧发作，读者与主人公之间不允许存在距离。要说接受林韬笔下的保罗比接受卡尔·奥韦让人感觉更艰难几分，原因是一个地理和历史上的幸运要素起着作用：毕竟，卡尔·奥韦可以从本身壮丽的峡湾中找到慰藉，而保罗能有的只是曼哈顿市区（加上去布鲁克林散心和短暂地前往台

---

1. 阿尔布雷希特·丢勒（Albrecht Dure, 1471—1528），德国中世纪末期、文艺复兴时期著名的油画家、版画家、雕塑家及艺术理论家。

北）、因特网和一大袋处方药。

林的作品有时教人一头雾水，但把愤怒的矛头指向将我们身边日常现实的点滴反传递给我们的艺术家，这样做难道不是有点悖于常情？《台北》里教人不可忍受的不是文字（文字相当精美），是保罗让我们在阅读时与他一起体验的生活。林和克瑙斯高都故意不采用各种耐人寻味的极简主义和抽象化的解决之道，而选择充分地投入。他们似乎在说，跟我来吧，一起走进这段人生。既然斗不赢我们，就加入我们，过来，置身于现实中。现实也许不美好——但这就是人生。

倘若我们把当一个活人是什么样记在心上，我们是否会对他人过早地变成尸体多些关切？在多愁善感的人文主义者看来，那个问题是美学与政治的暗中衔接点。（假如相信美学和政治确有交集的话。许多人对此不以为然。）关心各种不同类型的生物——穷人，女性，有色人种，同性恋，动物——过早地变成尸体，虽然在摩西律法里被视为神圣不可侵犯，但通常产生于想象领域。我们先有意识——然后我们开始关注。相形之下，我们今天听到许多批评我们冷漠无视的声音；我们不断用这条罪状互相指责，也指责自己。据称，美国人浏览有关麦莉·塞勒斯[1]的网页是有关叙利亚毒气袭击事件的十二倍。深夜时分，我在我的苹果手机上读了大量有关麦莉·塞勒斯的消息。然后醒来，讨厌自己。我的“奋斗”！卡尔·奥韦的标题自负到荒唐，像个不好笑的笑话，在人们努力想活出成年人应有的样子时一再给人回击。怎么才能活得更投入、更有心？心系自己，心系他人？关心他人？

人们需要培养一种尽情活出自我、而不是靠做事来活着的能力。电话正在使人们丧失那种能力，坐着什么也不干的能力……那样才是

1. 麦莉·塞勒斯（Miley Cyrus, 1992—　），美国女演员、歌手。

所谓的做一个人……因为在人生的一切之下，存在那样一种东西，那个空白——永远的空白。

讲那番话的是奉行喜剧兼艺术兼哲学的喜剧演员路易·C. K.，他提醒我们，我们每个人总有一天会变成尸体。在那出滑稽短剧中，他旨在让我们扔掉我们的智能手机，或至少叫我们少用一点那个鬼玩意儿（“你感受不到大喜大悲，你只对自己手中的产品略感满意，然后死去”），这出剧广为流传，许多人苦笑着观看它，认为它讲得对极了，每个人（除了他们以外）也许真该关掉他们的智能手机，多花些时间和现实世界里的活人相处，因为每个人（除了他们以外）的确总有一天会死，永远地死去，所以难道不应在他们活着时，好好地过活，真正地去过一种实在的人生？

遇见贾斯汀·比伯！

我不上推特，但我时常不知不觉地想起贾斯汀·比伯，原因不是异性的吸引力——至少我认为不是，更多是出于——请大家多包涵——哲学上的兴趣。我以前类似地对青少年时期的迈克尔·杰克逊念念不忘。从根本上讲：做这样一个人，生活是什么样的？给人什么感觉？仍感觉自己是一个人吗？假如遇见贾斯汀·比伯，他能够告诉你答案吗？

想到贾斯汀·比伯，我希望看见的画面是他在他唱片公司组织的商业见面会上。在空无一人的体育场消磨两日，站在当地广播电台的标识前，体验自己是永无尽头的一队青少年唯一痴迷的焦点。见面问候，热情地握手、点头，接受完全不认识的陌生人爱的表白：每个人看上去都真心诚意，每个人本质上没有区别。笑容凝固在他脸上，他听着他们一遍又一遍念着魔咒般的话："我不敢相信我见到贾斯汀·比伯了！"仿佛他压根儿不是一个人，而是他们刚刚爬上的一座大山。这是贾斯汀·比伯，人们"爱的对象"。令我感兴趣的正在于此："爱的对象"这个概念。它是许多人志在追求的境界，现在比以往更甚。人们可以看出当中的缘由：那么多的爱涌向爱的对象。既然我们面前有这个可以效仿的爱的对象，为何要立志当医生或老师呢？走入世间，迎接来自男女老幼、四面八方的爱——这是一个合理的梦想。相反，我们中大多数人来到世间，并不确定自己会遇到什么：也许是抵触，也许是冷漠，也许是鄙视。相遇的那刻总是充满未知，令人忐忑不安。但对爱的对象来说，每次邂逅都有一种顺利稳当的确定性。因为爱的对象早已为人所知，到处受人喜爱，所以每次与他人的相遇在一定意义上总是已经发生过的，故而有了这种确定性。他遇到的全是自以为已经认识他、而且已经爱上他的人。比伯遇见的每个人都是比伯信徒。

可另一方面——在目睹了上述过程太多遍以后——我们，公众，再清楚不过，爱的对象多半是个悲剧人物。爱的对象“活在梦里”（那个梦是，你遇到的每个人都说：“我爱你！”），直到那个梦变成噩梦。接着事情出现转折，爱的对象本身不想再遇见任何人。（有时，先是围绕爱的对象的光环淡去，但结果还是一样。）爱的对象隐退。人们很少在公共场合见到他，见到他时，则有怪事发生。他与人实际相遇的场面似乎回回出岔子：有人被打，手机被偷，婴儿被悬于窗外，嗑药，撞车。他最亲近的顾问开始为他担忧。在他人的敦促下，他投身许多新的、引起人警觉的各类会面，见心理治疗师、戒毒咨询师、营养师、会计师。但这些会面似乎仅是加剧了问题：他再度成为一种客体，接受分析、微调、检查。他的顾问无计可施。难道他就遇不到一个可以帮他的人吗？

想象一场会面：全球流行乐巨星贾斯汀·比伯与去世已久的犹太裔哲学家马丁·布伯。我明白，我明白。但在我的想象中，这两位注定会相遇。[1]毕竟，布伯就“见面和问候”展开过许多论述，但诚然，布伯指的“见面”，不只是一个拥抱、一个一闪而过的和平手势和一张合影。他相信，真正与一个人会面，需要进入一种亲密、复杂、珍贵的状态，一种我们鲜少达到的状态。他声称，“会面是一切真正意义上的活着。”可根据布伯严苛的标准，不仅排队等签名的比伯信徒无一人真正在与贾斯汀·比伯会面，大多数人也难得——若真有——与他们的知己好友会面，母亲不是时刻与他们的孩子会面，许多丈夫虽然也许每晚与自己的妻子并头而眠，却从未跟她会过面。上述及其他独特的观点可得自于布伯一九二三年著名的论文《我与汝》，这篇类似神秘主义的作品提出一个问题，怎样才是真正在这个世间“遇见”另一人。以下是开篇所作的假设，貌似简单：

> 对人来说，世界是双重的，与他双重的态度一致。
>
> 人的态度是双重的，与他讲的基本语的双重本质一致。
>
> 基本语不是单个的词，而是组合词。
>
> 一个基本语是“我—汝”的组合。
>
> 另一个基本语是“我—它”的组合。

“我—汝”和“我—它”：以这两种态度接触这个世界。布伯认为，我们正是在以一种“我—它”的态度认识这个世界时，发现自己身处物的领域。一个人正是怀着一种“我—它”的态度，正视他人生表面的“内容”，认识物品和观念、国家和机构、树木和汽车、天空

1. 比伯（Bieber）和布伯（Buber）是同一个德语姓氏的不同拼写。我怎么可能忽视这冥冥中的暗示呢？——作者注

和海洋。物的世界永远听凭他处置。正是在这个世界里，他能够操纵控制、整理创造、破译摧毁，以各种方式行使他的意志。他在这个世界度过他的一生。好吧——人们也许会说——那又怎样呢？人们可能疑心，到头来布伯会是某一类神秘主义者，想要告诉大家，物的世界——那个使叉子、税表、奶酪、贾斯汀·比伯持续存在的世界——仅是一个“假象”。可布伯不是那类人。他有脚踏实地的一面。布伯捍卫“它”这个世界的重要性。撇开别的不论，人的各式各样的成就归于这个世界。同样，种种痛苦、贫穷、残忍、剥削亦发生在这个世界里，对遭受这些的人来说，没有一样是虚幻的。尽管如此，但布伯仍坚称，我们是双重性的存在：“虽然真相不容小觑，但听好了：没有‘它’，人活不下去。可生命中仅仅只有‘它’的人，不算人。”因为除了离不开事物和观念以外，我们也是人，与其他人相遇并建立联系。这个即是“我—汝”的世界。它牵涉到人与人之间真诚的会面，是一片迥然不同的天地：

> 当我面对一个人，把他视为“我的汝”，用最基本的“我—汝”组合字眼与他讲话时，那时的他不是一件物质性的东西，也不是由物质组成。他不再是“他”或“她”、世俗时空网格上的一个点，也不再是一种被体验和描绘的状况，集合了一组关系松散、头头是道的特质。他茕茕孑立、无隙可寻，他是“汝”，充斥于天地间。不是仿佛世上只剩下他，而是其他一切存在于他的眼里。

在布伯看来，其他人是根本性的“他者”——他们是“我们的对立面”——就其本身而论，无法被简化或同化，与我们合为一体或屈从于我们的意志。他们不是我们世俗物品清单上的又一样东西，也不完全容纳在我们对他们的叙述中或与他们打交道的经历中。但根据布伯的观点，我们仍始终试图想把“我—汝”的关系转化成一种“我—它”，他（令人耳目一新地！）认为这种情势再自然不过，完全在意料之中。布伯发现，我们必须——假如我们想要在这个世上活出存在感——把这些他者称为“他”或“她”，或“贾斯汀·比伯”或“比伯信徒”，并且我们将利用这些称呼，把他们当作呈现于我们意识中的客体——甚至当作撰文的工具。但布伯提出，当我们这么做时，我们至少应当意识到自己在做这样的事。我们应当明白我们回到了“我—它”的世界里，我们设想中自己正在遇见的这个“人”，归根结底，对我们来说只是世上的另一件东西，我们“体验”的另一个客体。因为通过认识到并明确我们的各种“我—它”关系，我们能够更好地留意和孕育我们人生中难得一现的“我—汝”状态：

> 我不是在体验那个被我唤作“汝”的人。但我站在我的立场与他发生联系，体现出那个基本语的神圣意义。唯有当我走出这层关系，我才再次体验他。在实际体验时，“汝”远在天边。

这段话有点费解；我必须稍稍拆解一番，让自己搞懂其中的含义。对此比伯可以起到帮助，因为至少，在说明我们对他人的体验上，比伯是个非常极端的例子，极端到具有一种奇特的纯粹性，好像一个分离出的样本，摆在陪替氏培养皿上。于是我又再度想象一位排队等贾斯汀·比伯签名的比伯信徒。她站在队伍中，等待获得一种体验，这种体验在正当发生之际似乎已沦为过去时，比如：我刚握到了他的手，他刚拥抱了我，我刚见到了贾斯汀·比伯……这样的会面不但无一例外地已然是个故事，并且仅以叙事形式而存在。正因为比伯是比伯，所以我们能如此清楚地洞悉这一点。显然，一位比伯信徒与那位全球知名的比伯的唯一关系是一段——向自己，向他人——述之又述的叙事内容，而比伯本人，作为一个实际存在的人，基本不涉入其中，近乎多余。要鄙视比伯信徒的这种行为很容易，但我们可能也发现，比伯信徒与贾斯汀·比伯的相会，和我们自己与完全不知名的人的许多关系雷同：与我们的妯娌或母亲，与我们的朋友或伴侣，与我们的同事，甚至与我们自己的孩子。倘若我们诚实地面对自己，坦白讲，我们很少让这些人"充斥于天地间"。大多数时候，他们仅是作为客体，挡在我们面前，代表着某种东西，代表麻烦与争论，代表在某种意义上属于我们的资产，或代表我们自身个性中各种特质的起因和相关解释。但偶尔，我们确实走入一种与另一人的"我—汝"关系中——那个人绝不可能是比伯——在那样的时刻，一切变得不同。遇见贾斯汀·比伯，完全不能和凝视自己父亲临终时的眼睛，或把自己肤色灰暗、浑身黏滑的宝贝首次放在自己的胸口上相提并论，不像是在意识到自己爱她的当日邂逅这位爱人，也不像是医生隔着办公桌、宣布可怕的诊断时仿佛直面自己的情形。那么讲不等于表示上述种种时刻亦远不能算作体验，而是在这样的情形发生之际，它不完全是一种体验，它是与另一个生命（或与一个人自己的身心）的"我—汝"式的碰撞，它似乎仅存在于眼前这一刻。因为根据布伯的观点，我们识别"我—汝"关系的一个至关重要的方面是这种关系给人的感觉几乎等同于使时间暂停：

基本语"我—它"里的那个"我"，即，那个不和"汝"面对面、而被大量“实物”包围的我，不拥有现在，有的仅是过去。换一种说法，人若只满足于他所体验和使用的事物，这样的人活在过去，他经历的时刻没有现在性的实质内容。

我想，要从客观角度证实布伯上述这番话是完全不可能的；我只能用它来衡量我的生活，还有你的。我认为它适用于遇见自己心爱的人的时刻，分娩的时刻，在生命岌岌可危之际仿佛直面自己的时刻[1]——在这些情形下，时间发生诡异的变化。人们一心专注于眼前的时刻。人们意识到自己活在其中。

会面是一切真正意义上的活着。但大多数时候，我们中大多数人所做的，感觉更像是“表现”。比如：我拿出我的一切个人特质，向你表现我，而你表现你自己作为回应。你体验我的风格、我的个性。随后，我们对彼此有“感觉”。但对布伯来说，连我们的“感觉”——我们个人认同中最受珍视的那部分——在重要性上也次于我们投入关系的能力：“感觉是‘心中怀有的’，”他不无清高地写道，“爱情降临，终将逝去。感觉留在人心中；可人留在他的爱中。那么讲不是比喻，而是实际的真相。”

布伯指出，“若像现代人一样，学会一味只关心自己的感觉”，那么将尤其难以领会上述这个道理。感觉——或像我们从小到大听人们讲的那样——是某种天生存在于“我们内心的”东西；感觉使我们与众不同。感觉塑造我们的“身份”。但布伯质疑感觉的地方在于感觉

1. 借用人们最常引述的例子。——作者注

便利的封闭性。感觉最大的问题是到头来，它容易自我生成、自我称许、在个人心中被珍视和奉若神明——同样也很容易被舍弃——这一切全是内心活动，丝毫不受另一个灵魂的干扰。此外（若想要愤世嫉俗、用略带马克思主义的眼光来看待这个问题的话），在后资本主义社会里，感觉亦是一种私下转移人注意力的东西，被狡猾地用来弥补我们劳动生活中常见的无情、机械化、报酬不足、丧失个性的问题。“感觉是‘内在的’，”布伯写道，“人活在感觉里，通过感觉从制度的压迫中恢复正常。”嗨，姑娘，贾斯汀·比伯在这儿！别再担心工会的事！对他产生点感觉吧！

> 在拆分基本语——让“我”和“它”互不靠近——的掩护下，他从他的立场出发，把自己和同胞共存的生活分成两块壁垒分明的领域，一块与制度相关的，一块与感觉相关的——“它”的领域和“我”的领域［……］这两个领域都不识人：制度只识样本；感觉只识“对象”；两者都不懂何为人，或相互为生。

我不了解别人的情况，但我觉得在这点上我想反驳布伯。因为就我本人而言，我与我自身的感觉（以及这些感觉隐含的复杂、迷人的个性）紧密相连。再者，无论布伯如何严厉地批判感觉，我似乎难以忍住不去有感觉。但即便我不能全盘接受布伯的上述观点，我确实觉得他有效地纠正了我的某些较成问题的反应。例如，通过布伯的视角看我的人生，我发现很有可能，我的感觉，纵然强烈，揭示的也许不过是我眼中的现实，是从我本人的自我形象的轮廓中所看到的。这个认识不无助益。我每天都面对这样的局面，必须判断眼前的是现实还是我凭感觉勾画出的情景（这个问题在夫妇间的争吵中表现得尤为尖锐）。但仅因为我对某件事有非常强烈的感觉，这件事是否就变成真的呢？难道不无可能，在很多我深有所感的事例中，我或许其实与排队等比伯签名的那些个个活在幻想中的女孩无异，毕竟她们对他有那么多丰富的感觉，那么多真诚、深厚、折磨人心的感觉，当然，这些感觉定义了她们的身份，使她们人人成为“比伯信徒”……

让我们暂且打住，在此穿插一个音乐片段，想一想比伯那首大热的《男友》的歌词。[1] 在我看来，里面的内容恰当地反映了我们大多数人、大多数时候生活在其间的那个自欺、双重的世界。说到底，少年比伯的所有歌曲都在讲什么？讲关系。渴望关系，建立关系，需要关系，拥有关系。在这层意义上，布伯和比伯再度相当接近——不仅名义上，而且实质上——布伯的论著同样完全着眼于关系。可比伯的世界——不管多么自如地假扮成“我—汝”的世界——毫无疑问是“我—它”的世界。例如，在“男友”比伯和这位无名无姓的女孩之间，他希望刻画出一种鲜明的区分。比伯是那个有着各种感觉、各种欲望的人。相反，那个女孩似乎是一件东西，像他戴的一只手表或挎的一个包。随着歌曲的展开，比伯似乎并没有——像布伯可能期望他那样的——和另一人发生“一段活生生的相互对等的关系”。不。他列出所有他可以为她做的事和对她做的事、他自己有的一切和他可能做到的一切。要对比伯的“我—它”的世界抱持悲观的看法不难，但诚如我所讲的：这难道不是事实上我们大多数人、大多数时候所生活的世界吗？歌里唱的是一个有着坚定意志和诸多抱负的特别的人（他

1. 亲爱的读者——你愿意搜索一下吗？这首歌的歌词原本包含在文章里，但结果发现，抄录歌词的费用贵得惊人。——作者注

打算带她去她以前从未去过的地方），他恰好也是一个慷慨大方的人（他有钱，他爱好“挥霍”钱），更别提他心地善良、向往和平、明显真心实意地想要另一个人幸福快乐（他不愿争斗。他希望她像白雪天使一般闪亮耀眼）。这个他本身不是一个坏家伙。这是一个在“我—它”的世界里过得如鱼得水的家伙。他甚至愿意按要求彻底改变自己。他必定觉得自己处在与另一人的关系中。但从布伯的观点来看，其中存在问题。许多问题。首先，最重要的一点，比伯的方式本质上是自言自语。他不断说着，“嗨，姑娘，让我和你聊聊天，”但他实际没有在对她或和她、或和任何人讲话——他是在向一个女孩（她从头至尾默不作声）讲话，他跟着节奏蓝调的拍子，招摇地走来走去，时而在她身后，时而在她耳边，时而和她一同坐在车内，表现出那副流行乐里、令人心底发毛的好为人师的男人形象，这种形象，在音乐录影带的排行榜上莫名地极受欢迎（参见贾斯汀·汀布莱克、法瑞尔）。用布伯的话来讲，这个女孩仅是比伯正在经受的一种体验，但他和她没有真正的联系，因而这个女孩尚不是真实存在的——她无非是他凭空想象的事物。类似地，比伯本人——尽管他可能是个家喻户晓、广受欢迎的特别的人——也还算不上是一个人：

> 个体通过有别于其他个体而现身。
>
> 一个人通过走入与其他人的关系中而现身。一种是天生疏离的实质性表现，[1] 另一种是天生相联团结的实质性表现。

---

1. 这句话亦吊诡地准确道出了我们大部分在线生活的本质，在因特网出现的七十年前。——作者注

和比伯一样，我们珍视我们的个体身份，和比伯一样，我们千辛万苦地使自己与众不同。和比伯一样，我们觉得自己活在关系之中，但其实大多数时候，我们与他人的联系似乎主要存在于我们（对自己、对他人）所讲的故事中。有什么解决的办法呢？以布伯的观点来看，从独白转向对话是一个有益的起点。比如，若比伯的歌是一首二重唱呢？那样的话，比伯可能更像苏格拉底。布伯喜欢苏格拉底："苏格拉底那个生动、令人印象深刻的'我'听起来多么悦耳合宜！这个'我'存在于无尽的对话中……这个'我'持续活在与人的联系中，联系的形式是对话。这个'我'始终相信人是真实存在的，并走出去与他们相会。"认识到他人的真实存在性——也让他们认识到你的真实存在性——是问题的核心。但说易行难。我一直认为，证据显示，容许另一人真正作为一个人而存在——独立于你自身的幻想、欲望和对他们的感受之外——是世上比较难办到的一件事。对贾斯汀·比伯来说肯定尤其困难，他发现自己被困在数百万人的幻想中。若说苏格拉底是对话式存在的榜样，在二十一世纪，知名如比伯，等于过着纯粹独白式的生活。我想，经过在东京空无一人的体育场花两天时间，与五千人见面后，大概连苏格拉底——对见面和问候怀有无限热情的他——也会觉得难以相信他人的真实存在性。布伯有一个术语概括这种现象，他称之为"恶魔般的'汝'"。他选用的例子是拿破仑："对数百万人来说，他是那个恶魔般的'汝'，那个不作回应、用'它'回应'汝'的'汝'。"每个受狂热追捧的领袖皆代表了恶魔般的"汝"，时下，全世界的比伯信徒比当年为拿破仑战斗的人多得多——可当然，尽管贾斯汀·比伯是个惹是生非的淘气鬼，但决不能把他的所作所为和屠杀了整村整村的俄国农民相提并论。他的有害举动——虽然有害——大多伤及自己。毒品、酒驾、出庭、破口而出的种族主义言论、承诺提早退出歌坛……仿佛只有摧毁我们创造的那个完美的爱的对象，他才能重新做回那个快被人们遗忘的有血有肉的人，那个多年以前直视视频网站的血盆大口、全心全意唱歌的渺小的他。

瞧，我也许不是比伯信徒——但我亦不希望他被遣返回加拿大。考虑到这等规模的知名度，我心中排山倒海的感受是同情。我不希望任何人变成那个恶魔般的“汝”：

> 对他而言，一切在燃烧，但他的火是冷的。对他而言，牵扯出一千种个别的关系，但没有一种源自他。他不是现实的一部分，可人们把他当作现实，从他身上取走无法计量的份额。他把他周围的人实际视为机器，能够做出各式各样的成就，这些成就不可忽视，必须利用起来，达到目的。

对代表恶魔般的“汝”的他来说，每个人、每件东西都是可利用的。（“安妮是个了不起的女孩。她若在世，但愿她会成为比伯信徒。”贾斯汀在安妮·弗兰克纪念馆的来宾留言簿上写道。）一切都是客体，乃至连自己也包括在内。诚如布伯说的：他把自己也当作“它”。喏，我明白，忠实的比伯信徒相信，这个世上至少有个人可以让他们的偶像把他俩的关系真正称作“我—汝”，这个人即他分分合合的演员女友，另一位全球知名的年轻人赛琳娜·戈麦斯[1]。也许他可以那么讲，也许她曾是那个“汝”——在一段时期内。但“我—汝”的关系出了

1. 2018 年，两人正式宣布分手。比伯后与海莉·鲍德温结婚。

名地难以维持——不断受到“我—它”的威胁——我想，事实证明，这个道理尤其适用于一个恰巧十分富有、孤独的年轻人，即将失去差点拥有的唯一相互对等的关系，当前，在自己爱（过）的人试图提出分手（并委婉地建议他接受戒毒治疗）时给她发短信：

> “享受没有我的生活吧，臭婊子！！！！！肏你！”
>
> “我听不到你的声音，只听见我的钞票声，宝贝！”
>
> “来吧。别告诉我你不想念这玩意儿[此处插入‘阴茎的照片’]。”[1]

这个恶魔般的“汝”，大声而清楚地发言。

补充说明：忠实的比伯信徒显然能看出，这篇文章写于二〇一三年前后，即，在比伯发行他的大热专辑《目的》（我欣喜地发现，在这张专辑里，不止一次出现“我—汝”的苗头）之前，也远早于二〇一六年春，他在社交网站上宣布，他不想再举办付费的签名见面会，因为“这种见面会使[我]被大量他人的精气神所充斥，以致最终自己枯竭、闷闷不乐”。

---

1. 摘自一系列比伯发给戈麦斯的短信，被人泄露并公布在因特网上。

/

花园之爱

波波里花园，佛罗伦萨

当我的父亲老去、而我尚年轻时，我得了一些钱。虽然这笔钱是用工作“挣来的”，但父亲和我都觉得形同中了彩票。我们不止一次地看着那份合约，俨然像把它当作彩票似的反复查验，确保上面绝无差错。没有差错。我将因为写一本书而获得报酬。很长一段时间内，我们俩都想不出该如何应对这个新的现实。我的父亲继续习惯性地在给我的信中夹上一张十或二十英镑的钞票。我带我其余的家人（我的父母早已离异）回归“故里”（加勒比地区），在那儿的一个“度假胜地”无聊地坐着高尔夫球车四处兜风，激烈地争吵，凝重肃穆地排队，领取分量多到荒唐的亮晶晶的水果，我们是自助餐队伍里仅有的黑人。

在经过一番深思后我认识到，对我的父亲来说——虽然对我而言可能来得早了点——这笔钱出现得正是时候。他十三岁开始工作，到头来过着拮据、年迈、孤家寡人的生活，现在，他的苦日子也许终于可以有所缓解。冲着这个目标，我把哈维从他伦敦破败的公寓搬到海边的一间小屋居住，到了暮春时分，我们考虑的不是去康沃尔郡、德文郡或湖区，而是去欧洲。

非分之想！以前不是没有想过。在我上大学前的那个暑假，我的父亲克勤克俭，省出一笔钱，让我们俩可以去巴黎待四天。我们去了。但对一个年近七十的白人和一个十七岁的黑人少女来说，一起去欧洲度个小假不是件容易的事；陌生人诡秘的笑容无处不在地跟随左右。我们不喜欢在饭店或我们住的小旅馆的早餐间逗留。相反，在那趟首度的考察之旅中，我们以走路为乐。穿过街道，穿过博物馆——但最多的是穿过花园。在花园里不必花钱，无需尴尬地与外人交谈，假如在一座雕像或一个湖前查阅旅游指南，不会被人视作古怪或没见过世面。

人在公园可以稍稍容易地找到归属感。这是我在青少年时期（回想起来，也是我小时候在汉普斯特德绿野）的直觉感受。在后来念大学的几年中，我发现自己再度被花园吸引，这回是从做学问的角度。我的毕业论文写的是“1600年—1900年的英国花园诗话”，里面格外着重指出，人们在许多方面掩盖了英国花园中“工作”和“工人”的成分。瞧一瞧界沟代替栅栏或围墙的情况。设想那位在自己的洞室里独居的诗人隐士，象征性地取代了那些最先挖坑、建造出这个人工湖的所有不懂作诗的人。英国的庄园主望着屋外他的杰作，看到的只有那个——“作品”——没有煞风景的工人住的茅舍和役畜。他通过大量人为的工夫使他的花园效仿自然。从他位于萨里郡的卧室的窗户看出去，直接就是一幅经典的田园画，明显没有斧凿的痕迹，但又精致无瑕，和他在壮游时窥得的托斯卡纳区的丘陵不无二致。

写那篇论文时，我对“壮游”[1]的概念产生很大兴趣。我读了英国富家子弟的日记，有关他们在意大利或德国旅行的记述，关注他们看到并购得绘画和雕像的过程，跟随他们的脚步穿过精心设计的花园，对各种大理石雕塑惊叹不已，站在宏伟的废墟脚下，反复思量生命完全是一场空，等等。能有这样的美事就好了。在米迦勒节放假期间，我去探望住在基尔本一居室斗室的哈维，心想：我的老父亲为何不能也壮游一次呢？

但当机会来临时，我发现我父亲的兴趣更多在法国，而不在意大利。他喜欢那儿的食物、那儿的城市、那儿女人的样貌。我们小小争执了一番，结果我胜出：和每个二十三岁的人一样，我擅长把做好事与我个人的趣味结合起来（不过我们后来又返回法国）。我们订了去佛罗伦萨的行程。住的旅馆名叫“红色大门”。我听说这家旅馆最近整修了一番，现在看起来与欧洲大陆别的时髦精品酒店相差无几，但我和哈维去的时候，它是一间名副其实的小客栈，保留着十九世纪以来的原样。

风从窗户吹进来——在严格的规定下，我们只能于晚间开窗——钥匙很沉，是真正的钥匙形状，上面串着硕大的天鹅绒穗。房间本身出奇宽敞，但几乎空荡荡的，只有一张铺着扎人床单的不舒服的床，一个嘎吱作响的衣橱，一张藤椅，深红色的瓷砖地面。没有电视，没有迷你吧，没有食物。但只需仰望天花板，看一看那不经意保留下的部分无名氏所作的湿壁画残迹，谁都会感到，连起念想要下楼向侍者

1. 原文为“The Grand Tour”，此译法典出杜甫的《壮游》一诗。在欧洲指自文艺复兴时期以后，贵族子弟进行的时间较长、行程较远的旅行，强调深入自然和民间，尤其注重对人文风貌的体验，后来也扩展到中欧、意大利、西班牙富有的平民阶层。壮游尤其盛行于 18 世纪的英国，留下了丰富的文字记述。

（没有电话）抱怨，也会令个人和国家严重蒙羞。固然，我们不像 E. M. 福斯特笔下的露西·霍尼彻奇和夏洛特·巴特利特那样，有一间看得见风景的房间——除非一小片十二世纪的围墙也算风景，但对处于人生那一阶段的我来讲，置身于与小说人物类似的情景中，即便条件差劲，也心满意足。

早晨，我们出发。我们计划前往波波里花园。但许多人从佛罗伦萨的一家旅馆出发，期望抵达某个具体的地方——结果真正做到的寥寥无几。走进一条狭窄的小巷，手里拿着 *cartina della citta*（城市的地图），自信地途经卖意式冰激凌的店铺，奋力穿过老桥桥头拥挤的人群，左转，发现自己在某条冷清、阴凉的 *vicolo*（弄堂）里，旁边是一家儿童医院，气温四十度，有人不停向你兜售冒牌的普拉达包。你抬头，乞求地看着可爱的小天使像。右转，左转，再右转——眼前又是圣母百花大教堂。可你已经看过圣母百花大教堂了。在佛罗伦萨，无论想去哪里，结果都来到圣母百花大教堂，这座教堂似乎在不停地变换位置。热浪积聚，小巷两侧的墙给人高耸入云的感觉；想到绿洲，令人心驰神往，但记忆中上一次看见草坪是在火车站前，小小的一条。还会再见到那片草坪吗？

途中，我们试图找点乐子。哈维是个颇有天赋的业余摄影师，他抓拍窜来窜去、四处躲太阳的漂亮女人。我，远不如他有才华，拙劣地拍下墙上 一段讽刺的涂鸦：欢迎来到迪士尼，佛罗伦萨。天越来越热。“我们在哪儿？”我问父亲。“鱼市场，”他嘟哝道，但接着他突然有了新见解，“我觉得我们本该翻过那座桥了。”

我记得这个小小的地理上的顿悟让我们俩如醍醐灌顶：终于有一个办法可以走出这令人压抑的美丽而狭窄密集的街道，往高处去，高是波波里花园给人的至关重要的感觉。在向它攀登的过程中，我们觉得自己不再是两只在一个中世纪意大利迷宫里打转的英国老鼠——不，现在我们正朝着清晰、有名有姓的文艺复兴的氛围奔去，一劳永逸地战胜时刻在动的圣母百花大教堂。

我们穿过各个正经的庭院，一个比一个修剪得整齐、人为设计的痕迹更重，我们的相机默默地挂在脖子上，波波里大花园是个无法取景的地方。从美学体验的角度讲，这座大花园在建成时已预先镶好了画框，拍摄一张一连串完全相对的树篱的照片，教人意兴阑珊。“这儿与英式花园不大像呀，是吧？”哈维试探着问，他的面前是坐在一只乌龟上的胖墩墩的酒神巴克斯，巴克斯粗短的阴茎直指向我们的前额。

在一座池子里，海神尼普顿赤身裸体地站着，正欲把一柄三叉戟戳进一块石头里；另一座池子里，一个我们叫不出名字的家伙骑在马上，让马用后腿直立，仿佛曾经为他分劈出一条路的大海如今想要将他整个吞噬。我记得没有鸭子或游荡的飞禽，没有一片树叶或一粒鹅卵石出现在不该在的地方。在波波里花园，人们没有真正逃离城市，置身乡间，也未得以暂时忘记给一道树篱剪出形状、让它绝不像一道树篱所需的功夫和时间。

不，一点不像英式花园……可也许更诚实地表明了这座花园的意图。它不加掩饰地显露财富与权力。波波里即佛罗伦萨，两者在本质上呼应。因此，它是我能记得的唯一令我感到有几分怯却的花园。照理说，我不可能在一座花园里觉得自己穿着不够得体，但我确实这么觉得——我们俩都这么觉得。粗人游客拖着疲惫的身子，在一片私家仙境中游荡。波波里花园虽然对公众开放，但不管怎样仍是美第奇家族的园林，人们总免不了有擅闯他人领地的感觉。当我们不知不觉走到一条两边是紫杉树的林荫道时，我们短暂地松了口气，树冠交织成拱形，荫凉朴素，给我们提供了喘息的空间，既遮去毒辣的日头，也阻挡了各种石碑和庄园塔楼耀眼的反光。

我们在接近花园地势最高处休憩，拍了许多佛罗伦萨红屋顶的照片，比我们拍的花园本身的照片多得多。“那景致，可真壮观。”稍后，当我们下来、走进一间毫不起眼的小餐馆时，我的父亲说，我们在餐馆里吃了裹满金枪鱼调味汁的小母牛肉。看到他的释然，我难过地想起夏洛特·巴特利特，听见她刺耳的话音在我自己心头回响：“我觉得我们一起旅行并不像我所希望的那样，是一次成功的旅游。我本来应该明白这是不可能会成功的。”[1]

博尔盖塞公园，罗马

我的父亲去世后没多久，我搬到罗马。我怀着哀恸的心情，当时是冬天，这座城市给我的印象尽是石头和斜雨。我完全感受不到城里有一丝绿意。我迎风走过西班牙台阶，不想知道这段台阶通往何处。入春后，小块小块的绿地现身：圣天使城堡周围的那圈草坪；或是民族街旁那个筑有围墙的小花园，里面散布着没有水的喷泉、一口很深的枯井，到处是花季情侣留下的涂写。*Raffaella-ti amo!*（拉法埃拉——我爱你！）若不是因为有那条狗，我们可能永远发现不了这些地方，是它嗅出来的。四月的一天，在这座有围墙的花园内的一道树篱下，我的丈夫牵着我们的哈巴狗，发现某些比松果更令人感时伤怀又新奇的东西：一件空落落的扮自由女神像的变装服，一罐绿色喷漆，一个空吊桶，一张印度移民的身份证。

1. 这段译文采用自 2013 年上海译文出版社出版、巫漪云翻译的版本。

我们过了许久才发现博尔盖塞别墅。我们住在市区另一边，换言之，相隔不到十五分钟的路程，但罗马是世上地方观念最严重的场所之一。每一 *rione*（区）魅力十足，自成一体，人们很少感觉需要出去闯一闯。没记错的话，我们在蒙蒂区待了一年后，才过河去探索特拉斯提弗列区相对偏远的地方。动力再度来自那条狗。到那年夏天时，它已着急地鼓动我们练习意大利语，我们在那座有围墙的花园里遇到其他养狗的人，竭尽所能地维持与他们喋喋不休的闲聊，交换兽医的忠告或吹嘘自己狗的血统。（我在罗马没见过一条杂种狗。罗马的狗看上去全像是直接从“品种；百科全书的犬科动物”里走出来的。）

“哪里可以让我们的狗不用拴着、跑来跑去？”我设法用意大利语发问，尽管语法混乱，却收到如潮水般友好但几乎完全不知所云的讯息——动词与形容词高速碰撞——可最后我们还是能够从中听得几个名词。放狗自由跑动的最佳地点在一座布尔乔亚的别墅庄园。这座中产阶级的别墅庄园在哪里？什么，在西班牙台阶的北面？我们会看见一栋别墅，然后是一个公园。那儿有博物馆、自行车、湖和一座动物园，但不叫动物园，而叫“生物园”。*Che assurdo!*（真荒唐！）嗯，没错，还有狗，遍地是狗。那儿是一处特别的遛狗场所！

博尔盖塞公园形似一颗漫画的心，但这仅是从地图上看的效果：到了公园里，走在蜿蜒曲折、成脉络状分布的小径上，感受不到正经的规划，惊讶于这儿有一间咖啡馆，那儿有一个湖，这儿有一座博物馆或在举办电影节，惊讶地撞见撒佛纳罗拉的人头像或旋转木马、或一小片野生的薰衣草。它是一个可爱的范例，说明什么是一座真正向公众开放的花园。它原独属于一位十七世纪的红衣主教及其后人（他们在星期日和公众假期把这座花园向公众开放），人们几经努力和周折，在二十世纪，将它变为普通民众所有。

和汉普斯特德绿野与中央公园一样，博尔盖塞公园有供人步行的宽阔林荫道，有高高的草丛，让人可以在里面看书、接吻，小孩和狗可以在公园里尽情狂奔——但无论小孩还是狗，穿着打扮得都比伦敦、纽约的小孩和狗更隆重。一次，我们看见一条穿着黄色雨衣、戴着黄色雨帽的俄国狼狗，四只脚上还穿了黄色短靴。星期日，人们会遇到全身上下有许多华丽的波浪卷、许多蝴蝶结，并穿着层层衬裙的小女孩，男孩子则是西装外套加领带的装扮，好像《财富》杂志评选的全球五百强公司的小人首席执行官。

在人们告诉我们的那处地点——狗可以不被牵着、自由跑动——大家的穿着打扮更休闲些，但罗马人对英国男装里丑陋无比的巴勃服（一种防雨茄克衫）的痴迷明显随处可见。（这些茄克衫似乎在向彼此宣告，我们像英国人一样，在户外活动，像英国人一样，训练我们的狗。）高耸的意大利石松给狗创造了一流的障碍赛跑道；标致的猎犬沿着8字形路线互相追逐，狗的主人则懒洋洋地坐在一块天然的斜坡上，气定神闲地看人们在公共场合进行他们的私生活。

《事情发生在公园》是维托里奥·德·西卡一九五三年的电影的英语片名（意大利语的原名是简单的“博尔盖塞庄园”），它是这样拍的：家家户户公寓的门都好像被卸下了，让每个路过的陌生人清楚看见屋内的事。在组成该片的六个独立片段中，德·西卡一边给窥探他人隐私大唱颂歌，一边礼赞自然过渡的力量：他把向公众开放的公园想象成一次没有地图的旅程。在生活中，和在影片中一样，人怀着非常明确的打算而来——在一个具体的地点野餐，或参观美术馆——但公园里充满不可预测的诱惑和机遇，会随时阻挠人实现想从A点到B点的雄心。在一个片段里，罗马两名逃避警察追捕的妓女意外撞上并参加了在公园举行的一场电影小姐选美比赛。每个在博尔盖塞花园的人都能入选。

高低贵贱之间这种自如的转变正是这个地方关键的魅力所在。它不排外。例如，那些知名人士的半身石像底下没有清楚印着本该有的他们的名字——嗯，这可能只是十九世纪品味上的一件小事，但给人的感觉大不同。闲逛时无需抱着紧张的心情，对自己的才疏学浅感到惭愧。每个家庭主妇都能径直朝莱昂纳多·达·芬奇走去，心想：多么秀气的颧骨啊！他留着那把大胡子的模样可真古怪！每个打工仔都能在阿基米德前面吃个意式冰激凌，注视他石头雕刻的眼睛，寻思他看上去多么像邮局的老贾恩卡洛。哈维一定会喜欢那一切。

在实际的别墅内部，雕像风格从平易近人转为无可比拟——但依旧能让无意进来寻觅荫凉处的参观者完全看得懂。阿波罗与达佛涅的故事不正是一则经典的单相思的公园恋爱例子吗？贝尼尼的名作再现了花园的主要功能，在花园里，男孩望着女孩，女孩望着看她们走过的男孩。因为染上了我摄影师父亲的色眯眯盯着美人看的习惯，我明白，正如阿波罗所明白的，凝望一个绝不可能属于自己的漂亮的人，有时会多么令人心痛。

针对这种想得而不可得的痛楚，贝尼尼提供了一个解决办法——至少在美学层面上——把组成公共花园的所有不协调的元素集合在一件雕塑作品里：人的肉身、树皮、大理石。人们在达佛涅的脸上见到变形后的震惊表情，但在阿波罗的眼里，我察觉出释然的迹象。伴随最终放弃追逐而来的是一种安宁[1]。我的父亲从未停止渴望不想跟他在

1. 达佛涅，水泽女神 / 月桂树神女，河神珀纽斯之女，为躲避中了爱情金箭的阿波罗的追求，化身为月桂树。

一起的女人，对他来说，达佛涅的断然拒绝也许可以让他幡然醒悟。有时你就是得不到那个女孩。有时那个女孩宁可变成一棵树。

在哀悼的过程中，初始有一个感伤期，在这期间，人们相信自己碰巧正在做的事、看见或吃的东西，样样是离去的那个人——假如他或她依旧在世的话——也会喜爱做、喜爱看或吃的。哈维会喜爱这个油炸饭团。他会喜爱万神殿。他会喜爱那个眉毛又粗又黑、叫罗塞蒂的姑娘。

在哀悼初期，有一种夸大的倾向。但我仍肯定这儿是会让我们俩都感到高兴的花园。无他相伴、穿过这座花园，是一件苦乐参半的事，回想我们上次一起旅行，去拥挤、昂贵的威尼斯，结果不比佛罗伦萨之行成功多少。我怎么就没想到罗马呢？和我一样，他会喜爱看这些新来的人从眼前走过：非裔家庭，印度夫妇，吉卜赛女孩手牵手。坐下野餐，取出散发着芫荽芳香的食物，大多数罗马的食品杂货店估计分不出芫荽这种香料与野草的区别。

哈维和我凭经验知道，移民需要经过一段时间才会相信一座公园是真正向公众、向他们开放的：我的母亲以前总是抱怨，不无夸张（也不是不带一点自豪之情）地说，在一九七五年，她是人们见到的唯一推着婴儿车穿过圣詹姆斯公园的黑人女子。有时，要在一个地方居住一代人的时间才能建立起必要的自信；相信这扇门也会为自己敞开。在意大利、一个有着这么多各种各样的门向这么多人关闭的地方，一座花园给人的自由，尤其具有几分动人的色彩。

在旅居罗马的两年中，博尔盖塞公园成为一处我们几乎固定常去的场所，最有可能吸引我们走出死气沉沉的蒙蒂区的地方。每次我都恋恋不舍地离开那座公园；从那儿令人心情舒畅的混乱中走入那座城市有时显得迂腐的窠臼，不是一个容易的转变。不，*vongole*（蛤蜊意大利面）里不能放奶酪；不，现在不是喝卡布奇诺的时候；对，可以在这些台阶上吃比萨，但不能靠近那座喷泉；十二月，我们全家去印度；二月，我们全家去法国滑雪；九月，我们当然去纽约。罗马人做的每一件事都完美、赏心悦目，但有时也令人恼火，他们竟坚决要求大家在完全相同的时间做相同的事。我相信他们的理由是：鉴于我们的习惯条条完美宜人，为什么不人人照做呢？

我猜他们有一定道理，但躲进他们的公园，坐在草地上，一边不按特定顺序地吃东西，一边以英国人的酒量喝酒而不招致人们怜悯的目光，仍是一种解脱。在意大利对公众开放的花园里，一个英国人享受着一切她喜爱意大利的地方——阳光、食物、天空、艺术、意大利语的发音——没有任何麻烦的规矩相伴，让他们无法尽兴。她按照自己不地道的方式，自由地陶醉在那个令人叹为观止的国家中。回忆她的父亲，想象他会喜爱这些她在万神殿（他也会喜爱那个地方）附近买的油腻的 *arancini*（意式炸饭团）。看人来人往。然后可能去划船。然后可能微醺地，在草地上睡着。

我的父亲去世时，我要赶往罗马，留下许多未竟之事。我装了一点我在他房间一个盒子里找到的东西，把那个盒子丢在我的地下室。两年后，我回到英国，不得不好好仔细整理他的遗物。东西不多，但有几张我们一起在法国和意大利旅行时拍的照片。我想，那些假日给了他几许快乐，但这些照片具有某种出于责任感的意味，仿佛他是为了取悦我而拍的。他喜欢将这些照片放大，装在加了衬垫的大信封里寄给我，像明信片一般完美，又同样无趣。

唯一不同凡响的那张是在卡尔卡松城堡（他选的地方）拍的，当时，他一反常态地要求停车，让他能往回走几米，到一处断崖的边缘，前面可以看见一片山谷。他在这个地方拍了一张恢宏的全景照，有丘陵、溪谷、树林和原野，一道蓝色的细线横贯其中。他没有把那张照片寄给我，但我在他的遗物中发现他复印了好几份，他似乎不想让我知道，他最喜欢的花园是野外的花园。

/

思想的影子

尽管事实并非如此，但讲得有板有眼。

——乔尔丹诺·布鲁诺[1]

蒙蒂圣母广场。那儿的晨光格外优待我们，给教堂和半座喷泉蒙上阴影，却直照着坐在老位置上的我们。我吃我的 *integrale*（全麦面包），你喝你的 *spremuta*（果汁），狗在朝侍应生扑去，我对上面这一小簇斜体的意大利语单词深感自豪。我在读《意大利共和报》，读得很慢，要查字典，但我非常自豪。有时人们在意大利的这个广场驻足，与我们讲话，以“你”相称，因为我们年轻或尚年轻，或与我们相识，或两个原因兼有。我们住在罗马，但我是个游客。我从未摆脱游客的身份，尤其在广场。即便在那个不起眼的、被我烧了一把火的小广场，我也仍是游客。那场火发生于初始，但在回忆里它变成结尾，这样一来打乱了结构。但我对我们去过的意大利广场的回忆是无序的，从一处跳到另一处，不顾时间先后。这些广场根据一系列不同的个人分类原则——其中一条涉及光线强烈程度的差异——进行归档，所以这是没办法的事。我们先从蒙蒂圣母广场开始，它位于河的东面，离斗兽场不远。你像本地人似的，在阅读报纸的金融版，我则像个游客，正琢磨着维瓦尔第。我知道，在某处的一间天主教大教堂将有一场《四季》的演出，时间是每个工作日的下午五点三十分，周六还有两场；真遗憾，我竟了解这方面的信息，但事实如此。即使我没有捡起那张湿软、上面有一圈圈咖啡污渍和洒了几缕烟丝的广告传单，我也动了心，明白这个演出是为像我这样的人、为普通游客举办的，但当你说，“才不去呢，那种演出难听死了。而且维瓦尔第的东西本来就很难听”时，我立刻附和你。你弯腰，往狗气喘吁吁的脸上浇了一点圣培露矿泉水。矮个子的侍应生走过来，他一点不美，但很*furbo*（机灵），他观察每个人；我们总是留一欧元小费，和他搞好关系。他走过来，狗跃起身。我猛地拽住牵狗带，用脚踝夹住它的呆脑袋。在英国，这样做被视为正确的行为，但在意大利的那个广场，狗备受钟爱，自由地跑来跑去，无人看管，牵狗绳拖在它们身后，狗的主人则去喝咖啡、买裙子或干别的事。那个侍应生满怀同情地看着我们的狗；这条狗在不久前脱去了游客的身份，现在大家都可怜它必须时刻不离我们左右。他清理杯子，我们低头，沉默地看着桌子。他一走，我们可以继续用英语辩论。我们不喜欢在公共场合讲英语。我们实际讲英语这件事是一个千万不能让罗马人知道的可怕的秘密，原因谁也说不清楚。

“我就是想，我们应该找个时间，去看点音乐演出。”

“啊，好呀，但决不听该死的维瓦尔第。”

当时是二〇〇七年，或那个前后。时间大概上午十点三十分。那

---

1. 乔尔丹诺·布鲁诺（Giordano Bruno, 1548—1600），文艺复兴时期意大利思想家、自然科学家、哲学家和文学家。

天我们面前摆着各种选择。也许要到我们年近五十时才会再有许多像那样的日子——但我们怎么会预先知道呢？我们生活在无穷的可能中。英镑的汇率坚挺。我们正在储存回忆——主要来自意大利的广场——我的心中提前充盈着一种怀旧之情。既然我们可以做任何事，为什么要去大教堂呢？我们没有孩子，我们是两个尚年轻的写作者，在意大利的一座广场，我们不妨毫无负担地穿行于这座城市，从一个广场走到另一个广场，无需担心要喂奶、要找有换尿布台的地方，像济慈那样，徜徉在意大利的天空下，比他更悠哉，因为我们俩完全不受肺结核之苦。那条狗不是累赘，我们可以带着它去任何地方，进教堂、肉店、邮局、餐厅。我们是自由的！回想起来，自由显而易见。时下，人们更难领会或认识到自由是一种责任。不管怎样，我没有好好利用我的自由，几乎什么也没干。你，至少读了金融新闻（对接下来发生的事没那么惊讶）。我只是从一个广场走到另一个广场，经常没精打采，甚至感到有点无聊、浑浑噩噩，等待有事发生。

接下来我们穿过市区，继续往西走。同行的有那张常见的维瓦尔第的广告传单，从不知哪座大教堂的墙上剥落，沿着鹅卵石铺的街道，飘至鲜花广场，最终，我原本想写，“服帖地粘在乔尔丹诺·布鲁诺的披风下摆上”，但谷歌图像表明，我是在打诳语，或作为游客，记忆得不用心：布鲁诺立在一个至少离地三米半的底座上。既然如此，那么我从雕像底部揭下那张传单，你念出上面的铭文。

“致布鲁诺”——你直接翻译——“他预言的时代。火在这儿烧起来。这儿，”你补充道，“还有那儿。”你指向我们以前住的那个广场，隔着几条街，后来我把那儿烧了。

“但我火里逃生。”

“哎，说句公道话，你没有被绑在火刑柱上。”

“乔尔丹诺算走运的！乔尔丹诺决无我现在有的烦恼！”

“当然。”

“像是我的后半生该怎么办。”

“对，因为和你比起来，乔尔丹诺的处境简单些。你遇到的是‘写作的瓶颈’。他则只是由于向掌权者讲出真相而被处以火刑。”

“听着，对他来说，几分钟后一切都过去了。存在的倦怠永无休止。”

过了一阵子。现在我们来到威尼斯，在圣马可广场，水位在上升。正值双年展期间——每个人精美的鞋子全毁了。雨点打在游艇的白色甲板上，雨水顺着大教堂的墙面流下来。雨一直下，整座广场变成一个巨型游泳池，来自世界各地的艺术人士名副其实地涉水穿行其中。水面上漂着香烟、空的佩罗尼啤酒瓶，以及毋容置疑的可卡因包装纸，飘然而过的还有某位酋长的女儿。我脱下鞋，提起裙摆，挺着怀孕后期的大肚子，包着头巾：我觉得我在重现一位西非祖先的远古回忆，临盆在即，艰难地过河，可我不是在寻觅食物、遮风挡雨之所或一处干燥的可以生产的地方，我仅是想要去运河对面，参加一个在一位银行家的空宅里举行的派对。主办者是银行家的儿子；银行家本人似乎并不知晓有这个派对。我们在柱廊下驻足。前一日，我们在这儿花了二十一欧元买橙汁，结果发现，其中十二欧元是音乐附加费：旁边有个人在拉小提琴。此刻，这儿站着一位艺术家，还有她的丈夫，一位电影制作人，他们也在拱门下寻找避雨之所，他们的脚踝也没入水中。我们恰好全都同龄。尚年轻。不算那么年轻。头天，我们参观了“处女园”，一座天然的意大利广场，一个形似广场的小丘，长满草，外围种着花，为的是看那位艺术家的装置作品，名叫“十一件沉重之物”。我们站在一系列高大的白色石板后面，它们看似像石碑，每块上有一个洞，人可以把头伸进去，如此一来，上面的铭文在那一刻指的即是你。我们轮流站在三个空底座上：“有罪的人”，“更有罪的人”或“罪行最重的人”。那地方是一个意大利式的广场，我们，这群人，是雕像。我把头伸进一块写着“当我绝不是在开玩笑时的模样”的石碑。我把头伸进一块写着“我撒谎时的模样”的石碑。此刻，我们与这位艺术家本人一同站在柱廊下躲雨，讨论我们的岁数、孩子问题、雨、码头上的游艇——体积似乎比我先前见到的更大，看上去像一支入侵的舰队。然而，没记错的话，就在九个月前，雷曼兄弟翻了船。这么一个庞然大物，怎么会在大西洋的另一边沉没，却连一点涟漪也没传到这儿？但这些游艇岿然不动。它们看上去像永久性的展品。

雨势开始减弱。我们蹚水穿过圣马可广场，上了一艘公共汽艇，船上挤满热爱艺术的文艺青年，背着亚麻布环保袋随船起伏。我们回头看身后的场景，看圣马可广场，看取名为“丁托列托”的玻璃枝形吊灯。四百年前，正在海外讲学的乔尔丹诺·布鲁诺不知不觉被一纸邀请函骗回意大利：请他教授“记忆的艺术 ”，就在威尼斯这儿。但他到了以后，很快被人告发——也许正是在这座广场上——然后被移交给宗教裁判所。人们可以在一本薄薄的名叫“论思想的影子”的书里读到他的记忆术，在那篇论著中，布鲁诺示范如何记住任何事——一长串一长串的细节真相、演讲、语言、历史——方法是把每个要记得的对象与某些个人力量的指示物联系起来，他称这类指示物为“附加品”。附加品，无非是一个轻易出现在脑海的鲜明画面。这个画面可以来自生活、文学、自然等：照他的建议，“那些使心脏怦怦跳的东西，具有某种奇妙、恐怖、愉悦、悲伤的力量；朋友、敌人、可怕、讨厌、令人钦佩、惊人；我们盼望或怀疑的东西，还有种种强烈侵蚀内心情感的东西——把这些利用起来。”诚然，布鲁诺因为更严重的异端邪说而被烧死，但他的记忆法尤其令我感兴趣：不但在内容上，而且在形式上离经叛道。布鲁诺式的记忆避开集体性的官方记忆，无视年代顺序，这种记忆与仪式正相反，仪式是宗教内部打着幌子的记忆。这种记忆完全是主观性的，真实与虚构、个人和历史均可融合其中。

在那个人心惶惶的历史关头，布鲁诺回到威尼斯来谈论记忆是非常不明智的——但可以想见到底是怎么回事。威尼斯美丽、诱人。譬如，倘若有人邀请你参加双年展，你无法抗拒，你为这里的美景而来，流连不去。当我们开始横渡运河时，我瞥见那间受艺术人士青睐的豪华酒店，鲍尔宫酒店，就位于广场边上，几天前的一个晚上，我们看到并听见一名男子举着一瓶伏特加酒，大笑着宣布：“二十分钟前，这瓶酒值一百欧元——现在值两百欧元！”当时是二〇〇九年的夏天。盛世末日。可这一次，随着帝国的垮台，仍有一个阶层的人丝毫感受不到冲击，相反，他们似乎更添了胆量与热血，比过去更强悍。我的旁边坐了一位那晚听见讲话内容的年轻男子；我注意到他皱着眉。我们攀谈起来。他青春洋溢，我们的膝盖碰在一起；我们互相讲话的口吻中有一种难得的火花，大概因为我们来自同一阶级和伦敦的同一角落。

我们滔滔不绝地聊着，很快转入私人话题。他告诉我，十年前，还不满二十岁的他，在学校不开心、是同性恋、离群索居，他迷上了当代艺术，他身无分文，但他明白，看艺术品是他唯一想做的事，他察觉自己有品味，或至少“知道自己喜欢什么”，于是开始出席各种毕业展，去任何免费的场所，结交艺术家朋友，尤其是和当时的他有着相同心情——感到自卑、孤独、格格不入——的艺术家，他把爱倾注在他们身上，他们中的许多人回报他的情谊，他们私下交往起来，最后，人们开始送作品给他，多年来，他没出售过任何一件作品，即便在这些艺术家蜚声国际后，他仍将他们的作品全部保留在他的收藏中，挂在或放置在伦敦瑞士屋区的一间狭小的公寓内。（其间，全球当代艺术品市场繁荣兴盛。其间，蓝筹画廊的一件当代艺术品似乎逐渐成为世上最保险的一项投资。）当我真的开始出售部分作品时，他说，我卖出的目的仅是为了购入更多艺术品，美是我想要的全部。我只希望我的生活中充满美，也许都是因为我哥哥的缘故——他讲这话时的语气仿佛是才刚想到这一点——我心爱的哥哥，他服了一颗摇头丸就死了，是的，想起来，也许正是他的死让我如此渴望美，对美的渴望胜于对其他一切的，而且想要真正得到美。这位年轻人收住话头，拿起他的酒。我们被席间大家泛泛的交谈招引了过去，很遗憾，我没能再有机会同他讲话。此后，我去了几场艺术展，但和他的那番聊天是我唯一感到投契的真正关于艺术的对话。

在纳沃纳广场，酷热的一天，我们坐在环绕一个喷泉的铁围栏上，让狗泡泡水，看意大利财政卫队追捕一群卖皮包的非裔小贩，从一个贝尼尼设计的喷泉旁跑过，又跑过我们坐的这个喷泉，它的设计者是贾科莫·德拉·波尔塔，但后来贝尼尼添加了画龙点睛的一笔。那些卫队的人，他们的模样潇洒极了：他们的制服非常合体，浅灰色，配有皮带和肩饰，他们扣着金色的小纽扣，戴着俏皮的绿色贝雷帽，贝雷帽上有一枚金色徽章，看得出，他们丝毫不认为这样的装束有任何滑稽之处。他们紧追不舍，没了踪影。他们曾庄严立誓，要保卫普拉达、芬迪、莫斯奇诺及其余品牌的纯正性，不让他们祖国生产漫天要价的皮制品的神圣权利受到侵犯。这些卫兵似乎并未逮住那些非裔人，但他们满城追捕的景象，和一位牧师居高临下地向一群修女说教，或出租车司机咒骂骑自行车的人一样，成为我们熟悉的画面。如我前面提到的，我们漫无目的，常常花一天时间从一个广场逛到另一个广场，但这些非裔人——他们用跑的。这一回，他们正好从我们旁边跑过，有一人与我们近身，他的大布袋——拿一张床单，打了一个结，里面装满冒牌货——撞到我的膝盖。我看见他回首，检查是什么差点让他摔一跟头，刹那间，他的侧面与贝尼尼后来添加的摩尔人雕像的侧面合二为一，那座雕像立在一个海螺上，位于喷泉中央。由此我想到艺术与自然之间一个意外的镜像过程，纳博科夫十分重视那类过程。非裔人继续跑。那个摩尔人留在原地。我在原地，仰望那个摩尔人，倾慕地观赏他。他是一个有着明确目的的摩尔人，在和一条大鱼搏斗，全身肌肉紧绷、随时应战。大多数从他旁边走过的人以为他是海神尼普顿，可以理解，因为那条鱼，但不对，他其实是一位摩尔人，不是字面意义上的信奉伊斯兰教的柏柏尔人，他是一个装饰用的黑人角色，常见于文艺复兴时期的艺术作品里，仰望他时，我有种奇怪的感觉。我觉得自己是某个装饰用的摩尔人，无需与海豚或其他生物搏斗的那种，一个悠闲的摩尔人，一个吃午饭的摩尔人，一个无需为了生计逃跑穿过公共广场的摩尔人。一种史无前例的摩尔人。一个资本主义晚期的摩尔人。一个游客身份的摩尔人。这类摩尔人出现在公共广场，不是来抗议或游行（或早几个时代，被绞死或售卖），而仅是为了闲逛，无所目的。一个来观赏艺术的摩尔人。一个坐在喷泉边缘、自问“若说艺术家真的有用，那么今天她的作用是什么？”的摩尔人。一个有福气那么做的摩尔人。

这里其实是展馆外的一座花园，但艺术使它成为一个公共广场。有时艺术可以起到那样的效果。艾墨格林和德拉格塞特[1]，这两位艺术上的合作者、曾经的情侣、挑衅分子，在第五十三届威尼斯双年展上接手了丹麦和北欧展馆，他们既是艺术家，又当策展人，把那两个棘手的空间变为一对毗邻、迷人、现代派风格的家，属于几位不为人知的艺术收藏者——明显暗示是同性恋收藏者。里面摆满漂亮的小工艺品、漂亮的家具，处处是漂亮的画，还有一名漂亮的年轻男子，有血有肉的真人，赤裸地坐在一张棕褐色、埃姆斯设计的椅子上，戴着降噪耳机在看书。但不管这一幕多么美，“丹麦这个国家里恐怕有些不可告人的坏事”。时间是二〇〇九年夏：到处有不可告人的坏事。第一个线索是一只白色的小毛绒老鼠，用后腿直立着，在屋子的二楼，从窗户往下看。那只老鼠个头极小，让人容易忽略，犹如那类巧妙的自画像，被文艺复兴时期的大画家得意地藏于他们画作的这个或那个角落。它正低头俯视前院，一群人聚在那儿，这次不是看烧火，而是看溺水，我们加入他们的行列，我们被迫与其他人一起，围在花园里惯有的池子边——这次的池子是个游泳池——我们目瞪口呆地盯着一位富有白人、一位收藏家的悲惨的尸体，头朝下浮着，死在水中。一盒万宝路香烟和他名贵的手表已沉入池底。是自杀。人们看得出来，因为他把自己的鞋子整齐地留在池边。自杀的是一整个文化群体。在自那以后的岁月中，我时常想起那群人，想起这个我们共有的非常特别的附加品。显然，这幅难忘的画面可以与一系列同样富有感染力的附加品联系起来：盖茨比面朝下在他的游泳池里，可怜的乔·吉利

1. 迈克·艾墨格林（Michael Elmgreen, 1961—　），丹麦艺术家。英格尔·德拉格塞特（Ingar Dragset，1969—　），挪威艺术家。两人自 1995 年起以“艾墨格林与德拉格塞特”的名义开展艺术创作。

斯面朝下在日落大道的游泳池里，疤面人在他自家的喷水池里浮浮沉沉……在我看来，它们所指的全是同一个主题：一个堕落时代的终结和另一个堕落时代潜在的开端。而那只小老鼠呢？一个被掩埋的艺术家（们）的形象，诧异地趴在窗口，检视那个公共空间，想知道：下一幕是什么？我们应该把谁或什么放在我们的基架和底座上？我们将在我们的公共广场烧死谁或烧毁什么？至少，我选择记住的是那个画面。艺术能将这类不实的回忆植入我们的心中。它能勾勒出思想的影子。乔尔丹诺·布鲁诺写道，“我们计划把思想的影子这项技能传递下去，引导人改掉沉睡的本性；走出错误，不受误导，不被引入歧途；战胜精力不足；给人支持和力量，纠正错误，实现完美的结果，并使人争相勤勉地效仿。”四百年后的今天，很难想象一位艺术家如此直接地表达这样一种规划：现在流行的是间接迂回。但规划必然仍是有的。

在切萨利尼·斯福尔扎广场，问题出在一个卤素灯泡，它烫极了，又是安装在一个书架里。也许是一页书不小心碰到它，或是垫子的一角，我永远搞不清。我第二天上午要到纽约，参加在布鲁克林举行的一个朗诵会，我收拾好行李，喂了狗，护照放在裤子后面的口袋里，接着一个朋友打电话来说，“何不最后来喝点东西？”我应允，思忖着，我把狗留在家里，不，我带狗一起去，不，我把狗留下，但那条狗跟上来，让我于心不忍，加上它楚楚可怜的眼神，因此在最后时刻，我牵上那条狗，幸好，否则它将丧命。我出门，半个小时。你在华盛顿，朗读诗歌。你说我把那座广场烧了，但没有人让一盏卤素灯开半个小时，从而指望烧毁一座意大利广场。我也没有烧掉整个广场，仅是一栋楼，但确实，在此后的两年中，人们重建那栋建筑物的门面，广场等于消失不见，被若干印有一幅错视画的巨型板块所取代，这幅画本身即一种附加品：记忆中那座广场曾经的样子。

我在快走到石阶顶时才看见火。事实上，即便到了门口，我也没有看见火，我只是感觉到：热浪和烟。我来到公共走廊的窗前，在记忆里搜索“火”那个词。*Incendio!* 我喊了出来。（那情景有点像在纽约的一个窗口向外探身，尖叫着：大火！人们抬头张望，但无人挪步。狗嚷嚷着。我打开我们的屋门，看有什么可以抢救下的东西。我伸手去拿我的手提电脑：烫伤了手指，电脑掉落。但还好，里面没有小说，只有那条狗的许多照片。我能看到背景里，我的衣服已化为灰烬，还有那个装着这些衣服的行李箱，所有的书和家庭照片、电话、冰箱、所有家具、全部的刀叉和勺子。我终于明白有钱意味着什么。当时距离我得了一点钱已过去七年，但着火那天是我第一次认识到这些钱对我的用处。站在自动取款机前的惶恐，在超市时的发愁心情，在银行出纳员办公桌前的争辩，家里因为有人忘记关灯、因为有人相信“我们是电厂的一分子”（我母亲的一句口头禅；一个令我印象深刻的附加品）而怒气冲冲地吵架。上述种种，那场终日与钱的较量，全都结束了。缺钱时，人天天活在危急中，随时可能失去一切，觉得连最微不足道的失误也会毁了自己。有钱时情形不同，连真正的危急状况也基本伤不到你，你始终有办法抵御风险。从某种意义上讲，“大到不能倒”。看着我的生活陷入火海，我产生的一个念头，我相信是我家族中历来——追溯至我父母两边许多代人以前——无人可能有过或甚至想象有过的：失去的东西均可以再买。没错，在我的家族史上，这种思想是前所未有的。我思索，假如我将来的孩子在这种思想下长大，不觉得有何意外，而认为它是天生传下来的基本想法之一，情况会怎样？假如这个想法像遗传的记忆一般，从出生就铭刻在他们心中，然后又被他们传递给他们的孩子，再被他们的孩子传下去，一代接一代，越传越牢固，直至下一个世纪，以及更远的未来，那么将会怎样？这些后代——他们会是什么样的人？这个世界在他们眼里会是什么样？他们会不会觉得银行业是个理想的职业选择？他们会选择记住什么？他们会选择忘记什么？

我抓着那条实际存在的狗，跑下楼。屋外是一幕非常具有罗马特色的场景。大家围观公共广场上发生的一场*incendio*，他们看得很起劲。消防员正在赶来，但并不着急。路易餐厅热心的侍应生喂那条狗喝水，试图让它停止嚷叫，但那条狗完全歇斯底里，它似乎意识到自己的数字档案化为乌有，悲愤难平。最后，身穿制服的消防员终于现身，风度翩翩得几乎可与他们财政卫队的同僚媲美。他们扑灭了火，证实无人伤亡，当我问起有没有一点留下的东西时，他们哀伤地摇摇头："*Tutto distrutto*。（全烧光了。）"我们走过的第一个、也是最后一个意大利广场。一片废墟。我转向消防员。我恳求他们让我进去。消防员说不行，不行，那样不安全。我又求了几遍。那些消防员面面相觑，叹了口气，说"va bene（好吧）"。这种事只发生在罗马。当我走上楼梯时，我记起一首古老的黑人灵歌里的一句词："上帝用彩虹向诺亚示意 / 再无水，但下一次是火。"我走进我们被烧毁的公寓。我吸入太多烟，以致连续咳嗽了好几日。他们讲得没错，全没了，你的东西，我的东西，你的生活，我的生活，换言之，这场火是我们自身的小小的金融危机，但转而，我绕过拐角，发现你的书仍摆在那儿，在充当洗衣房的隔间里，那个你用来工作的阴暗的小角落——你有先见之明地把全部内容打印在纸上——那本书原封不动，在你的椅子（也保存了下来）上，上面盖着一幅圣母画像，鉴于这个奇迹，消防员脱帽向她致敬。

艾墨格林和德拉格塞特:《一位收藏家之死》，2009 年。照片由安德斯・苏内・贝里所摄，蒙赫尔戈・德・阿尔韦亚尔收藏基金会提供，马德里 / 卡塞雷斯。

找到你的乐土

从我们的公寓望出去——我猜是在休斯顿街上——有一幅新的大型外墙广告画。那面墙高十三米，宽六点五米。上面的广告每年更换一两次。不管什么内容，我一览无遗：我看那面广告墙的时间多于望天空或新的世贸中心，多于看水塔和驶过的出租车。它具有一种阈下效应。上个学期做广告的产品是高档伏特加酒，当我在苦口婆心说服孩子穿上风雪装，因家务琐事而满腹怨气时，我会不知不觉地想望冰凉的马提尼酒。

在那之前的一则广告，境界太高，我看不出是给什么产品做的。里面没有文字——或没有我能认出的文字——绘的是一只黄色的北美黄鹂鸟，置于血红的背景下。它似乎包含神秘的寓意，故意摆在那儿，把一个无眠的女人逼疯。一次，当我怀抱一个新生儿盯着那幅广告画时，我看见另一位母亲，在对面的高楼里，抱着她的宝宝。时间是凌晨四点。我们站在各自的窗前，在寸土寸金的纽约，相隔三十米的空中距离。

我住的这栋高楼是大学宿舍；对面那栋高楼也是。我想到，窗口的那位女子很可能也是靠写书为生，并和我一样，眼下什么也不写。

她说不定在考虑服用抗抑郁药。她说不定已在服用。很难说。她肯定没办法看到前面所讲的那则广告，除非她开窗、跳下、在坠落时转身。她看到的是我。我这则广告的内容是她已有的东西。

但那则广告是陈年往事了。现在这则广告写的是：“找到你的乐土。”画里的啤酒瓶——这是一个啤酒广告——黄灿灿的，背景是豪华假期的蓝天。我觉得这则广告放的位置恰到好处，像一件受委托而作的公共艺术品，与它所在的都市地点相得益彰。作品的基调是十足的曼哈顿特色。人们可以在书店的个人成长类图书区（“找到你的幸福”）、健身课上（“找到你的灵魂”）和心理治疗师的诊所（“找到你的自我”）发现相似的例子。让我感到意味深长的是，这则广告的中心思想出现在更广泛的、全国性的杂志广告和电视广告里。

那类广告使用摄影图像，画里的海滩是真的，景色完整。有时广告语也经过扩充：“当人生让你尝到酸涩时……找到你的乐土。”但从我窗口看到的那面墙，标记着苏活区的入口，那儿集中了媒体大亨、娱乐业的律师、各式各样的名人、一些学生，以及所剩无几的一小群住着有租金管制的公寓的艺术家和学者。

我们，苏活区的居民，统一认为自己熟谙大众传媒之道，不会被像那样拙劣的广告所诱惑。因此这则广告在我们眼里被简化为基本的组成要素——一大片蓝色，衬托着一个黄色的波纹状的物体——以明亮的波普艺术风格，直接绘于墙上。广告狂人知道我们能辨认出里面影射了苏活区：罗伊·利希滕斯坦[1]和伊凡·卡普[2]的苏活区，富乐

---

1. 罗伊·利希滕斯坦（Roy Lichtenstein, 1923—1997），美国画家，波普艺术大师，以其特大型连环画风格的油画和版画著称。
2. 伊凡·卡普（Ivan Karp, 1926—2012），纽约著名艺术品商人，也是波普艺术的重要推手。

客运动鞋店、丝芙兰美妆店、普拉达、冰冻酸奶进驻前的苏活区。诚然，那个苏活区不复存在，但它是我们集中于此的原因之一，在一座狭长的岛屿上，挤在这条狭长地带。放置这则广告的人，不管是谁，深懂我们的心。

“找到你的乐土。”这个句子结构怪怪的，混合了命令式与所有格，隐含胁迫的口吻，将一个名词转化成一种心态。可能是我的过度解读。一方面，这句话的直接意思是，“走出去，发现使你快乐的东西。”主动追求快乐，像美国人那样，相信追求快乐是他们的权利。这是一则啤酒广告，通过以一个人独有的感知为中心来重塑现实，专用各种麻醉手段使人快乐。因此，更具体来说，这则广告的意思是：“去喝瓶啤酒，从中获得快乐。”那么讲不稀奇。但啤酒以前的卖点是同乐的美梦：跟一个伙伴、或许多伙伴喝杯啤酒。人们挤在一个画面里，大笑、莞尔。同乐是酒精给人的一个假象——这则广告呈现的也是酒精给人的一个假象——但那个假象有别于其他假象，范围较宽，把他人纳入其中。

在这则广告里，焦点缩小了，变得近乎专一。所有让人快乐的非绝对必要条件均从眼前移除。梦想的不仅是快乐，而且是在绝对孤立状态下所产生的快乐。在城市中心找到你的乐土。不管出现什么别的情况都要找到你的乐土。心无旁骛地找到你的乐土。即便——以墙上这幅广告画为例——实际不存在乐土，也要找到你的乐土。在自己的心中创造这片乐土。无论走到哪里，都带着这片乐土。我总觉得，追求快乐是美国人一项颇为沉重的负担，但在曼哈顿，这项负担被包装成一种特殊形式的责任。

在最近的一次健身课上，教练冲我、冲我们全班人大吼：“别让你的主观头脑设置其实并不存在的限制。”纵观曼哈顿岛，处处是这种态度。流行文化鼓励并反映这种态度，尤其是电影，毕竟，有诸多电影的创作过程是在曼哈顿这里发端的。照电影所演，阻碍我们快乐的仅是我们自身受限的脑袋。未来，我们可以吃一粒药，让自己摆脱局限（理想中的曼哈顿市民），或我们可以像《超体》里的斯嘉丽·约翰逊那样，发挥我们头脑百分百的潜能，而不是杜撰的百分之十。在这些构想中，实际的世界不真正左右我们。我们的幸福、我们的痛苦、我们的乐土，或我们遭破坏的荒野——全靠我们自己的力量来创造或摧毁。在蒂娜·费创作的电视剧《我为喜剧狂》里，杰克·多纳吉——今天新曼哈顿的完美市民——对付问题的办法是用他的"意念虎钳"把问题碾碎。

那块乐土永远在：人们只是必须把它设想出来。由此可见，那些未能找到自己乐土的人，归根结底，缺乏强健的内心；用曼哈顿人的话说，就是弱者。杰克·多纳吉与利兹·莱蒙唇枪舌剑的斗嘴，喜剧性地道出各种开始被许多曼哈顿市民视为致命缺陷的事：无儿无女、肥胖、贫穷。要找到自己的乐土，必须毫不留情。曼哈顿适合体健的人、志强的人、身兼数职的人、优等妈妈和爸爸。一个理想的自主自立的地方——前提是首先有一定自主自立的资本。前提是当一个完全不准任何东西——甚至现实——遮蔽那一大片清澈的蓝天的人。

这里面包含一种个人主义，鲜明得似乎与存在主义的信条相吻合：曼哈顿正处在两者的交点上。一个人在曼哈顿有无数发展的可能，不受任何限制，天天都在突破自我。每年夏天我在英国时，情形正相反：我看到的全是我生活的局限。那个把梳子放进冰箱的脑袋，那条从臀部痛至足尖的腿，耗去我全部时间的可爱的孩子，那些未读、未写的书。

给全部生活蒙上阴影的正是菲利普·拉金所言的"消失这座高

山”，不再是远处一个不动的顶峰，最后变成升起的地面。在英国，即便在真正的海滩[1]，我也找不到我的乐土。我望着冰冷的海水，望着几家人把自己塞进不合身的潜水服里，蜷缩起身子躲在风衣后面，以那类曾因不列颠战役[2]等事而被唤起的坚忍精神，走入在海滩的一天，我能想到的只有，我们是多么可笑的生物，远非无所不能，受制于种种风浪，在沙滩上筑起城堡，不过是让顶替我们的后人把城堡推翻。

当我在纽约肯尼迪机场着陆后，一切都变了样。头几日，我处于震惊中：我必须逐渐习惯纽约上了年纪的贵妇出离愤怒的表情，因为我中断了她们顺畅的电梯行程，带着孩子跻身进去。我必须谨记走在街上时——或夹在市区来来往往、鱼贯而行的人流中时——不能停步，除非我想要彻底激怒我身后的人。这个城市里的男男女女都在追求自己的乐土，若挡了他们的道，只能自求多福。我想，照此推论，我在务实的英国应当比在理想主义的曼哈顿更快乐，但老实讲，我不能说真是如此。一个来这儿居住生活的人，性格中必然强烈妄想着一个围绕自己的欲望而建立的现实。“一个围绕自己的欲望而建立的现实”——那样的雄心壮志含有几分反社会的色彩。

这个说法也恰当地描述了创作小说的状态。作为小说家，生活在一个人人本质上有着相同的一孔之见和痴心执念的城市里，等于混入人群，将自己反社会的一面掩盖起来。客观来讲，我在曼哈顿遇到的种种限制，与我在英国遇到的完全相同。我每天步行的范围不超过方圆十个街区，照常被迫应付家庭生活，事情一样也不少，沦落到眼皮底下有什么题材就写什么。但不变的事实是，在这儿，我确实写出东

---

1. “找到你的乐土”的英语原文是 Find your beach，直译为“找到属于你的海滩”。
2. Battle of Britain，指二战时的英伦空战。

西，完成了作品。

纵使我在曼哈顿的创作力是靠一种相信自己不受任何限制的反社会的错觉所激发，我仍为此感到欣慰，至少当我在写作时我这么觉得。除了便利的自助洗衣店和外卖食品、图书馆和咖啡店以外，那么多作家曾在此生活，是有原因的。我们总是把这座城市带来的活力发泄出去，一面是挣大钱、造高楼，另一面是创造街头艺术和地下文化。现在这股活力有所不同：地下的东西已几乎消失殆尽。（期望仍有年轻的艺术家聚集在华盛顿高地、在巴里奥区或史岱文森镇，但他们还能坚持多久？）相反，一种扭曲的活力从用灵魂骑单车的母亲和跑马拉松的八旬老人身上、从时刻盯着自己的苹果手机的娱乐业律师身上、从在医院旧址上建造五栋“个性化”分套出售的排屋的大亨身上散发出来。

这种活力不美好，但它依旧主宰着剩下的戏码。我是其中的一分子。我和他们其余人一样，踩着健身脚踏车。然后，当莎士比亚书店关门，变成又一家富乐客运动鞋店时，我心灰意冷。无法再对这座岛屿抱有诚挚的信念。人们必须用自己的“意念虎钳”粉碎那么多东西才能生活下去。在我看来，这是我窗外那则广告的另一层含义：故意买醉。或说得更干脆点：“不一定要喝醉了才能在此生活，但醉能起到一点帮助。”

最后，曼哈顿最了不起的地方也是曼哈顿最糟的地方：自我实现。在这儿，人们可以自由地使出浑身解数，找到独属于自己的乐土。但迟早，人们会坐在那块乐土上，疑惑接下来是什么。如今，我能望见前方我自己的乐土，等孩子长大，等实际的束缚消退；我重新看到我的地位让我享有的莫大优遇；这种优遇再度不言自明。在大学的保护伞下，我居住的这块狭长、高楼林立的乐土，是世上条件最优越的，我周围的人相信他们没有局限，并通过与我非常近距离的接触，时而促使我也活在这相同的、有益的错觉中。

这是一座如此适合奋斗、再奋斗的城市。人们可以在这儿找到自己的乐土，虽然是一种错觉，却令人信服，不顾各种相反的证据，仍把曼哈顿视为作家和艺术家云集的小岛——有下城的地下非主流派和上城的知识分子。噢，人们依旧偶尔在各个角落见到他们，但除非他们有大学的保护伞——或已售出那部电视剧的版权——否则，他们全都、无一例外地，住在布鲁克林。

/

欢喜

区分快乐和欢喜也许不无裨益。但说不定人人——向来——能非常轻易地区分出来，唯独我搞不清。很多人似乎认为欢喜仅是最高程度的快乐，达到这一境界的途径与获得快乐相同——只需沿着那条轨迹再往前一些。我的经验不是那样。假如人们问我，是否想要人生中多一点欢喜的经历，我会完全没把握说是，正因为事实证明，欢喜是一种如此难以驾驭的情绪。我们该怎么调和欢喜与我们其余的日常生活，对我来说答案决不显而易见。

也许首先需要说明的一点，我每天至少体会到几许快乐。我不知道这点快乐是否比一般人的多？即便在大多数人感到悲惨的童年，我拥有的快乐也是这么多。在我看来，不是因为有这么多好事落在我头上，而是一些小事起着重要的作用。例如，食物——任何老派的食物——给我的满足感似乎超乎寻常。华盛顿广场上这类脏兮兮的餐车所卖的一个鸡蛋三明治，能切实扭转我一天的心情。就食物来说，不管摆在我面前的是什么，通常都会获得五星好评。

想来人们会喜欢做饭给我吃，或和我一起用餐——事实上，他们告诉我，他们感到无趣。没有眼光，等于认识不到专长，不懂感激特别的用心。“别说那个东西好吃，”我的丈夫提醒道，“你说每样东西都好吃。”“但就是好吃。”那句话把他逼疯。我可以一整天憧憬一根冰棍。只要嘴里有某种可口的滋味，充斥我生活其余方面的无休止的焦虑心情便会平复。固然，当那个滋味耗尽后，焦虑的心情重新袭来，但此生中我们没有那么多可靠的快乐源泉，因为唾手可得而让我们对此嗤之以鼻，尤其在美国这儿。一根菠萝味的冰棍。在吃完一根菠萝味冰棍所需的八分钟里，连写作的巨大焦虑也能得以消除。

我的另一个日常快乐的源泉是——可惜我找不到更好的说法——“他人的脸”。一名红发姑娘，长着一个她本人可能讨厌的大得惊人的鼻子，绿眼睛，怕晒太阳的面容上布满雀斑，几乎看不到皮肤。或一位体格魁伟的成年男子，在雨中抽烟，一撮湿透的小胡子，搭配一副惊人的相貌——敏锐的眼睛、往上翘的短鼻子和胖嘟嘟的小嘴，一如八岁时的他。结束一天的工作，离开图书馆，我会加快点脚步，走回公寓，告诉我的丈夫有个瘦骨嶙峋、眼睛像猫一般的十几岁的少年，穿着紧身牛仔裤和叠层鞋跟的靴子，一件再普通不过的灰色运动衫，昨晚的妆还未卸去，一顶柔滑的、像《风中奇缘》里印第安公主宝嘉康蒂的假发歪斜地戴在他圆形的蓬松鬈发上。他大摇大摆地走过街道，辫子飞起来，把整条百老汇街当作他个人的T形台。“风骚小妞，但是下了班的。”为求明晰，我加了这一句，但我的丈夫略显不耐烦地点点头；画蛇添足。我的丈夫也老爱呆呆盯着人看。

人们在女性杂志上读到的建议通常耸人听闻，但那个老掉牙的论调包含几分道理：“共同的兴趣爱好”。确有帮助。我喜欢听他讲他在走廊看见的中国姑娘，抱着一本硕大的医学课本，美得像画一样。或电梯里那个高高的肯尼亚人，优雅修长的身型，使边上的人都失色为萎缩、畸形的侏儒模样。一般，我不会看到这些人——我的丈夫在图书馆八楼工作，我在五楼——但只要听听对他们的描述，有时几乎如同亲身撞见他们一样快乐。而更令人快乐的是我们再现这些陌生人走路的姿态、手势、说话的腔调，重演在自动取款机前排队的两个人之间、或坐在喷水池旁长凳上的两个学生之间的完整的对话。

此外还有我们那条狗的许多言行，完全拟人化，通常具有冒犯性，代表着我们本身无法对彼此或他人作出的全部言行。“你们在当那条狗。”最近我们的孩子说，令我们吃了一惊。她快满三岁，我们所有私下的用语正在丧失其私密性，变成她能理解的话。诚然，我们知道总有一天她会完全明白，在这天到来以前，我们将不得不放弃争吵、抽烟、吃肉、使用因特网、谈论他人的脸、给狗配音，但现在时候已到，她完全懂事了，可我们发现自己改不过来。“别再当那条狗，”她说，“那样很傻。”八年来头一回，我们看着那条狗，感到羞愧。

那个孩子偶尔也令我们快乐，但主要是欢喜，即，事实上她给予我们的根本不是很多快乐，而是奇特的混杂了恐惧、痛苦和愉悦的心情，我开始将那种心情认定为欢喜，如今必须想办法天天生活在那种心情下。这是一个新的难题。直至最近，我生平只有过五次欢喜的感受，可能六次，每次欢喜的感受过后不久，我便努力把它忘记，原因是担心留在回忆里会搅乱和破坏一切别的事。

就说六次吧。其中三次是在我恋爱时，但仅有一次是可望成功，或长远看来会带给我快乐的恋爱。两次是药物作用——截然不同的药。一次在水里，一次在火车上，一次坐在高高的墙上，一次在高高的山岗上，一次在夜总会，一次在医院的病床上。面对这样一组稀少又迥异的数据，很难做出笼统的概括。不确定的条目是那个夜总会，由于那本质上是一次集体经验，所以我想我可以让大家来回答这个问题。我讲这句话是特别针对我的英国同胞。英国同胞！换言之，你们中那些有幸服食第一代安非他明迷幻药却未感到任何就我们今天所知其他人出现的不良、个别致命反应的人——没错，我想问问你们这些人。那种体验是欢喜吗?

我尤其想听一听正好在一九九九年某个晚上（抱歉，我无法再具体）去过织布夜总会的人的说法，这间夜总会离老的史密斯菲尔德肉类市场不远，那晚负责音乐的主持人先后把《我能纵情演奏吗?》和《散发少年的气息》与他之前似乎专门播放了四个小时的深浩室舞曲混录起来。我自己正恍惚地走出黑洞洞的、不分男女（！）的厕所，希望能找到我的朋友莎拉，或若找不到她，则找我的朋友沃伦，若也找不到他，则随便找个人，只要那个人会对一个服用了迷幻药、药性即将发作的女孩心生同情，她落了单，丢失了包括她的手袋在内的一切东西。我跌跌撞撞地回到吵嚷中。

大多数男的上身裸露，大多数女的，和我一样，穿着奇怪的裹裙，在当时很流行，那条裹裙只盖住人的躯干前部，几根看似不牢固的带子在背后扎成小巧的蝴蝶结，勉强使那身装束不至于显得不雅。我在汗津津的光背间挤过人群，走投无路，想知道在一间超级俱乐部里，哪儿可以让人临时睡一晚（楼梯上？安全出口旁？）。但我努力想看清的每一样东西都很快破裂，排布成一连串组成图案的碎片，我仿佛活在万花筒里。我到底想去哪儿？眼前不再有任何“吧台”或“休闲区”——有的仅是舞池。全是舞池。人人在跳舞。我伫立不动，四周的舞令我感到压抑，我十分确信我快要疯了。

接着我突然能听见饶舌歌手“棉签”的声音了——令人幸福的“棉签”！——不是从音响合成器里，不是从声码器里，而是以他的人声出现的“棉签”，跟着人心跳的节奏在说唱。我的头盖骨打开，让真人“棉签”进来，一个骨瘦如柴、眼睛斗大的男子，穿过茫茫肉身，握住我的手。他反复不停地问我同一件事：你感觉到吗？我感觉到了。我要命的高跟鞋让我痛不欲生，我生怕自己会死掉，但同时我也感到愉快无比，恰在人类历史的这个关键时刻，竟正巧播放着《我能纵情演奏吗？》，现在它逐渐变成《散发少年的气息》。我拉起那个男人的手。我把脑子抛到九霄云外。我们跳舞，一直跳。我们沉湎于欢喜中。

几年后，在听英国乐团“街道”的一首名叫“弱者变英雄”的歌时，我发现押韵的歌词几乎完美再现了上述经验，并意识到，就和大多数活在一九六九年的美国儿童目睹登月一样，九十年代基本每个介于十六到三十岁之间的英国人，都见过像我那晚在织布夜总会碰到的某一型瘦削的药物瘾君子。“街道”给他起名“欧洲的鲍勃”。我猜想他是我这代人的原型。英国电视喜剧《窥男志》里的人物“超级汉斯”是这类人的又一个代表，但也许更确切地说，超级汉斯是“上了年纪”（四十岁）的欧洲的鲍勃。我不记得我接触的那个药物瘾君子的名字，但愿意称他为斯迈利。他这种陌生人，只有在舞池里才会遇上，要不然则是在伊维萨岛的海滩上。他们往往有莫名其妙的绰号，让人怎么也看不出他们有家或家人，药量无限，普遍对所有男女亲善友好，不分肤色、信仰或迷醉的程度。

他们最讨人喜欢的品质是他们的慷慨。一个晚上从头至尾，斯迈利会全力为你效劳。帮你叫出租车，走好几英里路，穿过清晨的街道去找吃的，在你呕吐时提着你的头发，听你喋喋不休地抱怨你的父母和朋友，赞同你的一切牢骚，虽然这些纷争里涉及的每个人他完全不认识，他也照样听下去。与你初始怀疑的相反，斯迈利不想跟你上床、抢劫你或以任何方式诈骗你。对他来说，唯一至关重要的是今晚，和他在一起，与你度过一段美好的时光。“你感觉如何？”斯迈利反复不停地问，“你感觉到了吗？我感觉到了。你感觉到了吗？”在他眼里，你应当感觉到，似乎简直比他应当感觉到更要紧。

那种感觉是欢喜吗？估计不是。但它与欢喜的状态极其相似。它以较轻微的形式，包含了常常出现在欢喜之前的艰难的挣扎，以及一旦“处于”欢喜之中，经验的主体不知怎么“走入”并消失在那种情绪中的感觉。我“有”快乐，快乐是一种我想要体会和拥有的感觉。到海边度假是快乐。一条新的连衣裙给人的是快乐。但在那个舞池里的我，是欢喜，或一小点欢喜，连同现场其他几百人，他们也是欢喜的一部分。

那些个斯迈利，想必自有办法识别这关键的差别；那样可以说明他们为何深切关心他人的感受。因为在那种醉意下，他们似乎超越了本身的自我。假如第二天早晨不是照常来临，这种感受也许真的可以成为欢喜。我指的不仅是翌日早晨的头疼欲裂、视线模糊和肠胃绞痛。真正摧毁这一可能、使这种感受不成欢喜的是在脑中重温前一晚实际发生的事，残酷地认识到，所有超凡脱俗的时刻——所有似乎触及生命意义的对话、所有像是大师杰作般的乐曲——现在，眼下，在早晨刺目的光线中，完全是一场空。当最后费力地从床上起身、走进客厅时，感到的是终极的羞辱。那儿，在你母亲的沙发上——不是那个你自以为昨晚遇见的爱开玩笑、如神兽般、如救星似的人——有人留下了一个无聊透顶、瘦得皮包骨的药物瘾君子，已经在抽着大麻，想要借二十英镑坐出租车。

不过，这种事不完全是浪费时间。在神经层面上，这样的经验提示人，不靠酒精药物麻醉的欢喜是什么感觉。帮助人学会在欢喜来临时识别这种情绪。我想，神经学家可以用非常清晰的术语解释为什么分娩后的那一刻会让人欣喜若狂，或在威尔士山中的一个湖里和自己心爱的人游泳。那些误被失控的情绪所拨动的神经元突触也许和实际真正被清凉的湖水、被某些硬膜外麻醉手段及催产素所拨动的神经元突触相同。而假如，坐在法国南部一座高高的山岗上，一个有机会打电话的人冲上斜坡，前来通知你，两年的紧张心情、枯燥的研究工作和学术上的焦虑不是徒劳无果——也许这些相同的神经元突触或别的什么，它们会再度快乐地起舞。

当然，我们无需成为神经学家才能了解，疯狂浪漫的热恋——尤其假如危险重重——让我们的大脑在一定程度上陷入迷幻状态，但和同名的迷幻药丸一样，距离惊恐和失望通常也不远。当我展开疯狂的热恋时，我们久久地在博物馆里游荡，连闭馆也没注意到；走不出庭院的我们，爬到一堵高高的围墙上，发现另一侧的围墙更高，我们考虑我们有的选择：跌断脚踝，或睡在石狮子上、度过漫长的一夜。最后，一位路过的人帮我们从围墙上下来，事情变得平淡无奇，几个月后，烟消云散。看似的爱情，不过是少年心气。但坐在高高的围墙上，乐昏了头，不把跌断脚踝当一回事，这种感觉多么美妙。

真正的爱情在很久以后来临。要走过一段漫长而艰辛的路才抵达那个终点，未到最后一刻，我始终不相信它会发生。到来时我惊讶万分，毫无心理准备，以致来临的那天，我已计划好我们要去参观奥斯维辛的大屠杀纪念馆。你在火车上抓着我的脚，之后我们将换乘载我们去那儿的大巴。我们正在去往一个让人生不如死的地方，意识到生命唯一的意义。那个意义即欢喜。但思考或讨论欢喜是没用的。欢喜不同于气冲冲地争执谁打扫屋子、谁接小孩。欢喜不关乎安静地坐着、看一部老电影，或滑稽地模仿店里的两位老妇人，或我吃着一根冰棍而你怒视我，或在图书馆不同的楼层工作。欢喜与日常不符。关于欢喜，从未有人道出的最重要的一点是，欢喜里包含极少真正的快乐。但假如人生中毫无欢喜，连一次也没有，我们将如何活下去呢？

最后一点想法：有时欢喜本身的加剧会伤人。孩子是众所周知的反面例子。和你一起体验过真切的欢喜的那个心上人，终将离你而去，那样难道不够惨吗？为何要给这个噩梦再添上孩子这一笔，若有一天真的失去孩子，结果不亚于自己的彻底毁灭。应当注意的是，对许多人来说，狗或猫是同等危险的欢喜，与动物的关系在某种意义上因必然的时限性而得到强化。谁都希望自己早于自己的孩子离开这个世界。谁都十分确定自己的狗会早于自己离去。欢喜是这样一种属于人的疯狂。

就哀悼而言，作家朱利安·巴恩斯曾说："哀悼既令人伤心，但又是值得的。"事实上，这句话是他的一个朋友在一封慰唁信里所写的，朱利安把这句话转述给我的丈夫，我的丈夫转述给我。此后的几个月里，这番言辞萦绕在我们俩心头，如此清晰、如此残酷。哀悼既令人伤心，但又是值得的。一种怎样的约定。一个人凭什么要接受这等荒唐的协议？诚然，假如我们神志正常、理智的话，我们会毫无例外地选择快乐而不是欢喜，像动物本身明智的做法一样。毕竟，快乐到头来不给任何人造成严重的伤害，随时可以用另一种差不多等值的快乐来替代。

后记

这本书里的大多数文章是应鲍勃·西尔弗斯、大卫·雷姆尼克和黛博拉·特雷斯曼之邀而写的。我感谢他们的鼓励和支持。我有幸遇到很多编辑和审阅我的初稿的人：感谢你们，克蕾茜达·莱申、西蒙·普罗瑟、乔治· 加勒特、安·戈多弗、达里尔·平克尼、尼基塔·拉尔万尼、希尔顿·阿尔斯，我以前的助手德温·雅各布森和我现在的助手波特·耶尔顿。 感谢你，杰玛·西夫，想到雇我为《哈泼斯》杂志撰稿一段时间。感谢你，凯蒂·马伦，接受我离题万里的作品。感谢你，克里斯托弗·斯威特，约我写一点对比莉的看法。特别感谢德沃拉·鲍姆，作为初稿审阅人、友人和伦敦最聪明的女人。尼克：*grazie infinit*（感谢不尽），因为书的标题、审阅初稿、评注、文章、链接、书、观点——及其余一切。

图片出处说明

p. 167　比莉·哈乐黛在布罗德街的糖山爵士夜总会前，和她养的吉娃娃狗佩皮；由杰里·丹齐克摄于 1957 年 4 月 18 日，在新泽西的纽瓦克，© 2017 年杰里·丹齐克档案馆。版权所有。

p. 177　巴尔塔萨·登纳：《老妇人》，1721 年。经维也纳艺术史博物馆协会的友好许可而翻印。

p. 186　马克·布拉德福德，《尼亚加拉》，2005 年，录像，彩色，无声，3 分钟 17 秒。

p. 207　莎拉·施：《离心机》，2017 年，混合媒体，镜子、木头、竹子、不锈钢、数码档案喷墨打印、录像投影仪、陶瓷、丙烯酸颜料、盐。尺寸不定。蒙艺术家本人、塔尼娅·博纳克兰画廊和维多利亚·米罗画廊提供。© 莎拉·施。

p. 365　哈维·史密斯：《家庭是一个暴力场合》。经史密斯遗产管理会的许可而使用。

p. 368　吕卡·西尼奥雷利：《裸体男子肩扛一具尸体的背影》。巴黎，卢浮宫（图绘艺术资料室）。© 2017 年。照片：斯卡拉图片库，佛罗伦萨。

p. 419　艾墨格林和德拉格塞特：《一位收藏家之死》，2009 年。照片由安德斯·苏内·贝里所摄，蒙赫尔戈·德·阿尔韦亚尔收藏基金会提供，马德里 / 卡塞雷斯。

文章出处说明

这本集子里的文章最初刊登在下面提到的期刊和书中，这些文章所评的作品也一并涵盖在内。

第一部：在世间

伦敦西北之蓝调
（《纽约书评》，2012 年 6 月 2 日）

一个国家的四季挽歌
（《纽约书评》，2014 年 4 月 3 日）

藩篱：英国脱欧日记
（《纽约书评》，2016 年 8 月 18 日）

论乐观主义和灰心失望
（《纽约书评》，2016 年 12 月 22 日）

第二部：在台下

“为什么？”世代
（《纽约书评》，2010 年 11 月 25 日）
《社交网络》，编剧艾伦・索金，2010 年

饶舌之神建立的王朝
（《纽约时报》，2012 年 9 月 6 日）
“大写 L”的《七分钟的即兴饶舌》
杰斯的《叛徒》《成功》《神哦》《永不改变》《必须得到》《杀向卓越》《谁来阻止我》《死了的总统二世》和《蓝图（妈妈爱我）》。

异母兄弟
（《纽约客》，2015 年 2 月 23 日）
基根-迈克尔・基和乔丹・皮尔为“疯狂电视”创作演出的《伤心五十美分》

（2009 年）和《翻译奥巴马的愤怒》（2012 年），在“喜剧中心”频道播放。

调谐简纪

（《纽约客》，2012 年 12 月 17 日）

《赋诗于廷腾寺上游几英里处》，摘自威廉·华兹华斯的《抒情歌谣及其他诗作》，1800 年。

索伦·克尔恺郭尔的《恐惧与战栗》，1843 年。

“对话琼尼·米歇尔”的文字记录，摘自 1998 年乔迪·登伯格在 KGSR 调频电台对琼尼·米歇尔的采访。

意志的窗口：《失常》

（《纽约书评》，2016 年 3 月 10 日）

《极地特快：4D 体验》的画外音，纽约中央公园动物园

阿图尔·叔本华的《论世间苦难》，1850 年。

查理·考夫曼的《成为约翰·马尔科维奇》，2000 年。

查理·考夫曼的《失常》，2015 年。

列奥·德利伯的《拉克美》，1883 年。

给写作者的舞蹈课

（《卫报》，2016 年 10 月 29 日）

玛莎·葛兰姆的《血的记忆》，1972 年。

第三部：在画廊

在午夜时分杀死奥逊·威尔斯

（《纽约书评》，2011 年 4 月 28 日）

西尔维亚·普拉斯的《晨歌》，摘自《瞪羚》，1965 年。

苏珊·桑塔格的《反对阐释》，1964 年。

燃烧的六月

（《苏富比杂志》）

“他们叫我疯子”：观杰里·丹齐克镜头下的比莉·哈乐黛有感

（最早作为《杰里·丹齐克：比莉·哈乐黛在糖山爵士夜总会》一书的序而发表，2016 年 4 月，泰晤士与赫德森出版社）

弗兰克·莱塞创作的《收回你的貂皮大衣》，出自音乐剧《红男绿女》，

1950 年。

巴尔塔萨·登纳的《老妇人》

（2017 年 1 月）

约翰·伯格的《观看之道》，1972 年。

马克·布拉德福德的《尼亚加拉》

（最早发表在一本威尼斯双年展的展品目录里，题为“马克·布拉德福德：明天”，2017 年 6 月，GRM & Co. 出版社）

理查德·梅里曼的《玛丽莲畅谈成名》，《生活》杂志，1962 年。

马克·布拉德福德访谈，2009 年。

一只寡言的鸟：利奈特·伊阿德姆-博阿基耶绘画里的叙事奥秘

（《纽约客》，2017 年 6 月 19 日）

利奈特·伊阿德姆-博阿基耶访谈，摘自《乐》杂志，2017 年。

《夜之计划》《对话》和《束缚的意义》，选自《利奈特·伊阿德姆-博阿基耶》，撰稿人包括娜奥米·贝克威思、多纳西安·格罗、珍妮弗·伊吉和利奈特·伊阿德姆-博阿基耶，2014 年。

地图的断壁残垣：评莎拉·施的《离心机》

（最早发表在配合莎拉·施的作品《离心机》而出版的展品目录里，《离心机》是一件受慕尼黑艺术之家委托、为 2017 年版的“面向大众——来自艺术之家之友”所作的在特定场地的装置艺术品）

进与出

（《哈泼斯》杂志，2017 年 7 月）

《B 类英语作文》，摘自兰斯顿·休斯的《诗集》，1994 年。

詹姆斯·鲍德温和拉乌尔·佩克的《我不是你的黑鬼》，2016 年。

弗拉基米尔·纳博科夫的《普宁》，1957 年。

第四部：在书架上

J. G. 巴拉德的《撞车》

（最早作为再版的《撞车》的序而发表，第四等级出版社，2014 年）

J. G. 巴拉德的《撞车》，1973 年。

菲利波·托马索·马里内蒂的《未来主义宣言》，1909 年。

哈尼夫·库雷西的《郊区佛陀》

（最早作为《郊区佛陀》的序而发表，费伯与费伯出版社，2015 年）

哈尼夫·库雷西的《郊区佛陀》，1990 年。

浅谈《西北》

（《卫报》，2013 年 8 月 1 日）

《哈泼斯》杂志专栏

（《哈泼斯》杂志，2011 年 3 月至 8 月）

“关于哈莱姆区、仇恨与哈维尔”

谢丽发·罗兹-皮茨的《无处可寻的哈莱姆区》，2011 年。

托马斯·伯恩哈德的《我的获奖记录》，2011 年。

哈维尔·马里亚斯的《当女人沉睡时》，2010 年。

“关于死亡和公爵夫人”

约翰·格雷的《不朽之托》，2011 年。

H. G. 威尔斯的《预测机械和科学的进步对人类生活和思想的反作用》，1901 年。

德文郡公爵夫人、德博拉·卡文迪什的《等等我！》，2010 年。

“爱德华·勒韦和彼得·施塔姆”

爱德华·勒韦和洛兰·斯坦的《自画像》，2012 年。

爱德华·勒韦的《自杀》，2008 年。

彼得·施塔姆的《七年》，2010 年。

“葆拉·福克斯和杰夫·戴尔”

葆拉·福克斯的《来自世间的消息》，2011 年。

E. M. 福斯特的《看得见风景的房间》，1908 年。

杰夫·戴尔的《又称人的境况：随笔及评论选集》，2011 年。

W. H. 奥登的《战争时期》，摘自 W. H. 奥登和克里斯托弗·伊舍伍德合著的《战地行纪》，1939 年。

“两条腿坏，六条腿好——桑塔格更糟！”

梅拉·哈特维希所著、克里·A. 皮尔斯翻译的《我是不是一个多余的人？》，2010 年。

玛莱娜·苏克的《六条腿动物的私生活：昆虫世界给我们上的一堂有关人生、爱和语言的课》，2011 年。

"阅读圣奥宾的一夏"

爱德华·圣奥宾的《终于》，2011 年。

关于岛屿生活与母爱

"关于野姑娘、残忍的鸟——还有兰波！"

厄休拉·K. 勒古恩的《野姑娘》，2011 年。

马格努斯·米尔斯 2001 年的《三人来见国王》和 2011 年的《一只残忍的鸟飞到巢边向内张望》。

阿蒂尔·兰波的《地狱一季》，1873 年。

杰米·詹姆斯的《兰波在爪哇岛》，2011 年。

那个不是我的我

（扎迪·史密斯，2017 年；2016 年 10 月 27 日在纽瓦克公共图书馆举办的首届"菲利普·罗斯讲座"）

弗拉基米尔·纳博科夫的《说吧，记忆》，1951 年。

W. B. 叶芝的《选择》，摘自《W. B. 叶芝诗集》，2000 年。

第五部：感受自由

书写人生

（《新手》杂志，2015 年 6 月 2 日）

浴室

（扎迪·史密斯，2017 年）

人和尸体之比

（《纽约书评》，2013 年 12 月 5 日）

哈尔·福斯特的《现实的回归》，1996 年。

遇见贾斯汀·比伯！

（扎迪·史密斯，2017 年）

花园之爱

（《纽约书评》，2013 年 11 月 7 日）

E. M. 福斯特的《看得见风景的房间》，1908 年。

托尼·维洛纳的《看女孩走过的配乐》，1966 年。

思想的影子

（扎迪·史密斯，2017 年）

找到你的乐土

（《纽约书评》，2014 年 10 月 23 日）

欢喜

（《纽约书评》，2013 年 1 月 10 日）

乔尔丹诺·布鲁诺的《论思想的影子》，1582 年（译者注：这条似乎应该写在《思想的影子》一文下？）。

Zadie Smith
Feel Free

图字：09－2018－889号

图书在版编目（CIP）数据

感受自由/（英）扎迪·史密斯（Zadie Smith）著；张芸译．—上海：上海译文出版社，2021.3
书名原文：Feel Free
ISBN 978－7－5327－8611－4

Ⅰ．①感… Ⅱ．①扎… ②张… Ⅲ．①随笔—作品集—英国—现代 Ⅳ．①I561.65

中国版本图书馆CIP数据核字（2021）第002010号

感受自由
［英］扎迪·史密斯 著 张 芸 译
责任编辑/杨懿晶 装帧设计/人马艺术设计·储平

上海译文出版社有限公司出版、发行
网址：www.yiwen.com.cn
200001 上海福建中路193号
启东市人民印刷有限公司印刷

开本 890×1240 1/32 印张 14.25 插页 2 字数 272,000
2021年6月第1版 2021年6月第1次印刷
印数：0,001—5,000册

ISBN 978－7－5327－8611－4/I·5311
定价：86.00元